아피! 미스트랄

A Year in Provence
by Peter Mayle

Copyright © Escargot Copyrights Ltd. 1989
Translation copyright © 2022 by Hyohyung Publishing Co.

This Korean edition was published by arrangement with Escargot Ltd., North
Yorkshire, England through Shinwon Agency Co., Seoul, Korea.

이 책의 한국어판 저작권은 신원에이전시를 통한 저작권자와의 독점 계약으로
효형출판에 있습니다. 저작권법에 의해 한국 내에서 보호를 받는 저작물이므로
무단전재와 복제를 금합니다.

일러두기

1. 프랑스어 발음 표기는 국립국어원 외래어표기법을 따랐다. 다만 생동감 넘치는
   프로방스의 삶을 표현하기 위해, 일부는 영어식 발음 표기를 그대로 살렸다.
2. 작가가 쓴 부연 설명은 ( ), 옮긴이가 단 해설은 〔 〕으로 구분했다.
3. 미디어·신문·잡지 등은 《 》, 영화·드라마·노래·시구는 〈 〉, 소설 등 단행본은
   『 』으로 나눠 적었다.

덜컥 집을 사 버린
피터 씨의 일 년 기록

아피!
미스트랄

Happy!
Mistral
A Year
in Provence

피터 메일

강주헌 옮김

효형출판

당신에게 일 년의 휴가가 주어진다면?

성 아우구스티누스는 "세상은 한 권의 책이다. 여행하지 않는 사람은 단 한 쪽만을 읽은 사람이다."라고 말했다.

예전보다 여행하기가 편해졌다. 열 시간을 비행하면 지구 반대편에 닿을 수 있다. 만약 당신에게 일 년의 휴가가 주어진다면 어떻게 하겠는가? 세계일주를 하겠는가 아니면 당신이 그동안 마음 속에 품고 있던 한 곳에 정착해 그곳 사람들과 호흡을 함께하겠는가? 물론 개개인의 취향에 따라 대답도 다를 것이다. 성 아우구스티누스였다면 이렇게 말했을 것이다. 전자를 택하는 사람은 한 권의 책을 주마간산으로라도 처음부터 끝까지 읽으려는 사람일 테고, 후자를 택하는 사람은 한 쪽이라도 철저하게 읽으려는 사람이라고! 당신은 어느 쪽인가?

프랑스에서 지중해를 마주하고 있는 지역, 특히 프랑스에서 세 번째로 큰 도시인 마르세유, 영화제로 유명한 칸 그리고 카지노로 유명한 니스를 중심으로 한 남부 지역을 '프로방스'라 한다. 우리에게 프로방스라는 단어는 지중해와 그 주변에서 생산되는 포도주보다 반 고흐를 먼저 떠올리게 한다. 반 고흐가 파리로 올라가 생을 마치기 전에 지낸 곳, 고갱과 말다툼을 벌이면서 귀를 자른 곳인 아를이 프로방스에 속해 있기 때문이다.

이 원고를 작업하기 전 나는 프로방스 일대를 둘러보았다. 니스에서 피카소가 자주 드나들었다는 카페를 보았고, 아를에서는 반 고흐가 그린 랑글루아 다리를 보았다. 마르세유에서는 비린내 나는 선창을 찾았고, 니스에서는 모나코까지 건너가 카지노를 보았다. 이른바 관광이었다.

저자인 피터 메일을 일약 유명 인사로 만들어준 이 책은 프로방스를 '관광'한 소감을 써내려간 여행기가 아니다. 프로방스에서 일 년 동안 살았던 삶을 이야기한 글이다. 1월부터 12월까지, 집수리 때문에 실랑이하면서 그가 몸으로 겪은 프로방스 사람들의 심성과 특징을 진술하게 그려간다. 또한 프로방스에 자리를 잡자 이름마저 가물가물한 도시 친구들이 휴가를 얻어 연이어 찾아오는 이야기는 내가 서울을 떠나 시골에 정착했을 때 겪었던 경험을 되살려주었다.

'관광' 여행기가 아닌 1월부터 12월까지 일 년간의 삶은 곧 인간적인 삶의 축소판일 수 있다. 농사의 시작과 끝이 있고 여름 휴가가 있다. 프로방스에서 농사는 포도 농사이고, 이는 포도주의 생산과정을 보여주는 것이기도 하다. 프로방스는 지중해에 맞닿아 있어 여름이면 프랑스뿐만 아니라 유럽 전체에서 휴가객이 몰려오는 곳이다. 조용하던 농촌 마을에 도시인들이 몰려오면서 마을은 겉모습부터 달라진다. 이런 점에서 프로방스는 이중적인 얼굴을 갖는다. 이런 곳에서 살아가는 사람들이 모두 똑같을 수는 없다. 여느 사회에서와 마찬가지로 각양각색의 인물이 있기 마련이다.

이 책에서 자주 등장하는 인물들은 이야기를 끌어가기 위해 단순히 인용되는 사람들이 아니다. 제각각 다른 개성을 보여준다. 그래서 이 책의 이야기들은 프로방스라는 지역을 떠나 어디서나 흔히 볼 수 있을 법한 이야기가 된다. 하지만 이런 여행을 해보지 못한 까닭에 우리에게 그의 기록은 새롭고 참신하게 다가온다.

프로방스에서의 일 년! 모든 것을 훌훌 털고 우리도 이런 여행을 즐길 수 있을까? 어쩌면 우리 모두가 이런 삶을 꿈꾸며 살아가는지도 모른다. 도시 생활을 접고 시골에 내려가 살지 못하는 우리에게는 이 책이 꿈같이 여겨질 수도 있다. 하지만 평생 직장의 시대가 아니라 평생 직업의 시대로 변해가는 요즘, 이런 삶은 결코 꿈이 아니다. 그저 조그만 용기가 필요할 뿐이다. 피터 메일처럼.

옮긴이 강주헌

차례

물론 이곳에도 사기꾼과 편견 가득한 차별주의자들이 있었죠.
하지만 우리는 정말 운이 좋았습니다.
이웃들의 환대를 받았고, 언제나 행복했거든요.

후회는 없고, 불만은 적고, 즐거움은 많았네요.

Merci Provence!

01/January

면도날 같은 미스트랄

새해는 점심으로 시작되었다.

새해를 맞는다는 설렘 그리고 한밤중의 축배와 입맞춤이 있지만 밤 열한 시의 폭음과 성취하지 못한 결심들로 새해 전야는 언제나 참담한 시간일 뿐이다. 따라서 이곳에서 몇 킬로미터 떨어진 라코스트 마을에 있는 식당 '르시미안'의 주인이 단골들에게 핑크빛 샴페인을 곁들인 여섯 코스의 점심을 낸다는 이야기를 들었을 때 우리는 그 점심이야말로 다가올 열두 달을 시작하는 더없이 반가운 방법이란 생각이 들었다.

열두 시 반쯤, 돌벽으로 된 아담한 식당은 손님들로 가득했다. 매일 어김없이 두세 시간을 식탁에서 보내는 탓에 온 식구가 뚱뚱보가 되어버린 가족도 눈에 띄었다. 그들은 프랑스 특유의 식전 의식이라도 치르듯이 눈을 내리깔고 대화까지 미룬 채 사뭇 진지한 자세였다. 대단한 몸집인데도 식탁 사이를 거의 예술적으로 헤집고 다니던 식당 주인은 그날을 위해 특별히 벨벳 스모킹 재킷*을 입고 나비넥타이를 매고 있었다. 포마드를 발라 번들대는 콧수염을 파르르 떨면서 그는 차림표에 대해 장광설을 늘어놓았다. 거위 간, 랍스터 무스**, 겉을 바싹 구운 쇠고기, 올리브유만으로 맛을 낸 샐러드, 정선한 치즈, 입 안에서 살살 녹는 디저트 그리고 대미를 장식해줄 술까지! 미식가를 위한 아리아(Aria)나 다름없었다. 그는 식탁을 빠짐없이 찾아다니며 이런 아리아를 공연했다. 그때마다 얼마나 자주 손가락 끝에 입을 맞춰대는지 그의 입술에 물집이라도 생길 것만 같았다.

"맛있게 드세요!"라는 그의 인사말을 끝으로 식당은 거의 침묵에 싸였다. 당연히 음식에 관심이 쏠렸기 때문이다.

---

* 1950년대 유행했던 고전적이면서 우아한 스타일의 패션 재킷.
** mousse, 치즈나 마요네즈로 만든 소스를 고기나 생선에 씌운 요리.

음식을 먹으면서 아내와 나는 영국의 짙은 구름 아래에서 보낸 지난해 새해 첫날을 떠올렸다. 영국에서 새해 첫날에 밝은 햇살과 새파란 하늘을 기대하기란 어려웠다. 하지만 모두가 우리에게 거듭해서 말했듯이 이곳에서는 당연한 것이었다. 어쨌든 우리는 프로방스에 있었다.

우리는 전에도 찌는 듯한 더위와 따가운 햇살이 못 견디게 그리울 때면 관광객으로 이삼 주 동안 이곳을 찾곤 했다. 그리고 떠날 때마다 콧등이 벗겨진 채 아쉬워하며 언젠가 여기서 살리라고 다짐했다. 우리는 잿빛의 긴 겨울과 눅눅한 여름 내내 이곳에 대한 이야기를 나누었고, 마약 중독자가 마약을 갈구하듯이 마을의 상점들과 포도밭을 찍은 사진들을 보았으며, 침실 창을 통해 비스듬히 스며드는 햇살에 눈 뜨는 것을 꿈꾸기도 했다. 그러던 어느 날 놀랍게도 우리는 그 꿈을 이루었다. 결국 일을 저지르고 만 것이다. 우리는 집을 샀고 프랑스어를 배웠다. 그리고 주변 사람들에게 작별 인사를 건넸고 두 마리의 개를 안고 배에 올랐으며 낯선 땅의 이방인이 되었다.

모든 일이 순식간에, 거의 충동적으로 일어났다. 순전히 집 때문이었다. 우리는 그 집을 오후에 보았지만, 저녁쯤에 마음은 벌써 그 집으로 이사를 끝낸 듯했다.

그 집은 메네르브와 보니외라는 중세풍의 두 언덕 마을을 잇는 시골길, 정확히 말해서 벚나무밭과 포도나무밭을 지난 흙길 끝에 있었다. 이곳에서는 '마스'라 불리는 전형적인 농가였다. 이 지역의 돌로 지은 그 집은 바람과 햇빛을 이백 년 동안이나 견뎌온 탓에 옅은 꿀색도 아니고 옅은 회색도 아닌 그 중간으로 바래 있었다. 18세기에 단칸방으로 시작했지만 대부분의 시골 농가가 그렇듯이 아무렇게나 아이방, 할머니방, 염소 우리, 농기구 광을 덧붙이며 확장한 탓에 이상한 삼층집이 되고 말았다. 그래도 모든 것이 옹골찼다. 지하의 포도주 저장고에서 꼭대기 층까지 이어진 나선형 계단에는 커다란 돌판이 깔려 있었다. 벽의 일부는 두께가 1미터나 되어 지중해의 미스트랄*을 견딜 수 있게 지어졌다. 집 뒤로는 울타리를 둘러친 마당이 있었고, 그 너머로는 새하얀 돌로 지은 수영장이 있었다. 우물이 세 군데 있었고, 그늘을 드리우려고 심은 나무들과 호리호리한 사이프러스들, 로즈메리 울타리, 커다란 아몬드 한 그루도 있었

---

*Mistral, 프랑스의 론 강을 따라 리옹 만으로 부는 강한 북풍.

다. 그리고 오후 햇살에 졸린 눈꺼풀처럼 반쯤 닫힌 나무 덧문까지! 그 집은 우리 마음을 완전히 사로잡았다.

게다가 그 집은 재개발이란 잠재적인 공포에서 어떤 집보다 안전했다. 프랑스 사람들은 건축 규제가 허락하는 곳이면, 때로는 이곳처럼 오염되지 않은 아름다운 시골이라면 건축법이 허락하지 않는 곳에도 예쁜 별장 세우길 무척이나 좋아한다. 우리는 유서 깊은 시장 마을인 압트 주변에서, 특별히 제작했다고 하지만 세월의 풍상에도 결코 변할 것 같지 않은 칙칙한 분홍색 시멘트 상자들이 들어서는 것을 보았다. 정부가 나서서 법적으로 보호하지 않는다면 프랑스의 시골에서도 안전한 곳이 거의 없겠지만, 이 집의 가장 큰 매력은 프랑스 문화유산으로 지정받아 콘크리트 믹서 차량의 출입이 금지된 국립공원 내에 있다는 점이었다.

집 바로 뒤에는 해발 1,050미터의 뤼베롱 산이 서쪽에서 동쪽으로 64킬로미터가량 첩첩이 뻗어 있다. 삼나무와 소나무들, 군락을 이룬 떡갈나무가 언제나 푸르름을 간직하며 멧돼지와 토끼, 새들을 지켜준다. 야생화와 백리향, 라벤더 그리고 버섯들이 바위틈에서 얼굴을 내밀고 나무 밑에

서 자란다. 맑은 날이면 산봉우리에서 양쪽으로 바스잘프 지역과 지중해를 한눈에 볼 수 있다. 또 일 년 중 거의 어느 때나, 여덟아홉 시간을 걸어도 자동차나 사람을 마주치지 않을 수 있다. 요컨대 가늠할 수 없이 드넓은 땅이 뒷마당이어서, 그야말로 개들에게는 낙원이고 우리에게는 예기치 않은 이웃의 배후 공격을 막아주는 방벽인 셈이다.

도시에서는 그 의미를 잃기 시작했지만 시골에서는 이웃이 여전히 중요한 존재라는 것을 우리는 잘 알고 있었다. 런던이나 뉴욕에서는 아파트에 틀어박혀 15센티미터의 벽을 사이에 둔 옆집 사람과 말 한마디도 나누지 않으면서 몇 년을 지낼 수도 있다. 하지만 시골은 다르다. 바로 옆집이 몇 백 미터 떨어져 있더라도 그 이웃은 당신 삶의 일부이며, 당신도 그들 삶의 한 부분이다. 당신이 외국인이어서 다소 색다른 면을 지닌다면 더 큰 주목을 받기 마련이다. 게다가 오래되고 관리하기 어려운 농가까지 구입했다면 당신의 일거수일투족이 이웃의 행복에 직접 영향을 미친다는 사실을 금세 깨닫게 될 것이다.

우리에게 집을 판 부부의 주선으로 이웃들과 첫인사를 나눌 기회가 있었다. 다섯 시간에 걸친 저녁식사는 더할 나위 없이 화기애애한 분위기였지만, 우리는 그들의 말을 거의 이해할 수 없었다. 분명 프랑스어로 말하고 있었지만 교재에서 보고 카세트로 듣던 그 언어가 아니었다. 목젖 뒤 어딘가에서 시작된 음이 콧구멍을 지나면서 야릇하게 뒤엉켜 입으로 새어나오는 감칠맛 나는 걸쭉한 사투리였다. 이런 프로방스 사투리의 소용돌이 속에서도 귀에 익은 단어들은 그런대로 어렴풋이 알아들을 수 있었다. '드맹[내일]'은 '드

망', '뺑〔포도주〕'은 '방', '메종〔집〕'은 '므종'이었다. 이런 단어들도 정상적인 대화 속도에 구개음화로 멋을 내지 않았더라면 이해하는 데 큰 문제가 없었겠지만, 그들은 기관총처럼 숨 쉴 틈도 없이 단어들을 쏟아내고 걸핏하면 행운의 징표라도 된다는 듯 말끝마다 모음을 덧붙였다. 예컨대 프랑스어를 배우는 사람이 맨 처음에 배우는 말인 '앙코르 뒤 팽〔빵을 더 먹겠느냐〕?'이 마치 한 단어처럼 '앙코르뒤팡가?'로 들렸다.

천만다행으로 이웃들은 유머가 넘치고 친절한 사람들이었다. 그들이 뭐라고 말하는지는 조금도 알아듣지 못했지만!

앙리에트는 갈색 머리의 예쁘장한 여자였다. 항상 미소를 짓고 있었지만 매번 단거리 선수가 기록을 깨뜨리러 결승선을 향해 달려가듯이 속사포처럼 말을 쏟아냈다. 그녀의 남편 포스탱—우리는 한참 동안 그의 이름이 포스탱인 줄 알고 있었다—은 덩치 크고 친절한 사람으로 느긋하게 행동했고 말하는 것도 비교적 느린 편이었다. 그는 산골에서 태어나 평생을 살았고, 역시 산골에서 삶을 마칠 사람이었다. 그의 옆집에 사는 아버지, 앙드레 할아버지는 여든 살에 마지막으로 멧돼지를 사냥한 후 사냥을 그만두고 자전거를 타기 시작했다. 일주일에 두 번씩 앙드레 할아버지는 마을까지 자전거를 타고 나가 식료품을 사고 마을 사람들과 담소를 나누었다. 그들 가족 모두가 그런 삶에 만족하는 듯했다.

그러나 그들이 우리에게 관심을 가진 것은 이웃이어서가 아니라 장래의 동업자로 생각했기 때문이었다. 마르*의 취기와 독한 담배 연기 그리고 아리송한 사투리와 싸워가면서 우리는 그 본심을 마침내 알게 되었다.

우리가 농가와 함께 사들인 2만 4천 제곱미터의 땅에는 대부분 포도나무가 심어져 있었다. 이 포도나무들은 그동안 전통적인 관례에 따라 '분익소작법'으로 관리되었다. 그러니까 땅주인이 새 포도 묘목과 비료값을 부담하고, 소작농은 물 주고 가지 치며 노동을 제공하는 식이었다. 그리고 수확이 끝나면 소작농이 이익의 3분의 2를 갖고 땅주인은 3분의 1을 갖는다. 하지만 소유권자가 바뀌면 계약 조건도 재고되기 마련 아닌가! 바로 여기에 포스탱의 관심이 있었

*marc, 포도 찌꺼기로 만든 브랜디.

다. 뤼베롱 지역의 많은 땅이 별장지로 팔려나간 것은 잘 알려진 사실이었다. 실제로 많은 옥토가 아기자기하게 꾸며진 정원으로 바뀌어가고 있었다. 심지어 포도나무들을 송두리째 뽑아 테니스장으로 만드는 불경스런 짓거리도 서슴지 않았다. 테니스장? 포스탱은 뙤약볕 아래에서 작은 공을 이리저리 쫓아다니는 야릇한 즐거움 때문에 소중한 포도나무를 잃어야 한다는 것이 믿기지 않는다는 듯, 어깨와 눈썹을 치켜올렸다.

하지만 그는 그런 걱정을 할 필요가 없었다. 우리는 포도나무를 사랑했다. 산자락을 따라 가지런히 정돈된 포도나무들, 봄과 여름에서 가을로 넘어가면서 옅은 녹색이 짙은 녹색으로, 다시 노랗고 붉은색으로 변해가는 포도나무들을 사랑했다. 가지치기한 잔가지를 태울 때 나는 푸른 연기, 가지치기를 끝낸 포도나무 그루터기들이 황량한 겨울 들판을 점점이 장식하며 그 존재를 드러내는 모습마저 사랑했다. 테니스장과 앙증맞게 가꾸어진 정원에서는 그런 의미를 찾아볼 수 없었다. (물론 우리 집 수영장도 그랬다. 하지만 포도나무를 들어내고 만든 것은 아니었다.) 게다가 포도주가 있었다.

우리는 우리 몫을 현금으로 챙기거나 포도주로 받을 수 있었다. 평년작일 때 우리 몫은 1천 리터 정도의 맛좋은 중간급 적포도주였다. 우리는 짧은 프랑스어로 단호하게, 계약을 그대로 유지하고 싶다고 포스탱에게 말했다. 그의 얼굴이 환히 밝아졌다. 우리가 의좋게 지낼 만한 이웃이라 생각한 것이리라. 언젠가는 흉금을 터놓고 이야기를 나눌 사이가 될 수도 있을 것만 같았다.

르시미안의 주인은 현관에서 어슬렁대고 있었다. 우리가 좁은 길로 나와 밝은 햇살에 눈을 깜빡거리며 잠시 멈추자 그가 우리에게 새해 인사를 건넸다.

"멋지죠?"

그는 벨벳 양복의 한쪽 팔을 요란하게 흔들어대며, 마을 높은 곳에 자리잡은 사드 후작의 옛 성터, 저 멀리 산까지 펼쳐진 전경 그리고 맑고 푸른 하늘을 가리키며 말했다. 마치 자기 사유지의 일부를 보여주기라도 하듯 무심결에 가진 티를 내는 손짓이었다.

"프로방스에 사는 것만으로도 행운이죠."

사실이었다. 프로방스에 사는 사람은 그것만으로도 행운
아였다. 겨울이었지만 우리가 영국에서 가져온 것들, 고약
한 날씨를 대비해 준비한 장화와 코트, 두툼한 스웨터는 전
혀 필요 없을 것 같았다. 우리는 집으로 차를 몰았다. 따뜻
하고 배도 든든했다. 우리는 올해 첫 수영을 언제쯤이면 즐
길 수 있을까 내기를 걸면서, 혹독한 기후 속에서 모진 겨울
을 이겨내야 하는 불쌍한 사람들에게 새치름한 동정심을
느끼기도 했다.

한편 북쪽으로 1천 6백 킬로미터 떨어진 시베리아에서
시작된 바람은 최종 목적지를 향해 속도를 더해가고 있었
다. 우리는 미스트랄에 대한 이야기를 적잖게 들어 알고 있
었다. 사람만이 아니라 짐승까지 미치게 만드는 바람이었
다. 정상을 참작하더라도 폭력적 범죄에 가까웠다. 보름 동
안 계속해서 불어대면서 나무를 뿌리째 뽑고 자동차를 뒤
집는다. 창문을 깨뜨리고, 노파를 도랑에 날려버리며, 전신
주를 산산조각내고, 쌀쌀맞고 고약한 유령처럼 집 안으로
숨어 들어와 기분 나쁘게 울어대는 바람이었다. 게다가 유
행성 감기를 퍼뜨리고, 가정불화를 일으키며, 직장에 결근

하게 만들고, 심지어 치통과 편두통까지 일으켰다. 프로방스의 모든 문제는 정치인 탓이 아니라, 프로방스 사람들이 일종의 피학적 자존심 때문에 '신성한 바람'이라 이름 붙인 미스트랄에서 비롯된 것이었다.

처음에는 프랑스 사람들의 전형적인 과장이라고 생각했다. 도버해협을 건너와 비가 거의 수평으로 얼굴을 때릴 정도로 빗줄기까지 꺾어버리는 질풍을 겪어본다면 진짜로 센 바람이 어떤 것인지 알게 될 거라고! 그래도 그들의 이야기를 열심히 들었다. 또한 그들의 비위를 맞춰주려고 놀라는 척하기도 했다.

그 때문에, 그해 첫 미스트랄이 론 강의 계곡을 타고 내려와 왼쪽으로 방향을 틀어 집 서쪽 편을 때렸을 때 우리는 거의 무방비 상태였다. 지붕의 기와들이 바람에 날려 수영장에 곤두박질쳤고, 부주의하게 살짝 열어두었던 창문 하나가 경첩째 뜯겨나갔다. 기온은 스물네 시간 만에 20도나 떨어졌다. 0도로, 다시 영하 6도까지. 마르세유에서 발행한 신문들에 따르면 풍속이 시속 180킬로미터에 이르렀다. 아내는 외투를 입고 식사를 준비했고, 나는 장갑을 끼고 타자기를 쳐야 했다. 첫 수영에 대한 이야기는 꺼낼 엄두조차 낼 수 없었다. 중앙 난방 장치 생각이 간절했다. 그러던 어느 날 아침, 나뭇가지 꺾이는 소리가 들렸다. 밤새 얼어붙은 수 돗물의 압력을 견디다 못한 배관들이 하나씩 터지는 소리 였다.

배관들이 얼음에 팽창되고 꽉 막힌 채 벽에 늘어져 있었 다. 배관공 메니쿠치 씨가 전문가의 눈으로 배관들을 살피 며 말했다.

"올랄라! 저런, 이럴 수가!"

그는 젊은 조수를 돌아보았다. 그는 조수를 언제나 '풋내 기'라고 불렀다.

"풋내기, 너도 보이지? 그냥 맨관이야. 단열재를 입히지 않았어. 코트다쥐르에서는 이렇게 하지. 칸이나 니스에서도 상관없어. 하지만 여기서는….”

그는 한심하다는 듯 혀를 끌끌 찼다. 그리고 조수의 코앞 에 손가락을 흔들어대며, 지중해 연안의 온화한 겨울 날씨 와 그때 우리가 겪고 있던 살을 에는 추운 겨울의 차이를 설 명하고는 모직 모자를 귀가 덮이도록 푹 눌러썼다. 그는 작지만 다부진 체격의 소유자였다. 그의 표현대로, 미련스럽게 몸집만 큰 사람은 접근조차 할 수 없는 비좁은 공간에도 비비고 들어갈 수 있기 때문에 배관공으로는 안성맞춤인 체격이었다. 풋내기가 토치램프를 준비하는 동안 메니쿠치 씨는 내가 일 년 동안 점점 흥미를 더해가며 듣게 될 강의의 첫 장을 시작했다. 그날 우리는 프로방스의 겨울이 점점 혹독해지는 원인에 대한 지구물리학 강의를 들었다.

삼 년을 연이어 겨울이면 혹독한 추위가 몰아쳤다. 실제로 늙은 올리브들이 얼어 죽을 정도로 추웠다. 해가 구름 사이로 들어갈 때마다 프로방스 사람들이 내뱉는 표현을 빌면, '파 노르말(정상이 아니다)'이었다. 그런데 그 이유가 무엇일까? 메니쿠치 씨는 잠시 생각하는 척하더니 열변을 토하기 시작했다. 그리고 내가 그의 말에 귀를 기울이고 있는지 확인하려는 듯 가끔 나를 툭툭 치기도 했다.

그의 말에 따르면 러시아에서 찬 기운을 담은 바람이 예전보다 빠른 속도로 프로방스까지 달려오고 있었다. 목적지에 도착하는 시간이 덜 걸리기 때문에 도중에 따뜻하게 데워질 시간도 줄어든다는 논리였다. 그 이유는—메니쿠치 씨는 이 부분에서 잠시 말을 멈추는 극적인 연출을 해보였다—지각 형태의 변화였다.

"바로 그겁니다!"

시베리아와 메네르브 사이의 어딘가에서 원래 울퉁불퉁하던 지형이 평평해졌기 때문에 바람이 곧바로 남쪽으로 날아온다는 것이었다. 논리적인 주장이기는 했다. 하지만 안타깝게도 배관 하나가 또 터지면서 강의의 제2장(지구는 왜 점점 평평해지는가?)은 중단되고 말았다. 토치램프로 거창한 작업이 시작되면서 교육은 뒤로 미루어지고 말았다.

날씨가 프로방스 사람들에게 미치는 영향은 즉각적이고 분명하다. 그들은 매일 화창한 날씨를 기대한다. 따라서 궂은 날씨에는 힘겨워한다. 비를 개인적 모독이라 생각하기 때문에 카페에 들어앉아 고개를 절레절레 흔들며 서로를 동정한다. 또는 메뚜기 떼가 금방이라도 내려와 재앙이라도 남길 듯이 하늘을 미심쩍은 얼굴로 쳐다보면서 길에 팬 웅덩이를 피해가며 걷는다. 비 오는 날보다 더 끔찍한 경우, 예컨대 기온이 영하로 급격히 떨어지는 날에는 놀라운 현상이 벌어진다. 모두가 어디로 사라졌는지 길에서 사람 흔적조차 찾아보기 힘들어진다.

추위가 1월의 중순을 할퀴기 시작하면서 읍내와 마을이 조용해졌다. 평소에는 시끌벅적하던 주말 장터에도 먹고살려고 동상에 걸릴 위험을 무릅쓰고 나와 발을 동동 구르며 엉덩이에 찬 술병을 홀짝대는 대담무쌍한 노점상들만 간혹 눈에 띌 뿐이었다. 손님들도 부산스레 움직였다. 뭔가를 사고 쏜살같이 사라졌다. 잔돈을 헤아리는 여유조차 없었다. 술집들은 현관과 창문을 꼭 닫고, 곰팡내를 풍기며 장사했다. 평소처럼 거리에서 빈둥대는 사람은 하나도 없었다.

마을도 동면에 들어갔다. 나는 매일 거의 시계처럼 정확하게 집 앞을 지나가던 소리가 그리웠다. 아침이면 기침하듯이 울어대던 포스탱네 수탉, 점심때면 농부들을 집으로 실어 나르는 소형 시트로엥*이 미친 듯이 덜컥대던 소리—볼트와 너트가 담갈색 양철통에서 튕겨나갈 것만 같았다—언덕 너머 포도밭으로 오후 정찰을 나간 사냥꾼이 기대에 부풀어 쏘아대는 연발총 소리, 저 멀리 숲에서 들려오던 전기톱의 흐느끼는 소리, 농가의 개들이 짖어대던 황혼의 세레나데! 그런데 이제는 침묵만 흘렀다. 계곡 전체가 텅 빈

---

* Citroën, 프랑스의 자동차 회사가 제작한 보급형 자동차.

듯 몇 시간 동안 아무런 소리도 들리지 않곤 했다. 우리는 궁금했다. 대체 모두가 무얼 하고 있는 것일까?

우리가 알기로, 포스탱은 이웃 농가를 돌아다니며 도축을 해주고 있었다. 다시 말해 테린*과 햄, 고기조림을 만드는 데 쓸 토끼와 오리, 돼지와 거위의 목젖을 따고 목을 부러뜨리는 일이었다. 자기 집 개를 말썽꾸러기로 내버려둘 정도로 마음이 여린 사람에게는 어울리지 않는 부업인 듯했다. 하지만 그는 능란한 솜씨로 재빨리 가축의 숨을 끊었고, 시골 토박이답게 감정에 휩쓸리는 법이 없었다. 우리는 토끼를 애완동물로 대하거나 거위에 감정적인 애착을 느낄 수도 있었다. 하지만 우리 부부는 도시 출신이어서, 살아 있는 짐승과 위생적으로 닮은 데를 전혀 찾아볼 수 없는 슈퍼마켓의 살코기에 길들여진 사람들이 아닌가! 비닐로 압축 포장한 돼지고기는 살균 과정을 거친 추상적인 모습을 하고 있어, 따뜻한 온기를 내뿜는 진짜 돼지의 지저분한 모습과는 아무런 관계가 없어 보인다. 하지만 여기 시골에서 도축과 저녁식사는 직접적인 관계를 피할 도리가 없다. 우리가 포스탱의 겨울 부업에 감사했던 일이 그 후에도 적잖게

* terrine, 닭고기나 오리고기, 생선을 얇게 썰어 요리해 단지에 넣어 익힌 것.

있었다.

하지만 포스탱은 그렇다 치더라도 다른 사람들은 대체 무얼 하고 있었던 것일까? 땅은 얼어붙었고, 포도나무들은 가지치기를 끝내고 동면 상태에 들어갔다. 너무 추워 사냥도 힘들었다. 모두 휴가를 떠난 것일까? 천만의 말씀. 그들은 스키장의 슬로프에서 지내거나, 카리브 해에서 요트를 타며 겨울을 지내는 부농이 아니었다. 그들은 집에서 8월의 휴가를 지내면서 실컷 먹고 낮잠을 즐겼고, 휴식을 취하며 오랫동안 계속될 '방당주'**를 준비했다. 이 지역 사람들 대부분이 9월이나 10월에 태어난 것을 알기 전까지, 바깥에 사람들이 눈에 띄지 않는 까닭은 그야말로 수수께끼였다. 마침내 그럴듯하지만 확인 불가능한 해답 하나가 떠올랐다. 그들은 집 안에 틀어박혀 2세를 만드느라 바빴던 것이다! 프로방스에는 평계 없는 무덤이 없었다. 일 년 중 첫 두 달은 사랑에 전념하는 시간임에 분명했다. 하지만 어떻게 노골적으로 물어볼 수 있겠는가.

추운 날씨는 개인적인 즐거움까지 앗아갔다. 조용하면서도 을씨년스런 풍경은 그렇다 치더라도 프로방스에는 독특

**vendange, 포도 수확기.

한 겨울 냄새가 있었다. 바람과 맑고 건조한 공기 때문에 그 냄새가 더 또렷이 느껴진다. 나는 언덕길을 산책하면서 눈에 보이지 않는 집 냄새를 종종 맡을 수 있었다. 바로 굴뚝에서 피어오르는 나무 타는 냄새였다. 인간의 삶에서 가장 원시적인 냄새 중 하나로, 대부분의 도시에서는 사라진 지 오래다. 하기야 도시에서는 소방법과 실내장식가들이 담합해서 환풍구를 막아버리고 벽난로를 홀로 번쩍거리는 '건축 장식물'로 바꿔놓지 않았던가! 프로방스에서는 벽난로를 지금도 사용한다. 요리하는 데, 빙 둘러앉아 담소를 즐기는 데, 발가락을 녹이는 데 사용되며 때로는 눈을 즐겁게 해준다. 겨울에는 아침 일찍부터 불을 지핀다. 뤼베롱 산에서 긁어온 떡갈나무 잔가지나, 방투 산기슭에서 꺾어온 너도밤나무로 하루 종일 지핀다. 땅거미가 내려 개들과 집에 돌아올 때마다 나는 계곡 위에 멈춰, 보니외 길을 따라 흩어져 있는 농가에서 꾸불꾸불 피어오르는 연기를 지켜보곤 했다. 그때마다 나는 따뜻한 부엌과 맛있는 스튜를 떠올렸다. 언제나 내게 시장기를 느끼게 해주는 정경이었다.

프로방스의 유명한 요리는 주로 여름철 음식이다. 수박

과 복숭아, 아스파라거스, 호박과 가지, 후추와 토마토, 아이올리*와 부야베스**, 맛이 기가 막힌 올리브 샐러드, 멸치, 다랑어, 완숙 달걀, 올리브유를 뿌려 번들대는 갖가지 색의 양상추를 아래에 깔고 올려놓은 얇게 썬 감자, 신선한 염소 젖으로 만든 치즈 등은 영국의 가게에 진열된 시들어빠진 재료들을 볼 때마다 우리를 괴롭히던 기억들이었다. 그런데 우리는 겨울에도 여름과 다르지만 그에 못지않게 맛있는 음식이 있다는 것을 전혀 모르고 있었다.

추운 겨울 프로방스에서 즐겨 먹는 요리는 농부들의 음식이다. 이 음식들은 영양이 풍부하고 알차서 몸을 훈훈하게 데워주고 기운을 북돋아주며 잠자리에 들 때까지 포만감을 느끼게 해준다. 앙증맞고 우아하게 장식한 일류 레스토랑 메뉴처럼 겉보기엔 화려하지 않지만, 미스트랄이 면도날처럼 살을 파고드는 추운 겨울밤에 이보다 나은 식단은 없다. 어느 날 밤, 한 이웃이 우리를 저녁식사에 초대했다. 그 집까지 짧은 거리였지만 워낙 추운 까닭에 숨이 턱에 차도록 뛰어야 했다.

집에 들어서자, 방 안 벽의 대부분을 차지한 벽난로 열기

---

*aïoli, 마늘, 레몬주스, 올리브유 등으로 만든 소스.
**bouillabaise, 남프랑스에서 흔히 볼 수 있는 프랑스식 매운탕. 손질한 생선을 올리브유와 마늘, 양파, 갖가지 향료를 넣고 끓인 국물에 넣어 익힌다.

에 안경이 뿌얘졌다. 안경에 서린 김을 닦아내자 커다란 식탁이 보였다. 체크무늬 방수포가 덮인 식탁에는 열 명을 위한 식사가 준비되어 있었다. 우리를 보려는 친구와 친척까지 불렀던 것이다. 한 구석에서 텔레비전이 떠들어댔고, 부엌에서는 라디오 소리가 흘러나왔다. 한 손님이 도착했을 때 문 밖으로 쫓겨나간 각양각색의 개와 고양이들은 다음 손님과 함께 슬그머니 숨어들었다.

마실 것이 나왔다. 남자에게는 파스티스*, 여자에게는 차갑고 달콤한 머스캣 포도주였다. 우리는 날씨에 대한 불평을 시끌벅적하게 늘어놓기 시작했다.

"영국 날씨도 이렇게 고약한가요?"

내가 대답했다.

"여름에만 그렇지요."

그들은 내 말을 진담으로 받아들였다. 하지만 누군가 껄껄대고 웃어준 덕분에 나는 난처함에서 벗어날 수 있었다. 한참 동안 자리를 두고 실랑이를 벌인 끝에 드디어 식탁에 자리를 잡고 앉았다. 우리 옆에 앉을 것이냐 아니면 되도록이면 우리에게서 멀리 떨어져 앉을 것이냐를 두고 실랑이

---

*pastis, 아니스 향료를 넣은 술.

를 벌인 것이 아닐까?

식사는 영원히 잊지 못할 정도였다. 좀 더 정확히 말하면 평생 동안 잊지 못할 서너 번의 식사 중 하나였다. 식사량에서나 식사 시간에서나 우리가 그때까지 경험했던 식도락의 한계를 넘어섰기 때문이다.

먼저 집에서 만든 피자로 시작되었다. 그것도 하나가 아니라 세 종류나. 멸치 피자, 버섯 피자, 치즈 피자로, 누구나 한 조각씩 의무적으로 먹어야 했다. 그리고 식탁 한가운데 놓여 있던 60센티미터짜리 빵덩이에서 뜯어낸 조각으로 접시에 묻은 소스를 닦아 먹었다. 다음 요리가 나왔다. 토끼와 멧돼지, 개똥지빠귀로 만든 파테**였다. 마르로 맛을 낸 두툼한 돼지고기 테린도 있었다. 통후추를 흩뿌린 큰 소시지, 작고 달콤한 양파에 신선한 토마토 소스를 뿌린 샐러드도 있었다. 다시 빵조각으로 접시를 닦아내자 오리 요리가 들어왔다. 마그레***였다. 세련된 프랑스 요리에서 마그레는 대개 은접시에 부채꼴로 가지런히 정돈되어 소스까지 우아하게 뿌린 모습으로 나온다. 하지만 이곳의 마그레는 어디에서도 볼 수 없었던 것이다. 통째로 요리한 가슴살과 다릿

** pâté, 고기나 생선 다진 것을 파이 껍질로 싸서 구운 것.
*** magret, 스테이크처럼 구운 오리 요리.

살에 검은빛을 띤 향기로운 육즙이 뿌려지고, 주위는 야생 버섯이 둘러싸고 있었다.

나는 그 음식들을 다 먹을 수 있었던 것에 안도의 한숨을 내쉬며 의자에 몸을 기대고 앉았다. 그런데 접시에 남은 소스를 닦아내기가 무섭게, 김이 모락모락 나는 커다란 냄비가 다시 식탁 위에 올려지는 것을 보고는 거의 공포감에 질렸다. 게다가 안주인의 특별 요리라고 하지 않는가! 선명할 정도로 짙은 갈색을 띤 토끼고기 스튜였다. 조금만 달라는 우리의 애절한 요구는 생긋 웃는 미소로 무시되었다. 스튜를 먹었다. 올리브 기름에 마늘을 넣고 튀긴 손가락 마디만 한 빵조각들을 섞은 야채 샐러드도 먹었다. 통통하고 동그란 염소젖 치즈 그리고 그 집 딸이 준비했다는 아몬드와 크림 과자도 먹었다. 그날 밤 우리는 영국을 대표해서 먹었다.

커피와 함께 식사의 마지막을 장식하는 디제스티프*로, 그 지방에서 특별히 만든 술이 담긴 이상하게 생긴 병들이 줄지어 나왔다. 내 몸속에 조그만 공간이라도 남아 있었다면 심장이 털컥 떨어질 것만 같았다. 하지만 집주인의 고집을 뿌리칠 도리가 없었다. 바스잘프 지역 수도자들이 전해

* digestif, 서양 요리의 정찬에서 식후에 소화를 촉진하기 위하여 마시는 술.

준 비법에 따라 11세기 방식으로 빚었다는 특별한 디제스
티프를 맛보지 않을 수 없었다. 집주인은 그 술을 따르는 동
안 내게 눈을 감으라고 말했다. 눈을 뜨자, 끈적한 노란 액
체가 담긴 커다란 술잔 하나가 내 앞에 놓여 있었다. 나는
자포자기한 심정으로 식탁에 앉은 사람들을 둘러보았다.
모두가 나를 지켜보고 있었다. 그것이 무엇이든 간에, 개에
게 준다거나 내 신발에 몰래 흘려버릴 기회조차 없었다. 한
손으로 식탁을 꽉 잡고 다른 손으로 술잔을 들었다. 눈을 꼭
감았다. 그리고 소화를 관장하는 수호성자에게 기도하며

술잔을 기울였다.

아무것도 나오지 않았다. 운이 좋으면 혀를 데는 정도로 끝나고, 최악의 경우에는 미뢰(味雷)를 영원히 마비시킬 것도 각오했지만 공기 말고는 아무것도 마실 수 없었다. 마술 컵이었던 것이다. 술을 마시지 않아 안도의 한숨을 내쉬기는, 어른이 되고 처음이었다. 손님들의 웃음소리가 사그라지자 진짜 술이 위협을 가해왔다. 하지만 고양이가 우리를 살려주었다. 커다란 장 위가 제 집인 양 앉아 있던 녀석이 나방을 쫓아 훌쩍 뛰어올랐고, 커피잔과 술병이 놓여 있던 식탁 위로 불시착하여 난장판을 만들었다. 떠나기 적당한 시간인 듯했다. 우리는 추위도 잊은 채 불룩한 배를 내밀며 집까지 걸어갔다. 배가 터질 것 같아 말조차 할 수 없었다. 집에 와서는 시체처럼 깊은 잠에 빠져들었다.

프로방스의 기준에서도 그날 밤의 식사는 일상적인 식사가 아니었다. 일반적으로 땅을 딛고 일하는 사람들은 점심을 푸짐하게 먹고 저녁은 적게 먹는 경향이 있다. 건강에도 좋은 지혜로운 식사법이지만 우리는 그렇게 하지 못했다. 멋진 점심이야말로 저녁의 식욕을 돋워준다는 사실을 깨달은 것이다. 놀라운 변화였다. 어쩌면 맛있는 것이 넘치도록 많은 환경에서, 또한 남녀 모두가 먹는 것에 강박적인 관심을 갖는 세계에서 살고 있다는 생경함과도 관련이 있었는지 모른다. 예컨대 정육점 주인들은 단순히 고기를 파는 것에 만족하지 않는다. 사람들이 길게 줄을 서 있어도, 고기를 어떻게 요리해야 하고 어떻게 식탁에 올려야 하는지 그리고 무엇을 곁들여 먹고 마셔야 하는지를 장황하게 설명해준다.

페브로나타*라는 프로방스식 스튜를 만들려고 압트로 고기를 사러 갔을 때 이런 일을 처음으로 경험했다. 우리는 구시가지에 있는 정육점을 찾아갔다. 그 정육점 주인이 요리의 대가에 버금가는 솜씨를 지녔고, 게다가 아주 꼼꼼하다는 명성이 자자했기 때문이었다. 정육점은 아담한 크기였다. 주인도 대단한 몸집이었지만 그의 아내도 만만치 않았다. 그 때문에 우리 네 사람밖에 없었는데도 정육점이 꽉 찬 것 같았다. 우리가 그 특별한 요리를 만들려고 한다는 것을 설명하는 동안 그는 열심히 귀 기울였다. 그 요리에 대해 귀가 닳도록 들었겠지만.

---

*pebronata, 지중해 지역에서 널리 먹는 음식으로 레드와인, 토마토, 붉은 피망 등 빨간 색감의 식재료를 주로 사용한다.

그는 분개한 듯 숨을 크게 내쉬었다. 그리고 커다란 칼을 힘차게 갈기 시작했다. 나는 움찔하며 한 걸음 뒤로 물러섰다. 그가 물었다.

"당신들이 전문가, 그러니까 보클뤼즈에서 페브로나타의 최고 권위자를 보고 있다는 걸 알고나 있소?"

그의 아내가 감격 어린 표정으로 고개를 끄덕였다. 그는 날카로운 칼날을 우리 얼굴 앞에 흔들어대며 다시 물었다.

"왜냐고요? 나는 페브로나타에 대한 책까지 썼소. 기본 요리법을 스무 가지로 변형시킨 페브로나타의 결정판이오."

그의 아내가 다시 고개를 끄덕였다. 그녀는 수술하기 전에 예리하게 간 새 칼들을 저명한 외과의사에게 건네는 수간호사 역할을 하고 있었다.

내가 감동받은 표정을 짓고 있었던 모양이다. 그가 곧바로 알맞은 크기의 송아지고기를 꺼내 보였고 말투까지 진짜 전문가처럼 변해갔기 때문이다. 그는 송아지고기에서 허드레 부분을 잘라내고 네모난 모양으로 작게 썰어 작은 봉지에 넣었다. 그리고 잘게 썬 향료를 그 봉지에 가득 담아주며, 최고의 고추를 어디서 살 수 있는지 말해주었다. 심미적인 효과를 살리기 위해 푸른 것 네 개와 붉은 것 한 개로 색을 대비시켜야 한다면서. 또한 우리가 바보 같은 짓을 저지르지 않도록 요리법을 처음부터 끝까지 두 번씩이나 되풀이해주었다. 그야말로 완벽한 공연이었다.

프로방스에는 미식가들이 많다. 따라서 조금도 기대하지 않던 사람에게서 진주 같은 지혜를 얻기도 한다. 다른 나라 사람들이 스포츠와 정치에 열광하듯 프랑스 사람들이 음식에 열광한다는 사실에 우리 부부는 조금씩 익숙해졌지만, 청소부인 바뇰 씨가 별이 셋인 고급 식당들을 평가하는 이야기를 들었을 때는 정말 놀라지 않을 수 없었다. 그는 님(Nimes) 출신으로, 사포로 돌바닥을 닦아내는 청소부였다. 그가 적당히 배를 채우는 사람이 아니라는 것은 금세 알 수 있었다. 매일 정확히 정오가 되면 그는 작업복을 갈아입고, 이 지역의 한 식당에서 두 시간을 보냈다.

그는 그 식당이 그다지 나쁜 편은 아니지만 레보에 있는 보마니에르 식당에 비하면 새 발의 피라고 평가했다. 보마니에르는 미슐랭* 평가에서 별 셋을 받고, 고미요 가이드**

---

* Michelin, 1900년부터 출간된 프랑스의 대표적인 레스토랑 가이드북. 전 세계에서 그 권위를 인정한다. 별 셋을 달게 되면 성대한 시상식을 치르기도 한다.
** Gault-Millau, 프랑스의 유명한 레스토랑 가이드북.

에서도 20점 만점에 17점을 받은 식당이다. 그는 보마니에 르에서 먹어본, 겉을 딱딱하게 구운 농어 요리가 정말 일품이었다고 했다.

"꼭 기억해두세요. 로안에 있는 트루아그로 식당도 최고지만 기차역 맞은편에 있어 경관은 레보만큼 멋지지 않습니다."

트루아그로는 미슐랭 평가에서 역시 별 셋을 받고, 고미요 가이드에서는 20점 만점에 19.5점을 받은 식당이다. 그는 무릎받침을 고쳐 매고 바닥을 문질러대면서 이런 이야기를 계속했다. 바뇰 씨는 연례 행사로 찾아다녔던 프랑스에서 가장 값비싼 식당 대여섯 군데까지 우리에게 가르쳐주었다.

그는 영국에도 한 번 다녀온 적이 있었다. 리버풀의 한 호텔에서 양고기구이를 먹었다고 했다. 그런데 잿빛을 띠고 미지근한 데다 맛도 없었던 모양이다. 그는 "물론 영국 사람들이 양을 두 번 죽인다는 것은 알고 있습니다."라고 말했다. 영국인들이 양을 도살할 때 한 번, 요리할 때 다시 한 번 죽인다는 뜻이었다. 내 조국의 요리에 대한 모욕에 나는 그의 곁을 슬그머니 떠나지 않을 수 없었다. 그가 바닥을 북북 문질러대면서 다음에 보퀴즈 식당을 찾아가는 꿈을 꾸도록 내버려둔 채.

날씨는 좀처럼 풀릴 기미가 보이지 않았다. 혹독한 추위였지만 밤하늘에는 별이 총총했고 아침놀은 눈부시게 아름다웠다. 어느 날 아침, 해가 유난히 낮게 뜨고 크게 보였다. 모든 것이 태양 안으로 빨려들어간 듯 눈부시게 빛나거나 짙은 그림자를 드리웠다. 개들이 나를 앞서 달려가고 있었다. 개들이 길게 짖는 소리를 듣고서야 나는 그 이유를 알 수 있었다.

땅이 움푹 꺼져 깊은 골짜기를 이룬 숲의 어딘가에 이른 것이었다. 그곳에는 뭔가 착각한 듯한 농부가 백 년 전에 지었다는 집이 있었다. 주변을 에워싼 나무들 때문에 언제나 어둠에 묻혀 있는 집이었다. 나는 전에도 그곳을 여러 번 지나친 적이 있었다. 창의 덧문은 언제나 언제나 닫혀 있었다. 사람이 살고 있다는 유일한 흔적은 굴뚝에서 새어나오는 연기였다. 또한 마당에는 털이 헝클어진 커다란 몸집의 독일산 셰퍼드 두 마리와 잡종 한 마리가 어슬렁대며, 누가 지나가면 당장이라도 뛰쳐나와 물어뜯을 기세로 사슬을 팽팽하게 잡아당기면서 맹렬히 짖어댔다. 그 개들은 무자비한 것으로 알려져 있었다. 한 녀석이 사슬을 끊고 뛰쳐나와 앙드레 할아버지의 종아리를 물어뜯은 적도 있었다. 우리 개들은 얌전한 고양이들 앞에서는 용감무쌍했지만, 적개심을 여지없이 드러내는 패거리에게는 지나치게 가까이 접근하지 않는 것이 좋겠다고 현명하게 판단한 듯이, 그 집을 빙둘러서 가파르지만 나지막한 언덕까지 올라가곤 했다. 녀석들은 언덕에 올라서자, 개들이 제 영역에서 예기치 못한사태를 만날 때 용기를 내려고 흔히 그렇듯이 신경질적으로 짖어댔다.

언덕 꼭대기에 올라서자 나는 밝은 햇살에 눈을 뜰 수 없었다. 하지만 나무들 사이로 한 사내의 뒷모습을 어렴풋이 볼 수 있었다. 담배 연기가 그의 머리 주위를 후광처럼 감돌았다. 우리 개들은 안전거리를 두고 요란하게 짖어대며 그를 탐색했다. 내가 다가가자 그는 굳은살이 박인 차가운 손을 내밀며 입을 뗐다.

"봉주르."

그는 입가에 물고 있던 담배꽁초를 비틀어 빼며 자신을 소개했다.

"마소 앙투안이오."

얼룩무늬의 위장용 재킷, 정글용 군모, 탄띠와 산탄총! 그는 전쟁이라도 치를 듯한 모습이었다. 피부색과 살결에서 급하게 구워낸 스테이크를 연상시키는 얼굴, 니코틴에 찌든 듯한 헝클어진 콧수염 위로 우뚝 솟은 쐐기 모양의 코! 뒤엉킨 적갈색 눈썹 사이로 보이는 푸른 눈빛에서는 한기가 느껴졌고, 웃을 때마다 힐끗 보이는 충치들은 아무리 낙천적인 치과의사라도 고개를 절레절레 흔들 지경이었다. 하지만 그에게서 왠지 모르게 친근감이 느껴졌다.

나는 그에게 사냥이 어땠냐고 물었다.

"여우 한 마리요. 하지만 너무 늙은 놈이라 먹을 수 없어요."

그는 어깨를 으쓱해보이고 누런 종이로 굵게 만 보야르 담배 한 개비를 꺼내 불을 붙였다. 갓 피운 모닥불 같은 냄새가 아련하게 아침 공기와 뒤섞였다.

"어쨌든 오늘 밤부터는 우리 개들이 이 녀석 때문에 잠을 설치지 않겠죠."

이렇게 말하며 그는 골짜기에 있는 집을 향해 고갯짓을 했다. 나는 그의 개들이 무척 사나운 것 같다고 말했다. 그는 싱긋이 웃으며 "그냥 짖어대는 겁니다."라고 대답했다.

"하지만 언젠가 한 녀석이 사슬까지 끊고 노인을 공격하지 않았던가요?"

"아, 그거요?"

그는 기억하고 싶지 않은 사건인 듯 고개를 저었다.

"개들이 짖어댈 땐 절대 등을 보이면 안 되죠. 그런데 그 노인이 그만 그런 실수를 저질렀던 겁니다. 정말 비극이었습니다."

그때 나는 그가 정말로 앙드레 할아버지에게 입힌 상처를 안타까워하는 것이라 생각했다. 다리 정맥이 결딴나 병원까지 가서 주사를 맞고 몇 바늘을 꿰매야 할 정도로 큰 상처였으니까. 하지만 나의 착각이었다. 마소가 정말로 아쉽게 생각한 것은 카바용의 날강도 같은 철물점 주인에게 무려 250프랑이나 안기면서 새 사슬을 사야 했던 것이다. 앙드레 할아버지의 상처보다 더 큰 아픔을 안겨준 지출이었다.

그를 아픈 기억에서 구원해주려고 나는 화제를 바꾸었다. 그에게 정말로 여우고기를 먹느냐고 물었다. 내 엉뚱한 질문에 놀랐다는 표정을 지으며 그는 아무런 대답도 없이 나를 물끄러미 쳐다보았다. 내가 그를 놀린다고 의심하는 듯한 눈치였다.

"영국에서는 여우고기를 먹지 않나요?"

벨부아 사냥협회* 회원들이 이런 질문을 받았다면 어떻게 했을까? 십중팔구 그들은《더 타임스》에 항의 편지를 보내고, 스포츠 정신에 어긋난다며 집단 심장발작이라도 일으켰을 것이다.

"예, 영국에서는 여우고기를 먹지 않습니다. 빨간 외투를 입고 말 등에 앉아 몇 마리의 개를 데리고 여우를 쫓다가 꼬리를 잘라내는 정도죠."

그는 놀란 듯이 고개를 곧추세웠다.

"영국 사람들은 정말 이상하군요."

그리고 개화된 사람들은 여우를 어떻게 먹는지, 입맛을

---

*The Belvoir Hunt, 영국 링컨셔 지역을 중심으로 1750년에 시작된 여우사냥 클럽.

다시고는 소름끼치는 몸짓까지 더해가며 설명하기 시작했
다.

마소의 여우고기 스튜 요리법

어린 여우를 발견하면 머리를 정확히 겨냥해 맞춘다. 머리
는 요리하는 데 쓰이지 않기 때문이다. 먹을 수 있는 부분에
굵은 총알이 박히면 이가 부러질 수 있고—마소는 그렇게
부러진 이 두 개를 내게 보여주었다—소화불량을 일으킬
수도 있다.

여우 가죽을 벗기고 '그 부분'을 제거한다. 이때 마소는
자신의 사타구니를 손으로 잘라내고, 곧이어 손을 교묘하
게 비틀어 끌어당기면서 내장을 꺼내는 시늉을 했다.

깨끗이 씻은 몸통을 흐르는 찬물에 스물네 시간 동안 담
가 누린내를 없앤다. 물기를 없애고 자루에 넣어 하룻밤 동
안 집 밖에 널어둔다. 서리가 내리는 밤이면 더욱 좋다.

다음 날 아침, 무쇠솥에 여우를 넣고 피와 붉은 포도주 섞
은 것을 붓는다. 그런 다음 향료와 양파, 마늘을 넣고 하루

나 이틀 정도 삶는다. 마소는 정확한 시간을 알려주지 못해 미안하다며, 삶는 시간은 여우의 크기와 연령에 따라 다르다고 했다.

예전에는 이렇게 요리한 여우고기에 빵과 삶은 감자를 곁들여 먹었지만 요즘에는 튀김용 프라이팬이 개발된 덕분에 감자튀김과 함께 즐길 수도 있다.

이때쯤 마소는 상당히 말이 많아졌다. 그는 혼자 살고 있으며, 겨울에는 얼굴을 마주치는 사람조차 드물다고 했다. 그는 평생을 산에서 지낸 사람이었다. 하지만 이제는 마을로 내려가 사람들과 어울리며 살아갈 때가 된 것 같다고 했다. 물론 그처럼 아름다운 집, 조용하며 미스트랄에도 안전한 집, 한낮의 뜨거운 햇살을 완벽하게 피할 수 있는 곳에 자리잡은 집, 오랜 시간 행복하게 살아온 공간을 떠난다는 것은 그에게 견디기 힘든 슬픔일 것이다. 하지만 내 친구 중 누가 그 집을 사겠다고 한다면 기꺼이 양보하겠다고 했다. 그리고 그는 나를 물끄러미 바라보았다. 그의 촉촉하게 젖은 푸른 눈동자에서 진지함을 엿볼 수 있었다.

나는 그늘 속에 감춰진, 금방이라도 쓰러질 것 같은 그 집을 내려다보았다. 세 마리의 개는 녹슨 사슬을 철렁대며 쉴 새 없이 어슬렁거렸다. 프로방스 전체에서 이 집만큼 살고 싶지 않은 집을 찾기도 힘들 것이란 생각이 들었다. 햇살도 들지 않고 전망도 좋지 않았다. 게다가 공간감도 느낄 수 없는 곳이었다. 더구나 집 안도 기분 나쁘게 눅눅하지 않겠는가! 나는 마소에게 그의 이야기를 기억해두겠다고 약속했다. 그러자 그는 내게 눈을 찡긋하며 말했다.

"1백만 프랑입니다. 헐값에 파는 겁니다."

그리고 그가 이 낙원의 한 귀퉁이를 떠나기 전에, 시골 생활에 대해 알고 싶은 것이 있다면 무엇이라도 도와주겠다고 말했다. 그는 숲 구석구석을 샅샅이 알고 있어 버섯은 어디서 자라고, 멧돼지는 어디서 물을 마시며, 어떤 총을 선택해야 하고, 사냥개를 어떻게 훈련시켜야 하는지 모르는 게 없다고 했다. 내가 묻기만 하면 그가 알고 있는 것이 곧 내 것이었다. 나는 그에게 고맙다고 했다.

"별것 아닙니다."

이렇게 말하고 그는 1백만 프랑짜리 저택을 향해 언덕을

뚜벅뚜벅 내려갔다.

내가 마소를 만났다고 마을의 한 친구에게 말하자 그는 빙그레 웃으며 물었다.

"혹시 여우고기 요리법을 가르쳐주지 않던가요?"

나는 고개를 끄덕였다.

"집을 팔려고 하지 않던가요?"

나는 다시 고개를 끄덕였다.

"못된 허풍쟁이 같으니. 전부가 빈말입니다."

빈말이라도 상관없었다. 나는 마소가 좋았다. 그가 재밌고도 기상천외한 정보를 무척이나 많이 갖고 있으리란 느낌이 들었다. 마소가 내게 시골 생활의 즐거움을 가르쳐주고 메니쿠치 씨가 과학적인 문제들을 맡아준다면, 이제 내게 더 필요한 사람은 프랑스 관료주의라는 암울한 바다를 헤쳐가도록 방향을 제시해줄 항해사였다. 겹겹이 복잡하게 얽혀 불편하기 이를 데 없는 프랑스의 행정 체계는 작은 문제로도 큰 좌절감을 안겨주기 일쑤였기 때문이다.

집을 살 때 처리해야 할 자잘한 일이 많다는 것을 미리 알았더라면 우리 부부는 그처럼 힘들어하지 않았을 것이다. 우리는 집을 사고 싶었고, 집주인은 팔고 싶어 했다. 가격도 합의했다. 모든 것이 일사천리였다. 하지만 그때부터 우리는 프랑스의 '서류수집운동'에 본의 아니게 참여하게 되었다. 먼저 우리가 실제로 존재한다는 것을 증명해줄 출생증명서가 필요했다. 영국인이란 사실을 증명하기 위해서는 여권이 필요했고, 공동명의로 집을 사기 위해 결혼증명서가 필요했다. 심지어 결혼증명서가 유효하다는 것을 증명해줄 이혼증명서까지 있어야 했다. 또한 영국에 주소를 두고 있다는 증거물도 있어야 했다. 혈액형과 지문을 제외한 모든 허접스런 정보를 담은 서류들이 프랑스와 영국을 넘나든 끝에, 지역 변호사가 우리 존재를 한 벌의 서류로 꾸며주었고, 그제서야 거래가 이뤄질 수 있었다.

그래도 우리가 프랑스의 한 귀퉁이를 사려는 외국인이었고, 국가 안보는 뒤탈없이 지켜져야 하는 것이었기에 그런 귀찮은 시스템을 용서하기로 했다. 그리고 사소한 문제는 틀림없이 더 신속하게 처리되고 서류 작업도 덜 복잡할 것이라 믿었다. 우리는 자동차를 사러 갔다.

우리가 구입하려던 차는 2마력의 기본형 시트로엥이었다. 이십 년 동안 거의 변하지 않은 모델이라 어느 마을에서나 쉽게 부품을 구할 수 있었다. 기계적으로도 재봉틀 수준을 크게 벗어나지 않았다. 따라서 유능한 대장장이라면 얼마든지 수리할 수 있었다. 멀미를 일으키는 세계에서 유일한 자동차라는 평판에 걸맞게 충격 흡수 장치가 젤리처럼 말랑말랑한 것으로 만들어졌다는 사실을 제외한다면 매력적이고 실용적인 차였다. 더구나 재고가 딱 한 대뿐이었다.

판매원은 운전면허증을 꼼꼼히 뜯어보았다. 유럽공동체 어느 나라에서나 2000년까지 유효한 면허증이었다. 하지만 그는 한숨을 푹 내쉬면서 고개를 가로저었다. 그리고 나를 쳐다보며 말했다.

"안 되겠는데요."

"안 된다니요?"

"안 되겠어요."

나는 비밀 무기까지 꺼냈다. 여권이었다.

"그래도 안 됩니다."

서류봉투를 샅샅이 뒤졌다. 대체 저 친구가 원하는 게 뭘

까? 결혼증명서일까? 영국에서 낸 전기요금 영수증이라도 원하는 걸까? 결국 나는 포기하고 그에게 자동차를 사는 데 돈 말고 필요한 것이 뭐냐고 물었다.

"프랑스에 주소가 있습니까?"

나는 집 주소를 가르쳐주었다. 그는 매매계약서에 주소를 또박또박 써내려가며, 세 번째 용지에도 제대로 쓰였는지 간혹 확인했다.

"이 주소가 진짜라는 증거가 있나요? 전화요금 영수증이라도? 아니면 전기요금 영수증도 괜찮고요."

우리 부부는 최근에야 이사했기 때문에 아직 어떤 청구서도 받은 적이 없다고 대답했다. 하지만 판매원은 '카르트 그리즈', 즉 자동차등록증을 만들려면 주소가 필요하다고 말했다. 주소가 없으면 자동차를 등록할 수 없다. 결국은 자동차를 등록할 수 없으니 자동차를 살 수도 없다는 뜻이었다. 다행히 세일즈맨의 본능이 관료주의적 장애물을 이겨내면서 그는 해결책을 모색하기 시작했다. 우리가 집을 샀다는 증서를 보여주면 모든 문제가 신속하고 만족스레 해결되어 자동차를 가질 수 있을 것이란 제안이었다. 매매증서는 그곳에서 25킬로미터 떨어진 변호사 사무실에 있었다. 결국, 변호사 사무실까지 다녀왔다. 그리고 의기양양하게 매매증서와 수표를 그의 책상 위에 올려놓았다.

"이제 끝났습니까? 자동차를 가져갈 수 있을까요?"

"죄송하지만 아직은 아닙니다."

수표를 확인할 때까지 기다려야 한다고 했다. 그 지역의 은행에서 발행한 수표지만 네댓새를 더 기다려야 한다는 것이었다.

"그럼 같이 은행에 가서 그 자리에서 확인하면 되잖소?"

"안 됩니다. 그렇게 할 순 없습니다."

때마침 점심시간이었다. 프랑스가 세계를 선도하는 두 분야, 즉 관료주의와 미식 관습이 겹치면서 우리를 더욱 곤경에 몰아넣었다.

그 일로 우리는 약간 편집증 환자가 되었다. 몇 주 동안 집을 나설 때마다 공문서의 복사본을 갖고 다녔다. 슈퍼마켓의 계산대 아가씨부터 포도주를 차에 싣는 것을 도와주는 노인에 이르기까지, 모든 사람에게 여권과 출생증명서를 흔들어보였다. 서류는 프랑스에서 신성한 것이고 존중 받아 마땅한 것이기 때문에 언제나 대단한 대접을 받았다. 하지만 그런 서류를 왜 갖고 다니느냐고 묻는 사람도 적지 않았다. '영국에서 살려면 그렇게 해야 하나요? 정말 이상하고 피곤한 나라네요!' 그런 질문에 우리는 어깨를 으쓱해 보이는 것으로 대답을 대신할 수밖에 없었다. 그때부터 어깨를 으쓱하는 것이 습관처럼 몸에 배었다.

1월의 마지막 날까지 추위는 계속되었다. 그리고 며칠 지나자 완연히 따뜻해졌다. 봄이 코앞까지 온 듯했다. 나는 전문가의 일기예보를 듣고 싶었다. 그래서 숲의 현자(賢者)에게 물어보기로 했다.

마소는 반사적으로 콧수염을 잡아당겼다.

"조짐이 있습니다."

쥐들은 따뜻한 날이 오는 것을 복잡한 인공위성보다 먼저 감지할 수 있는데, 그의 집 천장에 사는 쥐들이 지난 며칠 사이에 유난히 활발하게 움직였다는 것이었다. 실제로 며칠 전에는 쥐들이 하도 시끄럽게 천장을 뛰어다녀 잠을 잘 수가 없어, 결국 천장에 총을 두 방 쏜 후에야 잠잠해졌다고 말했다.

"틀림없어요."

달이 점차 초승달이 되어가는 것도 한 증거였다. 해마다 이때쯤 초승달이 뜨면 변화가 있었다는 것이다. 이런 두 가지 중대한 조짐을 근거로 그는 따뜻한 봄이 일찍 찾아올 것이라 예견했다. 나는 아몬드에 새싹이 돋을 기미가 보이는지 확인해보려고 서둘러 집으로 돌아왔다. 그리고 수영장도 깨끗이 청소해야겠다고 마음먹었다.

02 February

폭설에 덮인 프로방스

우리가 구독하는 신문 《르프로방살》의 1면은 대개 지역 축구팀의 승전보, 지역 정치인들의 실속 없는 정견 발표, '프로방스의 시카고'라 일컬어지는 카바용의 슈퍼마켓에서 일어난 강도 사건을 다룬 조마조마한 기사 그리고 가끔씩 소형 르노 자동차 운전자들이 알랭 프로스트*를 흉내내려다 도로에서 즉사했다는 끔찍한 기사로 채워졌다.

2월 초 어느 날, 이런 전통적인 기사들이 스포츠, 범죄, 정치와 아무런 관계도 없는 톱뉴스에 밀려났다. '폭설에 덮

*Alain Prost, F1 자동차 경주에서 최다 그랑프리 우승과 최다 득점의 영예를 누린 전설적인 드라이버.

인 프로방스!'라는 표제 아래로, 기상이변에서 비롯된 후속 담들을 은근히 반기는 듯한 기사가 실렸다. 눈에 갇힌 자동차 안에서 밤을 꼬박 새우고도 기적적으로 살아난 엄마와 아기들, 투철한 공공의식으로 무장한 이웃들의 도움으로 가까스로 저체온증을 모면한 노인들, 방투 산자락에서 헬리콥터로 구조된 등산객들, 온갖 위험을 무릅쓰고 전기요금 청구서를 배달하는 우체부들, 과거의 재난을 회고하는 마을 어르신네의 이야기가 앞으로 소개될 것이다. 하여간 구체적인 이야깃거리가 중요한 시대였다. 기자는 기사를 쓰다 말고 멈춰서 기대감에 두 손을 비비면서, 감탄 부호를 더 넣을 곳이 없나 궁리하리라.

들뜬 기분이 느껴지는 기사와 함께 두 장의 사진이 실렸다. 하나는 하얀 깃털을 뒤집어쓴 듯한 박쥐우산들의 행렬이었다. 정확히 말하면 니스의 '영국인 산책로'를 따라 늘어선 눈 덮인 종려나무들이었다. 다른 하나는 마르세유에서 목도리로 얼굴을 감싼 사내가 고집스런 개를 산책에 끌고 나온 것처럼, 바퀴 달린 이동식 라디에이터 끝을 밧줄에 묶어 눈밭에서 끌고 가는 사진이었다. 교통이 두절되어 눈

덮인 시골을 찍은 사진은 없었다. 가장 가까이에서 동원할 수 있는 제설차는 리옹 북부, 그러니까 이곳에서 3백 킬로미터나 떨어진 곳에 있었다. 프로방스의 운전자들—대담무쌍한 기자들이라도—은 거무튀튀한 아스팔트 응고제를 깐 끈끈한 도로에 익숙해, 빙판처럼 변한 도로에서 춤추지 않으려면 집에 틀어박혀 있거나 가까운 술집에 처박혀 있어야 했다. 아무튼 이런 날씨가 오래 지속되지는 않을 테니까! 일종의 이상기후였다. 날씨가 잠시 딸꾹질한 것이었다. 대담하게 밖에 나가기 전에 마음의 준비를 하려고 카페 라떼를 한 잔 더 마시거나, 좀 더 강한 것을 마실 좋은 핑곗거리였다.

1월의 추위가 계속되는 동안 산골 마을은 조용했다. 그런데 눈까지 오면서 우리 마을은 깊은 침묵의 늪에 빠져버렸다. 온 마을에 방음장치가 된 듯이. 덕분에 뤼베롱 산은 온통 우리 차지가 되었다. 간혹 무슨 목적이 있었는지 산길을 똑바로 가로지른 다람쥐와 토끼의 발자국이 눈에 띄었지만 몇 킬로미터나 아득히 이어진 하얀 얼음산은 으스스한 기분을 자아내면서도 아름답기 그지없었다. 우리가 남긴 발자국 말고 사람의 흔적은 찾아볼 수 없었다. 조금이라도 따뜻한 날에는 무기와 살라미 소시지, 바게트, 맥주, 골루아즈*등 자연과 용감히 맞서는 데 필요한 필수품들을 챙겨 나오던 사냥꾼들도 그들의 굴에서 꼼짝하지 않았다. 총소리로 착각한 소리는 눈의 무게를 이기지 못한 나뭇가지들이 꺾이는 소리였다. 그 소리를 제외하곤 너무나 고요했다. 나중에 마소가 말했듯이 생쥐가 방귀 뀌는 소리까지 들릴 것 같았다.

집에서 가까운 도로는 작은 산처럼 변해 있었다. 바람에 눈이 쏠려 무릎까지 빠질 정도의 작은 동산이 만들어진 것이었다. 걸어서 외출할 수밖에 없었다. 빵 하나를 사려 해도 거의 두 시간을 눈밭과 싸워야 했다. 메네르브까지 다녀오는 길에 지나가는 자동차를 한 대도 보지 못했다. 주차된 차들은 하얀 눈을 뒤집어쓴 채 마을로 이어지는 언덕 기슭에 양처럼 묵묵히 서 있을 뿐이었다. 크리스마스 카드에서 이런 모습을 흔히 봤기 때문이었을까? 주민들은 넘어질 듯 허리를 앞으로 굽히거나 더 위태롭게 몸을 뒤로 젖히면서 비틀거리고, 술에 취해 롤러스케이트를 타는 사람들처럼 조

* Gauloises, 프랑스 담배 이름.

심스레 발을 내딛으면서도 미끄러워 위험천만한 길과 타협하는 데 재미를 붙여가는 것 같았다. 시 청소반, 정확히 말해서 빗자루로 무장한 두 사람이 정육점, 빵집, 식료품점, 카페 등 중요한 서비스를 제공하는 상점들로 이어지는 길의 눈을 치웠다. 마을 사람들도 옹기종기 모여서 햇살을 즐기며, 엄청난 재난을 이겨낸 불굴의 의지를 서로 칭찬했다. 그때 스키를 탄 사람이 시청 쪽에서 나타났다. 그리고 거짓말 같은 필연으로, 역시 보조 운송도구, 즉 옛날식 썰매를 탄 사람과 충돌했다. 《르프로방살》 기자가 그 자리에 없었던 것이 아쉬울 따름이었다. 따뜻한 김이 모락모락 나는 커피를 즐기면서 그 장면을 목격했더라면 '폭설로 인한 정면 충돌 사고'라는 멋진 기사를 썼을 텐데 말이다.

개들은 어린 곰처럼 눈에 쉽게 적응했다. 눈더미에 뛰어들어 주둥이가 하얗게 되어 나왔고, 커다란 하얀 거품처럼 들판을 껑충껑충 뛰어다녔다. 녀석들은 미끄럼 타는 법까지 터득했다. 며칠 전까지 수영장 청소 계획을 세우고 때이른 봄 수영을 준비하고 있었던 까닭에 수영장은 청록색 얼음덩이로 변해 있었다. 그런 수영장에 개들이 얼을 빼앗긴 것일까? 처음에 녀석들은 두 발을 얼음판에 살짝 올려놓았다. 그리고 세 번째 발을 조심스레 얼음판에 디뎠다. 마침내 마지막 한 발까지 내디디며 온몸을 얼음판에 실었다. 어제까지는 마시던 것에 네 발을 딛고 설 수 있다는 사실이 이상했던지 잠시 망설이더니 금세 흥분해서 꼬리를 흔들어대며 한층 발전된 모습을 보였다. 나는 개가 사륜구동 자동차의 원리로 설계되어 네 다리에서 똑같은 추진력이 나온다고 생각해왔다. 하지만 그 힘은 뒤쪽에 집중된 듯하다. 그래서 미끄럼을 탈 때 앞부분은 똑바로 나가려 해도 뒷부분이 통제력을 완전히 잃어 좌우로 뒤뚱거리면서 때때로 홀러덩 뒤집어지는 것이 아닐까.

낮 동안 그림 같은 바다에서 혼자 빈둥대는 즐거움은 말로 표현할 수 없을 정도였다. 우리는 몇 킬로미터를 걸었고 장작을 팼으며 푸짐한 점심을 먹었고 따뜻하게 지냈다. 하지만 밤이 되자 모든 것이 달라졌다. 불을 지피고 스웨터를 껴입고 더 푸짐하게 먹었지만 돌벽과 돌바닥에서 올라오는 냉기에 발가락이 곱았다. 추위에 몸을 웅크릴 수밖에 없었다. 우리는 대개 아홉 시쯤 잠자리에 들었다. 이른 아침, 식탁에서는 입김으로 작은 구름이 만들어질 지경이었다. 메니쿠치 씨의 이론이 옳다면, 그러니까 지구가 점점 평평해지고 있다면 미래의 겨울은 언제나 이런 식이지 않겠는가! 그렇다면 우리가 아열대 기후에서 살고 있다는 착각을 접어두고 중앙 난방의 유혹을 받아들일 때가 된 셈이다.

나는 메니쿠치 씨에게 전화를 걸었다. 그가 배관에 대해 걱정스레 물었다. 나는 잘 견디고 있다고 했다.

"다행이군요. 영하 5도예요. 길도 위험한 데다 내 나이가 쉰여덟이니까 집에서 꼼짝하지 않고 지낸답니다."

그는 잠시 말을 멈추었지만 다시 덧붙여 말했다.

"클라리넷이나 불어볼까 합니다."

그는 손가락이 둔해지는 것을 막고 어수선한 배관일을 잊으려고 매일 클라리넷을 분다고 했다. 그 때문에 나는 바로크 작곡가들까지 대화가 진전되지 않도록 가까스로 저지하고, 추위에 얼어붙은 우리 집과 같은 세속적인 문제로 화제를 돌렸다. 결국 길에서 눈이 치워지는 대로 내가 그의 집을 방문하기로 합의를 보았다. 그는 집에 가스, 기름, 전기 등 어느 것이나 사용할 수 있는 갖가지 종류의 난방 설비를 갖추었고, 최근에는 회전식 태양열판까지 구입했다며 내게 그것들을 모두 보여주겠다고 말했다. 뛰어난 소프라노 가수라는 그의 부인을 만날 기회까지 얻게 된 셈이다. 자칫하면 난방 기구들과 파이프 마개들 틈새에서 뮤지컬을 감상해야 할 것이 분명했지만.

곧 따뜻하게 지낼 수 있으리란 기대감에 우리는 성급하게도 여름을 생각하며, 집 뒤에 울타리가 둘러진 마당을 옥외 거실로 바꿀 계획을 세우기 시작했다. 한구석에 이미 바비큐 시설과 미니바가 갖춰져 있었지만 큼직하고 탄탄한 식탁이 없어 아쉬웠다. 우리는 15센티미터나 쌓인 눈밭에 서서 8월 중순의 점심시간을 머릿속에 그려보았다. 그리고 한 변의 길이가 1.5미터를 약간 넘는 큼직한 정사각형을 눈 위에 그렸다. 구릿빛으로 그을린 맨발의 사내 여덟 명이 가운데에 큼직한 샐러드 그릇, 파이와 치즈, 구워서 식힌 고추, 올리브빵과 포도주병을 놓고 빙 둘러앉기에 충분한 크기였다. 미스트랄이 마당에 휘몰아치며 눈에 그린 도형을 지워버렸다. 하지만 우리는 이미 결정한 터였다. 식탁은 정사각형으로 하고 그 위에 돌판을 얹기로!

뤼베롱 산을 찾은 사람들이 흔히 그렇듯, 우리도 그 지역 돌의 다양한 형태와 용도에 놀라지 않을 수 없었다. 타벨의 채석장에서 캐낸 돌은 '차가운 돌'로 연한 베이지색을 띠었고, 매끄럽고 결이 고왔다. 한편 라코스트에서 채석된 돌은 '따뜻한 돌'로 상대적으로 결이 거칠고 잿빛이 감도는 흰색이었다. 이 둘 사이에 스무 가지 색과 결을 띤 돌들이 있었다. 벽난로, 수영장, 계단, 벽과 바닥, 정원 벤치, 부엌 싱크대 등에 쓰이는 돌이 모두 달랐다. 거친 표면을 그대로 살리거나 매끈하게 갈아 사용하기도 한다. 물론 각지게 깎기도 하고 관능적인 곡선으로 잘라내기도 한다. 영국이나 미국에서 건축가들이 나무, 철, 플라스틱을 사용한다면 이곳에서는 어디에나 돌을 사용한다. 우리가 알아낸 돌의 유일한 단점은 겨울에 차갑다는 것이다.

무엇보다 놀라운 것은 돌값이었다. 제곱미터당 돌값이 리놀륨*값보다 쌌다. 운반 비용을 빠뜨리고 계산한 것을 나중에 알았지만, 그때는 이런 새로운 발견에 너무나 기뻐서 봄까지 기다릴 것 없이 눈밭을 헤치고라도 채석장에 가보기로 했다. 친구들은 라코스트에 사는 피에로란 사람을 소

---

*Linoleum, 시트 모양으로 된 실내 바닥에 까는 재료.

개하면서, 솜씨도 깔끔하고 가격도 공정하다고 했다. 그리고 '기인(奇人)'이란 평까지 덧붙였다. 우리는 아침 여덟 시 반에 그와 만나기로 약속했다. 그 시간이면 채석장이 조용할 것이란 생각 때문이었다.

우리는 라코스트로 향하는 길가에 세워진 표시판을 따라갔다. 떡갈나무 숲에 난 작은 길로 들어서자 널찍한 공터가 나타났다. 채석장처럼 보이지 않았다. 그래서 방향을 돌리려다가 커다란 웅덩이에 빠질 뻔했다. 웅덩이 주변에는 돌덩이들이 흩어져 있었다. 원석 그대로인 것도 있었고 묘석, 기념비, 커다란 납골 단지, 겁날 정도로 눈이 푹 팬 날개 달린 천사, 자그마한 개선문, 육중한 원형기둥으로 다듬어놓은 것도 있었다. 한쪽으로 작은 오두막이 눈에 띄지 않게 서 있었다. 오랫동안 돌먼지가 쌓인 탓에 창들은 하나같이 뿌옇게 보였다.

우리는 노크를 하고 안으로 들어갔다. 피에로가 있었다. 헝클어진 검은 턱수염과 짙은 눈썹을 한 털복숭이였다. 한마디로 그는 해적처럼 보였다. 그래도 우리를 반갑게 맞아주며, 펠트로 만든 중절모로 의자에 쌓인 먼지를 툭툭 털어내더니 우리에게 앉기를 권했다. 그리고 모자는 탁자에 놓인 전화기 위에 살며시 내려놓았다.

"영국인입니까?"

우리는 고개를 끄덕이는 것으로 대답을 대신했다. 그는 아주 친한 사람인 양 우리 쪽으로 몸을 굽히며 말했다.

"내 차가 영국제예요. 애스턴 마틴*이죠. 정말 대단해요!"

그는 손가락 끝에 입을 맞췄다. 그 때문에 턱수염에 하얀 돌가루가 묻었다. 그리고 탁자 위의 서류들을 들척대기 시작했다. 서류를 들척댈 때마다 돌먼지가 날렸다. 어딘가에 사진이 있을 거라면서.

그때 전화벨이 귀가 따갑도록 울려대기 시작했다. 피에로는 모자 아래에 깔린 수화기를 들었다. 그의 얼굴이 점점 심각하게 변했다. 마침내 수화기를 내려놓으며 말했다.

"또 묘비 주문이네요. 이놈의 날씨 때문이라고요. 노인들은 이런 추위를 견딜 수가 없거든요."

그는 두리번대며 모자를 찾았다. 머리에 쓰고 있다는 것을 깨닫고서야, 모자를 벗어 다시 전화기 위에 올려놓았다. 그는 당면한 문제로 다시 돌아왔다.

*Aston Martin, 영국의 고급 수제 스포츠카.

"식탁을 원하신다면서요?"

나는 원하는 식탁의 모양을 자세히 그려서 가져왔다. 미터와 센티미터로 크기까지 정확히 표시한 그림이었다. 다섯 살 정도의 예술적 재능을 지닌 사람에게는 걸작으로 보이기에 충분했다. 피에로는 눈을 가늘게 뜨고 그림을 잠시 살펴보더니 고개를 가로저었다.

"안 돼요. 이런 크기의 돌판을 떠받치려면 굵기가 두 배는 되어야 합니다. 받침이 오 분도 안 돼서 '쾅' 하고 무너질 겁니다. 왜냐면 돌판의 무게가…."

그리고 그는 내 그림에 마구 갈겨쓰면서 잠시 계산을 했다.

"3, 4백 킬로그램은 나갈 테니까요."

그는 내 그림을 뒤집고 뒷면에 뭔가를 그리기 시작했다.

"됐습니다. 아마 선생님은 이런 걸 원했을 겁니다."

이렇게 말하며 그가 스케치한 것을 우리에게 밀어주었다. 내가 그린 것보다 훨씬 나았다. 단순한 정방형이면서 균형 잡힌, 우아한 돌덩이였다.

"배달료를 포함해서 1천 프랑입니다."

우리는 그 가격에 합의하는 악수를 나누었고, 나는 주말이 되기 전에 수표를 끊어 다시 오겠다고 약속했다. 채석장을 다시 찾았을 때는 하루 일이 끝난 때였다. 피에로는 완전히 다른 색으로 변해 있었다. 설탕가루 속에서 뒹굴다 나온 사람처럼 펠트 모자에서 발끝까지 온통 흰색이었다. 하루의 노동에 이십오 년은 늙어버린 사람처럼 보였다. 내가 전적으로 믿는 것은 아니지만 그에 대한 정보를 전해준 친구들의 말에 따르면 그가 집에 돌아가면 아내가 매일 밤 진공청소기로 그를 털어낸다. 심지어 그의 집에 있는 가구는 안락의자부터 비데에 이르기까지 모두가 돌로 만들어졌다고 한다! 돌가루를 하얗게 뒤집어쓴 피에로를 보았을 때 그런 이야기를 믿지 않을 도리가 없었다.

프로방스의 한겨울은 이상하게도 딴 세상 같은 분위기를 띤다. 침묵과 텅 빈 공간이 어우러지면서, 세상에서 격리되고 정상적인 삶에서 유리된 듯한 느낌을 자아낸다. 우리는 숲속에서 트롤*을 마주치거나, 보름달 아래 머리가 둘인 염소를 보는 상상을 해보았다. 이런 상상은 우리가 여름휴가 때 겪은 프로방스와는 사뭇 다른 즐거움을 안겨주었다. 하

*Troll, 거대한 덩치를 뽐내는 괴물로 북유럽의 신화에 자주 등장한다.

지만 다른 사람들에게 겨울은 지루하고 우울한 시간, 때로는 그보다 더 고약한 것을 뜻했다. 보클뤼즈의 자살률이 프랑스에서 가장 높다는 사실을 우리는 알고 있었다. 우리 집에서 3킬로미터 남짓 떨어진 곳에 살던 한 남자가 어느 날 밤 목매달아 죽었다는 이야기를 들었을 때 자살은 우리에게 통계치 이상의 의미로 다가왔다.

이곳에서는 누군가 죽으면 상점이나 집의 창문에 작은 부고(訃告)를 붙여 알린다. 교회 종이 조종(弔鐘)을 치고, 익숙지 않은 정장으로 차려입은 행렬이 묘지까지 천천히 향한다. 묘지는 대개 마을에서 가장 전망이 좋은 곳에 있다. 한 노인이 그 이유를 설명해주었다.

"죽은 사람이 왜 가장 전망 좋은 곳을 차지해야 하냐고? 하염없이 거기서만 지내야 하니까."

노인은 자신의 재담에 자기도 우스웠던지 낄낄대다가 나중에는 발작하듯이 기침을 해댔다. 나는 그 노인도 망자의 대열에 낄 때가 된 것은 아닌지 걱정스러웠다. 내가 캘리포니아 공동묘지에서는 전망 좋은 묫자리가 웬만한 주택보다 비싸다고 해도 그 노인은 조금도 놀라워하지 않았다.

"이 세상에나 저 세상에나, 어디에나 바보가 있지 않은가."

해빙될 기미 없이 며칠이 흘렀다. 하지만 농부들과 트랙터가 최악의 눈더미를 양편으로 치워내며 한 차선의 길을 만들어내자 도로는 조금씩 검은 띠를 드러내기 시작했다. 이때 나는 조금도 기대하지 않았던 프랑스 운전자들의 한 단면을 보게 되었다. 핸들을 잡으면 자동차 경주에라도 참여한 것처럼 운전하는 습관이 무색할 정도로 끈질긴 인내심, 당나귀 같은 고집을 보여주었다.

나는 마을 순환도로에서 그런 장면을 목격했다. 자동차 한 대가 눈이 치워진 중앙선을 따라 조심스레 다가오고 있었다. 그런데 맞은편에서 오던 자동차와 마주치고 말았다. 두 자동차는 주둥이를 맞대고 멈춰 섰다. 하지만 누구도 후진해서 길을 양보하지 않았다. 길가로 붙이다가 자칫하면 눈더미에 처박힐지도 모른다고 생각한 때문이었을까? 두 운전자는 앞유리로 서로 노려보면서, 다른 자동차가 그들의 꽁무니에 붙어주길 기대하며 마냥 기다렸다. 그렇게 되면 '다수의 힘'에 따라 한 대인 자동차가 어쩔 수 없이 후진할 테니까 수적으로 우세한 쪽이 먼저 지나갈 수 있다는 것이다.

나는 가속 페달을 가볍게 밟으며 메니쿠치 씨를 만나러 난방 기구로 가득한 그의 보물창고를 향해 자동차를 몰았다. 그는 창고 입구에서 나를 맞았다. 모직 모자를 귀가 덮이도록 눌러쓰고, 목도리로 턱을 감싸고 있었다. 그것도 모자라 장갑을 끼고 장화까지 신고 있었다.

몸을 얼마나 외부와 차단해야 온기를 유지할 수 있는지 과학 실험이라도 하는 사람처럼 보였다. 우리 집 배관과 그의 클라리넷에 대한 인사말을 나누었다. 그는 나를 안으로 데리고 들어가, 튜브와 밸브 등 종류별로 꼼꼼하게 정리해놓은 창고를 보여주었다. 구석에는 작달막하고 신기한 기계들이 놓여 있었다.

메니쿠치 씨는 그야말로 말하는 카탈로그였다. 열효율이 어떻고 열량이 어떻다고 쉴 새 없이 설명했지만 내 이해의 한계를 넘어선 것이어서, 새로운 것을 알게 될 때마다 묵묵히 고개를 끄덕일 뿐이었다.

마침내 지겨운 설명이 끝났는지 메니쿠치 씨는 "이상이

요!"라고 하며, 이제 중앙 난방의 세계에 대해 훤히 알았을 테니 실수 없이 지혜롭게 선택할 수 있을 거라는 듯한 표정으로 나를 쳐다보았다. 하지만 나는 달리 할 말이 조금도 생각나지 않았다. 그냥 그의 집은 어떻게 난방하는지 물어볼 수밖에 없었다.

그는 감탄이라도 한 듯이 이마를 톡 치면서 말했다.

"아! 정말 멋진 질문이네요. 그러니까 정육점 주인은 무슨 고기를 먹느냐는 거지요?"

내 질문을 이렇게 희한하게 비교하고는 우리는 옆문을 통해 그의 집으로 들어갔다. 정말 따뜻했다. 숨이 막힐 지경이었다. 메니쿠치 씨는 이마까지 찌푸려가며 두세 겹의 겉옷을 커다란 몸짓으로 벗어던졌다. 그리고 모자를 귀가 나오도록 고쳐 썼다. 그는 라디에이터 쪽으로 걸어가 윗부분을 톡톡 치면서 말했다.

"만져보세요. 주철입니다. 요즘 라디에이터처럼 '개똥'으로 만들어진 게 아니라고요. 아, 보일러! 보일러는 꼭 봐야 해요. 하지만 명심할 게 있어요."

그리고 그는 갑자기 말을 멈추고, 선생님이라도 된 것처럼 손가락으로 나를 찌르면서 덧붙였다.

"프랑스제가 아니에요. 독일 사람이랑 벨기에 사람만이
보일러를 제대로 만들죠."

우리는 보일러실로 들어갔다. 나는 그의 성의에 보답해
야 한다는 의무감에, 벽에 붙어 씩씩거리며 김을 뿜어내고
있는 계기판이 달린 구식 기계에 감탄사를 내뱉지 않을 수
없었다.

"이 녀석 덕분에 우리 집은 어디나 21도를 유지하죠. 바
깥 온도가 영하 6도지만 말입니다."

그는 자기 말을 증명이라도 하려는 듯 바깥으로 통하는
문을 활짝 열어 영하 6도의 찬 공기가 들어오게 했다. 무지
하게 머리 나쁜 아이—배관과 난방에 대해서는 나는 이런
아이에 불과했다—를 가르치는 것처럼, 말한 것을 어디에
서나 곧바로 실례를 들어 설명해주는 훌륭한 선생의 자질
을 타고난 듯했다.

보일러를 본 후 우리는 다시 집 안으로 들어가 그의 부인
을 만났다. 자그마한 몸집이지만 목소리는 낭랑한 여자였
다.

"티잔*이랑 아몬드 비스킷 좀 드세요. 마르살라 포도주도 있는데요?"

하지만 내가 정말 보고 싶었던 것은 모자를 눌러쓴 메니쿠치 씨가 클라리넷을 연주하는 모습이었다. 아쉽게도 그 기회는 다음으로 미루어야 했다. 게다가 당장 생각해야 할 것도 많았다. 그의 집을 나와 자동차로 돌아가면서 나는 지붕에 설치된 회전식 태양열판을 보았다. 완전히 얼어붙어 있었다. 우리 집도 방마다 주철 라디에이터를 놓고 싶다는 생각이 문득 들었다.

집에 도착하자, 스톤헨지**의 축소판이 차고 뒤에 설치되어 있는 것이 아닌가! 식탁이 도착한 것이었다. 길이 1.5미터, 두께 13센티미터의 장방형 돌판을 십자가 모양의 묵직한 받침이 떠받치고 있었다. 우리가 원하던 곳과는 약 13미터 떨어져 설치되었지만 그 거리가 내 눈에는 50킬로미터도 넘어 보였다. 마당으로 들어오는 입구가 너무 좁아 어떤 운송장비도 들어올 수 없었던 것이다. 게다가 벽도 높고 기와로 덮은 차양 때문에 기중기도 사용할 수 없었다. 피에로의 말에 따르면 식탁 무게는 3, 4백 킬로그램이었지만 배달

---

* tisane, 허브티의 일종.
** Stonehenge, 영국 솔즈버리 근교에 있는 고대의 거석 기념물.

된 식탁은 더 무겁게 보였다.

그날 저녁 피에로가 전화를 해주었다.

"식탁이 마음에 드십니까?"

그랬다. 정말 마음에 들었다. 하지만 문제가 있었다.

"아직 옮기지 못했나요?"

그랬다. 그것이 바로 문제였다. 그에게 멋진 묘안이라도 있었던 것일까?

"사람을 부르세요. 피라미드도 사람이 만들었는데."

그랬다, 우리에게는 1만 5천 명의 이집트 노예가 필요했다. 하지만 당장이 급한 걸.

"그렇게 급하시다면 내가 카르카손의 럭비팀을 알고 있는데요."

이렇게 말하며 그는 껄껄대고 웃었다. 그리고 전화를 끊었다.

우리는 그 괴물을 다시 보러 나갔다. 그 괴물을 안마당까지 옮기려면 얼마나 많은 사람이 필요한지 가늠해보려 애썼다. 여섯 명? 아니, 여덟 명? 문을 빠져나가려면 양쪽에서 균형을 정확히 맞춰야 했다. 그 일을 생각만 해도 발가락을 찍히고 창자가 항문으로 삐져나올 것만 같았다. 우리가 그 괴물을 놓으려고 했던 곳에 전 주인이 가벼운 접이식 탁자를 놓았던 이유를 그제야 알 것 같았다. 결국 우리에게 허락된 유일하게 합리적인 행동을 택해서, 벽난로 앞에 앉아 포도주를 홀짝대며 신통한 생각을 찾는 수밖에 없었다. 밤 사이에 그 식탁을 훔쳐갈 사람은 어디에도 없을 테니까.

머지않아 구원의 손길이 찾아왔다. 식탁을 구입하기 몇 주 전, 우리는 부엌을 개조하기로 마음먹고 건축기사와 유익한 시간을 가진 적이 있었다. 그때 그에게서 건축용어를 프랑스어로 꽤 많이 배웠다. 코프르〔상자〕, 르오스〔더 높이기〕, 포플라퐁〔모조 천장〕, 비드오르뒤르〔하수 처리관〕, 플라트라쥐〔회반죽 미장〕, 달라쥐〔타일깔기〕, 푸트렐〔작은 들보〕, 쿠엥페르뒤〔외진 구석〕 등이었다.

하지만 처음의 기대감이 점점 시들해지면서 그 계획도 뒷전으로 밀려나고 말았다. 게다가 갑작스레 강추위가 닥치고, 미장이는 스키를 타러 가고, 벽돌공은 오토바이를 타고 축구를 하다가 팔이 부러지고, 하여간 이런저런 이유로 부엌 공사는 시작조차 못하고 있었다. 물론 지역 건축자재

업자들이 동면에 들어간 탓도 있었다. 고향인 파리를 버리고 이곳에 정착한 우리 건축기사가 경고한 것처럼 프로방스에서 건축 공사는 기다리다 지쳐서 잊을 만하면 갑작스레 닥쳐 요란하게 일을 재개하는, 그야말로 참호전이나 다름없었다. 우리도 그 첫 단계인 기다림의 단계를 질리도록 경험했기에 다음 단계가 은근히 기대되기도 했다.

마침대 돌격대가 닥쳤다. 여명이 채 가시지 않은 이른 아침, 덜거덕대는 소리에 귀가 멍멍해질 지경이었다. 우리는 무언가 무너졌다고 생각하며 졸린 눈을 비비며 밖으로 나갔다. 흐릿하게나마 트럭의 형체를 알아볼 수 있었다. 비계를 잔뜩 쌓은 트럭이었다. 유쾌하고 큰 목소리가 운전석에서 들렸다.

"메일 씨?"

집을 제대로 찾아왔다고 대답해주었다.

"그래요? 부엌을 때려부수려고 왔습니다. 자, 시작해보자고!"

트럭 문이 열리고 코커스패니얼 한 마리가 뛰쳐나왔다. 그 뒤로 세 사람이 따라 내렸다. 십장이 내 손을 결딴이라도 내려는 듯 힘껏 악수를 하며, 그와 그의 팀원들을 소개했다. 뜻밖에도 면도 후에 바르는 로션 냄새가 풍겼다. 그의 이름은 디디에였고, 에릭은 그의 부관, 그리고 큼직한 몸집의 클로드란 청년은 조수였다. 그 틈에, 그들의 애완견 페넬로프는 우리 집 앞에 오줌을 흥건히 싸대며 자기 영역을 선언했다. 그리고 전투가 시작되었다.

우리는 일꾼들이 그렇게 일하는 것을 본 적이 없었다. 모든 일이 눈 깜짝할 사이에 진행되었다. 해가 완전히 떠오르기도 전에 비계가 세워지고 경사로에 발판이 놓여졌다. 잠시 후에는 부엌 창문과 싱크대가 사라졌다. 열 시쯤에는 기초공사용 돌조각들이 훤히 드러난 바닥에서, 디디에에게 철거계획의 개요를 들었다. 디디에는 거칠면서도 활기가 넘치는 사내였다. 짧게 깎은 머리와 곧은 등은 군인을 연상시켰다. 따라서 그를 볼 때마다, 젊은 게으름뱅이들이 픽픽 쓰러지면서 훌쩍거릴 때까지 뛰라고 다그치는 외인부대의 교관이 생각났다. 말투까지 뚝뚝 끊어졌다. 게다가 프랑스 사람들이 뭔가에 부딪히거나 뭔가 깨질 때 즐겨 사용하는 '뚝', '우지끈', '쾅' 같은 의성어가 끊이지 않았다. 하기야 우리 부엌은 부딪치고 깨지고 있었다. 천장은 내려앉고 바닥은 점점 높아지고 있었다. 살림살이는 모두 바깥으로 내쫓겼다. 말 그대로 속을 비워내는 작업이었다. 조금 전까지도 창이었던 구멍을 통해 부엌의 세간이 배설—쯧쯧!—되었다. 집의 다른 곳에는 피해가 가지 않도록 부엌을 아크릴판으로 차단한 까닭에, 음식 준비는 뒷마당의 바비큐 시설을 이용할 수밖에 없었다.

세 일꾼은 큰 쇠망치를 휘둘러대며 사정거리 안에 있는 모든 것을 가루로 만들었다. 콧노래까지 부르면서 신나게 일하는 그들의 모습은 그저 놀라울 뿐이었다. 그들은 사방에 흩어진 돌조각들과 내려앉은 들보의 틈새를 쿵쿵대며 걸어다녔고, 휘파람을 불고 노래를 흥얼거렸다. 때로는 욕설까지 내뱉었다.

정오가 되어서야 그들은 점심식사 때문에 마지못해 일을 멈추었다. 벽을 때려부순 것처럼 점심식사도 활기차게 해치웠다. 간단한 샌드위치 도시락이 아니었다. 닭고기와 소시지, 슈크루트*와 샐러드, 큼직한 빵덩어리로 가득한 커다란 플라스틱 광주리에 그릇과 나이프, 포크까지 준비한 도

*choucroute, 양배추를 절인 것.

시락이었다. 다행히 아무도 술을 마시지는 않았다. 얼큰히 취한 일꾼이 20킬로그램짜리 쇠망치를 휘둘러댄다면? 그야말로 섬뜩한 생각이었다. 술에 취하지 않은 지금도 등골에 땀이 밸 정도로 아슬아슬한데 말이다.

점심식사가 끝나고 지옥의 현장이 다시 시작되었다. 잠시도 쉬지 않고 저녁 일곱 시까지 계속되었다. 나는 디디에게 평소에도 하루에 열 시간이나 열한 시간씩 일하느냐고 물었다. 그는 겨울에만 그렇다고 했다. 여름에는 열두세 시간씩, 일주일에 꼬박 엿새를 일한다고 덧붙였다. 영국인은 늦게 시작해서 일찍 끝내면서도 도중에 서너 차례 티타임을 갖는다고 하자, 그는 재밌어하면서 영국의 작업 방식을 '하룻길을 조금씩'이라고 표현했다. 그리고 경험 삼아서라도 그와 함께 일할 영국 석공을 알고 있느냐고 물었다. 글쎄, 지원자가 있기나 할까?

그들이 떠난 후 우리는 북극으로 소풍이라도 가듯이 옷을 두툼하게 차려입고 임시 부엌에서 첫 저녁식사를 준비하기 시작했다. 바비큐 불판과 냉장고가 있었고, 싱크대와 가스풍로 두 대가 미니바 뒤에 설치되어 있었다. 바람을 막아줄 벽을 제외하면 기본 설비는 모두 갖춘 셈이었다.

기온이 여전히 영하를 맴돌았기 때문에 벽이 있었다면 훨씬 위안이 되었겠지만 대신 포도나무 잔가지로 피운 모닥불이 환히 타올랐고, 양고기 굽는 냄새와 로즈메리 향이 은은히 퍼졌다. 게다가 적포도주가 중앙 난방의 온기를 넉넉히 대신해준 덕분에 우리는 추위를 너끈히 이겨낼 수 있을 것 같았다. 그러나 이런 착각은 저녁식사를 끝내고 밖으로 나가 설거지를 해야 했을 때 산산이 깨지고 말았다.

진짜 봄소식은 때 이르게 맺은 꽃망울도 아니었고, 마소 집의 천장에서 까불대던 쥐들도 아니었다. 첫 봄소식은 영국에서 전해졌다. 침울한 1월을 보낸 런던 사람들은 휴가 계획을 짜고 있었다. 놀랍게도 그 계획에 프로방스가 끼지 않는 경우가 드물었다. 우리가 저녁식사를 하려고 식탁에 앉을 때마다 전화벨이 울리는 횟수가 잦아졌다. 프랑스와 영국의 시차는 전혀 고려하지 않은 무심함이었다. 하여간 기억이 날 듯 말 듯한 목소리가 쾌활하게 우리에게 벌써 수영을 즐기느냐고 물었다. 그때마다 우리는 애매하게 대답할 수밖에 없었다. 아직도 동토의 땅인 부엌에 앉아 자연의 횡포에서 우리를 지켜주는 유일한 방패막인 아크릴판을 찢으려 위협하는 미스트랄과 싸우고 있다고 대답해서 그들의 환상을 풍비박산 낼 수야 없는 노릇이 아닌가!

나는 그런 전화가 일정한 유형을 갖는다는 것을 금세 알아차렸다. 먼저 우리에게 부활절이나 5월에, 혹은 전화 건 사람의 형편에 맞는 때에 집에 있을 거냐고 물었다. 그렇다고 대답하면 곧바로 우리 가슴을 떨리게 만드는 말이 튀어나왔다.

"그때쯤 거기 가려고 하는데⋯."

이렇게 말하면서 그들은 뭔가에 매달리는 듯, 눈곱만큼이라도 환대하는 반응을 기대하면서 말끝을 흐렸다.

우리가 영국에 살 때는 몇 년이고 연락조차 않던 사람이 갑자기 우리를 보고 싶다고 달려드니 그리 달갑게 여겨지지가 않았다. 게다가 이런 문제를 어떻게 처리해야 할지도 난감했다. 하기야 햇빛과 공짜 숙박을 찾는 사람만큼 얼굴에 철판을 깐 사람이 어디 있으랴. 이런 사람에게는 완곡한 거절법도 통하지 않는다.

그 주에는 다른 손님이 오기로 했다고요? 걱정 마세요. 그 다음 주에 갈게요. 일꾼들 때문에 집이 복잡하다고요? 신경 쓰지 마세요. 수영장 옆에서 지낼게요.

수영장에는 창꼬치*를 키우고, 길에는 쓰레기가 가득하고요? 완전히 채식주의자가 되었다고요? 개가 광견병을 옮길지도 모른다고요?

어떤 핑계를 대도 소용없었다. 우리가 그렇게 핑계 대는 이유를 진지하게 생각해보려고도 하지 않았다. 우리가 단호히 거절하지 못하고 밋밋하게 고안해낸 장애물은 어떤 것이라도 이겨낼 수 있다는 멋쩍은 결심만을 내비쳤다.

우리보다 먼저 프로방스로 이주한 사람들에게 임박한 침략의 위협에 대해 털어놓았다. 그들도 모두 그런 소동을 겪었다고 말했다. 특히 처음 맞은 여름은 문자 그대로 지옥이라는 것이었다.

"그런 소동을 직접 겪고 나서야 거절하는 방법을 터득할 겁니다. 거절하지 못하면 부활절에서 9월 말까지 아무런 소득도 없는 조그만 호텔을 운영한다고 생각해야 할 겁니다."

그럴듯했지만 가슴을 더 답답하게 만드는 충고였다. 우

* 아열대 바다에서 서식하는 물고기로 고등어와 유사하게 생겼다.

리는 전화벨이 울릴 때마다 조마조마한 가슴을 달래며 수화기를 들었다.

삶의 방식이 바뀌었다. 일꾼들이 우리 삶을 완전히 바꿔놓았다. 여섯 시 반에 일어나면 조용히 아침식사를 즐길 수 있었다. 그러나 조금이라도 늦으면 부엌에서 쿵쾅대는 소리 때문에 대화조차 나누기 힘들었다. 천공기와 쇠망치가 합창하며 온 집 안을 흔들어대던 어느 날 아침, 아내가 입술을 움직거렸다. 하지만 내 귀에 하나도 들리지 않았다. 결국 아내는 메모지에 뭔가를 써서 내게 건넸다. '먼지가 앉기 전에 커피 드세요.'

하지만 작업은 무심하게 계속되었다. 부엌을 껍데기만 남긴 후에 일꾼들은 개조 작업을 시작했다. 시끄럽기는 마찬가지였다. 바닥에서 3미터 높이에 있는 창문만 한 공간을 통해 온갖 자재만이 아니라 비계 받침까지 들여놓았다. 그들의 힘은 대단했다. 특히 디디에는 인간 지게차였다. 입술 한쪽으로는 시가를 물고 다른 쪽으로는 휘파람을 불어대면서, 반죽한 시멘트를 외바퀴 손수레에 싣고 비계 발판을 출렁대면서 뛰어 올라갔다. 그 세 사람이 춥고 여건도 좋지 않은 좁은 공간에서 어떻게 그처럼 신나게 일할 수 있는지 궁금할 따름이었다.

부엌이 점점 모습을 갖추어갔다. 작업을 점검하고 이것저것을 꾸며 줄 후속 분대가 도착했다. 회반죽이 덕지덕지 묻은 라디오와 농구화로 무장한 미장이 라몽, 페인트공 마스토리노, 타일공 트뤼펠리, 목공 장쉬였다. 그리고 수석 배관공 메니쿠치 씨가 두 걸음쯤 뒤에서 보이지 않는 끈에 '풋내기'를 매달고 친히 납셨다. 그들 여섯 명, 아니 일곱 명이 파편더미 속에서 날짜와 유용성 여부 등을 두고 툭하면 입씨름을 벌이는 통에 건축기사 크리스티앙이 심판으로 나서야 했다.

그들의 힘을 한 시간 정도만 딴 데로 돌린다면, 그러니까 그들의 머릿수와 이두박근이면 돌식탁을 안뜰로 옮길 수 있지 않을까? 이런 생각이 문득 떠올랐다. 내가 이런 제안을 넌지시 건네자 곧바로 승낙이 떨어졌다.

"지금 당장 해치워버리자고!"

"그래, 좋아! 지금 끝내버리지 뭐."

우리는 부엌 밖으로 기어나갔다. 하얀 서리가 주름살처럼 내려앉은 돌식탁 주위에 빙 둘러섰다. 열두 개의 손이 돌판을 움켜잡았고 열두 개의 팔이 꿈틀대며 돌판을 들어올렸다. 하지만 꿈쩍도 하지 않았다. 모두가 이를 악물고 생각에 잠긴 표정으로 돌식탁을 바라보며 어슬렁댔다. 마침내 메니쿠치가 문제의 원인을 찾아냈다.

"돌에는 작은 구멍이 많아. 그래서 이 식탁이 스펀지처럼 물을 잔뜩 먹은 거야. 그런데 물이 어니까 돌도 얼어붙고 땅바닥까지 얼어붙었어. 그래서 움직이지 않는 거야. 그러니까 날이 풀릴 때까지 기다리는 수밖에 없어."

그리고 토치램프로 식탁을 녹이고 쇠지레로 얼어붙은 땅에서 식탁을 떼어내면 되겠다는 둥 이런저런 말이 오갔다. 하지만 메니쿠치는 그런 논란을 '파타티 파타타'라고 일축하며 논쟁을 끝내버렸다. 그 말은 '바보 같은 짓'이란 뜻인 듯했다. 그리고 그들은 뿔뿔이 흩어졌다.

일주일 가운데 엿새를 소음과 먼지로 가득한 집에서 지내야 했던 우리에게 일요일은 평소보다 반가운 오아시스였다. 개들이 산책을 나가자고 짖어댈 때까지, 그러니까 일곱 시 반까지 느긋하게 누워 있을 수 있었다. 밖으로 나가지 않아도 오소도손 이야기를 나눌 수 있었고, 혼돈과 혼란의 끝이 한 주 더 당겨졌다고 생각하며 우리 자신을 위로할 수도 있었다. 하지만 부엌을 수리중이라서, 프랑스식으로 점심을 오랫동안 천천히 음미하며 일요일을 즐길 수는 없었다. 따라서 임시 부엌을 핑계삼아 일요일마다 외식하는 습관에 빠지고 말았다.

입맛을 돋우려고 우리는 요리 경전과도 같은 책들을 뒤적거렸고, 고미요 가이드에 의존하는 횟수가 잦아졌다. 미슐랭도 아주 소중한 책이다. 미슐랭 없이 프랑스를 여행해서는 안 된다는 소문이 헛된 것은 아니지만 그 책은 가격과 등급, 특선 요리 같은 핵심적인 부분만 다룬다.

반면 고미요에는 읽을거리가 풍부하게 담겨 있다. 주방장이 젊다면 어디서 훈련을 받았는지, 어느 정도 기반을 닦았다면 과거의 명성에 의존하는지 아니면 계속해서 열심히 솜씨를 갈고 닦는지에 대해서도 써 있다. 주방장 부인에 대한 정보, 예컨대 손님을 따뜻하게 맞이하는지 아니면 얼음처럼 쌀쌀맞은 여자인지에 대해서도 말해준다. 경관이 좋은지, 멋진 테라스가 있는지, 식당의 품격에 대한 정보도 준다. 서비스와 고객, 가격과 분위기에 대한 평가도 빠뜨리지 않는다. 물론 제공되는 요리와 포도주의 종류를 나열하면서 상세한 평가까지 곁들인다. 틀린 곳이 없는 것은 아니다. 편견에서 완전히 벗어난 책은 아니지만 고미요 가이드는 재미있고 언제 봐도 흥미롭다. 게다가 구어체로 써 있어 우리 부부처럼 프랑스어 초보자들은 훌륭한 교재로도 사용할 수 있다.

1987년판 고미요 가이드에는 5천 5백 곳의 식당과 호텔이 알찬 내용으로 소개되어 있다. 그 책을 뒤적대던 우리는 우연히 이 지역의 식당 하나를 발견하고 당장 찾아가고 싶은 욕망을 억누를 수 없었다. 랑베스크에 있는 식당인데 자동차로는 삼 분 거리였다. 주방장은 여자로, '프로방스에서 가장 유명한 여자 요리사'라고 소개되어 있었다. 식당은 방앗간을 개조한 것이었고, 그녀의 요리는 '힘과 햇살로 충만한 요리'였다. 그것만으로도 더 이상의 추천이 필요 없을 지경이었다. 하지만 무엇보다 우리 호기심을 당긴 것은 그녀의 나이였다. 무려 여든 살이었다!

우리가 랑베스크에 도착했을 때는 하늘이 우중충하고 바람까지 불었다. 화창한 날 집 안에서 뒹굴면 이상하게 죄책감을 느꼈지만, 그 일요일에는 날씨가 을씨년스럽고 구질구질했다. 게다가 며칠 전에 내린 눈으로 길이 질척거려, 사람들은 추위를 피해보려고 빵집에서 산 빵을 가슴에 꼭 끌어안고 어깨까지 잔뜩 움츠린 채 발걸음을 재촉하고 있었다. 완벽한 점심을 즐기기에는 안성맞춤인 날씨였다.

우리가 좀 일렀던 것일까? 둥근 천장의 큼직한 식당은 텅 비어 있었다. 멋진 프로방스 고가구들로 장식된 식당이었다. 묵직해 보이는 어두운 색의 고가구들이 눈부실 정도로 반짝거렸다. 커다란 식탁들이 널찍한 공간을 두고 배치되어 외따로 떨어진 기분을 자아냈다. 격식을 따지는 최고급 식당에서나 누릴 수 있는 사치였다.

주방에서 사람 목소리와 냄비 부딪치는 소리가 들려왔고, 뭔가 향긋한 냄새가 풍겼다. 하지만 우리가 개점 시간을 너무 앞당겨 생각했던 것이 분명했다. 우리는 카페에서 목이라도 축이려고 발소리를 죽이며 나가려 했다.

"누구세요?"

누군가 물었다.

부엌에서 나온 한 노인이 출입문을 통해 쏟아져 들어오는 햇살 때문에 눈살을 찌푸리며 우리를 지켜보고 있었다. 우리는 점심식사를 예약했다고 했다.

"그럼 앉아요. 서서 먹을 순 없잖아요."

이렇게 말하며 노인은 빈 식탁들을 가리켰다. 우리는 얌전히 앉아 기다렸다. 잠시 후 노인이 차림표 두 개를 갖고 천천히 다가왔다. 그리고 우리 옆에 앉으며 물었다.

"미국 사람인가요? 아니면 독일 사람?"

"영국에서 왔습니다."

"그렇군요. 전쟁 때 영국인들과 함께 싸웠지요."

첫 관문을 통과한 기분이었다. 이제 한 번만 더 대답을 잘해 내면 노인이 가슴에 꼭 안고 있는 차림표를 우리에게 보라고 허락해 줄 것만 같았다. 나는 노인에게 어떤 음식을 추천해 주고 싶으냐고 물었다.

"아무거나 드세요. 내 마누라는 뭐든 맛있게 요리하니까요."

그리고 노인은 차림표를 우리에게 나눠주고 다른 손님을

맞으러 갔다. 우리는 향료를 넣은 양고기, 송로를 곁들인 송아지찜 요리 '도브', 아무런 설명이 없는 '주방장의 환상적인 특선 요리' 중에서 어떤 것을 선택해야 할지 몰라 망설였다. 짜릿한 전율마저 느껴졌다. 노인이 돌아와 다시 우리 곁에 앉았다. 주문을 듣더니 고개를 끄덕이며 말했다.

"언제나 똑같아요, 남자들은 '특선 요리'를 주문하지요."

나는 첫 코스에 곁들일 백포도주 반 병과, 다음 코스에 마실 적포도주를 조금 주문했다.

"그래요? 잘못 선택한 것 같네요."

그리고 노인은 마실 것으로 비장 지역에서 생산된 적포도주 코트뒤론을 권하며, 그곳에는 좋은 포도주와 착한 여자가 많다고 했다. 그리고 자리에서 일어나 어두운 색을 띤 커다란 벽장에서 포도주 한 병을 꺼내왔다.

"이걸 마셔보세요. 마음에 들 겁니다."(나중에야 알았지만 모두가 똑같은 포도주를 마시고 있었다.)

그리고 그는 주방을 향해 발걸음을 옮겼다. 세상에서 가장 나이 많은 수석 웨이터가 현재 프랑스 요식업계에서 활동하는 가장 나이 많은 주방장에게 우리 주문을 전달하기 위해서! 그때 주방에서 제3의 목소리가 들리는 듯했다. 하지만 다른 웨이터는 눈에 띄지 않았다. 나이를 합하면 백예순 살은 훌쩍 넘을 두 사람이 장시간의 힘든 노동을 어떻게 견뎌낼 수 있을까? 식당은 점점 북적거렸지만 지체되거나 소홀히 다뤄지는 테이블은 하나도 없었다. 노인은 느긋하면서도 품위 있게 식당을 돌아다녔고 때로는 식탁에 앉아 손님과 이야기를 나누기도 했다. 주문한 요리가 준비되면 주방장인 부인이 주방에서 벨을 울렸다. 그러면 남편인 노인은 짐짓 짜증난 듯이 눈썹을 치켜올렸다. 그가 자리에서 일어나지 않고 손님과 이야기를 계속하면 벨이 다시 울렸다. 더 시끄럽게! 그제야 노인은 자리에서 일어나 "간다고, 가."라고 중얼대며 주방으로 향했다.

음식은 고미요 가이드에 써 있는 그대로였다. 포도주도 노인이 골라준 것이 그만이었다. 우리는 정말 맛있게 먹고 즐겁게 마셨다. 우리가 식사를 끝내자 노인은 양념과 올리브유로 살짝 적신 염소젖 치즈를 조금 내왔다. 내가 포도주 반병을 다시 주문하자 노인은 못마땅한 표정으로 나를 쳐다보며 물었다.

"누가 운전할 거죠?"

"제 아내가 할 겁니다."

노인은 다시 짙은 색 벽장으로 갔다.

"반병짜리가 없군요. 여기까지 마시면 됩니다."

이렇게 말하며 노인은 새 병의 중간쯤에서 손가락으로 가상의 선을 그어 보였다.

주방에서는 더 이상 벨소리가 들리지 않았다. 잠시 후, 오븐의 열기로 불그스레 달구어진 얼굴에 미소를 띤 부인이 천천히 걸어 나와 우리에게 맛있게 먹었느냐고 물었다. 기껏해야 예순 살 정도로 보였다. 노인이 부인의 어깨에 손을 얹고 나란히 선 모습이 정말 아름다웠다. 그녀는 혼수품이었던 고가구들에 대해 이야기를 시작했고 남편이 간혹 끼어들었다. 진정으로 행복한 부부처럼 보였고, 자신의 일을 사랑하는 사람들처럼 보였다. 나이 먹는다는 것이 나쁜 것만은 아니라는 느낌을 가득 안고 우리는 식당을 떠났다.

미장이 라몽이 부엌 천장에서 한 팔 길이 아래에 설치된 비계의 발판에 등을 대고 아슬아슬하게 누워 있었다. 내가 맥주 한 병을 건네자 그는 팔꿈치로 몸을 비스듬히 기댄 채 마셨다. 맥주를 마시거나 일을 하기에 불편한 자세로 보였지만 라몽은 그런 자세에 익숙하다고 했다.

"어쨌거나 바닥에 서서 회반죽을 천장에 바를 수는 없잖아요. 시스티나 성당 천장에 그림을 그렸다는 사람, 아시죠? 그 이탈리아 사람이요. 그 사람도 몇 주나 등을 대고 누워서 일했을 겁니다."

라몽은 그날만도 다섯 병째인 맥주를 꿀꺽 마셔버리고 빈 병을 내게 건네주었다. 그리고 가볍게 트림을 하고는 다시 일에 열중했다. 그는 천천히 그러나 율동하듯이 일했다. 흙손으로 석고를 떠서 천장에 붙이고는 손목을 한 번 빙글 돌려 앙바틈하고 매끄럽게 바꿔놓았다. 미장 작업이 끝나면 백 년은 된 벽처럼 보일 것이라고 장담했다. 그는 롤러나 분무기 같은 어떤 도구도 믿지 않았다. 흙손과 그의 눈만으로 직선과 곡선을 완벽하게 그려낼 수 있다고 말했다. 그가 일을 끝내고 돌아간 어느 날 저녁 나는 수평자로 벽면을 점검해 보았다. 흠잡을 곳이 없었다. 기계가 아닌 사람 손이 해낸 일이었다. 그는 예술가였다. 맥주를 얻어 마실 자격이 충분한 사람이었다.

부엌 벽의 구멍을 통해 산들바람이 새어 들어왔다. 포근한 기운이 느껴졌다. 뭔가 똑똑 떨어지는 소리가 들리는 듯했다. 나는 밖으로 나갔다. 계절이 바뀐 것을 확연히 느낄수 있었다. 돌식탁에서 물이 스며 나오고 있었다. 마침내 봄이 온 것이다.

"피터의 삶에서 가장 즐거운 순간은 아마도
프로방스에서 보낸 시간이었을 겁니다.
올리브나무 아래서 저와 분홍빛 포도주를 마시곤
했죠. 햇살을 받으며 강아지들과 놀면서요.
우리는 프로방스가 정말 특별한 곳이라는 걸 알 만큼,
세계의 여러 지역을 돌아봤어요."*

*피터의 아내 제니 메일, 2021년, 트위터에서

03/March

비밀스런 송로의 세계

아몬드가 수줍은 듯 꽃망울을 맺고 있었다. 낮이 점점 길어졌고, 저녁이면 하늘은 분홍빛의 장엄한 파도처럼 변했다. 사냥의 계절이 끝나면서 사냥개와 엽총은 6개월의 긴 휴식에 들어갔다. 포도밭도 다시 분주해졌다. 부지런한 농부들은 포도나무를 손보고 있었지만 게으른 농부들은 지난 11월에 끝냈어야 할 가지치기를 하느라 바빴다. 자연이 모두에게 활력이라도 주사한 것처럼 프로방스 사람들 모두가 활기차게 봄을 맞았다.

시장도 확연히 달라졌다. 낚시도구와 탄약대, 방수장화, 굴뚝 청소에 익숙지 않은 사람들을 위해 강모〔剛毛〕로 만든 긴 솔이 좌판에서 사라지고 무시무시해 보이는 농기구들이 그 자리를 차지했다. 날이 넓적한 벌채용 칼과 땅 파는 기구들, 큰 낫과 날카롭게 굽은 갈퀴가 달린 쇠스랑, 겁도 없이 포도를 위협하는 벌레나 잡초에게 죽음의 비를 안겨주는 분무용 장비들! 꽃과 나무, 작은 풀들이 봄을 맞아 새 모습으로 단장하고 있었다. 카페의 탁자와 의자들도 길가로 나왔다. 어디에서나 활력과 결의의 기운이 느껴졌다. 신발가게 밖에 울긋불긋하게 장식된 진열대에서 에스파드리유*를 성급하게 사들이는 낙천주의자들도 가끔 눈에 띄었다.

이렇게 활기찬 모습과 대조적으로 우리 집 공사는 중단되고 말았다. 원초적인 춘정을 이겨내지 못하고 일꾼들이 떠나버렸기 때문이다. 횟가루 부대와 모래더미를, 언젠가 돌아와 거의 끝내가던 공사를 마무리짓겠다는 의지의 증거로 남겨놓고 말이다. 일꾼이 홀연히 사라지는 현상은 세계 어디서나 흔히 경험하는 것이지만 프로방스에서는 좋은 면과 나쁜 면이 있다. 또한 명백히 계절적인 문제이기도 하다.

*Espadrille, 밑창은 황마, 대마를 꼬아 만들고 발등 부분은 면이나 캔버스로 제작한 가벼운 신발이다.

일 년에 세 번, 그러니까 부활절과 8월의 휴가 그리고 크리스마스에 별장 주인들은 파리, 취리히, 뒤셀도르프, 런던 등을 떠나 한적한 시골에서 며칠이나 몇 주를 지내려고 이곳을 찾는다. 그들은 도시를 떠나기 전, 완벽한 휴가를 즐기는 데 필수적인 것들이 무엇인지 생각해본다. 쿠레주 비데**, 수영장의 야간 조명시설, 타일을 다시 깐 테라스, 하인들을 위한 숙소의 새 지붕…. 하기야 이런 기본적인 것도 없이 시골에서 막간 여흥을 어떻게 즐길 수 있겠는가? 그래서 그들은 뭔가에 홀린 듯이 이 지역의 건축 업자와 인테리어 업자에게 전화를 걸어댄다. 우리가 도착하기 전에 끝내주시오. 꼭 끝내야 돼요! 이런 절박한 주문 뒤에는, 일을 제때 끝내면 두둑한 보수가 있을 것이란 암시가 깔려 있다. 속도가 문제일 뿐이다. 돈은 얼마가 들어도 상관없다.

이같은 유혹을 어찌 무시할 수 있겠는가! 모두가 미테랑***이 처음 권력을 잡던 때를 아직도 기억하고 있다. 부자들은 금융거래를 중단하고 현찰을 보유하는 데 열을 올렸다. 그때 프로방스에서는 건축 공사가 거의 중단되다시피 했다. 그런 불경기가 다시 닥치지 않을 거라고 누가 장담할 수 있

**Courrège bidets, 1960년대 이후 프랑스 패션계를 이끈 디자이너 중 하나인 앙드레 쿠레주가 디자인한 비데.

***François Maurice Adrien Marie Mitterrand, 프랑스의 정치가. 프랑스 제5공화국 역사상 최초의 사회당 출신, 역대 최장기간 재임한 대통령이다.

겠는가? 그러니 우선 일감을 최대한 많이 확보하려 들 수밖에! 따라서 덜 시끄러운 손님들은 갑자기 휴면 상태에 들어간 콘크리트 믹서와 미완성인 채로 황량하게 내버려진 방들을 쳐다보는 수밖에 없다. 이런 상황에는 두 가지 방법으로 대응할 수 있다. 물론 두 방법 모두 즉각적인 효과를 기대하기는 힘들지만, 그런대로 좌절감을 줄이는 방법과, 반대로 좌절감을 더하는 방법이다.

우리는 두 가지 모두 시도해보았다. 먼저 우리는 시간을 좀 더 철학적 관점에서 생각하려고 의식적으로 노력했다. 달리 말하면 며칠, 몇 주씩 주어지는 것을 프로방스식으로 생각하며, 햇살을 즐기면서 도시 사람처럼 생각하지 않으려 애썼다. 이번 달에 완성되든 다음 달에 완성되든 무슨 차이가 있겠는가? 파스티스나 홀짝대면서 편하게 생각해야지. 이 방법은 이삼 주 정도 아주 효과가 있었다. 그런데 뒷마당에 쌓아둔 건축자재에서 잡초가 파릇파릇 돋아나면서 초록색으로 변해가는 것이 아닌가! 우리는 전술을 바꾸어, 차일피일 미루기만 하는 일꾼들에게 확실한 날을 약속받기로 결정했다. 이때에도 우리는 많은 것을 배웠다.

프로방스에서 시간은 매우 신축성 좋은 고무줄 같아서, 확실하고 분명하게 날짜를 못박아도 그대로 지켜지는 경우가 드물다. '앵 프티 카르 되르(15분)'는 '오늘 중 아무 때나'를 뜻하고, '드맹(내일)'은 '이번 주중 아무 때나'를 뜻한다. 가장 탄력적인 시간 표현임에 틀림없는 '윈 켕젠(보름)'은 삼주 후를 뜻할 수도 있지만 두 달 후나 내년을 의미할 수도 있다. 하여간 원래대로 보름을 뜻하는 경우는 결코 없다.

또 우리는 최종 기한을 따질 때 필연적으로 동반되는 손동작을 해석하는 방법도 터득했다. 프로방스 사람이 당신 눈을 똑바로 쳐다보면서 다음 주 화요일에는 틀림없이 일을 다시 시작하려고 문을 두드릴 거라고 할 때는 그의 손동작이 무엇보다 중요하다. 두 손을 가만히 두거나 당신 팔을 가볍게 토닥거리며 안심시킨다면 그가 정말로 화요일에 일을 시작할 거라고 믿어도 된다. 하지만 한 손을 허리 높이로 내밀고 손바닥을 아래로 해서 이리저리 흔들어대기 시작하면 당신의 계획을 수요일이나 목요일로 조절하는 편이 낫다. 그 흔들림이 점점 심해져서 개꼬리처럼 요동치기 시작하면 그가 감당하기 힘든 상황이 발생하느냐 않느냐에 따라 다음 주가 될 수도 있고 아니면 아예 기약할 수 없다는 의미를 간접적으로 전하는 것이다. 이런 무언의 거절은 본능적인 면을 띠고 있어 말보다 더 확실하게 여겨진다. 그런데 이런 무언의 동작에, 보험 증권의 면책 조항처럼 극단적으로 융통성 있게 해석되는 마법의 단어, '노르말르망〔정상적이라면〕'이 더해지면 그 위력은 더 커진다. 비가 오지 않는다면, 트럭이 고장나지 않는다면, 매부가 연장통을 빌려가지 않는다면 등 아주 다채롭게 해석되는 '노르말르망'은 프로방스 건축 업자용 파인 프린트*인 셈이다. 결국 우리는 그 단어를 아주 신중하게 해석하지 않을 수 없었다.

그들이 약속시간을 아무렇지도 않게 어기고, 언제 오고 언제 못 오는지 전화로도 알려주지 않았지만 우리는 그들에게 길게 짜증을 낼 수도 없었다. 일할 때는 언제나 흥겹게, 저녁 늦게까지 열심히 했기 때문이다. 게다가 일솜씨도 나무랄 데가 없었다. 한마디로 그들은 기다려줄 만한 일꾼들이었다. 따라서 우리는 조금씩 철학자로 변해 갔고, 프로방스식 시계에 익숙해져 갔다. 그때부터 우리는 언제까지 뭔가가 끝나기를 기대해도 그렇게 되는 것은 아무것도 없

*Fine print, 계약자에게 불리한 조건을 기록한 주의사항이 쓰여진 문서.

다고 생각하며 조급한 마음을 달랬다. 어쨌든 일을 벌였다는 사실만으로도 충분하지 않은가!

포스탱이 이상한 짓을 하고 있었다. 지난 이삼 일 동안 트랙터에서 절거덕대며 보내고 있었다. 트랙터라는 기묘한 기계는 창자라도 지닌 것처럼, 포도밭의 고랑 사이를 지날 때 비료를 양쪽으로 토해냈다. 포스탱은 툭하면 트랙터에서 내려, 작년에 멜론을 심었지만 지금은 텅 비고 잡초만 무성히 자란 밭을 향해 걸어갔다. 그는 끄트머리에 서서 밭을 뚫어지게 쳐다보고는 트랙터에 올라탔다. 그리고 포도나무에 비료를 더 주고는 트랙터에서 내려 그 밭의 반대편 경계로 걸어갔다. 그는 발걸음 수를 세는 듯했고, 깊은 생각에 잠겨 가끔 머리를 긁적거리기도 했다.

그가 점심을 먹으러 집으로 돌아간 후, 나는 그 밭으로 내려가 무엇이 그의 흥미를 그렇게 당겼는지 살펴보았다. 하지만 내 눈에는 아직 멜론을 심지 않은 다른 밭과 조금도 달라 보이지 않았다. 잡초가 있었고, 작년에 멜론을 지키려고 둘러친 줄에서 떨어진 플라스틱 조각들이 눈에 띄었을 뿐,

특별한 것이 없는 6백 평 정도 되는 밭이었다. 우리가 집 근처에서 나폴레옹 시대의 금화 두 개를 캐내서, 포스탱은 이 밭에도 보물이 묻혀 있다고 생각한 것일까? 하기야 그가 금화를 더 찾아낼 수 있을 거라고 하지 않았던가! 하지만 농부들은 밭 한가운데에 보물을 감추지 않는다. 판석 아래나 우물 속에 감추는 것이 훨씬 안전할 테니까. 어쨌든 포스탱의 행동은 이해할 수 없었다.

그날 저녁 포스탱이 앙리에트까지 데리고 우리 집을 찾아왔다. 평소와 달리 흰 구두를 신고 오렌지색 셔츠를 입어 신사처럼 말쑥한 차림으로, 집에서 만들었다며 토끼고기 파테를 가져왔다. 파스티스 첫 잔을 절반쯤 마신 후 그는 비밀 이야기라도 할 듯이 내게 몸을 기울이며 물었다.

"우리 동네 포도밭—코트뒤뤼베롱—에서 생산된 포도주에 '원산지 품질검열필증'이 주어진다는 소식을 들었습니까?"

우리가 그 소식을 음미하는 동안 그는 몸을 뒤로 젖힌 채 고개를 천천히 끄덕이며 몇 번이나 "그래요."라고 했다. 포스탱의 말에 따르면 포도주값이 올라갈 것이기 때문에 포도밭 주인은 더 많은 돈을 벌게 될 것이었다. 게다가 포도나무가 많을수록 벌이가 늘 것이 분명했다.

이런 주장에는 이론의 여지가 없었다. 포스탱은 두 번째 잔—그는 음미하면서 천천히 마셨지만 언제나 내 예상보다 먼저 술잔 바닥을 드러냈다—을 기울이며 그의 생각을 제안했다. 우리 멜론밭을 이용하면 더 큰 수익을 거둘 수 있으리란 것이었다. 그가 파스티스를 쭉 들이켜자, 앙리에트가 가방에서 서류를 꺼냈다. 포도나무를 심어도 된다는 권리를 우리에게 허락하는 '경작 허가서'였다. 프랑스 정부가 친히 우리에게 허락한 특권이었다. 우리가 서류를 살펴보는 동안 포스탱은 술잔을 흔들어대며, 그 밭에 멜론을 계속 재배하겠다는 터무니없는 생각은 잊으라고 했다. 멜론 재배에는 시간도 많이 걸리고 물도 자주 줘야 할 뿐 아니라, 여름이면 산에서 내려온 멧돼지들에게 공격을 받기 일쑤라는 것이었다. 바로 작년에도 포스탱의 동생 자키가 멧돼지 때문에 멜론 수확량의 3분의 1을 잃었다고 덧붙였다.

"멧돼지를 먹이려고요? 돈이 돼지 배 속으로 사라지는데요!"

포스탱은 괴로운 기억을 떨쳐내고 싶은 듯 고개를 설레설레 저었다. 세 번째 파스티스를 벌컥 비운 뒤에야 원래 모습으로 돌아왔다.

포스탱은 계산해보았더니, 우리 밭에 성가신 멜론 대신에 1천 3백 그루의 포도나무를 심을 수 있다고 했다. 아내와 나는 서로 얼굴을 쳐다보았다. 우리 부부는 포도주와 포스탱을 똑같이 좋아했다. 포스탱은 이미 포도밭을 확장하기로 작정한 것이 분명했다. 우리는 포도나무를 더 심는 것도 좋은 생각이라는 데 동의했지만, 그가 떠난 후에는 포도밭에 대해 더 이상 생각하지 않았다. 포스탱은 사려깊은 사람이다. 결코 성급하게 행동할 사람이 아니었다. 게다가 프로방스에서는 어떤 일도 신속하게 진행되는 법이 없지 않은가! 십중팔구 그는 내년 봄에 이번 일로 우리를 다시 찾아올 것이 분명했다.

그런데 다음 날 아침 일곱 시, 트랙터가 멜론밭을 갈아엎고 있었다. 이틀 후에는 식목반이 들이닥쳤다. 뤼베롱에서 포도나무를 사 년 동안 심어왔다는 '포도 대장' 보쉬에 씨를 필두로 다섯 남자와 두 여자 그리고 네 마리의 개로 이루어진 팀이었다. 보쉐에 씨는 친히 작은 쟁기를 들고 트랙터 뒤를 따라다니며, 고랑이 똑바르고 간격이 일정한지 확인했다. 텐트 천으로 만든 장화를 신고 밭을 이리저리 터벅터벅 걷는 그의 구릿빛 얼굴에서 뭔가에 열중한 표정이 뚜렷이 읽혔다. 고랑 끝마다 대나무 막대가 박히고, 길쭉한 삼실로 표시되었다. 이제 밭은 완전히 벌거벗겨져 포도밭으로 바뀔 준비가 끝난 모습이었다.

끝에 붉은 밀랍을 씌운 내 엄지손가락 굵기의 포도 묘목들이 소형 트럭에서 내려지는 동안 보쉐에 씨는 식목 장비를 점검했다. 나는 식목 작업이 기계로 이루어진다고 생각했지만 속이 빈 쇠막대 몇 개와 나무로 만든 커다란 삼각자 하나가 전부였다. 식목반은 둥그렇게 모여 각자의 일을 분담했다. 그리고 뿔뿔이 흩어졌다.

보쉐에가 나무 삼각자를 들고 앞장섰다. 그는 삼각자를 삼면의 바퀴처럼 사용하면서 일정한 간격을 두고 표시했다. 그의 뒤를 따라가던 두 사람이 쇠막대를 그 표시에 꽂아 묘목 심을 구멍을 만들었다. 그러면 뒤에 오던 사람들이 그 구멍에 묘목을 심고 흙을 다졌다. 두 여자, 그러니까 포스탱의 부인과 딸은 묘목을 나눠주면서, 남자들이 쓴 모자의 패션까지 조언했다. 특히 포스탱의 날렵하게 생긴 요트용 새 모자에 대해 말이 많았다. 개들은 이리저리 뛰어다니면서 일꾼들을 방해했고, 그때마다 날아드는 발길질을 잽싸게 피해 달아나면서 삼실로 온몸을 칭칭 감기도 했다.

시간이 지나면서 묘목을 심는 사람들과 보쉬에의 간격이 점점 벌어졌다. 거의 2백 미터의 간격이 벌어졌지만 그 정도 거리는 대화 장벽이 될 수 없었다. 마치 의식의 일부인 양 가장 멀리 떨어진 두 사람이 끊임없이 이야기를 주고받았고, 그 사이에 있는 사람들은 개에게 욕을 퍼부어대며 고랑이 똑바르지 않다고 언쟁을 벌였다. 일꾼들의 목소리가 점점 쉬어갔다. 해가 서쪽 하늘 중간쯤 걸렸을 때 앙리에트가 커다란 광주리 두 개를 가져오자 모두 일을 멈추었다. 프로방스식 새참 시간이었다.

일꾼들은 카르티에 브레송*의 사진집에 실린 한 장면처럼 포도밭 위의 둑에 둘러앉아 광주리에 담긴 것을 허겁지겁 먹기 시작했다. 4리터의 포도주 말고도, 얇게 썬 빵을 튀겨 설탕을 뿌린 트랑쉬 도레**가 가득 쌓여 있었다. 짙은 황

---

*Cartier-Bresson, 프랑스의 보도사진가이자 영화제작자. 인간적이며 자연스러운 사진들로 보도사진이 하나의 예술 형식으로 인정받는 데 기여했다.
**Tranches dorées, 크로와상이나 브리오슈를 얇게 썬 조각 위에 머랭 글레이즈를 바르고 오븐에서 황금색으로 구워 만든 디저트.

금색을 띠고 바삭거려 맛있게 보였다. 앙드레 할아버지가 찾아와 일이 제대로 되었는지 살펴보았다. 지팡이로 땅을 푹푹 찔러보고는 만족했는지 고개를 끄덕였다. 그리고 포도주 한 잔을 들고 늙은 도마뱀처럼 양지바른 곳을 찾아 앉았다. 흙 묻은 지팡이 끝으로 개의 배를 간질이며 앙리에트에게 저녁 요리가 뭐냐고 묻더니, 좋아하는 텔레비전 멜로드라마인 〈산타 바바라〉를 봐야 하니까 저녁을 일찍 먹었으면 좋겠다고 했다.

포도주가 바닥나자 일꾼들은 기지개를 쭉 펴고, 입가에 묻은 빵부스러기를 툭툭 떨어내고는 다시 일터로 돌아갔다. 해가 거의 저문 뒤에야 일이 끝났다. 지저분하던 멜론밭이 말쑥하게 변해서, 작은 포도 묘목들이 석양 아래에 점점이 보일 뿐이었다. 일꾼들은 우리 집 마당에 모여 앉아 허리를 비틀어대면서 파스티스를 마셔대기 시작했다. 나는 품삯으로 얼마를 지불해야 하는지 물으려고 포스탱을 한쪽으로 데려갔다. 트랙터를 사흘 동안 썼고 수 시간의 노동력이 투입되지 않았는가.

"얼마를 드려야 하죠?"

포스탱은 술잔까지 내려놓고 열심히 설명했다. 포도 묘
목값은 우리가 지불해야 하지만, 나머지는 마을에서 운영
하는 자치회에서 책임진다는 것이었다. 그러니까 대규모로
묘목을 심어야 할 때는 모두가 짬을 내어 품앗이한다는 뜻
이었다. 결국에는 모두가 돌아가며 도움을 받기 마련이고,
계약서도 필요 없을뿐더러 골치 아픈 세금 문제도 피할 수
있다는 것이었다. 포스탱은 씩 웃으면서 손가락으로 콧등
을 살짝 쳤다. 그리고 언급할 필요조차 없는 사소한 문제인
것처럼 트랙터와 일꾼을 이용할 시간적 여유가 남았으니까
아스파라거스 250포기도 심어버리는 게 어떻겠냐고 물었
다. 그 작업은 다음 날 바로 끝났다. 프로방스에서는 어떤
일도 신속하게 진행되지 않는다는 우리 지론으로는 도무지
설명되지 않는 일이었다.

봄이 되자 뤼베롱 산도 달라졌다. 사냥꾼들이 사라지자
겨우내 몸을 감추고 있던 새들이 나타났고, 새들의 노랫소
리가 사라진 총소리를 대신했다. 마소의 집까지 이어지는
산길을 걸을 때 내 귀에 거슬린 유일한 소리는 뭔가를 두들

겨대는 망치 소리였다. 관광철을 맞아 마소가 '집 팝니다'라는 간판이라도 세우기로 작심한 것일까?

마소는 그의 집 위로 지나는 좁은 길에 있었다. 그가 공터 끝에 박아 놓은 1.5미터 정도의 말뚝을 뚫어지게 쳐다보고 있었다. 말뚝 끝에 못으로 고정시킨 녹슨 양철판에는 흰 페인트로 '사유지!'라고 신경질적으로 씌어 있었다. 길가 돌더미에는 세 개의 말뚝과 양철판이 더 놓여 있었다. 집터에 울타리를 치려는 것이 분명했다. 그는 내게 불만스레 아침 인사를 건네며 또 하나의 말뚝을 집어들었다. 그리고 말뚝이 그의 어머니를 모욕이라도 한 것처럼 땅에 박고 망치질을 해댔다. 나는 그에게 뭘 하는 거냐고 물었다.

"독일놈들이 못 들어오게 하려고요."

이렇게 내뱉고는 돌덩이들을 굴려 말뚝 사이에 경계선을 대충 만들었다.

그가 사유지로 선포하려는 땅뙈기는 그의 집에서 꽤 떨어진 곳으로, 좁은 길을 사이에 두고 숲과 이어진 곳이기도 했다. 따지고 보면 그의 사유지가 될 수 없었다. 그래서 나는 그 땅이 국립공원에 속하는 것이 아니냐고 물었다.

"맞아요. 하지만 난 프랑스 사람이거든요. 그러니까 이곳은 독일놈들 땅이 아니라 내 땅이라고요."

그는 돌덩이 하나를 다시 옮기며 덧붙였다.

"여름만 되면 독일놈들이 여기 와서 텐트 치고 이 숲을 '똥밭'으로 만들거든요."

그는 허리를 쭉 펴고 담배에 불을 붙였다. 그리고 빈 담뱃갑을 덤불 속으로 던져버렸다. 나는 독일 사람이 그의 집을 살 가능성을 생각해본 적이 있느냐고 물었다.

그는 대답할 가치도 없다는 듯이 콧방귀를 뀌며 대답했다.

"텐트를 치는 독일놈들은 빵밖에 사지 않아요. 그놈들의 차를 봤다면 그렇게 묻지 못했을 거예요. 독일 소시지, 독일 맥주, 독일식 절임 배추, 하여간 먹을 것을 몽땅 차에 싣고 오는 놈들이에요. 무슨 뜻인지 아시겠어요? 노랑이도 그런 노랑이가 없다고요."

환경보호자로, 또한 관광 정책의 권위자로 새로운 역할을 자임한 마소는 내친 김에 프로방스 농부들에게 닥친 문제를 떠벌리기 시작했다. 관광객들, 심지어 독일 관광객들까지 이 지역에 돈을 풀고, 이곳에 집을 장만한 외지인들이 지역 건축 업자들에게 일거리를 준다는 것은 마소도 인정했다.

"하지만 그들 때문에 부동산 가격이 어떻게 되었습니까? 정말 문젭니다. 그런 값을 치르고 땅을 살 수 있는 농부는 한 명도 없습니다."

그런데 마소도 부동산 투기를 하려고 하지 않았던가? 하지만 그런 이야기는 교묘하게 비켜갔다. 하여간 마소는 이런 부조리를 한탄했다. 그러다 갑자기 신이 난 듯, 그에게 큰 기쁨을 안겨주었다는 주택 거래 이야기를 들려주었다.

오랫동안 그의 이웃집을 탐내던 농부가 있었다. 집은 폐가에 가까워 집 자체를 탐낸 것은 아니었다. 그 농부가 노린 것은 그 집에 딸린 땅이었다. 농부는 그 집을 사겠다고 제안했지만, 마소의 이웃은 집값이 하늘 높은 줄 모르고 치솟는 상황을 틈타 더 높은 값을 제시한 파리 사람과 계약했다.

겨우내 그 파리 사람은 수백만 프랑을 들여 그 집을 개조했고 수영장을 설치했다. 마침내 공사가 끝나자 그는 노동절의 긴 주말 휴가를 즐기러 세련된 친구들을 데리고 왔다. 그들은 새로 개조한 집에 매료되었고, 옆집에 사는 이상한 농부, 특히 여덟 시면 정확히 잠자리에 드는 그 농부의 습관을 흥미롭게 생각했다.

하지만 파리 사람들은 새벽 네 시에 잠을 깨야 했다. 농부의 커다란 수탉인 샤를마뉴가 그때부터 두 시간 동안이나 쉴 새 없이 요란하게 울어댔기 때문이었다. 그들이 농부에게 불평을 늘어놓자 농부는 어깨를 으쓱해보일 뿐이었다. '여긴 시골이고 수탉이 우는 것은 당연하지 않소'라는 뜻이었다.

다음 날 아침에도, 그다음 날 아침에도 샤를마뉴는 정확히 새벽 네 시에 일어나 울어댔다. 참지 못한 손님들은 예정보다 일찍 파리로 돌아갔다. 밀린 잠을 보충하기 위해서였으리라. 파리 사람은 그 후에도 농부에게 거듭해서 불평했지만 농부는 여전히 어깨를 으쓱해보일 뿐이었다. 결국 그들은 얼굴을 붉히면서 헤어지고 말았다.

8월에 파리 사람은 다시 손님을 잔뜩 데리고 내려왔다. 이번에도 샤를마뉴는 매일 새벽 네 시에 그들을 깨웠다. 그들에게는 낮잠도 허락되지 않았다. 수동식 착암기와 시끄러운 콘크리트 믹서로 집에서 뭔가를 해대는 농부 때문이었다. 파리 사람은 농부에게 수탉이 울지 않게 해달라고 부탁했지만 농부는 거절했다. 몇 번의 열띤 공방이 오간 후, 파리 사람은 농부에게 소송을 걸어 샤를마뉴를 울지 못하게 만들려고 했다. 하지만 법정은 농부의 손을 들어주었다. 덕분에 샤를마뉴는 새벽부터 세레나데를 마음껏 불러댈 수 있었다.

별장을 찾는 것이 고문처럼 여겨지자 파리 사람은 결국 그 집을 팔려고 내놓았다. 농부는 친구를 내세워 그 집 땅의 대부분을 사들일 수 있었다.

거래가 성사된 후 일요일에, 농부와 그의 친구는 성대한 점심으로 승리를 자축했다. 점심의 주요리는 코코뱅*으로 변해버린 샤를마뉴였다.

마소는 이것을 멋진 이야기라 생각했다. 파리 사람에게 패배의 쓴잔을 안겨줬고 승리한 농부는 땅을 차지하고 훌륭한 점심식사까지 즐겼으니 모든 조건을 완벽하게 갖춘 이야기라는 것이었다. 나는 그 이야기가 정말이냐고 물었다. 그러자 마소는 나를 의아하다는 표정으로 바라보며, 지

*coq au vin, 적포도주가 든 소스로 요리한 삶은 닭.

저분한 콧수염 끝자락을 빨았다. 요컨대 그의 이야기는 '농부의 뜻을 거슬러서 좋을 것이 없다'는 뜻이었다. 내가 독일인이라면 이번 여름에는 스페인으로 방향을 돌리는 편이 낫겠다는 생각이 들었다.

하루가 다르게 날씨가 포근해졌다. 성장과 푸르름의 신선한 흔적이 곳곳에서 보였다. 유난히 푸르름이 짙은 곳은 수영장이었다. 햇살을 받으면 담즙처럼 에메랄드빛을 띠었다. 녹조류 식물이 수영장 바닥에서 기어올라 현관까지 침범하기 전에 수영장 청소부 베르나르에게 녹조류와 싸울 장비를 가져오라고 전화할 때가 된 것이다.

하지만 프로방스에서는 이런 일이 전화 한 통화나 말 한마디로 간단히 성사되는 경우란 없다. 현장 조사를 위한 사전 방문이 필수다. 문제가 되는 곳을 둘러보고 알겠다는 듯 고개를 끄덕이며 포도주를 한두 잔쯤 마시면서 다음에 방문할 날을 결정한다. 일종의 준비운동으로, 정말 분초를 다투는 경우에만 생략될 뿐이다.

저녁이 되어서야 베르나르는 수영장을 살펴보러 왔다.

그때 나는 수위선 바로 위까지 침범한 모피처럼 부드러운 푸른 띠를 닦아내고 있었다. 베르나르는 나를 한참 동안 지켜보더니, 내 앞에 쪼그리고 앉아 내 코앞에 손가락을 흔들어댔다. 그가 입을 떼면 뭐라고 할지 알 것 같았다.

"그만 두세요. 그렇게 문질러댈 일이 아닙니다. 살살 다루어야 한다고요. 나중에 내가 장비를 가져올게요."

우리는 녹색 모피를 그대로 두고 한잔하려고 집으로 들어갔다. 베르나르는 좀 더 일찍 올 수 없었던 이유를 설명했다. 치통 때문에 고생하고 있지만 동네에서 그를 치료해 줄 각오가 된 치과의사를 만나지 못했다는 것이다. 치과의사를 물어버리는, 자제할 수 없는 이상한 버릇 때문이었다. 그도 어찌해볼 수 없는 반사작용이었다. 그는 입안에 낯선 손이 느껴지는 순간 '꽉!' 그 손을 물어버렸다. 보니외의 유일한 치과의사, 카바용의 치과의사 네 명이 그에게 그런 봉변을 당했다. 그래서 그의 악명이 전혀 알려지지 않은 아비뇽까지 갈 수밖에 없었다는 것이다. 다행히 아비뇽에서 만난 치과의사는 치료하는 동안 베르나르를 마취제로 완전히 혼수 상태로 만들어버렸다. 나중에 그는 베르나르에게 18세기의 치아를 가진 사람이라고 말했다고 한다.

18세기의 것이든 아니든 간에 베르나르의 치아는 웃고 말할 때 검은 턱수염에 대비되어 무척 하얗고 건강하게 보였다. 그는 정말 매력적인 사내였다. 프로방스에서 태어나 자랐지만 조금도 시골뜨기처럼 보이지 않았다. 술도 파스티스 대신 오래될수록 좋은 스카치 위스키를 마셨다. 파리 여자와 결혼했다고 하는데, 우리 생각에는 그녀가 남편의 옷장까지 관리하는 것 같았다. 그를 자주 보았지만 청바지에 운동화를 신거나 낡고 색 바랜 셔츠를 입은 적이 없었기 때문이다. 가벼워 보이는 가죽구두에서 유명 디자이너의 선글라스까지 구색을 맞춰 입은 말쑥한 모습이었다. 그 때문에 수영장을 다시 우리 차지로 돌려놓으려 염소로 소독하고 따개비를 긁어내는 작업을 할 때도 저런 차림으로 나타날까 궁금했다.

마침내 봄맞이 대청소날이 되었다. 베르나르는 회색 플란넬 바지와 블레이저에 선글라스를 쓰고, 비가 온다는 일기예보가 맞을 경우를 대비한 것인지 우산까지 빙빙 돌리며 계단을 성큼성큼 올라왔다. 그가 이처럼 우아함을 유지할 수 있는 비밀이 밝혀졌다! 꾀죄죄한 차림의 작은 사내가 염소통과 솔, 흡입 펌프를 짊어지고 힘에 겨운 듯 그의 뒤를 따르고 있었다. 베르나르의 감독하에 실제로 궂은일을 도맡아 하는 가스통이었다.

그날 아침이 끝나갈 무렵 나는 그들이 어떻게 일하고 있나 살펴보려고 밖으로 나갔다. 보슬비가 내리고 있었다. 흠뻑 젖은 가스통은 뱀처럼 비비 꼬인 흡입 호스와 씨름하고 있었지만 블레이저 셔츠를 어깨에 무심하게 걸친 베르나르는 우산을 받쳐 들고 작업을 지시하고 있었다. 그래, 일 시키는 방법을 제대로 알고 있는 사람이야! 우리가 돌식탁을 뒷마당으로 옮기는 데 도움을 줄 사람은 바로 베르나르라는 생각이 들었다. 그래서 나는 수영장 옆에서 일에 열중하고 있던 베르나르를 끌어내 돌식탁을 살펴보러 갔다.

돌식탁은 더 크고 무거워진 것 같았다. 잡초까지 무성히 자라 영원히 그 자리에서 꼼짝하지 않을 것만 같았다. 하지만 베르나르는 걱정하지 않았다.

"별거 아니에요. 삼십 분이면 너끈히 해낼 사람을 알고 있어요."

말을 상대로 한 줄다리기 시합에서 승리하고 난 뒤 땀을 뻘뻘 흘리면서도 기분전환 삼아 커다란 돌판을 들어올려 보이는 거인을 상상해보았다. 그런 거인이라면 돌식탁 정도야 장난감에 불과할 거야. 베르나르는 그 사람이 최근 '봅'이란 기계를 구입했다며, 봅은 지게차를 축소시켜놓은 것이어서 뒷마당 입구를 어렵지 않게 통과할 수 있을 것이라고 말했다.

"이제 됐군!"

모든 일이 쉽게 해결될 것 같았다. '봅'의 주인은 전화를 받은 지 삼 분도 되지 않아 우리 집에 도착했다. 새 기계를 무척이나 사용하고 싶었던 모양이다. 그는 입구의 폭을 쟀고 돌식탁의 무게를 가늠했다.

"문제 없습니다. 봅이면 충분히 해낼 수 있을 겁니다."

하지만 여기저기에 사소하게 조절할 것이 있었다. 석공이 해야 할 일이었다. 돌식탁이 지나갈 높이를 확보하려면 입구에 걸쳐진 상인방을 떼어내야 했다.

"오 분이면 될 겁니다."

나는 상인방을 물끄러미 바라보았다. 1.2미터 폭에 23센티미터의 두께를 지닌 대단한 돌덩어리였다. 게다가 집 벽면에 단단히 연결되어 있었다. 상인방을 떼어내는 것만도 엄청난 일이었다. 비전문가인 내 눈에는 그렇게 보였다. 결국 돌식탁은 그 자리에서 한 뼘도 움직이지 못했다.

그 골칫덩이를 쳐다볼 때마다 한숨만 나왔다. 날씨가 더워지면서 밖에서 식사하는 계절이 코앞까지 닥쳤지만 우리에겐 다섯 코스의 점심은 고사하고 올리브 그릇을 올려놓을 공간조차 없었다. 영국에서, 그리고 겨우내 꿈꾸던 날들이 물거품처럼 사라지는 것 같았다. 마침내 우리는 채석장의 피에로에게 전화를 걸었다. 그리고 카르카손의 럭비팀을 불러줄 수 있겠냐고 진지하게 물었다. 그러던 어느 날 하느님의 섭리였던지 요란한 제동 소리와 함께 도움의 손길이 우리를 찾아왔다. 먼지를 잔뜩 뒤집어쓴 코커스패니얼을 데리고.

디디에였다. 생레미 반대편에 있는 어떤 집에서 일하고 있던 그에게 제복 입은 장다름*이 은밀히 찾아왔다. 그 헌병은 세월의 풍상을 심하게 겪어 새 담까지 아주 오래된 담처럼 둔갑시킬 수 있는 이끼로 뒤덮인 돌덩이가 있는데 관심

*Gendarme, 국방성에 소속된 헌병. 민간의 치안 유지를 담당한다.

이 있느냐고 물었다. 그 질문을 듣는 순간, 디디에는 긴 작업 목록에서 우리 집 앞에 담을 쌓아야 한다는 것이 문득 생각났다는 것이다. 그런데 그 법의 집행자가 은밀한 거래, 그러니까 현찰박치기로 끝내길 원한다는 것이었다.

"그런 돌은 구하기 힘듭니다. 구경이라도 해보실래요?"

그런 일로 디디에와 그의 일꾼들이 돌아와주기만 한다면 5백 킬로그램의 새똥이라도 마다할 처지가 아니었다. 게다가 그들이 홀연히 사라지기 전에 그들에게 돌식탁을 옮겨달라고 해야겠다는 생각도 하지 않았던가! 신의 윙크와도 같은 기회였다.

"좋아요. 그 돌덩이를 사겠소. 그런데 저 돌식탁을 옮기려는 데 도와줄 수 있겠소?"

디디에는 돌식탁을 잠깐 보더니 씩 웃었다.

"일곱 사람은 있어야겠는데요. 토요일에 두 사람을 데려올 테니 나머지 사람은 선생님이 구해주세요."

거래가 끝났다! 곧 우리에게도 식탁이 생길 판이었다. 아내는 밖에서 맞이할 첫 점심식사의 식단을 짜기 시작했다.

우리는 먹을 것과 마실 것을 주겠다는 조건으로 힘깨나

쓸 것 같은 젊은이 셋을 꼬드겨 데려왔다. 디디에와 그의 일꾼들이 도착하자, 우리 일곱 사람은 돌식탁을 빙 둘러 자리를 잡았다. 손에 침을 뱉는 거룩한 의식을 치른 후 우리는 험난한 15미터의 여행을 무사히 마칠 최선의 방법을 상의하기 시작했다.

이런 상황에서 프랑스 사람들은 모두 전문가가 된다. 갖가지 이론이 쏟아져 나왔다. 돌식탁에 통나무를 깔아 굴려야 할 거야. 천만에, 나무판을 깔아 밀고 가야 해. 웃기는 소리, 일단 트럭으로 밀어야 한다고! 결국 디디에가 나서서 모두를 조용히 시킨 후, 둘씩 짝을 지어 식탁의 한 면을 맡으라고 했다. 자기는 혼자서 한 면을 맡겠다며!

끼익…. 돌판이 땅에서 빠져 나왔다. 우리는 비틀대면서 돌식탁을 5미터 정도 옮겼다. 핏줄이 터질 것처럼 불끈거렸다. 그런 와중에도 디디에는 쉴 새 없이 소리치면서 방향을 잡아주었다. 다시 5미터를 더 나아갔다. 뒷마당 입구를 통과하려면 방향을 바꿔야 했기에 우리는 잠시 멈추고 숨을 골랐다. 엄청난 무게였다. 땀이 줄줄 흘러내리고 온몸이 쑤셔왔다. 적어도 한 사람은 이런 일을 하기엔 너무 늙었다고 푸념하고 있었으리라. 하지만 지금 돌식탁은 비스듬히 놓여 있었고 뒷마당에 들어가기 직전이었다.

디디에가 말했다.

"여기가 재밌는 데라고."

뒷마당 입구의 너비는 두 사람이 돌판의 한 쪽씩을 들고 지나갈 정도밖에 안 되었다. 다른 사람들이 돌식탁을 밀고 당기는 동안 네 사람이 그 엄청난 무게를 버텨내야 한다는 뜻이었다. 큼직한 가죽끈 두 개가 식탁 밑에 놓여졌다. 다시 손에 침을 뱉는 소리가 들렸다. 아내는 발이 으깨지고 네 사람이 동시에 탈장되는 꼴을 지켜보고 있을 수 없다며 집 안으로 들어가버렸다.

"어떤 일이 있어도 돌판을 놓아서는 안 돼!"

디디에는 이렇게 말하고 소리쳤다.

"시작!"

사방에서 욕설이 터져나왔다. 손마디 살갗이 벗겨졌다. 모두가 분만 중인 코끼리처럼 끙끙댔다. 하지만 돌식탁은 천천히 입구를 넘어섰고 마침내 뒷마당으로 들어왔다.

우리는 살갗이 벗겨진 곳과 시큰대는 곳을 서로 비교해

보았다. 그리고 받침대—140킬로그램에 불과해 시시하게 여겨질 정도였다—를 설치하고 그 위에 시멘트를 발랐다. 끝으로 한 번의 작업이 더 남아 있었다. 돌판을 올리는 것이었다. 어렵게 돌판을 받침대에 올려놓았지만 디디에는 그 것으로 만족하지 않았다. 중심에서 털끝만큼 비뚤어졌다는 것이었다. 부관인 에릭에게 식탁 아래에 들어가 엎드리라고 했다. 상판의 중심을 잡는 동안 에릭 혼자서 등으로 그 무게를 받치고 있어야 했다. 보험이 우리 집에서 압사한 사람까지 보장해줄까? 다행히 에릭은 아무런 외상 없이 식탁에서 기어나왔다. 하지만 디디에는 자기와 일하는 사람은 골병이 들어 서서히 죽어간다고 낄낄대며 말했다. 나는 그 말이 농담이길 바랐다.

맥주 파티가 벌어졌다. 모두가 돌식탁에 찬사의 말을 한 마디씩 내뱉었다. 우리가 눈밭에서 대충 그렸던 모습, 그러니까 2월의 그날 오후에 상상했던 모습 그대로였다. 크기도 적당했다. 뒷마당의 돌담과도 썩 어울렸다. 땀자국과 핏자국은 곧 말라 사라질 것이고, 그러면 이 식탁에서 점심을 즐길 수 있으리라.

밖에서 여유 있게 식사를 즐길 수 있게 되었다는 황홀한 기대감 속에서도 한 가지 작은 아쉬움이 있었다. 못생겼지만 맛 좋고 향이 짙은 버섯으로, 무게당 거의 금값으로 팔리는 보클뤼즈산 송로가 끝물에 접어들고 있다는 점이었다.

송로의 세계는 비밀스럽다. 하지만 외지인이라도 카르팡트라 부근 마을에 가면 송로를 슬쩍 엿볼 수 있다. 그 지역 카페에서 마르와 칼바도스*를 곁들인 아침식사 시간에 거래가 활발하게 이루어진다. 하지만 낯선 얼굴이 문을 열고 들어서면 웅성대던 대화가 갑자기 중단된다. 카페 밖에서는 몇 사람이 옹기종기 모여서, 조심스레 건네진 흙투성이 흑덩이를 이리저리 살펴보고 냄새를 맡아보며 무게를 가늠한다. 마침내 돈이 전달된다. 1백 프랑, 2백 프랑, 5백 프랑은 됨직한 두툼하고 때 묻은 돈뭉치가 오가고, 엄지에 침을 묻혀가며 몇 번이고 헤아린다. 외부인의 눈길은 달갑게 여기지 않는다.

이런 약식 시장은 고급 식당의 식탁이나, 포숑과 에디아르처럼 터무니없이 비싼 상점의 판매대까지 오르는 과정의 첫 단계다. 하지만 이름조차 알려지지 않은 이곳에서도—

*calvados, 사과를 원료로 만든 브랜디. 프랑스의 지역명인 '칼바도스 데파르트망'에서 따온 이름이다.

손톱에 때가 끼고 어제 먹은 마늘 냄새를 풍겨대는 사람들, 찌그러지고 헐떡대는 자동차를 끌고 온 사람들, 멋진 서류 가방이 아니라 낡은 광주리나 플라스틱 상자를 안고 사람들에게 직접 사더라도—송로의 값은 그들의 표현을 빌리면 '트레 세리외〔아주 대단하다〕'하다.

송로는 무게 단위로 거래되고, 기준 단위는 킬로그램이다. 1987년에 마을 장터에서 송로 1킬로그램을 사려면 적어도 2천 프랑, 그것도 현찰로 값을 치러야 했다. 수표는 통용되지 않았고 영수증도 없었다. '트뤼피스트(송로를 취급하는 사람)'는 보통 사람들이 소득세라 부르는 미친 짓 같은 정부 계획에 동참할 의지가 전혀 없어보였다.

어쨌든 송로의 산지 가격은 킬로그램당 2천 프랑이다. 중간 상인과 중매인의 손을 거쳐서, 보퀴즈나 트루아그로 같은 고급 식당의 주방, 즉 송로의 영적인 고향에 도착할 쯤에는 값이 거의 두 배로 뛴다. 포숑에서는 킬로그램당 5천 프랑에 팔리지만 그래도 수표는 받아준다.

이처럼 불합리하게 가격이 올라가는데도 감수해야 하는 두 가지 이유가 있다. 첫째는 향과 맛에서 신선한 송로에 비길 것이 세상 어디에도 없다는 사실이다. 둘째 이유는, 이 문제를 해결하려고 온갖 노력을 기울이며 비상한 재주를 부려보았지만 프랑스인들이 아직까지 송로 인공 재배 방법을 찾아내지 못한 탓이다. 그 노력은 지금도 계속되고 있어, 보클뤼즈에서는 송로 종균을 심은 떡갈나무밭과 접근 금지 안내판이 흔히 눈에 띈다. 하지만 송로의 번식은 자연만이 그 법칙을 알고 있는 듯하다. 그래서 희귀하고 값도 비싼 것이겠지만, 송로를 재배하려는 인간의 노력은 지금까지 큰 성과를 거두지 못하고 있다. 따라서 인공 재배가 성공할 때까지, 돈을 축내지 않고 송로를 즐길 수 있는 유일한 방법은 직접 찾는 것이다.

우리는 운이 좋았던지, 거의 우리 집에 살다시피 한 송로 전문가 미장이 라몽에게 송로 찾는 비법을 공짜로 배울 수 있었다. 그는 수년 동안 온갖 방법을 써보았고, 몇 번인가 작은 성공을 거두었다고 했다. 그는 그 비법을 우리에게 아낌없이 나눠주었다. 회반죽을 매끈하게 다듬을 때나 맥주를 마실 때 우리가 해야 할 일을 꼼꼼하게 가르쳐주었다. 물론 어디에 송로가 있는지는 말해주지 않았다. 하기야 누가 그런 것까지 알려주겠는가.

라몽의 말에 따르면 타이밍과 지식과 끈기가 있어야 한다. 그리고 돼지나 훈련받은 사냥개, 아니면 지팡이가 필요하다. 송로는 지표면에서 몇 센티미터 아래, 떡갈나무나 개암나무 뿌리에 붙어 자란다. 11월부터 3월까지 한창때는 민감한 장비만 있으면 냄새로도 송로를 찾아낼 수 있다. 그러나 최고의 추적자는 바로 돼지다. 돼지는 천성적으로 송로를 좋아해서, 적어도 송로 찾는 데는 개보다 뛰어나다.

하지만 돼지는 꼬리를 흔들어대면서 송로가 있는 곳을 가리키는 것으로 그치지 않는다는 점이 걸림돌이다. 돼지는 거의 필사적으로 송로를 먹으려고 달려든다. 라몽이 말했듯이, 식도락의 황홀감을 약속해주는 것 앞에서 돼지를 설득하기란 사실상 불가능하다. 돼지는 쉽게 물러서지 않는다. 한 손으로 송로를 캐내고 다른 손으로 돼지를 밀어내기엔 몸집이 만만찮다. 작은 트랙터만 한 녀석이 고집을 부리면서 꼼짝도 하지 않는다고 생각해보라. 이런 태생적인 문제 때문에 라몽이 돼지보다 작고 말도 잘 듣는 개가 점점 인기를 얻어간다고 했을 때 우리는 별로 놀라지 않았다.

돼지와 달리 개는 본능적으로 송로를 찾아다니지 않는다. 따라서 훈련을 시켜야 한다. 라몽은 소시지 훈련법을 적극 추천했다. 소시지를 얇게 썰어 송로에 비비거나 송로즙에 살짝 담근 후 개에게 준다. 그러면 개는 송로 냄새를 천국의 맛과 연결시키기 시작한다. 그때부터 조금씩 그 개는 당신만큼이나 송로에 미쳐간다.

물론 그 개가 영리하고 먹는 것을 밝힌다면 훈련 시간도 대폭 단축된다. 송로의 맛을 알게 되면 현장 실습에 들어간다. 당신이 훈련을 철저히 시켰다면, 당신 개의 기질이 그 일에 적합하다면, 그리고 송로가 어디쯤 있는지 당신이 알고 있다면, '송로 사냥개'가 당신에게 보물이 묻힌 곳을 정확히 알려줄 것이다. 녀석이 송로를 찾아내고 땅을 파기 시작하면, 송로 묻힌 소시지 조각을 멀리 던져 녀석을 딴 곳으로 유인하라. 그럼 당신은 그토록 바라던 검은 황금덩이를 여유 있게 캐낼 수 있을 것이다.

라몽 자신은 몇 번의 시행착오 끝에 결국 다른 방법을 쓴다고 했다. 그는 상상의 지팡이를 들고 발끝으로 살금살금 걷는 모습을 부엌에서 시연해 보였다. 물론 이 방법에서도 송로가 있는 곳을 대충 알아야 하지만 기후 조건이 적절해질 때까지 기다릴 줄도 알아야 한다. 햇살이 떡갈나무로 보이는 나무의 뿌리를 비추면 살금살금 다가가서, 지팡이로 나무뿌리 부근을 가만히 찔러보라. 파리가 깜짝 놀라 나무뿌리에서 수직으로 날아오르면 그 지점을 표시하고 파보아라. 유전적 본능으로 송로에 알을 낳으려는 파리를 당신이 방해한 것일 수 있다. 어쩌면 그 때문에 송로의 '미묘한' 맛이 더해졌을 수 있다.

보클뤼즈의 농부들은 이 방법을 주로 사용한다. 돼지를 데리고 송로를 찾아다니는 것보다 지팡이를 짚고 이리저리 돌아다니면 별로 눈에 띄지 않기 때문이다. 따라서 비밀 보장이 더 쉽다. 하기야 자기만 아는 송로밭을 다른 사람에게 알리고 싶은 송로 채집꾼이 어디에 있겠는가.

송로 채집이 예측할 수 없고 불확실한 우연에 기대고는 있지만 판매와 유통 과정에서 저질러지는 속임수에 비하면 한결 정직한 편인 듯하다. 라몽은 폭로 전문기자처럼, 그리고 습관처럼 눈을 깜빡이고 내 옆구리를 찔러대면서 송로 시장에서 가장 빈번하게 일어나는 속임수에 대해 이야기해 주었다.

프랑스의 모든 먹거리는 최고의 명성을 지닌 생산지에서 나온다. 예컨대 올리브는 니옹(Nyons)에서, 겨자는 디종에서, 멜론은 카바용에서, 유지〔乳脂〕는 노르망디에서 생산된다는 식이다. 송로는 페리고르에서 생산된다는 것이 일반적인 평이다. 따라서 페리고르산 송로가 더 비싼 것은 당연하다. 하지만 카오르에서 구입한 송로가 실제로 수백 킬로미터나 떨어진 보클뤼즈에서 캐낸 것이 아니라고 누가 장담할 수 있겠는가? 따라서 잘 알고 신뢰할 만한 사람이 공급한 송로가 아니라면 절대 안심해서는 안 된다. 라몽의 비밀 정보에 따르면 페리고르에서 팔리는 송로의 50퍼센트가 다른 지방에서 생산된 송로를 '귀화'시킨 것이다.

게다가 땅에서 캐낼 때보다 저울에 올려놓을 때 무게가 늘어나는 비열한 수법까지 동원되고 있다. 예컨대 선물용으로 포장할 때 송로에 흙을 더 바르는 수법이다. 심지어 흙보다 더 무거운 물질을 섞어 송로 안에 집어넣기도 한다. 칼로 가운데를 잘라내야 작은 금속 조각 같은 첨가 물질이 드러나기 때문에 전혀 눈에 띄지 않는다. '그놈들 정말 악질이에요!' 생송로의 향긋한 냄새를 포기하고 통조림으로 제공되는 안전한 송로를 택하더라도 안심할 수 없는 것은 마찬가지다. 이런저런 소문에 따르면, 프랑스제라는 상표가 붙은 프랑스 통조림 중에도 실제로는 내용물이 이탈리아나 스페인의 송로인 것이 적지 않다. 이런 소문이 정말이라면 유럽 공동 시장을 결성한 나라들 간의 공조 체제에서 가장 돈벌이가 되면서도 가장 덜 알려진 사실 중 하나일 것이다.

하지만 속임수와 가격에 대한 소문이 매년 도를 넘어서

고 있는데도 프랑스인들은 여전히 송로의 향을 쫓아다니며 호주머니를 털어낸다. 하기야 우리가 즐겨 찾던 식당 중 하나에서 끝물에 들어선 송로를 제공한다는 이야기를 들었을 때 우리도 똑같은 짓을 하고 말았다.

'셰 미셸(미셸의 집)'은 카브리에르에 있는 식당으로, 불르* 동호회 본부이기도 하다. 미슐랭 심사위원들의 눈길을 끌 만큼 장식이 잘 되어 있거나 화려하지 않다. 식당 앞쪽에서는 노인들이 카드놀이를 하고, 안쪽에서는 손님들이 식사를 한다. 주인이 요리를, 부인이 주문을 담당한다. 다른 식구들은 홀이나 주방에서 돕는다. 재주 있는 요리사를 유명 브랜드로 둔갑시켜 정겨운 식당을 값비싼 고급 성전으로 바꿔버리는, 어지러운 상혼에 끼어들려는 의도가 조금도 엿보이지 않는다. 한마디로 포근한 이웃집 같은 비스트로**다.

부인은 우리를 식탁으로 안내하고 마실 것을 내왔다. 우리는 송로 요리가 되느냐고 물었다. 그녀는 눈동자를 이리저리 굴렸다. 고통에 가까운 표정이 그녀의 얼굴에 어렸다. 우리는 송로가 다 떨어진 것이라 생각했다. 하지만 그렇지

*Boules, 당구공만 한 쇠공이나 나무공으로 하는 남프랑스 전통 놀이.
**Bistrot, 흔히 술집으로 번역되지만 프랑스에서는 카페와 동일한 것으로 생각해도 된다. 커피와 술을 마실 수 있고 음식도 제공한다.

않았다. 삶의 부조리를 느낄 때마다 그녀가 보여주는 특유한 반응이었다. 그녀는 세상의 부조리를 이렇게 설명했다.

그녀의 남편 미셸은 생송로를 요리하고 싶어 한다. 그에게 송로를 공급해주는 업자가 여럿 있고, 다른 사람들이 그렇듯이 그도 현찰로 지불하고 영수증도 받지 않는다. 따라서 지출을 증명해줄 서류가 없기 때문에 늘 수지타산이 맞지 않는다. 게다가 그는 송로 요리의 가격을 올리려 하지 않는다. 송로값을 따져서 가격을 올리면 단골손님들이 화를 낼지도 모른다는 생각 탓이다. 게다가 겨울철 손님들은 씀씀이가 조심스런 지역 사람들이고, 큰손들은 부활절이 되어야 이곳에 내려오기 때문이기도 하다.

이런 점이 문제였다. 그래도 부인은 태연한 척하려고 최선을 다하며, 수천 프랑어치는 될 듯한 송로로 가득한 구리 냄비를 우리에게 보여주었다. 우리는 그녀에게 미셸이 그렇게 하는 이유를 물었다. 그녀는 프로방스 사람답게 어깨를 으쓱해보이며 대답했다. 정확히 말하면 어깨와 눈썹을 동시에 위로 치켜올리면서 입가를 아래로 쭉 내리는 모습이었다.

"좋은 게 좋은 거니까요."

우리는 오믈렛을 먹었다. 촉촉하고 푸짐하고 솜털처럼 부드러웠다. 게다가 한 입 한 입마다 검은빛을 띤 작은 송로 조각이 씹혔다. 겨울을 마지막으로 보내는 짙은 맛이었다. 우리는 빵조각으로 접시를 싹싹 닦아내며, 런던에서 이렇게 먹으면 돈이 얼마나 들까 생각해보았다. 결론은 우리가 엄청나게 싼 값으로 송로를 즐겼다는 것이었다. 런던과 비교하는 것이 프로방스에서의 작은 사치를 정당화시키는 가장 확실한 방법인 셈이다.

미셸이 홀을 둘러보러 주방에서 나왔다. 깨끗이 비운 우리 접시를 보고 물었다.

"맛있었나요, 송로가?"

"그럼요, 맛있는 정도가 아니었습니다."

미셸은 그에게 송로를 공급해주던 상인이 이 분야에서는 고참 건달 중 하나인데 얼마 전에 강도를 당했다고 했다. 도둑이 10만 프랑 넘는 현찰이 담긴 상자 하나를 훔쳐갔다는 것이다. 하지만 그 상인은 그런 돈을 도둑맞았다고 신고조차 할 수 없었다. 경찰이 그 많은 돈이 어디서 났느냐고 물을까봐 겁났던 것이다. 지금 그가 돈에 쪼들린다고 푸념해 댄다는 것으로 판단하건대 내년에는 송로값을 올릴 것이 분명했다. '세 라 비〔이런 게 인생이다〕!'

집에 돌아오자마자 전화벨이 울려댔다. 우리 부부가 끔찍이도 싫어하는 소리였다. 서로 전화를 받지 않으려고 딴전을 부렸을 정도였다. 우리는 전화벨 소리에 선천적인 알레르기가 있는 듯했다. 이상하게도 전화벨은 적절하지 않은 때 울려대지 않는가. 게다가 아무런 준비도 되지 않은 당신을 예기치 못한 대화로 끌고 들어간다. 하지만 편지는 받으면 언제나 즐겁다. 적어도 당신에게 대답할 시간 여유를 주지 않는가. 요즘 사람들은 편지를 별로 쓰지 않는다. 너무 바쁘고, 서둘러야 할 일이 너무 많아서 그런가? 어떤 일이 있어도 충실하게 청구서를 배달해주는 서비스를 망각한 채 우체국을 불신한다. 하지만 우리는 전화를 믿지 않으려고 애쓰는 중이었다. 결국 내가 죽은 지 오래된 생선을 집는 심정으로 수화기를 들었다.

"날씨가 어떻습니까?"

누군지 알 수 없는 목소리였다. 나는 날씨가 좋다고 대답했다. 아차! 거짓말을 했더라면 완전히 달라졌을 텐데. 하여간 내 대답이 끝나자, 전화를 건 사람은 자신이 토니라며 말을 이어갔다. 그는 친구가 아니었다. 친구의 친구도 아니었다. 그저 아는 사람의 아는 사람이었을 뿐이다.

"그 부근에 집 하나를 구하려고요."

경영자들이 카폰으로 부인에게 전화할 때처럼 시간이 돈이라는 철학이 듬뿍 배인 간결한 말투였다.

"선생이 내게 도움을 줄 수 있을 것 같아서. 부활절 시즌 전에 들어가고 싶은데요. 그때면 개구리들*이 가격을 올릴 테니까요."

나는 부동산 중개소를 몇 군데 알려주겠다고 대답했다.

"저는 프랑스어를 못 합니다. 물론 식사 주문 정도야 하지만, 대충 그 정도입니다."

그래서 영어도 사용하는 부동산 중개소를 소개해주겠다고 했지만 그것도 안 된다는 것이었다.

"한 군데 얽매이고 싶지 않습니다. 돈은 돈대로 쓰고 이사도 마음에 들지 않고."

결국 내가 직접 나서겠다고 하든지, 아니면 막 싹트기 시

---

*프랑스인이 개구리를 먹는다고 경멸해서 부르는 말.

작한 관계가 더 이상 발전하기 전에 매몰차게 거절하며 떡 잎부터 잘라내든지 선택할 순간에 이르렀다. 하지만 행운의 여신은 내 편이 아니었다.

"내가 가겠습니다. 밤새 얘기할 수는 없으니까요. 다음 주에 가면 충분한 시간을 두고 얘기해보도록 합시다."

그리고 내게서 일말의 희망마저 빼앗아가는 끔찍한 말이 이어졌다.

"걱정 말아요. 내가 선생 주소를 아니까. 알아서 찾아가 겠습니다."

그리고 전화가 끊겼다.

04 / April

부활절, 몰려드는 관광객

파란 하늘 아래 이른 안개가 젖은 시트처럼 계곡을 따라 걸려 있는, 그런 아침이었다. 우리가 산책에서 돌아왔을 때쯤 개들의 털은 안개에 젖어 매끄럽게 눌렸고 수염은 햇살에 반짝거렸다. 개들이 낯선 사람을 먼저 보고, 그에게 껑충껑충 달려가 사납게 짖어댔다.

수영장 옆에 서 있던 그는 남성용 손가방으로 개들을 밀어냈지만 금방이라도 수영장에 빠질 것만 같았다. 우리를 보고는 안도의 표정을 지으며 물었다.

"저 개들 괜찮나요? 광견병 같은 것은 안 걸렸겠죠?"

어디선가 들었던 목소리였다. 그랬다, 전화로 들었던 바로 그 목소리였다. 런던에서 온 토니였다. 그는 우리와 아침 식사를 함께했다. 그의 손가방도! 그는 몸집도 컸지만 허릿살이 유난히 푸짐했다. 엷은 색을 넣은 안경을 쓰고, 일부러 헝클어뜨린 듯한 머리카락에, 프로방스를 찾는 영국인이면 날씨에 관계없이 무조건 입는 엷은 색 평상복 차림이었다. 그는 식탁에 앉자마자 손가방에서 두툼한 파일러팩스*와 황금빛 만년필, 면세점에서 산 카르티에 담배 그리고 황금빛 라이터를 차례로 꺼냈다. 시계도 황금색이었다. 그의 가슴털에도 금목걸이가 둥지를 틀고 있겠지? 그는 광고업에 종사하고 있다고 했다.

그는 자신의 사업 이력을 간략하게 설명해주었다. 하지만 내 귀에는 자화자찬처럼 들렸다. 그는 광고대행사로 시작하여 힘든 역경과 피나는 경쟁을 이겨내고 회사를 키웠다. 그런데 얼마 전에, 그의 표현에 따르면 상당한 돈을 받고 5년 계약으로 기업 지배권을 팔았다. 그때까지 보여준 행동거지로는 그가 회사 운영을 다른 사람에게 넘길 사람

---

*Filofax, 주소록과 일정표, 지도 등이 수록된 수첩으로 상표명이 보통명사화된 것이다.

이라고 누구도 짐작하지 못했겠지만 이제 마음놓고 쉬고 싶다고 했다. 그는 잠시도 가만히 있지 못했다. 시계를 보았다가 앞에 놓인 것을 만지작댔고, 걸핏하면 안경을 고쳐 쓰고 초조한 듯이 담배 연기를 깊이 삼키기도 했다. 갑자기 그가 자리에서 벌떡 일어서며 물었다.

"급히 전화를 써야겠는데 괜찮겠습니까? 런던 지역번호가 뭐죠?"

아내와 나는 그 정도야 우리 집까지 찾아온 고국 사람을 맞이할 때 피할 수 없는 부분이라 생각하고 있었다. 그들은 우리 집에 와서 술이나 커피를 한잔하고는, 그들이 자리를 비운 몇 시간 동안 회사가 망하지 않았는지 확인하겠다며 전화를 빌린다. 누구나 할 것 없이 똑같은 수순을 밟는다. 통화 내용도 그 과정만큼이나 거의 비슷하다.

"나야. 그래, 프로방스에서 전화하는 거야. 모든 게 잘 되어간다고? 내게 연락 온 데 없었나? 그래, 없었다고? 데이비드가 전화하지 않았어? 제기랄! 난 오늘 여기저기 돌아다닐 거야. 여기로 전화하면 연락이 될 거야. (잠깐, 전화번호가 어떻게 되죠?) 받아적었어? 뭐라고? 그래, 날씨는 좋아. 나중에 다시 전화할게."

　토니는 수화기를 내려놓고, 그가 없어도 회사가 그런대로 잘 돌아간다며 우리를 안심시켰다. 이제 그는 자기의 정력을, 아니 우리의 정력까지 끌어다 부동산 구입에 쏟아부을 준비가 끝난 모양이었다.

　프로방스에서 집을 사려면 귀찮은 문제가 한두 가지가 아니다. 그래서 바쁘고 능률적이며 확실한 결정과 신속한 일처리에 익숙한 도시 사람들은 몇 달 동안 지루한 협상을 벌이고도 아무런 성과를 얻지 못한 채 포기하기 일쑤다. 놀랄 일이 많지만 무엇보다 놀라운 것은 모든 부동산 가격이 광고 가격보다 높다는 점이다. 그래서 부동산을 구입하려는 사람들은 한결같이 경계하고 믿지 않으려는 태도를 보인다. 하지만 이유가 없는 것은 아니다. 가장 큰 이유는 프랑스 정부가 모든 거래에서 세금으로 8퍼센트가량을 떼어가는 데 있다. 게다가 법적 수수료도 만만찮다. 때로는 여기에 매입자가 3 내지 5퍼센트의 중개 수수료를 내야 한다는 거래 조건이 덧붙여지기도 한다. 따라서 운이 없으면 부동산 가격에 최고 15퍼센트를 더 지출해야 부동산을 구입할 수 있다.

하지만 돈도 절약하고 정부도 속일 수 있어 곱절의 매력을 지닌 멋진 속임수가 하나의 관행처럼 내려오고 있다. 바로 이중가격으로 거래하는 방식인데, 모든 프랑스인이 이런 속임수를 즐겨 사용한다. 전형적인 예를 소개하자면 대충 이런 식이다. 엑스의 사업가인 리바렐 씨가 조상에게 물려받은 낡은 시골집을 팔려고 한다고 해보자. 그는 1백만 프랑에 팔려고 한다. 그런데 이 시골집이 그가 실제로 살고 있는 곳이 아니므로 매매 수익에 따른 세금을 물어야 한다. 이런 생각을 하면 스트레스가 쌓인다. 따라서 공식 서류상의 가격, 즉 신고 가격을 60만 프랑으로 책정하고, 이를 갈면서 그 가격에 따른 세금을 내기로 한다. 그래도 40만 프랑이란 차액을 고스란히 현찰로, 그러니까 정부 몰래 받았다는 것을 위안으로 삼는다. 그가 항변하듯이, 이런 식의 거래는 그에게도 이익이지만 매입자에게도 이익이다. 공식적으로 정해진 수수료와 세금이 낮게 신고한 가격을 근거로 결정되기 때문이다. '부알라〔짠〕!' 양쪽 모두가 만족할 수 있는 방법이 아닌가!

이런 타협이 실제로 이루어지려면, 계약서에 서명할 시점에 변호사나 공증인의 적절한 시간 감각과 고도의 솜씨가 요구된다. 관련 당사자들, 그러니까 매입자와 판매자, 부동산 중개인 모두가 공증인의 사무실에 모여 매매 계약서를 끝도 없이 한 줄씩 소리내어 읽는다. 계약서에 명시된 가격은 60만 프랑이다. 매입자가 현금으로 가져온 40만 프랑을 판매자에게 건네야 하지만 공증인의 코앞에서 뻔뻔스레 건네기는 미안하다. 그래서 공증인이 갑자기 소변이 마렵다면서 화장실로 가서, 40만 프랑의 현금이 헤아려지고 땅주인이 바뀔 때까지 화장실에서 쓸데없이 시간을 보낸다. 공증인은 다시 사무실로 돌아와 신고한 가격의 수표를 받고, 양측이 서명하는 중대한 의식을 감독한다. 이렇게 하면 그는 법률가로서의 덕망을 전혀 손상시키지 않은 셈이다. 그래서 시골 공증인에게 필요한 두 가지 덕목은 맹인의 눈과 외교관의 방광이라는 다소 고약한 소문이 떠도는 것이다.

그러나 공증인을 찾아가기 전에 넘어야 할 장애물이 적지 않다. 가장 흔한 골칫거리는 주인이 여럿인 경우다. 프랑스 법에 따르면 정상적인 경우 재산은 모든 자식에게 공평하게 상속된다. 따라서 유산을 팔려면 자식 모두의 동의가 있어야 한다. 자식이 많을수록 합의가 이루어질 가능성이 낮아진다. 우리 집에서 멀리 떨어지지 않은 농가의 경우가 그렇다. 그 농가는 한 세대를 거쳐 다음 세대까지 상속된 집이어서, 소유권이 열네 명의 사촌에게 나뉘어 있다. 게다가 그중 셋은 코르시카계라서, 우리 프랑스 친구들의 말에 따르면 협상 자체가 불가능하다. 지금까지 그 농가를 사려는 사람들이 가격을 제시하곤 했지만, 그때마다 아홉 명은 제안을 받아들여도 두 명은 선뜻 결정을 내리지 못했고, 코르시카계의 사촌들은 번번이 싫다고 했다. 그 농가는 지금도 팔리지 않은 채 남아 있고, 열네 사촌의 자식 서른여덟 명에게 상속될 것이 불을 보듯 뻔하다. 결국에는 서로 믿지 못하는 백일흔다섯 명의 먼 친척들이 그 농가의 주인이 되기 십상이다.

부동산 주인이 한 명이더라도, 그가 마소처럼 탐욕스런 농부라면 수월한 거래를 기대하기 힘들다. 그 농부는 자기 생각에도 터무니없이 높은 값에 집을 부동산 시장에 내놓는다. 그리고 술이나 마시면서 로또 복권이 당첨되기를 기다리는 심정으로 멍청한 매입자를 기다린다.

그런데 한 매입자가 찾아와 그 부풀린 값을 받아들이면, 그 농부는 뭔가 속임수가 있는 것이라고 의심한다. '일이 너무 쉽게 풀리는데…. 내가 값을 너무 싸게 부른 게 틀림없어.' 이렇게 생각하며 농부는 집을 부동산 시장에서 철수시키고, 6개월 후 더 높은 값으로 내놓는다.

그밖에도 최후의 순간에 불쑥 튀어나오는 사소한 문젯거리들이 있다. 예컨대 도박으로 이웃에게 넘어간 별채, 일 년에 두 번은 염소 떼가 부엌을 지나가도록 법적으로 허락한 옛날의 통행권, 1958년에 시작되어 아직도 해결되지 않은 우물에 대한 다툼, 내년 봄이 오기 전에는 죽겠지만 현재는 그 집에서 꿋꿋하게 살고 있는 늙은 임차인…. 이렇게 예기치 못한 문제가 언제나 발생하기 때문에 매입자가 부동산 거래를 성사시키고자 한다면 끈기와 유머 감각이 있어야 한다.

나는 평소에 안면이 있는 부동산 중개소를 찾아가는 동안 토니에게 이 지역의 괴벽을 이해시키려 애썼다. 하지만 숨이라도 차지 않게 가만히 있는 편이 나을 뻔했다. 그가 은

근슬쩍 주장한 바에 따르면 자신은 빈틈없고 변통성 있는 협상가였다. 그는 매디슨 가*의 거물들과 겨루었던 사내였다. 관료나 프랑스 농부가 그를 이길 수는 없을 것 같았다. 그래서 카폰을 써본 적도, 경영학을 배운 적도 없는 시골 사람에게 그를 소개하는 것이 잘하는 짓인지 걱정되기 시작했다.

여자 부동산 중개인은 문 앞에서 우리를 맞아주었다. 그리고 사진까지 곁들여진 두툼한 부동산 서류철 두 뭉치 앞에 우리를 앉혔다. 그녀는 영어를 전혀 할 줄 몰랐고 토니의 프랑스어 실력은 단어를 나열하는 수준이었다. 두 사람이 대화하는 것이 불가능했기 때문에 토니는 그녀가 눈앞에 없는 것처럼 행동했다. 거만하기 짝이 없는 불량스런 태도였다. 게다가 어떤 말을 해도 그녀가 알아듣지 못할 것이란 생각에 모욕적인 단어까지 거침없이 뱉어냈다. 그래서 토니가 서류철을 획획 넘겨보며 "지랄 같군!", "날도둑놈이군!"이라 중얼대면서 집값에 대해 쏟아내는 불평을 그럴듯하게 통역해주려고 나는 식은땀까지 흘려대면서 곤욕스런 삼 분을 보내야 했다.

* Madison Avenue, 광고회사가 모여 있는 뉴욕의 거리.

토니는 마당이 없는 시골집을 사겠다는 확고한 의지로 시작했다. 바빠서 정원을 가꿀 틈이 없다는 것이었다. 하지만 부동산을 하나씩 살펴보는 그의 표정에서 나는 그가 널찍한 포도밭과 올리브밭을 가진 프로방스 지주로 변해 가는 것을 엿볼 수 있었다. 서류철을 다 뒤적거린 후에는 테니스장을 어디에 마련해야 할지 걱정하기도 했다. 내게는 날벼락 같은 일이었지만 그가 염두에 둔 집이 세 군데나 되었다.

"오늘 오후에 모두 둘러봐야겠어요."

이렇게 말하며 그는 파일러팩스에 뭔가를 쓰고 손목시계를 보았다. 나는 그가 중개인의 전화까지 제멋대로 쓰면서 국제전화를 하려는 것으로 생각했지만, 다행히도 배 속에서 보낸 신호에 반응하는 행동이었을 뿐이었다.

"일단 식사부터 하죠. 두 시에 여기서 다시 만날까요?"

토니가 손가락 두 개를 펴 흔들어보이자 중개인은 미소 지으며 고개를 끄덕였다. 우리는 중개소를 나왔다. 가엾은 그녀가 기운을 회복할 시간을 주려고.

점심식사를 하면서 나는 토니에게 오후에는 시간을 함께

보낼 수 없다고 했다. 내게 그보다 더 중요한 일이 있다는 사실에 놀란 듯했지만 그는 다시 포도주를 주문하며, 돈은 국제 언어이기 때문에 아무런 어려움도 없을 것으로 생각한다고 말했다. 하지만 계산서가 나왔을 때 그는 골드 아메리칸 익스프레스 카드나 시간이 없어 환전하지 못한 여행자 수표 다발이 식당에서는 아무짝에도 쓸모없는 것이란 냉혹한 현실을 깨달았다. 결국 내가 점심값을 내면서 그 '국제 언어'란 것에 대해 짤막한 충고를 해주었다. 토니는 불만스런 얼굴이었다.

　나는 안도했지만 약간의 죄책감을 느끼면서 그를 혼자 내버려두었다. 교양 없는 사람은 언제 봐도 불쾌하다. 하지만 당신이 외국에 있고, 교양 없는 사람이라도 같은 국적이라면 그에게 막연한 책임감 같은 것을 느끼게 될 것이다. 다음 날 나는 부동산 중개인에게 전화를 걸어 사과했다. 그녀는 상냥하게 전화를 받아주었다.

　"걱정 마세요. 파리 사람들도 종종 그런 걸요. 이번에는 그 사람이 뭐라고 하는지도 몰랐으니 그나마 다행이에요."

메니쿠치 씨의 차림에서 날씨가 점점 따뜻해지리라 확신
할 수 있었다. 그가 여름 과제인 우리 집 중앙 난방 장치를
사전 점검하러 왔을 때였다. 털모자가 위생 설비를 광고하
는 문안이 새겨진 가벼운 면모자로 바뀌었고, 두꺼운 겨울
용 장화 대신 갈색 운동화를 신고 있었다. 그의 조수 '풋내
기'는 군대 작업병처럼 게릴라 복장에 정글용 모자를 쓰고
있었다. 두 사람은 집 안을 헤집고 다니면서 치수를 쟀다.
그리고 메니쿠치는 잡다한 생각을 늘어놓았다.

그날의 첫 주제는 음악이었다. 그와 그의 아내는 얼마 전
에 공예가와 배관공의 공식 오찬에 참석했다. 식사가 끝나
고 춤판이 벌어졌는데, 사교춤은 그의 수많은 재주 중 하나
였다.

"그래요, 피터 씨. 우리는 여섯 시까지 춤을 췄지요. 열여
덟 살로 돌아간 기분이었답니다."

나는 부인을 민첩하고 정확한 동작으로 빙빙 돌려대는
그의 모습을 충분히 그려볼 수 있었다. 그런데 그런 경우에
는 사교춤을 위한 특별한 모자를 쓸까? 하기야 나는 모자를
쓰지 않은 그의 모습을 상상조차 할 수 없었다. 내가 이런

생각을 하며 혼자 미소라도 띠었는지 그가 말했다.

"나도 알아요. 왈츠는 진지한 음악이 아니라고 생각하는 거죠? 사람들이 위대한 작곡가의 음악을 듣는 것도 그런 이유가 아니겠습니까?"

그리고 그는 기발한 이론을 전개했다. 프랑스 전력공사가 정기적으로 실시하는 단전(斷電) 시간에 클라리넷을 연주하면서 떠올린 생각이라고 했다. 그의 주장에 따르면 전기는 과학과 논리의 산물이고, 고전 음악은 예술과 논리의 산물이었다.

"무슨 뜻인지 아시겠어요? 공통점이 보이지 않나요?"

질서 있고 논리적으로 전개되는 모차르트 음악을 듣다 보면 분명한 결론에 이르게 된다는 것이었다. 만약 모차르트가 작곡이 아닌 전기 설비 수리를 했다면 엄청나게 뛰어난 기술자가 되었으리라고!

풋내기가 필요한 라디에이터 수를 헤아렸다며 끼어든 덕분에 나는 그 이론에 화답하지 않고 슬쩍 넘어갈 수 있었다. 풋내기는 라디에이터가 스무 개나 필요하다고 했다. 메니쿠치는 그 말에 움찔하더니 손가락을 데인 것처럼 손을 흔들어대며 말했다.

"올랄라! 그럼 돈이 엄청나게 들겠는걸."

그가 언급한 돈은 수백만 단위였다. 깜짝 놀라는 내 표정을 보고는 1백으로 나누어 다시 말했다. 옛날 화폐 단위로 말했던 것이다. 그렇더라도 상당히 큰 액수였다. 주철 라디에이터 값도 대단했지만 여기에 판매세, 즉 18.6퍼센트의 부가가치세를 더해야 했다. 세금 이야기가 나오자 메니쿠치는 불공평한 세법이 정치인의 악랄함을 그대로 보여주는 대표적인 예라고 입에 거품을 물었다.

그는 손가락으로 나를 쿡 찔러대며 말했다.

"비데를 살 때도 부가가치세를 죄다 물어야 한다고요. 와셔나 나사못을 살 때도 마찬가지예요. 뭐가 잘못돼도 단단히 잘못됐다고요. 파렴치한 짓이라니까요. 캐비아를 사보세요. 그럼 부가세가 6퍼센트밖에 되지 않아요. 왜냐고요? '음식'으로 분류되어 있으니까. 말해보세요, 누가 캐비아를 먹죠?"

애꿎은 내게 왜 따지냐고 되물었다.

"그럼 내가 말하죠. 정치인들, 백만장자들, 파리의 세도

가들! 그들이 캐비아를 먹는다고요. 정말 불공평한 짓 아네요?"

그는 뚜벅뚜벅 걸어다니며 풋내기가 계산한 라디에이터 수가 맞는지 확인하면서 엘리제 궁에서 벌어지는 캐비아 잔치에 욕을 퍼부어댔다.

메니쿠치가 자기 몸집만큼이나 큼직한 드릴로 낡고 두꺼운 벽에 구멍을 내며 대여섯 주 동안 우리 집을 헤집고 다니면서 온통 먼지투성이로 만들고 설명까지 해댈 것을 생각하니 반가울 것이 하나도 없었다. 모든 방이 먼지로 뒤덮인, 끔찍한 작업장으로 변할 것이 뻔했다. 하지만 프로방스에 있는 즐거움을 위안 삼기로 했다. 메니쿠치가 작업하는 동안 우리는 바깥에서 지내야 할 터였다. 아직 이른 때였지만 한낮은 거의 여름처럼 뜨거웠다. 침실창으로 새어든 햇살에 잠을 깬 일요일 아침 일곱 시, 우리는 본격적으로 집 밖에서 생활하기로 결심했다.

화창한 일요일에는 시장을 둘러보는 즐거움이 있었다. 우리는 여덟 시쯤 쿠스텔레에 도착했다. 지금은 사용하지 않는 기차역 뒤편 공터에는 낡은 트럭과 소형 트럭이 줄지어 서 있었고, 차 앞마다 가판대가 설치되어 있었다. 칠판에는 그날의 채소 가격이 적혀 있었다. 밭일로 벌써부터 얼굴이 검게 그을린 가판대 주인들은 길 건너편 빵집에서 금방 사와 아직도 따뜻한 크루와상과 브리오슈를 먹고 있었다. 우리는 한 노인이 나무 손잡이가 달린 주머니칼로 바게트를 세로로 길게 썰어내고 신선한 염소젖 치즈를 듬뿍 바른 후 1리터짜리 병에서 붉은 포도주를 술잔에 따라 마시는 것을 지켜보았다. 1리터라면 노인이 점심때까지 계속 목을 축일 수 있을 것 같았다.

카바용이나 압트, 일쉬르라소르그에 일주일에 한 번 서는 장에 비하면 쿠스텔레 시장은 크지 않고 잘 차려입은 손님도 별로 없다. 따라서 카메라를 든 사람은 드물고 모두가 바구니를 든 손님이다. 사실 7월이나 8월이 되어야 디오르 풍* 정장에 신경질적인 작은 개를 끌어안고 오만하게 걸어다니는 여자 손님이 간혹 눈에 띌 뿐이다. 봄부터 가을까지 그 기간을 제외하면, 밭에서 혹은 비닐하우스에서 몇 시간 전에 수확한 것을 가져온 농부들과 동네 사람들이 전부다.

우리는 쭉 늘어선 가판대를 기웃대며 천천히 걸었다. 물

* 1950년대 유행했던 고전적이면서 우아한 스타일의 패션을 지칭.

건을 사는 프랑스 주부들의 무자비한 손길에 저절로 입이 벌어졌다. 영국 여인들과 달랐다. 프랑스 주부들은 물건의 겉모습을 살피는 것만으로 만족하지 않았다. 가지는 꽉 쥐어보고, 토마토는 코에 대고 냄새를 맡고, 성냥개비처럼 가느다란 강낭콩은 손가락으로 툭 부러뜨려 보고, 양상추는 의심쩍은 듯이 축축한 중심부까지 푹 찔러 보고, 치즈와 올리브는 조금 떼어 맛을 본다. 이렇게 물건과 한바탕 싸움을 벌이고도 그들이 마음대로 정한 기준에 맞지 않으면 배신이라도 당한 것처럼 주인을 쏘아본다. 그러고는 다른 가판대를 찾아 똑같은 짓을 되풀이한다.

시장 한구석에서는 남자들이 포도주 협동조합에서 나온 소형 트럭을 둘러싸고 양치질이라도 하듯이 새로 출시된 분홍빛 포도주를 시음하고 있었다. 그들 옆에는 한 여인이 놓아기른 닭이 낳은 달걀과 산 토끼를 팔고 있었다. 그 너머로는 갖가지 채소와 작고 향기로운 바질, 라벤더 꿀통, 갓 짜낸 올리브유를 담은 커다란 녹색 병, 온실에서 키운 복숭아를 담은 접시, 검은 타프나드**단지, 꽃과 풀, 잼과 치즈가 잔뜩 쌓인 좌판들이 눈에 띄었다. 이른 아침 햇살에 모든 것

** tapenade, 블랙 올리브, 케이퍼, 안초비, 올리브유로 만든 소스로 프로방스 지방의 전통적인 조미료.

이 먹음직하게 보였다.

우리는 붉은 볶음용 고추, 갈색을 띤 큼직한 달걀, 바질, 복숭아, 염소젖 치즈, 양상추, 분홍빛 줄무늬 양파를 샀다. 더 담을 수 없을 만큼 바구니를 가득 채우고 나서 길을 건너 거의 50센티미터짜리 빵을 사러 갔다. 접시에 남겨진 올리브유나 비네그레트 소스*를 맛있게 닦아 먹기에 좋은 두툼한 빵이었다. 빵집은 북적대고 시끄러웠다. 따뜻한 밀가루 반죽 냄새와, 아침용 케이크에 들어간 아몬드 냄새가 코끝을 찔렀다. 순서를 기다리는 동안, 영국인들이 자동차나 스테레오 전축에 돈을 아끼지 않는 만큼 프랑스인들은 먹을 것에 돈을 아끼지 않는다는 말을 들었던 기억이 문득 떠올랐다. 충분히 믿을 수 있는 이야기였다.

모두들 연대 병력을 먹이려고 쇼핑하는 것 같았다. 똥똥하고 명랑해보이는 여인은 혼자서 빵 여섯 덩이와 ―길이만도 3미터 가까이 되었다―모자 크기만 한 초콜릿 브리오슈, 사과 조각을 동심원 방향으로 박아넣고 살구 소스를 끼얹은 사과 파이 한 판을 샀다. 그제야 우리가 아침식사를 걸렀다는 생각이 떠올랐다.

* vinaigrette, 식초와 올리브유 등으로 만든 샐러드 소스.

점심식사로 잃어버린 아침식사를 보상받았다. 볶은 고추를 식혀서 올리브유를 치고 신선한 바질을 뿌린 것, 작은 홍합을 베이컨에 싸서 꼬치에 꽂아 통째로 구운 것 그리고 샐러드와 치즈를 먹었다. 햇살이 뜨거웠던 탓일까? 포도주를 마시자 졸음이 밀려왔다. 그때 전화벨이 울렸다.

일요일 정오와 세 시 사이에 전화를 거는 사람은 언제나 영국인이었다. 그동안 우리가 프로방스에서 살면서 터득한 법칙이었다. 프랑스 사람들은 주말, 그것도 가장 느긋한 시간을 방해한다는 생각은 꿈에도 하지 않는다. 전화벨이 마냥 울리도록 그냥 내버려두었어야 했는데…. 광고회사의 토니였다. 전파장애가 전혀 없는 것으로 판단하건대 그가 가까이에 있는 것이 틀림없었다. 큰일이다!

"선생에게 연락해줘야 한다고 생각했습니다."

담배 빠는 소리가 들렸다. 나는 일요일에 전화를 걸어대는 사람을 따돌리기 위해서라도 자동응답기를 사야겠다고 다짐했다.

"쓸 만한 집을 찾은 것 같습니다."

그는 내 반응을 기다리지 않고 계속 말을 쏟아냈다. 그래서 내 심장이 털컥 내려앉는 소리를 듣지 못했을 것이다.

"선생 집에서 꽤 떨어진 곳입니다. 해변에서 더 가까운 데니까요."

나는 반가운 소식이라고 말했다. 그의 집이 해변에 가까울수록 내게는 더 좋으니까.

"고칠 데가 꽤 많더군요. 그래서 집주인이 달라는 대로 주지 않을 생각입니다. 어쨌거나 나랑 일하는 일꾼들에게 집수리를 맡길 생각입니다. 내 사무실도 육 주 만에 완전히 바꿔놓은 사람들이거든요. 아일랜드 출신이긴 해도 일은 끝내주게 합니다. 아마 한 달이면 그 집을 완전히 바꿔놓을 수 있을 겁니다."

나는 그에게 잘 생각했다고 격려라도 해주고 싶었다. 따가운 햇살과 값싼 포도주, 일을 질질 끌게 만드는 끝없는 유혹거리들, 게다가 주인까지 멀리 있어 매일 잔소리도 듣지 않을 테니 천국 같은 프로방스의 일터에 아일랜드 일꾼들을 풀어놓는다면 정말 재미있는 희극이 벌어질 것 같았기 때문이다. 머피와 그의 일꾼들이 10월까지 작업을 질질 끌고, 8월 중에는 도니골*에서 식구들까지 불러들여 즐거운

* Donegal, 아일랜드의 지명.

시간을 보내는 모습이 눈에 선했다. 결국 나는 토니에게 이 지역 일꾼들을 쓰고, 건축기사를 고용해 일을 맡기는 편이 훨씬 낫다라고 충고했다.

"건축기사는 필요 없습니다. 내가 원하는 건 내가 잘 아니까요."

물론 그렇겠지.

"기껏해야 도면 두 장을 그려줄 텐데 그런 사람에게 팔다리를 쓴 임금까지 지불할 필요가 있겠습니까?"

도와주고 싶어도 도와줄 도리가 없는 사람이었다. 자기가 모든 걸 가장 잘 안다는 식이었다. 나는 그에게 언제 영국에 돌아갈 거냐고 물었다.

"오늘 저녁에요."

이렇게 대답하고 나서 그는 파일러팩스에 빽빽이 적힌 일정을 읽어주었다. 월요일에는 고객과 만날 약속이 있고, 그 후 사흘 동안 뉴욕에서 지내야 하고, 밀턴 케인스에서 열리는 영업 회의에 참석해야 하고…. 없어서는 안 될 간부가 겪는 피로감을 은근히 드러내며 일정을 줄줄 읽어 내려갔다. 그는 그렇게 빡빡한 일정을 매순간 즐기는 사람이었다.

"어쨌든 계속 연락하겠습니다. 한두 주 내 결론내지는 않을 겁니다. 하지만 계약하는 즉시 선생에게 알려드리죠."

아내와 나는 수영장 옆에 앉아, 물론 처음 하는 생각은 아니었지만 우리 부부가 그처럼 낯두껍고 무례한 사람들을 매몰차게 거절하지 못하는 이유를 곰곰이 생각해보았다. 여름이 되면 그런 사람들이 더 많이 내려와 먹을 것과 마실 것과 잠자리를 달라고 짖어댈 것이 뻔했다. 게다가 며칠 동안 수영을 즐기다가 공항까지 데려다 달라고 할 것도 뻔했다. 우리 부부가 반사회적이고 세상을 싫어한다고 생각지는 않았지만, 공격적이고 정력적인 토니를 잠시 겪어본 것만으로도 다음 몇 달 동안은 마음 단단히 먹고 그런 사람들을 거절할 교묘한 방법을 찾아내야겠다고 다짐하지 않을 수 없었다. 그래, 자동응답기도 반드시 사다 놓아야겠어!

마소의 가슴에도 여름이 다가오고 있었던 모양이다. 며칠 후 숲에서 만났을 때 마소는 캠핑족을 쫓아낼 방어 장치를 다듬느라 바빴다. '사유지'라고 갈겨쓰고 못을 박아 고정시킨 팻말 아래에, 그는 짤막하지만 등골을 오싹하게 만드는 메시지, 결국 누구도 환영하지 않는다는 메시지 제2탄을 덧붙이고 있었다.

'살무사 주의!' 순전히 협박이었지만 경비견, 전기 담장, 자동소총으로 무장한 순찰대 등 눈에 보이는 다른 차단 장치들의 치명적인 약점과는 달리, 눈에 보이지 않는 완벽한 핵무기였다. 아무리 대담한 캠핑족이라 할지라도 슬리핑백에 기어 들어가기 전에 그 안에 살무사가 똬리를 틀고 있지나 않은지 다시 한 번 생각하게 만들기에 충분했다. 나는 마소에게 뤼베롱 산에 정말 살무사가 있는지 물었다. 그는 외지인의 무지함을 보여준 또 한 번의 사례에 고개를 끄덕이며 말했다.

"그럼요. 하지만 크진 않아요."

그는 두 손을 30센티미터가량 벌려 보이며 덧붙였다.

"그래도 물리면 사오 분 내에 의사에게 달려가야 해요. 그렇지 않으면⋯."

그는 혀를 입가로 축 늘어뜨리고 고개를 한쪽으로 떨어뜨리며 무서운 표정을 지어 보였다.

"살무사에게 물린 남자는 무조건 죽는다는 소문이 있어

요. 하지만 살무사가 여자를 물면….”

그는 몸을 내게 바싹 기울이고 눈썹을 꿈틀대며 말했다.

“살무사가 죽는대요.”

그리고 그는 습관처럼 코를 킁킁대며, 도톰하게 만 노란 담배 한 개비를 내게 건넸다.

“앞으로 산책할 때는 튼튼한 장화를 신도록 하세요.”

마소는 뤼베롱 산의 살무사들은 평소에는 사람을 피해 다니고 약이 오를 때만 공격한다고 했다. 그는 또 만약 살무사에게 공격을 당하면 지그재그로 달리고, 화난 살무사는 평평한 땅에서는 달리기 선수처럼 거의 폭발적으로 달릴 수 있으니 가능하면 언덕 위로 도망치는 것이 낫다고 충고해주었다. 나는 불안한 표정으로 주변을 둘러보았다. 그러자 마소가 낄낄 웃으며 말했다.

“물론 농부들이 써먹는 방법도 연습해두면 좋을 겁니다. 뱀의 뒤통수를 잡고 꽉 눌러서 입을 크게 벌리게 만들고는 그 안에 침을 세게 뱉는 겁니다. 그러면 녀석이 죽는대요.”

그리고 마소는 시범이라도 보이듯이 개의 머리를 때리면서 침을 뱉었다.

"하지만 제일 좋은 방법은 항상 여자를 데리고 다니는 겁니다. 여자는 남자만큼 빨리 뛰지 못하니 살무사가 여자를 먼저 물게 되잖아요."

그리고 그는 아침을 먹겠다며 집으로 돌아갔다. 나는 조심스레 숲을 헤치고 걸으면서 침 뱉는 연습을 했다.

부활절 주말이 되었다. 서른 그루쯤 되는 우리 집 벚나무가 일제히 꽃을 피웠다. 길에서 보니 분홍색과 흰색이 어우러진 바다에 집이 떠 있는 듯이 보였다. 그래서 운전자들이 차를 세우고 사진을 찍기도 하고, 우리 집까지 천천히 걸어 들어오다가 개가 짖어대면 돌아서기도 했다. 어느 대담한 사람들은 스위스 번호판을 단 자동차를 집 앞까지 끌고 들어와 화단 바로 앞에 주차시켰다. 나는 뭘 하는 건지 알고 싶어 나가보았다.

운전자가 말했다.

"여기서 쉬려고요."

"미안하지만 여긴 개인 집인데요."

그러자 운전자가 지도를 내 앞에 흔들어대며 말했다.

"그럴 리가요. 뤼베롱 산이라 되어 있는데요."

"아닙니다. 뤼베롱 산은 저쪽입니다."

이렇게 말하며 나는 뤼베롱 산쪽을 가리켰다.

"하지만 저기까진 자동차로 올라가지 못하잖아요."

결국 그는 스위스인 특유의 분노에 찬 모습을 하고 씩씩거리며 차를 몰고 떠났다. 하지만 우리가 애써 잔디밭으로 가꾸고 있던 풀밭에 깊은 바큇자국을 남겨놓았다. 마침내 관광철이 시작된 것이었다.

부활절 주일, 마을 위의 조그만 주차장은 몸살을 앓았다. 지역 번호판을 단 차는 한 대도 없었다. 좁은 도로가 관광객들로 미어터질 지경이었다. 그들은 동네 사람들의 집을 호기심 어린 눈빛으로 기웃대고 교회 앞에서 사진을 찍기도 했다. 하루종일 식료품점 바로 옆 계단에 앉아 지나가는 사람들에게 전화를 걸어야 한다며 10프랑을 구걸하던 청년은, 돈을 모으자 카페로 달려갔다.

'카페 뒤 프로그레(성장의 카페)'는 일부러 아름답게 보이지 않으려고 집요하게 노력해서 그 꿈을 이룬 카페인 듯했다. 흔들거리고 서로 어울리지 않는 탁자와 의자, 어두운 페인트칠, 걸핏하면 물을 변기 밖으로 요란스레 콸콸 쏟아내는 화장실, 그런 화장실 옆에 바로 놓인 허름한 아이스크림통. 한마디로 실내장식가에게는 악몽 같은 곳이었다. 카페 주인도 우락부락하고, 개들도 지저분하기 이를 데가 없다.

하지만 화장실 옆으로 유리가 끼워진 테라스에서 훤히 굽어보이는 전경은 그야말로 일품이다. 맥주를 마시면서, 바스잘프로 뻗어가는 산줄기와 마을에 비추는 햇빛의 조화를 감상하기엔 최적의 장소. 아래에 마련된 야외식당에서 식사하는 손님들의 불평이 대단하니 창밖으로 담배꽁를 버리지 말라는 경고문이 손글씨로 써 있다. 어쨌든 이 규칙만 지키면 누구나 방해받지 않고 편안한 시간을 즐길 수 있다. 지역 사람들은 주로 바를 이용하고, 테라스는 관광객을 위한 공간이다. 부활절 주일을 맞아 그 카페는 발 디딜 틈이 없을 지경이었다.

하이킹 부츠를 신고 배낭을 멘 건강해보이는 네덜란드 사람들, 라이카 카메라를 걸쳐 매고 옆에 뭔가를 주렁주렁 매단 독일 사람들, 세균이 묻었는지 컵까지 세심하게 살펴보며 거드름을 피우는 말쑥한 차림의 파리 사람들이 눈에 띄었다. 샌들을 신고 줄무늬 셔츠 단추를 풀어헤친 한 영국인은 휴대용 계산기를 두드려대며 휴가비를 계산하고 있었고, 그 아내는 서레이의 이웃들에게 보낼 우편엽서를 쓰고 있었다. 개들이 바닥에 떨어진 설탕 조각을 찾아 식탁 사이를 헤집고 다니자, 위생에 민감한 파리 사람들은 기겁을 하며 몸을 움츠렸다. 라디오에서 흘러나온 이브 몽탕*의 노래가 화장실에서 들려오는 음향효과와 힘겨운 싸움을 벌이고 있었다. 마침내 마을 사람들은 빈 파스티스 잔을 카운터에 쾅 소리가 나도록 내려놓으며 점심을 먹으러 집을 향해 흩어지기 시작했다.

카페 밖에서는 자동차 석 대가 이마를 맞대고 으르렁대고 있었다. 한 대라도 10미터만 뒤로 물러서면 모두가 수월하게 지나갈 수 있었지만 프랑스 운전자들에게 양보는 곧 도덕적 패배로 간주된다. 그래서 아무 곳에나 주차시켜 극도의 불편을 초래하고, 심하게 굽은 길에서 추월하는 것쯤은 도덕적 의무라 생각한다. 그들은 이탈리아 사람들이 위험하게 운전한다고 하지만, 내가 보기에 죽음까지 각오한 광기 어린 운전자는 늦고 배고프다는 이유로 마주 오는 자

---

* Yves Montand, 이탈리아 출생의 프랑스 샹송 가수이자 배우. 프랑스가 낳은 대스타다.

동차들까지 무시한 채 N100〔100번 국도〕을 쏜살같이 달리는 프랑스 사람이다.

마을에서 집으로 돌아가는 길에, 나는 올 관광철의 첫 사고를 놓칠 뻔했다. 낡은 흰색 푸조가 후진하다가 나무 전신주를 두동강 낼 정도로 세게 부딪친 모양이었다. 주변에 다른 자동차는 눈에 띄지 않았고, 길가에 물기도 없는 데다 곧게 뻗어 시야가 훤히 트여 있었다. 대체 얼마나 급하게 후진했기에 전신주와 그렇게 부딪쳤는지 이해할 수 없었다. 한 젊은이가 머리를 긁적이며 도로 한가운데에 서 있었다. 내가 다가가자 청년은 싱긋이 웃었다.

나는 청년에게 다치지 않았느냐고 물었다.

"괜찮습니다. 하지만 자동차가 결딴난 것 같은데요."

나는 전신주를 살펴보았다. 다행히 전화선이 축 늘어진 채 떠받치고 있어 넘어지지는 않았지만 금방이라도 자동차를 덮칠 것만 같았다. 전신주도 결딴난 셈이었다.

"서둘러야 합니다. 누가 알면 안 되잖아요."

이렇게 말하며 청년은 입술에 손가락을 댔다.

"집까지 데려다 줄 수 있나요? 길 바로 위에 있습니다. 트랙터가 필요하거든요."

청년이 내 차에 뛰어들자, 사고의 원인이 무엇인지 분명해졌다. 리카르 술독에 들어갔다 나온 듯이 술냄새가 확 풍겼다. 청년은 신속하고 은밀하게 자동차를 치워야 한다고 했다. 그가 전신주를 동강낸 것을 알면 우체국에서 그에게 변상하라고 달려들 것이란 설명도 덧붙였다.

"아무도 모르게 끝내야 한다고요."

청년은 딸꾹질까지 해대면서 똑같은 말을 몇 번이고 되풀이했다.

나는 청년을 내려주고 집으로 갔다. 삼 분 후, 나는 자동차를 은밀히 치우려던 청년의 계획이 성공했는지 확인하려고 그곳으로 가보았다. 하지만 자동차는 그 자리에 그대로 있었다. 대신 농부들이 요란하게 입씨름을 벌이고 있었다. 다른 자동차 두 대와 도로를 막고 있는 트랙터도 보였다. 그때 자동차 한 대가 다가오더니 트랙터를 치우라며 경적을 울려댔다. 트랙터에 타고 있던 사내가 부서진 자동차를 가리키며 어깨를 으쓱해보였다. 하지만 경적이 다시 울렸다. 이번에는 산이 들썩대고 2킬로미터나 떨어진 메네르브까지 들렸을 정도로 길게 울려댔다.

그런 소동이 삼 분이나 더 이어지고서야 고꾸라진 자동차는 도랑에서 끌어올려졌다. 그리고 그들은 소리없이 동네 자동차 수리소가 있는 곳으로 유야무야 흔적을 감추었다. 그리고 전신주만이 산들바람에 을씨년스럽게 삐걱거렸다. 일주일 후에야 우체국 사람들이 전신주를 교체하러 나왔다. 사람들이 모여들자 우체국 직원이 한 농부에게 전신주가 넘어진 이유가 무엇인지 아느냐고 물었다.

"누가 알겠소? 나무좀이 파먹었을까?"

파리에서 내려온 친구는 한눈파는 사이에 술이 증발이라도 한 것처럼 놀란 표정으로 빈 잔을 이리저리 살펴보았다. 내가 포도주를 한 잔 더 따라주자, 그는 의자에 기대며 양지 쪽으로 얼굴을 기울였다.

"파리에선 아직 난방을 한다네."

그리고 그는 시원하면서도 달콤한 봄므드브니즈산 포도주를 한 모금 들이켜고 덧붙여 말했다.

"벌써 몇 주째 비까지 내리고 있으니까. 자네가 여길 좋아하는 이유를 알 것 같군. 하지만 내겐 이곳이 맞지 않는 것 같네."

나는 그와 논쟁을 벌이고 싶지 않았다.

"그래, 자넨 이곳이 마음에 들지 않을 거야. 햇살 때문에 피부암에 걸릴 수도 있고, 값싼 포도주가 널려 있어 간경변증에 걸릴지도 모르지. 또 여기가 마음에 들어 지내다 보면 연극 구경도 못할 테니까. 어쨌거나 자네가 여기서 하루 종일 뭘 하겠나?"

그는 졸린 듯이 실눈으로 나를 쳐다보았다. 그리고 선글라스를 쓰며 대답했다.

"바로 그거야!"

그리고 우리에게 익숙해진 지루한 대화가 시작되었다.

"친구가 보고 싶지 않나?"

"아니, 친구들이 우릴 보러 내려오니까."

"영국 텔레비전 프로그램이 그립지는 않나?"

"천만에."

"그래도 영국에서 그리운 것이 있을 텐데?"

"마멀레이드*."

---

* marmalade, 감귤류의 껍질과 과육에 설탕을 넣어 조린 젤리 모양의 잼.

대화가 이쯤 진행되면 농담 반 진담 반으로 진짜 질문이 나온다. 하루 종일 뭘 하고 지내나? 하지만 파리 친구는 다른 식으로 물었다.

"지루하진 않나?"

우리는 지루하지 않았다. 그럴 짬이 없었다. 프랑스의 시골 생활에서 매일 흥미롭고 재미있는 것을 찾아내고 있었다. 우리가 사는 방식에 맞춰 집 주변을 조금씩 바꿔가는 과정을 즐기기도 했다. 꽃과 나무를 심어 꾸며야 할 정원이 있었고, 불르 경기장도 만들어야 했으며, 말도 배워야 했다. 게다가 마을, 포도밭, 시장을 찾아 돌아다니다 보면 다른 생각을 할 틈도 없이 하루가 금세 지나갔다. 게다가 언제나 딴 일거리들이 생겼다. 지난주에는 유난히 방해꾼이 많아 우리만의 시간을 가질 새가 없었다.

월요일에 우체부 마르셀이 찾아오면서부터 시작되었다. 그는 무척 화난 표정이었다. 악수까지 하는 둥 마는 둥 하면서 내게 우편함을 어디에 감췄냐고 따지듯이 물었다. 아직 배달할 우편물이 많은데 벌써 정오라며, 우편함 때문에 숨바꼭질을 해야 한다면 어떻게 편지를 배달하느냐는 것이었다. 하지만 우리는 우편함을 감춘 적이 없었다. 내가 알기에 우편함은 집 입구의 쇠기둥에 단단히 박혀 있었다.

"없어요. 사라졌다고요!"

결국 집 입구까지 걸어가서 확인하는 수밖에 다른 도리가 없었다. 그리고 부서진 것이라도 찾으려 오 분 남짓 덤불을 헤치고 다녔지만 찾아낼 수 없었다. 땅바닥에 남은 작은 구멍을 제외하고 우편함이 거기에 있었다는 흔적은 어디에도 없었다.

"봤지요. 내 말이 맞지요?"

대체 누가 우편함을 훔쳐간다는 말인가? 도무지 믿기지 않았다. 하지만 우체부는 잘 알고 있었다.

"원래 그래요. 이곳 사람들은 '말 피니'라고요."

나는 무슨 뜻이냐고 물었다.

"미쳤다는 뜻이에요."

우리는 그의 기분을 풀어주려고 집으로 데려가서, 포도주를 따라주며 새 우편함을 설치하는 문제를 상의했다. 그는 우편함을 또 팔게 되어 신났을 것이다. 하여간 우리는 우편함을 옛 우물가에, 그가 소형 트럭에서 내리지 않고도 편지를 넣을 수 있도록 규격에 맞춰 바닥에서 70센티미터 높이에 설치하기로 합의를 보았다. 물론 우물을 살펴보고 길이를 측정하는 작업이 뒤따랐다. 그러자 점심식사 시간이었다. 우체국 업무는 자연스레 두 시까지 미뤄졌다.

이틀 후, 집 밖에 자동차 경적 소리가 요란하게 울렸다. 허겁지겁 뛰어나갔더니 하얀 메르세데스를 에워싸고 개들이 짖어대고 있었다. 운전자는 겁을 먹고 자동차에서 내릴 엄두조차 내지 못했지만 그래도 창을 반쯤 내리는 용기를 과시했다. 자동차 안을 들여다보았다. 자그만 체구에 갈색 얼굴의 남녀가 겁먹은 표정으로 나를 쳐다보았다. 그들은 내게 사나운 개들을 둬서 좋겠다고 인사치레를 하고 나서 밖으로 나갈 수 있게 해 달라고 부탁했다. 그들은 도시에서 금방 도착한 듯한 차림이었다. 남자는 꼭 맞는 정장 차림이었고, 그의 부인은 모자를 쓰고 소매 없는 외투를 걸치고 있었다. 가죽 부츠도 무척이나 독특한 스타일이었다. 그들은 내가 집에 있어 너무 다행이라고 했다.

"집이 정말 아름답습니다. 여기서 오래 사셨습니까? 아니라고요? 그럼 동양에서 온 카펫 진품이 필요하겠군요. 정말 운이 좋으십니다. 아비뇽에서 있었던 카펫 전시회에 참석했다 돌아가는 길인데, 최고급 카펫 몇 장이 팔리지 않아 남았습니다. 파리로 가져가면 멋을 아는 사람들이 이 카펫을 사려고 난리를 피울 겁니다. 하여간 저희 부부는 파리로 돌아가기 전에 시골을 돌아보기로 했습니다. 그런데 운명이 이렇게 우리를 선생님 댁까지 인도한 것 같습니다."

결국 그들은 이런 운명적 만남을 기리기 위해서라도 가장 소중한 보물을, 그들의 표현대로라면 '아주 헐값'으로 내게 선택할 기회를 주겠다고 했다.

자그만 체구에 말쑥한 정장 차림의 사내가 내게 그럴듯한 소식을 전하는 동안 그의 아내는 자동차에서 카펫들을 내리더니 길 위에 예술적으로 펼치면서 카펫 하나하나의 매력을 큰 소리로 늘어놓기 시작했다.

"정말 아름답죠!"

"햇빛에 반사된 이 색들을 보세요!"

"이 카펫은, 정말 팔기 아까운 거예요."

그녀는 그 독특한 부츠를 반짝이면서 총총걸음으로 우리에게 다가왔다. 그러고는 기대에 잔뜩 부푼 표정으로 나를 쳐다보았다.

프로방스에서 카펫 장사꾼은 별로 좋은 평판을 받지 못한다. 그래서 어떤 사람을 '마르샹 드 타피(카펫 장사꾼)'라 표현한다면, 아무리 좋게 평가해도 의뭉스런 사람이고, 나쁘게 말하면 당신 할머니의 코르셋까지 훔쳐갈 사람이란 뜻이다. 떠돌이 카펫 장사꾼들이 도둑들과 손잡고, 목표로 정한 집을 미리 염탐하는 정찰대 역할을 종종 한다는 소문을 들은 적이 있다. 게다가 카펫이 모조품이거나 장물일 가능성도 없지 않았다.

그러나 그들은 사기꾼처럼 보이지 않았다. 게다가 아주 훌륭한 조그만 무릎덮개가 있었다. 내가 그런 속내를 드러내는 실수를 하자, 여자가 예행연습이라도 한 듯이 놀란 표정으로 남편을 쳐다보며 말했다.

"정말 대단하십니다! 선생님의 안목은 정말 대단하세요! 우리도 가장 좋아하는 겁니다. 하지만 좀 더 큰 걸로 하지 그러세요?"

나는 아쉽지만 돈이 없다고 대답했다. 하지만 그런 변명은 얼마든지 해결될 수 있는 사소한 문젯거리였다. 나중에

값을 치러도 되고, 게다가 현금으로 지불하면 섭섭지 않게 깎아주겠다고 말했다. 나는 그 무릎덮개를 다시 한 번 살펴보았다. 개 한 마리가 그 위에 앉아 편안하게 코까지 골고 있었다. 여자가 목소리까지 낮추며 말했다.

"선생님도 보이시죠? 멍멍이가 선생님을 대신해서 골라주었네요."

결국 나는 항복할 수밖에 없었다. 나로서는 별다른 경험도 없는 흥정이 삼 분 정도 있은 후, 처음 가격이 절반으로 내려갔다. 나는 수표책을 가지고 나왔다. 내가 수표를 쓰는 동안 그들은 곁에 바짝 붙어 지켜보면서, 수취인의 이름을 공란으로 남겨 달라고 부탁했다. 내년에 다시 오겠다는 약속을 남기고 그들은 새 무릎덮개와 잠든 개를 빙 둘러서 천천히 우리 집을 빠져나갔다. 카펫의 틈새에 앉은 부인은 미소 띤 얼굴로 여왕처럼 우리에게 손을 흔들어보였다. 그들 때문에 아침 시간이 몽땅 날아가버렸다.

마지막 방해꾼은 지난주를 완전히 망쳐버렸다. 자갈을 배달하러 온 트럭이 우리 집으로 천천히 들어섰다. 운전자가 자갈을 내려놓을 곳으로 트럭을 후진시켰다. 그런데 갑자기 뒷바퀴가 푹 꺼지는 것이 아닌가! 뭔가 깨지는 소리가 들리면서 트럭이 뒤쪽으로 기울었다. 코끝을 찌르는 지독한 냄새가 진동했다. 운전자가 무슨 일인가 살펴보려고 트럭에서 내리면서 무의식적으로 내뱉은 말이 이 경우에 정확히 들어맞는 유일한 단어였다.

"메르드!*"

그가 정화조에 트럭을 세운 것이었다.

나는 파리 친구에게 말했다.

"이런 식이야. 이런저런 일로 한순간도 심심할 틈이 없다네."

그는 대답하지 않았다. 그래서 그에게 다가가 선글라스를 벗겨보았다. 햇살이 눈을 때리자 그가 잠에서 깼다.

"뭐라고?"

---

*Merde, '똥'이란 뜻이지만 구어에서는 '빌어먹을', '거 참' 등 분노와 놀람을 나타낸다.

05 May

인생은 즐겨야 하는 법!

5월 1일은 멋진 일출과 더불어 기분 좋게 시작되었다. 게다가 노동절이었기 때문에 우리는 여름 스포츠에 경의를 표하면서 정말 프랑스식으로 그날을 기념해야겠다고 생각했다. 자전거에 정을 붙이기로 마음먹었다.

프로 사이클 선수들은 두꺼운 검은 타이츠를 입고 마스크로 얼굴을 감싼 채 봄바람과 싸우면서 몇 주 전부터 훈련하고 있었지만, 이제는 우리 같은 허약한 아마추어들도 반바지에 스웨터를 입고 나갈 수 있을 정도로 따뜻해졌다. 우리는 카바용의 에두아르 캉티라는 사내에게서 가볍고 날렵해 보이는 자전거 두 대를 샀다. 그의 말에 따르면 '최고의 자전거'였다. 우리는 밝은색 옷을 입고 이곳 사이클 클럽 회원들과 하나가 되어 마음껏 달리고 싶었다. 그들은 외진 시골길까지 우아하게 치고 들어가 힘들이지 않고 굽잇길을 달리지 않는가! 겨울에 열심히 산책한 덕분에 보니외까지, 아니 라코스트까지 16킬로미터 정도의 완만한 자전거 주행은 충분히 견뎌낼 수 있으리라 생각했다. 한 시간쯤 가볍게 몸을 푸는 정도지, 지나치게 격렬한 운동은 아니라고 여긴 것이다.

시작은 쉬웠다. 하지만 좁고 딱딱한 안장이 부담스레 느껴지기 시작했다. 그제야 일부 사이클 선수가 꼬리뼈의 충격을 줄이려고 반바지 뒤쪽에 5백 그램 정도의 엉덩이 고깃살을 끼워넣는 이유를 알 것 같았다. 그러나 처음 3킬로미터는 슬슬 미끄러지면서 경치를 즐길 수 있었다. 버찌가 영글어가고, 겨울에는 앙상하던 포도나무가 연푸른 잎으로 덮여 있었다. 푸르름에 물든 산들도 부드럽게 보였다. 타이어가 도로에 닿는 소리가 단조롭게 들렸다. 가끔 로즈메리와 라벤더, 야생 백리향의 향내가 풍겼다. 걷는 것보다 훨씬 기분이 좋았다. 자동차를 탄 것보다 조용했고 건강에도 좋았다. 그다지 고생스럽지도 않은 데다 즐겁기까지 했다. 왜 이런 운동을 일찌감치 하지 않았을까? 이제부터라도 매일 자전거를 탈까?

이런 행복감은 보니외로 가는 언덕길을 올라갈 때까지 계속되더니 갑자기 자전거가 무겁게 느껴졌다. 비탈이 점점 가팔라지면서 허벅지 근육이 신음하기 시작했다. 단련되지 않은 엉덩이도 쑤시고 아팠다. 자연의 아름다움은 잊었다. 반바지에 고깃덩이를 넣어왔으면 싶었다. 보니외에 도착할 즈음엔 숨 쉬기조차 힘들었다.

'카페 클레리시'를 운영하는 여주인이 펑퍼짐한 엉덩이에 두 손을 얹고 밖에 나와 서 있었다. 그녀는 벌겋게 달궈진 얼굴로 자전거 손잡이에 몸을 기댄 채 헉헉대는 우리 부부를 보고 "몽디외〔저런〕! 투르 드 프랑스*가 올해는 일찍 시작했나봐."라고 말했다. 그녀는 우리에게 맥주를 갖다 주었다. 우리는 인간의 엉덩이에 맞춰 설계된 의자에 푹 쓰러졌다. 라코스트는 까마득히 멀리 있는 것처럼 느껴졌다.

* Tour de France, 매년 7월 프랑스에서 개최되는 사이클 대회로, 1903년에 시작되었다. 삼 주에 걸쳐 프랑스 전역을 일주하는 장기 레이스며, 출발 지점은 일정하지 않고 대개 파리 서쪽에 위치한 도시에서 출발해 시계 반대 방향으로 돌아 파리 중심가인 샹젤리제에서 끝난다.

사드 후작의 옛 성터까지 꼬불대며 올라가는 언덕길은 길고 가팔랐다. 그야말로 악전고투의 길이었다. 언덕길을 반쯤 올랐을까. 축 늘어진 우리 뒤에서 변속 기어를 철컥, 돌리는 소리가 들렸다. 그리고 누군가 우리를 추월해나갔다. 깡마르고 햇볕에 검게 탄 남자였는데 60대 중반으로 보였다. 그는 경쾌한 목소리로 우리에게 인사를 건넸다.

"좋은 자전거네요."

그는 힘차게 언덕길을 올라갔고 곧 우리 시야에서 사라졌다. 우리는 계속 산고에 비견할 만한 지독한 고통과 싸웠다. 고개는 축 늘어지고 허벅지는 화끈거렸다. 맥주를 마신 것이 후회스러웠다.

그 노인이 언덕길을 내려오더니 방향을 바꾸어 우리 옆에서 여유 있게 자전거 바퀴를 굴렸다.

"힘을 내요!"

노인은 조금도 힘들지 않은 것 같았다.

"다 왔어요. 자, 힘을 내요!"

그는 넘어져 살갗이 벗겨질 경우를 대비해 털을 깨끗이 깎아낸 가느다란 늙은 다리로 피스톤처럼 부드럽게 페달을 밟으며 우리 옆에서 라코스트까지 달렸다.

우리는 골짜기가 굽어보이는 카페의 테라스에 무너지듯 쓰러졌다. 집으로 돌아가는 길은 다행히도 내리막이었다. 그래서 구급차를 부르려는 생각을 포기했다. 노인은 차가운 페퍼민트를 마시면서, 지금까지 30킬로미터를 달렸고 점심 전에 20킬로미터를 더 달릴 예정이라고 했다. 우리는 노인의 건강에 찬사를 보냈다.

"그래도 옛날 같지 않아. 예순 고개를 넘기면서는 방투 산을 포기해야 했으니까. 요즘은 이렇게 가벼운 산보를 할 뿐이야."

저 언덕길을 올라왔다는 우리의 작은 만족감마저 달아나게 만드는 말이었다.

돌아가는 길은 한결 쉬웠다. 하지만 집에 도착했을 때 온몸이 후끈대고 쑤셨다. 우리는 자전거에서 내려 뻣뻣하게 굳어버린 다리를 질질 끌고 수영장으로 향했다. 옷을 훌훌 벗어던지고 수영장에 뛰어들었다. 천국에 온 기분이었다. 얼마 후 포도주 한 잔을 들고 햇살 아래에 누운 우리는 여름 동안이라도 매일 자전거를 타기로 다짐했다. 하지만 자전거 안장에 겁 없이 달려들기까진 좀 더 시간이 걸렸다.

집 주변의 들판에서도 매일 농부들이 천천히 질서정연하게 움직이며 풍경을 수놓았다. 그들은 포도밭에서 잡초를 뽑고 벚나무를 손질하고 옅은 갈색을 띤 땅에 괭이질을 했다. 하지만 누구도 서두르지 않았다. 정오가 되면 일을 멈추고 나무 그늘에 앉아 점심을 나누었다. 그 두 시간 동안 들리는 소리라곤 조용한 대기를 타고 수백 미터 밖에서 날아온 대화의 단편들뿐이었다.

포스탱은 대부분의 시간을 우리 밭에서 보냈다. 일곱 시가 조금 넘으면 개까지 트랙터에 태우고 나타났다. 대개 모든 일이 우리 집 근처에서, 정확히 말해서 술병과 술잔이 부딪치는 소리가 들리는 거리 내에서 끝나도록 일부러 조절한 것 같았다. 먼지를 씻어내고 이웃과 어울리기 위해 한잔하는 것은 그에게 일상적인 일이었다. 하지만 두 잔까지 이어지면 사업적 방문을 뜻했다. 그가 포도밭에서 시간을 보내며 주인과 소작인 간의 협동 관계를 진척시키려고 머리를 짜내 생각해낸 새로운 사업을 제시하는 것이었다. 하지만 그는 곧장 본론으로 들어가는 법이 없었다. 언제나 조심스럽고 신중하게 에둘러 접근했다.

"토끼를 좋아하나요?"

나는 그를 잘 알고 있었다. 그가 배를 토닥대고 목소리까지 낮추면서 시베*와 파테에 대해 말하는 것으로 보아 애완동물로서 토끼의 매력을 말하는 것은 절대 아니었다. 그는 토끼의 엄청난 식욕이 문제라고 말했다. 밑 빠진 독처럼 몇 킬로그램씩 먹어댄다는 것이었다. 나는 고개를 끄덕이긴 했지만 우리 관심사와 걸신들린 토끼가 어떤 점에서 공통점이 있는지 짐작조차 할 수 없었다.

포스탱이 일어나 뒷마당으로 연결된 문으로 가더니 내게 오라고 손짓했다. 그는 계단식 밭 두 뙈기를 가리켰다.

"자주개자리입니다. 토끼가 좋아하는 풀이죠. 지금부터 가을까지 저 밭에서만 세 번을 수확할 수 있을 겁니다."

이 지역의 풀에 대해서는 아는 바가 거의 없었다. 그래서 그 밭들이 프로방스의 토종 잡초로 빽빽하게 덮여 있어 언젠가 깨끗이 뽑아내야겠다고 생각하던 참이었다. 생각보다 행동이 앞서지 않은 것이 천만다행이었다. 성급히 뽑아냈

*civet, 양파와 포도주를 넣은 토끼 스튜.

더라면 포스탱의 토끼들이 나를 용서해주었겠는가! 게으름이 뜻밖의 행운을 안겨준 셈이었다. 내가 제대로 이해하지 못했을까 걱정스러웠는지 포스탱은 술잔을 든 손으로 밭을 가리키며 다시 말했다.

"토끼는 자주개자리를 엄청 좋아해요."

그리고 풀을 뜯어먹는 소리까지 냈다. 나는 토끼들이 실컷 먹을 수 있게 뜯어가라고 했다. 그제야 그는 토끼 흉내를 그만두었다.

"고맙습니다. 선생에게 필요하지 않다면요."

이렇게 임무를 완수한 그는 트랙터 쪽으로 뚜벅뚜벅 걸어갔다. 포스탱은 여러 면에서 느릿한 편이었지만 인사에는 날랬다. 다음 날 저녁, 아스파라거스 한 다발을, 그것도 빨간색과 흰색, 파란색이 어우러진 리본으로 깔끔하게 묶어서 가져왔다. 그의 아내 앙리에트도 곡괭이, 실 한 뭉치 그리고 어린 라벤더 묘목이 가득한 통 하나를 들고 뒤따라 들어왔다. 그녀는 진작 라벤더를 심었어야 했지만 그녀의 조카가 바스잘프에서 이제야 가져왔다며 지금 곧바로 심어야 한다고 말했다.

일이 약간 불공평하게 나눠졌다. 적어도 우리가 보기에는 그랬다. 포스탱은 실을 똑바로 맞춰주는 역할을 맡아서 파스티스를 홀짝거리는 여유까지 있었다. 하지만 앙리에트는 곡괭이를 흔들어대며 일정 간격을 두고 묘목 심을 구멍을 팠다. 도와주겠다는 제의도 거절했다. 포스탱이 자랑스러운 듯 말했다.

"내 마누라는 저런 일을 잘해요."

앙리에트는 황혼 아래에서 곡괭이를 휘둘러대며 간격을 맞춰 구멍을 판 다음 묘목을 심었다. 그녀가 웃으며 말했다.

"이렇게 여덟 시간을 일하고 나면 두 분은 아기처럼 아무 생각 없이 잠들 겁니다."

삼십 분 만에 일이 끝났다. 쉰 그루의 묘목밭이 완성되었다. 여섯 달 뒤면 고슴도치 크기가 될 것이고, 이 년 뒤면 무릎 높이까지 자라 토끼들이 자주 뛰어다니는 풀숲과 뚜렷한 경계를 이루게 될 것이다.

우리는 저녁거리로 생각했던 식단도 잊어버리고 아스파라거스 요리를 준비했다. 아스파라거스는 내가 두 손으로 들기에도 벅찰 정도여서 한 번에 먹기엔 너무 많았다. 애국적인 삼색 리본에는 포스탱의 이름과 주소가 새겨져 있었다. 생산자를 그런 식으로 표기하는 것이 프랑스법이라고 포스탱에게 들은 적이 있었다. 우리가 심은 아스파라거스가 자라면 언젠가 이름이 새겨진 리본을 가질 수 있을까?

옅은 빛깔의 아스파라거스 새순은 엄지손가락 굵기였고, 끝부분에 정교한 색무늬가 있었다. 우리는 녹인 버터에 새순을 찍어 먹었다. 뤼미에르의 오래된 빵집에서 그날 구웠다는 빵도 먹었다. 우리 골짜기의 포도밭에서 생산된 포도로 만든 도수 낮은 적포도주도 마셨다. 이렇게 우리는 한 입 먹고 마실 때마다 지역 산업을 도와주고 있었다.

개구리가 개굴개굴 대는 소리와, 나이팅게일의 길게 끄는 노랫소리가 열린 문을 통해 스며들었다. 우리는 집 밖에서 마지막 잔을 마시고, 달빛 아래 라벤더 묘목밭을 지켜보았다. 개들은 쥐를 찾아 자주개자리밭을 파헤치고 있었다. 올여름에 토끼들이 배불리 먹을 것 같았다. 그러면 포스탱이 장담했듯이, 겨울에 한결 맛있는 토끼고기를 맛볼 수 있으리라. 이때 우리가 프랑스 사람들처럼 먹는 것에 집착하고 있다는 생각이 문득 들었다. 그래서 염소젖 치즈와 끝내지 않은 담판을 마무리지으러 집으로 들어갔다.

수영장 청소부 베르나르가 우리에게 선물을 가져왔다며, 그것을 조립하느라 정신이 없었다. 물에 뜨는 안락의자로, 마실 것을 보관할 자리까지 갖춰진 것이었다. 베르나르는 그것이 플로리다 주 마이애미에서 온 것이라며, 그곳이야 말로 수영장에서 사용하는 액세서리를 만드는 세계의 수도라고 했다. 그는 험담하듯이 말했다.

"프랑스 사람들은 이런 물건을 이해하지 못해요. 물론 에어쿠션을 만드는 회사들이 있긴 하지만, 물에 뜨는 의자에 앉아 술을 마신다는 생각을 어떻게 할 수 있겠습니까?"

베르나르는 마지막으로 나비형 암나사를 죄고 일어섰다. 그리고 몇 걸음 뒤로 물러서서 완성된 의자를 바라보며, 스티로폼과 플라스틱, 알루미늄을 블록처럼 조합시킨 것에 불과한 의자를 마이애미의 찬란한 빛이라며 찬사를 늘어놓았다.

"여길 보세요. 잔 놓는 자리가 여기 팔걸이에 딱 들어맞 잖아요. 이제 편안하게 쉴 수 있을 겁니다. 정말 멋진 물건 이죠."

베르나르는 핑크빛 셔츠와 하얀 바지에 물이 튀지 않도록 조심하면서 의자를 물에 띄웠다.

"밤엔 꼭 치워두세요. 곧 집시들이 버찌를 따러 여기에 몰려들거든요. 그놈들은 아무거나 훔쳐갑니다."

주택보험에 들려 했지만 일꾼들이 벽에 구멍을 잔뜩 뚫어놓아 어떤 보험회사도 우리 집을 담보해주지 않을 것이라 생각하며 포기했던 기억이 떠올랐다. 내 말에 베르나르는 깜짝 놀라 선글라스까지 벗었다.

"모르세요? 파리를 빼면 보클뤼즈가 프랑스에서 강도 사건이 제일 빈번하다고요."

그는 내가 삶을 포기하고 미친 짓이라도 저지른 것처럼 나를 쳐다보았다.

"당장 보험에 드세요. 오늘 오후에라도 사람을 보내드릴게요. 그 사람이 올 때까지 집을 꼭 지키고 계세요."

나는 약간 과장된 것이라 생각했지만, 베르나르는 강도 떼가 근처에서 호시탐탐 기회를 엿보면서 우리가 마을 정육점에 가기만을 기다리고 있다고 확신하는 듯했다. 그러니까 우리가 집을 비우면 강도들이 가구 운반차까지 끌고 내려와 집을 벌거숭이로 만들어버릴 것이란 뜻이었다. 게다가 바로 지난주에도 그의 집 앞에 세워둔 자동차를 잭으로 들어올려 바퀴를 몽땅 빼갔다고 했다.

"그놈들 정말 더럽고 치사합니다."

게으른 탓도 있었지만, 우리가 보험 문제를 등한시한 이유 중 하나는 보험 회사를 싫어하기 때문이었다. 책임을 회피하려는 애매한 말투, 얼버무리고 둘러대는 말투, 참작해야 할 사정들, 깨알같이 적혀 있어 도무지 읽을 수 없는 면책 조항들이 정말 싫었다. 하지만 베르나르가 틀린 것은 아니었다. 운에 맡기는 것은 어리석은 짓이었다. 결국 우리는 베르나르의 충고를 받아들여, 냉장고에도 자물쇠를 설치하라고 말할지도 모를 회색 정장의 사내와 그날 오후를 보내기로 했다.

자동차가 먼지구름을 일으키며 우리 집 앞에 멈춘 때는 이른 저녁이었다. 우리는 운전자가 집을 잘못 찾은 것이라 생각했다. 운전자는 검게 그을린 피부에 잘생긴 젊은이였고, 1950년대 색소폰 연주자처럼 요란한 차림이었다. 반짝이는 실을 박아넣은 어깨가 넓은 드레이프* 재킷, 연두색 셔

*Drape, 천을 걸치거나 주름을 잡아 디자인 한 복식 스타일을 말한다.

츠, 발목에서 폭이 좁아지는 헐렁한 바지, 올록볼록한 고무를 밑창에 댄 암청색 스웨이드 가죽 구두 그리고 하늘색 양말까지.

"프뤽튀스 티에리, 보험설계사입니다."

그는 짧은 보폭으로 경쾌하게 들어왔다. 저 친구가 손가락 마디를 딱딱 꺾어가며 거실을 부산스레 왔다 갔다 하면 어쩌지? 나는 놀란 가슴을 진정시키면서 그에게 맥주를 권했다. 그는 의자에 앉아 현란한 양말을 내 눈앞에 훤히 드러냈다.

"윈 벨 므종[좋은 집이군요]."

차림과는 걸맞지 않게 프로방스 사투리가 심했다. 그 때문에 나는 적잖게 안심이 되었다. 게다가 그는 의외로 사무적이고 진지했다. 우리에게 이 집에서 일 년 내내 사느냐고 물었다. 그리고 보클뤼즈에 강도율이 높은 것은 휴가용 별장이 많은 것도 한 이유라고 했다.

"일 년에 열 달을 빈 집으로 내버려둔다면…."

이렇게 말하며 그가 어깨를 으쓱하자, 겉천을 댄 재킷의 어깨 부분이 불쑥 올라갔다.

"보험업계에 떠도는 이야기를 들으면 차라리 금고 속에 들어가 살고 싶으실 겁니다."

하지만 우리와는 관계없는 이야기였다. 우리는 이 집에 상주하고 게다가 개까지 있었다. 유리한 조건이었다. 보험료를 책정할 때 고려되어야 할 부분이었다.

"사나운가요? 그렇지 않다면 훈련시키면 됩니다."

그는 푸들도 치명적인 무기로 탈바꿈시킬 수 있는 사람을 안다고 했다.

그는 깔끔한 작은 글씨로 꼼꼼하게 메모하고, 맥주를 마저 비웠다. 우리는 함께 집을 둘러보았다. 그는 묵직한 나무 덧문과 오래됐지만 튼튼한 출입문은 괜찮은 편이라 인정했지만, 한 변이 30센티미터도 안 되는 정방형 창문 앞에 멈춰 서서 혀를 쯧쯧거렸다. 요즘 전문털이범들은 빅토리아 시대의 굴뚝 청소부들이 사용하던 작업 방식을 흔히 사용한다고 했다. 그러니까 어른이 들어갈 수 없는 틈새로 어린 아이를 들여보낸다는 것이었다. 프랑스에는 청소년 좀도둑을 막기 위해 공식으로 결정된 규격이 있었다. 아이들의 몸통이 12센티미터를 넘기 때문에 그보다 좁아야 안전했다.

대체 그런 계산이 어떻게 나온 것인지 프뢱튀스 씨도 몰랐다. 하지만 빼빼 마른 다섯 살짜리 꼬마를 침입시킬 수도 있었기 때문에 작은 창에도 창살을 해야 안전했다.

버찌를 따는 떠돌이 일꾼들이 평화로운 가정의 안전을 위협한다는 이야기를 그날에만 두 번이나 듣게 되었다. 프뢱튀스는 킬로그램당 3프랑의 돈을 벌려고 스페인이나 이탈리아에서 건너온 사람들이 오늘은 여기서 일하다가 내일은 홀연히 사라지기 때문에 중대한 위협이라며, 무조건 경계하라고 말했다. 나는 항상 경계심을 늦추지 않으며 되도록 빨리 창살을 달겠다고 약속했다. 그리고 개들도 사납게 훈련시키겠다고 덧붙였다. 그는 그제야 안심한 듯 차를 몰고 석양 속으로 사라졌다. 카스테레오에서 고함을 질러대는 브루스 스프링스틴의 노래와 함께.

우리는 버찌 채집꾼들에게 관심을 갖기 시작했다. 손버릇이 나쁘다는 그 악당들을 만나보고 싶었다. 버찌가 익어가고 있었기 때문에 조만간 그들이 이 지역에 몰려올 것이 뻔했다. 우리는 이미 버찌를 맛봤다. 아침 해가 정면에서 내리쬐는 작은 테라스에 아침식사를 차렸는데, 20미터쯤 떨어진 곳에 버찌가 주렁주렁 달려 가지들이 축 늘어진 늙은 나무가 있었다. 아내가 커피를 준비하는 동안 나는 버찌를 땄다. 거의 검은빛을 띠고 있었는데, 시원하고 톡 쏘는 맛이었다. 하루의 첫 먹을거리였다.

집과 도로 사이 어디에선가 들려오는 라디오 뉴스를 통해, 우리는 그날 아침에 본격적으로 버찌따기가 시작된 것을 알고 있었다. 개들이 자존심이라도 세울 듯이 털을 곤두세우고 시끄럽게 짖어대며 달려나갔다. 나는 가무잡잡한 이방인들과 그들의 손버릇 나쁜 아이들을 보게 되리라 기대하며 개들을 쫓아갔다. 하지만 무성한 잎들 때문에 삼각 사다리에 균형을 잡고 있는 각양각색의 다리밖에 보이지 않았다. 그때 밀짚모자를 쓴 검은 달덩이 같은 얼굴 하나가 나뭇잎을 헤치고 나왔다.

"잘 익었네요, 버찌가."

그가 내게 손가락 같은 가지 하나를 내밀었다. 끝에 버찌 두 알이 덩그러니 매달려 있었다. 포스탱이었다. 그와 앙리에트 그리고 친척들이 직접 버찌를 따기로 했다는 것이다. 외부 노동력이 요구하는 임금이 턱없이 높았기 때문이었다. 실제로 킬로그램당 5프랑을 요구하는 사람도 있었다는 것이다.

"상상해보세요!"

나는 상상해보려고 애썼다. 사다리에 걸터앉아 불편한 자세로 초파리에 시달리면서 하루 열 시간을 일하고, 밤에는 헛간이나 소형 트럭의 뒷좌석에서 웅크리고 잠을 자야 한다면 내 생각엔 5프랑도 그다지 후한 임금이 아닌 듯했다. 하지만 포스탱은 내 생각을 일축해 버렸다. 터무니없이 비싼 임금이란 것이었다. 게다가 버찌 채집꾼에게 뭘 기대할 수 있겠냐고 반문했다. 그는 압트에 있는 잼 공장에 2톤가량의 버찌를 넘길 생각이고, 그 정도는 가족끼리 충분히 해낼 수 있는 양이란 것이었다.

그 후 며칠 동안 과수원에는 각양각색의 체격과 외모를 한 채집꾼들로 가득했다. 어느 날 저녁 나는 채집꾼 둘을 보니외까지 태워주었다. 그들은 오스트레일리아에서 온 학생들이었다. 햇볕에 빨갛게 타고, 버찌 얼룩이 곳곳에 묻어 있었다. 지친 모습이었다. 그들은 노동시간과 지루한 작업 그리고 프랑스 농부의 인색함에 불평을 늘어놓았다.

"그래도 프랑스를 조금은 구경했잖나."

한 학생이 대답했다.

"프랑스를 구경해요? 제가 본 거라곤 뻘건 버찌나무 속 뿐이에요."

그들은 프로방스에 대한 추억도 남기지 못한 채 고향으로 돌아가기로 한 듯했다. 그들의 푸념은 계속되었다.

"사람들도 마음에 들지 않아요. 음식도 이상하고요. 프랑스 맥주는 완전히 설사약이더라고요."

게다가 오스트레일리아 기준으로는 풍경도 대단찮다고 했다. 그래서 내가 이곳에 일부러 선택해 살고 있다는 말이 믿기지 않는 모양이었다. 나는 그 이유를 열심히 설명했지만 우리는 서로 다른 나라를 이야기하고 있는 기분이었다. 나는 그들을 어느 카페 앞에 내려주었다. 그곳에서 그들은 향수를 달래며 저녁을 보내겠지…. 그들은 내가 지금껏 만난 오스트레일리아 사람들 중에서 유일하게 딱한 사람들이었다. 내가 사랑하는 곳을 철저하게 저주하는 소리에 기분이 울적했다.

베르나르가 내 울적한 기분을 풀어주었다. 그가 미국 고객에게 받은 편지를 번역해달라고 부탁해 보니외에 있는 그의 사무실을 방문한 것이었다. 그는 미소 띤 얼굴로 문을 열어주었다.

우리 건축기사이기도 한 그의 친구 크리스티앙이 얼마 전에 카바용의 어느 매음굴을 다시 설계해달라는 주문을 받았다고 했다. 그런 곳인 만큼 당연히 특별한 요구사항이 많았다. 물론 거울을 설치하는 것도 아주 중요한 문제였다. 점잖은 침실에서는 찾아보기 어려운 물건들이 갖춰져야 했다. 비데는 무리하게 가동되어도 그 역할을 완벽하게 할 수 있어야 했다. 그런 이야기를 들으면서, 릴에서 온 외판원들이 복도에서 맨살을 훤히 드러낸 젊은 여인들을 쫓아다니는데 꼭지와 와셔를 맞추려고 땀을 뻘뻘 흘리고 있을 메니 쿠치와 '풋내기'의 모습이 머리에 떠올랐다. 미장이 라몽도 생각났다. 창녀들에게 둘러싸여 눈을 번뜩이며 침을 질질 흘리겠지. 어쩌면 남은 평생을 거기서 보내고 싶어 할지도 몰라. 정말 기대되는 일거리였다.

하지만 안타깝게도 크리스티앙은 그 일을 건축가로서 도전해 볼 만한 과제라 생각하지만 거절하기로 했다고 베르나르가 말했다. 그 매음굴을 운영하는 여주인이 불가능할 정도로 단기간에 일을 끝내주길 원하고, 작업을 하는 동안에도 가게문을 닫지 않을 생각이어서 일꾼들에게 가혹한 집중력이 요구되기 때문이었다. 게다가 그녀는 부가세를 지불하지 겠다고 버텼다. 자기는 고객에게 판매세를 부가하지 않는데 왜 부가세를 내야 하느냐는 것이었다. 결국 그녀는 잽싸게 대충 일을 해치우는 무면허 벽돌공 부부에게 일을 맡길 것이 뻔했다. 그럼 카바용의 매음굴이《건축 다이제스트》에 멋진 사진과 함께 소개될 기회도 사라지는 셈이었다. 후손들에게는 안타까운 일이지만.

우리는 끊임없이 손님을 받으며 산다는 것이 어떤 것인지 조금씩 터득해가고 있었다. 선발대는 부활절에 도착했지만 10월 말까지 예약이 끝난 상태였다. 지난 겨울에 아직 먼 일이라 생각하며 덜컥 허락해놓고 반쯤 잊고 지낸 초대가 현실로 나타나고 있었다. 그들이 우리 집에서 묵고 마시고 일광욕하러 몰려들기 시작했다. 세탁소 여자는 우리 시트 수를 헤아려보고는 우리가 숙박업을 하는 줄 알았을 정도였다. 우리보다 경험 많은 사람들이 해준 경고가 그제야 떠올랐다.

초기 방문객들은 올바른 손님이 되기 위한 강좌라도 듣고 온 듯했다. 그들은 자동차를 렌트해 부근을 돌아다녔다. 낮에는 자기들끼리 시간을 보내고 저녁에야 우리와 함께 식사를 했다. 그리고 그들이 가기로 약속한 날에 떠났다. 모든 손님이 그들만 같다면 올여름은 아주 즐겁게 지낼 수 있을 것 같았다.

곧 알게 되었지만 가장 큰 문제는 손님들이 휴가중이란 점이었다. 하지만 우리는 그렇지 않았다. 우리는 일곱 시에 일어났지만 그들은 대개 열 시나 열한 시까지 침대에서 뒹굴었다. 심지어 점심식사 전 수영하는 시간에 맞춰 아침식사를 겨우 끝내는 경우도 있었다. 우리가 일하는 동안 그들은 일광욕을 했다. 오후의 낮잠으로 원기를 회복하고는 저녁쯤엔 생기발랄해져 친목도모에 본격적인 박차를 가했지만 우리는 샐러드를 먹으면서도 꾸벅꾸벅 졸았다. 아내는 선천적으로 손님 접대를 좋아하고 음식이 부족한 것을 보고 있지 못하는 성격이라 몇 시간씩 부엌에서 보냈다. 그리고 나까지 덩달아 밤 늦은 시간까지 설거지를 해야 했다.

그래도 일요일은 달랐다. 집에 머무는 사람들은 한결같이 일요일 장을 가보고 싶다며 일찍 일어났다. 일주일에 딱한 번, 우리와 손님들이 같은 시간을 보내는 날이었다. 강이 굽어보이는 일쉬르라소르그의 카페에서 아침식사를 하려고 달리는 이십 분 동안, 그들은 평소와 달리 조용히 뒷좌석에 앉아 꾸벅꾸벅 졸았다.

우리는 다리 옆에 차를 세우고 친구들을 깨웠다. 밤늦게까지 시끌벅적하게 놀다가 새벽 두 시에야 마지못해 잠자리에 들었던 탓에 아직 숙취에서 깨어나지 못한 그들에게 밝은 햇살은 너무나 잔인한 것이었다. 그들은 선글라스로 눈을 감추고 카페 라떼를 찔끔찔끔 마셨다. 바의 어둑한 한구석에서는 헌병이 눈치를 보아가며 파스티스를 삼키고 있었다. 복권 파는 사내는 그의 식탁을 기웃대며 머뭇거리는 사람들에게 벼락부자로 만들어줄 거라며 복권을 권했다. 밤새 운전한 듯한 트럭 운전자 둘은 까칠한 턱을 들썩이며 아침식사로 스테이크와 감자튀김을 허겁지겁 먹어대면서 큰 소리로 포도주를 더 주문했다. 열린 문을 통해 시원한 강

냄새가 스며들었다. 오리들은 수면을 가르면서 테라스에서 빵 부스러기가 쓸려 내려오길 기다렸다.

우리는 광장을 향해 출발했다. 꽉 끼는 번쩍거리는 검은 치마를 입고 레몬과 길게 엮은 마늘 다발을 파는 꾀죄죄한 낯빛의 집시 여인들이 몰려들었다. 먼저 팔려고 실랑이하는 틈새를 힘겹게 빠져나왔다. 길을 따라 좌판들이 빽빽이 들어차 있었다. 질서라곤 찾아볼 수 없었다. 은 장신구 좌판 바로 옆에 납작한 쐐기 모양으로 소금에 절인 대구가 놓여 있었고, 반짝이는 올리브가 담긴 나무통, 손으로 엮은 바구니, 계피와 사프란과 바닐라, 구름 같은 안개꽃 다발, 잡종 강아지들이 뒤엉켜 있는 종이 상자, 조니 할리데이*의 얼굴이 새겨진 현란한 티셔츠, 연어살색의 코르셋과 엄청나게 큰 사이즈의 브래지어, 거친 시골 빵과 검은빛을 띤 테린도 눈에 띄었다.

호리호리한 암청색 피부의 세네갈 사내는 스페인에서 만든 아프리카 부족의 정통 가죽 장신구들과 전자시계로 가득한 좌판을 목에 걸고 소란스런 광장을 헤집으며 성큼성큼 걸어다녔다. 갑자기 북소리가 들렸다. 붉은 옷을 입은 개

*Johnny Hallyday, 본명은 장 립스메. 1943년 파리에서 태어나 1960~1970년대를 풍미한 가수다. 2017년 별세했다.

한 마리 옆에서, 뾰족한 챙이 달린 납작한 모자를 쓴 사내가 헛기침을 해대면서 이동식 확성기를 조절하고 있었다. 위잉…. 귀청이 찢어지는 것 같았다. 다시 북소리가 들렸다.

"파격 세일! 시스테롱에서 온 양고깁니다! 돼지고기! 내장! 곧바로 크라사르 정육점에 달려가보시오. 카르노 거립니다. 충격적인 값입니다."

그는 다시 확성기를 만지작댔다. 그리고 클립보드를 훑어보았다. 그는 생일인사에서 영화 프로그램까지 이 마을의 모든 것을 음향효과까지 곁들여 알리고 다니는 이동 방송국이었다. 나는 그를 토니의 광고회사에 소개시켜주고 싶은 심정이었다. 그들이라면 서로 선전기법을 비교해보며 흥미로운 시간을 가질 수 있을 것 같았다.

얼굴이 심하게 얽은 갈색 피부의 알제리인 셋이 양지바른 곳에 서서 한담을 나누고 있었다. 그들의 손에는 점심거리가 거꾸로 매달려 있었다. 바로 살아 있는 닭이었다. 다리를 꼭 잡힌 녀석들은 운명의 시간이 다가오고 있는 것을 아는지 모든 것을 체념한 듯 꼼짝 않고 있었다. 어디를 둘러봐도 모두가 뭔가를 먹고 있었다. 노점상들은 시식용 먹을거리, 그러니까 가느다랗게 잘라낸 따뜻한 피자 조각, 분홍빛 햄 조각, 향료를 뿌리고 녹색 후추열매로 맛을 낸 소시지, 나무열매 맛이 나는 조그만 누가* 등을 펼쳐놓고 있었다. 다이어트하는 사람에겐 지옥이나 다름없었다. 우리 친구들은 점심거리를 궁리하기 시작했다.

점심시간이 되려면 아직 시간이 남았다. 점심을 먹기 전에 보아야 할 것이 있었다. 시장에는 먹거리만 있는 것이 아니었다. 프로방스 전역의 다락방에서 구출해낸 잡동사니들, 한 집안의 역사가 숨 쉬는 잡동사니들을 모아놓은 고물 가게는 구경할 만한 곳이었다. 일쉬르라소르그는 오래전부터 골동품 상인들의 마을이었다. 역 옆의 큰 창고에는 언제나 삼사십 명의 골동품상이 진을 치고 있어, 싸구려 물건을 제외하곤 거의 모든 것을 볼 수 있다. 하지만 화창한 아침에 어두침침한 창고에서 시간을 보낼 수는 없었다. 그래서 우리는 플라타너스 아래에 좌판을 벌인 노점을 둘러보기로 했다. 그 고물 장사들은 '고급 고물'이란 것들을 탁자나 의자, 땅바닥에 펼쳐놓았고, 심지어 나무줄기에 못을 박아 걸어두기도 했다.

---

* nougat, 사탕의 일종으로 설탕에 시럽, 꿀, 전화당을 더한 반죽을 치대 혼합하고 견과류를 섞어 만든다.

색 바랜 갈색 우편엽서들과 낡은 아마포 작업복들, 포크와 나이프들, 설사약과 콧수염용 포마드를 선전하는 귀퉁이가 깨진 에나멜 광고판, 난로용 철물들과 침실용 변기들, 아르데코풍**의 브로치와 카페용 재떨이, 누렇게 바랜 시집과 골동품 상점의 필수품인 루이 14세 시대 의자—다리 하나가 없어진 것을 무시한다면 그야말로 완벽했다—가 뒤엉켜 있었다. 정오가 가까워지자 값이 떨어지면서 흥정이 본격적으로 시작되었다. 흥정에는 거의 전문가 수준에 이른 아내가 활약할 시간이 온 것이다. 아내는 들라크루아***의 작은 석고 흉상을 아까부터 눈여겨보고 있었다. 노점상이 75프랑까지 값을 내리자, 아내가 담판을 지으러 뛰어들었다.

"그러니까 얼마에 팔겠어요?"

"부인, 저로서야 1백 프랑을 받으면 좋죠. 하지만 그 값을 받기는 이제 틀린 것 같고 점심시간도 다 됐으니까 50프랑만 내고 가져가세요."

우리는 들라크루아를 차에 실었다. 사색에 잠긴 채 뒷유리로 밖을 내다보는 들라크루아를 싣고 우리도 프랑스 사람들처럼 식탁의 즐거움을 찾아나섰다.

**Art Deco, 1920년대에 시작하여 1930년대에 서유럽과 미국에서 주된 양식으로 발달했으며 단순하고 깔끔한 형태를 특징으로 한다.
***Eugène Delacroix, 19세기 프랑스 낭만주의 미술을 대표하는 화가.

우리가 프랑스 사람들을 좋아하고, 심지어 감탄까지 하는 이유 중 하나는 훌륭한 요리를 먹을 수 있다면 아무리 먼 곳이라도 기꺼이 달려가는 열정이었다. 편리함보다는 음식의 질이 더 중요했다. 그들은 잘 먹기 위해서라면 한 시간, 아니 그 이상이라도 군침을 흘리면서 즐거운 마음으로 차를 몰고 달려갔다. 따라서 뛰어난 요리사는 전혀 장사가 되지 않을 곳에 식당을 차려놓아도 성공할 수 있었다. 우리가 선택한 식당도 처음 찾아갈 때는 지도의 도움까지 받아야 했을 정도로 한적한 곳에 있었다.

뷔우는 촌락이라 불러도 될 만큼 아담한 곳이었다. 보니외에서 15킬로미터 남짓 떨어진 산중에 숨어 있는 이 마을에는 오래된 면사무소와 현대식 전화박스가 하나 있었고, 열다섯에서 스무 채 정도의 집이 띄엄띄엄 흩어져 있었다. '오베르주 드 라 루브'는 크게 입을 벌린 아름다운 계곡이 굽어보이는 산허리에 자리잡고 있었다. 겨울에 처음 찾아올 때는 상당한 어려움이 있었다. 산속으로 점점 깊숙이 들어가기만 하니 지도조차 의심스러울 지경이었다. 그날 밤 우리가 유일한 손님이었던 까닭에, 덧문이 바람에 덜컹거리는 소리를 들으며 커다란 장작 난로 앞에서 식사할 수 있었다.

그날의 으스스하고 추운 밤과 5월의 뜨거운 일요일이 그렇게 다르리라곤 상상조차 못했다. 식당으로 이어진 모퉁이를 돌아가자 작은 주차장이 이미 꽉 들어찬 것이 보였다. 게다가 절반은 낡은 시트로엥의 범퍼에 묶인 말 세 마리가 차지하고 있었다. 식당 고양이는 따뜻한 기와 지붕에 몸을 쭉 펴고 엎드려, 식당 옆에 이어진 밭에서 어슬렁대는 닭들을 훔쳐보고 있었다. 앞이 훤히 트인 건물 벽을 따라 탁자와 의자가 가지런히 놓여 있었다. 주방에서는 얼음을 통에 채우는 소리가 들렸다.

주방장인 모리스가 복숭앗빛 샴페인 넉 잔을 들고 나왔다. 그리고 그가 최근에 투자한 것을 우리에게 보여주겠다며 어디론가 데리고 갔다. 나무 바퀴가 달린 마차였다. 가죽 시트가 닳았지만 여섯 사람은 충분히 탈 수 있을 것 같았다. 모리스는 뤼베롱 산을 일주하는 유람 마차를 계획하고 있다며, 물론 멋진 점심식사를 위해 마차가 그의 식당에 멈추게 할 생각이라고 했다.

"어때요, 멋진 아이디어라고 생각지 않으세요? 여러분도 오실 거죠?"

우리는 물론 그렇게 하겠다고 했다. 그는 밝은 표정으로 수줍은 미소를 지어보이고는 주방으로 돌아갔다.

그는 요리를 독학으로 배운 사람이었다. 하지만 그의 식당을 뷔우의 '보퀴즈'로 만들겠다는 야심까지는 없었다. 말들과 이 계곡에서 머물 수 있을 정도로 식당이 운영되면 그것으로 만족할 뿐이었다. 그의 식당이 성공한 요인은 식도락적 기호를 찾아다니는 사람들—그는 이런 사람들을 '요리 속물들'이라 불렀다—보다 적당한 가격과 맛있으면서도 단순한 요리에 더 큰 가치를 둔 덕분이었다.

110프랑짜리 식사를 주문했다. 일요일에만 일하는 젊은 아가씨가 납작한 바구니 쟁반을 갖고 나와 식탁 가운데에 놓았다. 열네 가지 전채요리가 담겨 있었다. 아티초크 고갱이, 반죽을 입힌 작은 정어리, 향료가 든 타불레*, 소금에 절여 크림 소스를 얹은 대구, 프렌치 소스를 친 버섯, 새끼 꼴뚜기, 타프나드**, 신선한 토마토 소스에 적신 작은 양파, 샐러리와 이집트콩, 무와 방울토마토, 신선한 홍합 등이었다.

* tabouleh, 중동식 야채 샐러드.
**tapenade, 블랙 올리브, 케이퍼, 앤초비 혹은 참치에 올리브 오일을 넣고 갈아 만든 프로방스 지역의 대표 요리.

이런 전채요리들이 잔뜩 담긴 쟁반 위에는 두껍게 썬 파테와 작은 오이, 올리브와 차가운 고추를 담은 접시가 절묘하게 균형을 잡고 놓여 있었다. 빵은 껍질이 바삭하고 맛있었다. 얼음통에는 백포도주가 담겨 있었고, 샤토뇌프뒤파프 한 병이 그늘진 곳에서 숨 쉬고 있었다.

다른 손님들은 모두 프랑스인이었다. 대개가 이웃 마을 사람들로, 주일을 맞아 어두운 색 옷을 깨끗하게 차려입고 있었다. 한두 쌍의 세련된 부부가 밝은 색상의 옷을 입어 오히려 어울리지 않아 보였다. 구석의 큰 식탁에는 온 가족이 접시를 높게 쌓아가며 서로 음식을 권하고 있었다. 여섯 살쯤 된 한 소년은 집에서 먹던 것보다 이 식당의 파테가 더 맛있다며 장래에 미식가로 자랄 가능성을 보여주었다. 게다가 할머니에게 포도주를 맛보아도 되냐고 묻기도 했다. 그들이 데려온 개는 여느 다른 개와 마찬가지로 어린아이가 어른보다 음식을 더 많이 흘린다는 사실을 알고 있는지 소년 곁에서 끈기 있게 기다렸다.

주요리가 나왔다. 통마늘을 넣고 요리한 분홍빛이 감도는 양고기, 어린 깍지콩과 노란 감자 그리고 양파 갈레트〔팬 케이크)였다. 샤토뇌프뒤파프가 잔에 채워졌다. 색이 짙고 향이 깊었다. 모리스의 말대로 '거만한 어깨를 가진 포도주'였다. 우리는 오후 계획을 포기했다. 그리고 베르나르가 갖다 놓은 물에 뜨는 안락 의자를 누가 차지할지 정하려고 제비뽑기를 했다.

치즈는 바농산이었다. 포도 잎사귀로 감싸 촉촉한 맛이 그대로 살아 있었다. 뒤이어 세 가지 맛과 씹히는 느낌을 안겨주는 디저트가 나왔다. 레몬 셔벗, 콜릿 파이 그리고 접시 가득히 담긴 크렘 앙글레즈*였다. 다음엔 커피, 거기에 지공다산 마르 한 잔! 그리고 포만감을 나타내는 긴 숨!

친구들이 물었다.

"이처럼 느긋하고 편안한 분위기에서 이렇게 멋진 식사를 즐길 수 있는 데가 이곳 말고 어디에 또 있을까?"

"이탈리아라면 모르지만 별로 없을걸."

친구들은 런던 생활에 익숙한 사람들이었다. 그러니까 요란하게 장식한 식당과 천편일률적인 음식, 터무니없는 가격에 길들어져 있었다. 그들은 메이페어**에서 파는 파스타 한 그릇 값이 우리가 방금 먹은 음식값 전체보다 비싸다

* crème anglaise, 거품을 일게 한 생크림.
** Mayfair, 런던 하이드 파크 동쪽에 있는 고급 주택지로 사교의 중심지.

고 투덜댔다. 왜 런던에서는 싼 값에 맛있게 먹을 수 없는 것일까? 식사를 끝내고 이런저런 지혜를 모아본 결과, 우리는 영국 사람들이 프랑스 사람들보다 외식을 적게 하기 때문에 먹는 것도 중요하지만 뭔가 깊은 인상을 남기고 싶어 한다는 결론에 이르렀다. 따라서 영국인들은 여러 병의 포도주가 담긴 얼음통, 손가락을 씻는 물그릇, 단편소설에 버금가는 차림표, 그리고 누군가에게 자랑삼아 떠들 수 있는 계산서를 원한다는 마무리였다.

모리스가 다가와, 요리가 마음에 들었냐고 물었다. 그리고 자리에 앉아 종잇조각에 덧셈을 해댔다. 그리고 그 종잇조각을 내밀며 말했다.

"계산서입니다."

650프랑이 조금 넘었다. 풀햄에서 두 사람이 괜찮은 점심을 먹고 지불하는 값과 비슷했다. 한 친구가 모리스에게 식당을 아비뇽이나 메네르브 근처로, 그러니까 손님들이 좀 더 쉽게 찾아올 수 있는 곳으로 옮길 생각이 없냐고 물었다. 모리스는 고개를 저으며 대답했다.

"여기가 좋습니다. 내가 원하는 것은 뭐든지 있거든요."

그는 이십오 년이 지난 후에도 이 자리에서 요리하고 있을 것이라고 덧붙였다. 우리는 이십오 년 후에 비틀대면서라도 이곳을 찾아와 그의 맛있는 요리를 즐길 수 있도록 건강하길 바랐다.

집으로 돌아오는 길에 우리는 음식과 일요일의 절묘한 결합이 프랑스 운전자를 차분하게 만든다는 놀라운 사실을 알아냈다. 배가 부르다. 게다가 주말 휴일이다. 빈둥빈둥 시간을 죽이면서 천천히 달린다. 굽잇길에서 추월할 때 맛보는 짜릿한 유혹에 넘어가지 않는다. 가끔 차를 멈추고 시원한 공기를 마신다. 길가의 덤불에 소변도 본다. 자연과 하나가 된다. 지나가는 자동차에 다정히 고개도 끄덕여준다. 내일이면 다시 분주하고 정신없는 일상으로 돌아갈지언정 오늘은 일요일이다. 그것도 프로방스에서 맞는 일요일이다. 인생은 즐겨야 하는 법!

"프로방스는 고유의 풍미와 개성을 지켜 왔습니다.
물론 이런 것들이 까칠한 오랜 친구처럼 당신을
짜증나게 만들 수 있습니다. 하지만 거부할 수 없는
매력이 있죠."*

*피터 메일, 『Encore Provence』중에

06 June

태양은 효력 좋은 신경안정제

이 지역 광고산업이 활기를 띠고 있었다. 시장 근처에 오 분 이상 주차된 자동차는 어김없이 프로방스 광고업자들의 표적이 되었다. 그들은 주차된 차들을 찾아 돌아다니면서 선정적인 작은 광고지를 와이퍼 밑에 끼워넣었다. 우리가 잠시 차를 세워두고 돌아와보면 곧 시작될 멋진 볼거리, 놓칠 수 없는 기회, 값싼 음식, 이국적인 서비스 등 각종 소식을 담은 광고지들이 펄럭이고 있었다.

　카바용에서 열릴 아코디언 콘테스트에서는 참가자들의

경연 사이에 '아슬아슬하게 벗은 예쁜 아가씨들'의 공연이 있어 우리에게 즐거움을 더해준단다. 한 슈퍼마켓은 '돼지고기 대작전' 행사를 시작하면서, 믿기지 않아 눈을 비비며 다시 확인할 정도로 싼 값에 돼지의 모든 부위를 팔겠다고 약속했다. 불르 토너먼트, 무도회, 자전거 경주, 디제이까지 있는 완벽한 이동식 디스코텍, 불꽃놀이, 오르간 연주회 그리고 공연마다 참가자 전원을 만족시켜줄 정도로 자신의 능력에 확신을 갖고 있다는 점쟁이이자 연금술사인 마담 플로리앙을 알리는 전단도 있었다. 또한 멋진 만남을 위해 태어났다며 자신을 감미로운 창조물이라 소개한 이브와, 마르세유에서는 금지된 서비스로 전화만 주면 우리를 환상의 세계로 안내해줄 수 있다는 마드모아젤 로즈에 이르기까지 매춘부들의 광고 전단도 빠지지 않았다. 그러던 어느 날 우리는 절박한 심정을 그대로 드러낸 듯 급히 쓴 쪽지를 보았다. 우리의 돈을 노리는 게 아니라 피를 구하는 쪽지였다.

때묻은 복사지에는 큰 수술을 받으러 미국으로 건너갈 날을 기다리는 한 소년의 사연이 씌어 있었다. 미국의 병원이 소년을 수술하기로 결정할 때까지 지속적으로 수혈을 받아야 한다는 내용이었다. 그 쪽지는 '많이 와주세요. 그리고 서둘러 주세요!'라고 절규하고 있었다. 헌혈은 다음 날 여덟 시에 고르드 마을회관에서 시작될 예정이었다.

우리는 여덟 시 반에 마을회관에 도착했다. 회관은 이미 사람들로 북적거렸다. 벽을 따라 배치된 열두 대의 침대는 헌혈하는 사람들이 벌써 차지하고 있었다. 위로 향한 발끝들을 보고 우리는 이 지역 주민의 심성을 읽을 수 있었다. 게다가 신발로 그들의 신분까지 어렵지 않게 짐작할 수 있었다. 샌들과 에스파드리유는 상점 주인들, 하이힐은 젊은 부인들, 발목까지 올라오는 헝겊 운동화는 농부들, 모직 슬리퍼는 농부의 아내들일 것이다. 노파들은 한 손에 시장바구니를 꼭 쥐고, 다른 손은 피가 플라스틱 용기에 잘 흘러 들어가게 하려고 주먹을 쥐었다 폈다 했다. 누구의 피가 더 진하고 선명하며 영양도 많은지 주고받는 이야기가 들렸다.

우리는 혈액검사를 받으려고 줄을 섰다. 우리 바로 앞에 선 사람은 해진 모자를 쓰고 작업복을 입은 땅딸막한 노인

으로 딸기코였다. 노인은 굳은살 박인 엄지손가락을 간호
사가 제대로 찌르지 못하는 것을 재밌다는 듯이 지켜보았
다.

"푸줏간 주인이라도 데려올까?"

노인이 묻자 간호사가 이번에 좀 더 세게 쿡 찔렀다.

"젠장!"

핏방울이 봉긋 솟아올랐다. 간호사는 능숙한 솜씨로 그
핏방울을 작은 튜브에 옮기고, 어떤 액체를 넣더니 세게 흔
들어 섞었다. 그리고 튜브에서 눈을 떼면서 책망하듯 노인
에게 물었다.

"여기까지 어떻게 오셨어요?"

노인은 엄지손가락을 빨던 행동을 멈추고 대답했다.

"자전거를 타고 왔지. 레쟁베르부터 줄곧."

간호사는 콧방귀를 뀌며 말했다.

"할아버지가 도중에 쓰러지지 않은 게 이상하네요."

그녀는 튜브를 다시 한 번 쳐다보더니 덧붙였다.

"할아버지는 법적으로 지금 취하신 상태예요."

"말도 안 돼! 아침 먹으면서 적포도주를 조금 마셨을 뿐

이야. 매일 그렇게 하지만 아무 문제도 없었어. 게다가….'

노인은 피 묻은 엄지를 간호사 앞에 흔들어대면서 덧붙였다.

"적당한 알코올은 혈구에도 좋을 거야."

하지만 간호사는 고개를 저었다. 그녀는 노인에게 다시 아침식사를 하라고 돌려보내며 이번에는 커피를 마시라고 당부했다. 그리고 점심시간 전에 다시 오라고 했다. 노인은 피 묻은 엄지를 군기처럼 치켜들고 투덜대며 성큼성큼 걸어나갔다.

우리 부부도 채혈을 했다. 알코올 성분이 없는 것으로 확인되자 간호사가 우리를 침대로 안내했다. 우리 혈관이 플라스틱 용기와 연결되었다. 착실하게 주먹을 쥐었다 폈다 했다. 회관은 시끄러웠지만 화기애애한 분위기가 감돌았다. 평소에는 길에서 만나도 아는 척도 않고 지나갔을 사람들이 갑자기 친해졌다. 좋은 일은 낯선 사람들을 하나로 만들어주는 법이 아닌가! 아니면 회관 끝에 마련된 바 때문이었을까?

영국에서는 한 봉지의 피를 헌혈하면 차 한 잔과 비스킷 하나를 준다. 여기에서는 튜브를 떼어내자 자원봉사자들이 쭉 늘어서 있는 긴 탁자로 안내했다. 뭘 드시겠어요? 커피, 초콜릿, 크루와상, 브리오슈, 햄 샌드위치, 마늘 소시지, 뭐든 드세요.

적포도주나 분홍 포도주도 있는데요? 드세요! 마시세요! 혈구를 보충하셔야죠! 배를 채우세요! 젊은 남자 간호사는 타래송곳으로 포도주병을 열심히 따고 있었고, 하얗고 긴 가운을 입은 감독 의사는 사람들에게 "많이 드세요."라고 말하며 돌아다녔다. 바 뒤로 쌓여가는 빈 병이 피를 뽑은 사람의 수를 뜻한다면, 헌혈 호소는 의료적으로나 사회적으로나 확실한 성공이었다.

며칠 후 우리는 우편으로 《르글로뷜(혈구)》이란 잡지를 받았다. 헌혈자에게 보내주는 공식 기관지였다. 그날 고르드에서만 수백 리터의 혈액을 헌혈받았다는 소식이 실려 있었다. 하지만 내가 관심을 가졌던 다른 통계자료—알코올이 발견된 혈액량—는 어디에도 없었다. 의료계의 신중함에 찬사를 보내고 싶었다.

런던에서 변호사로 일하는 우리 친구는 영국식 예법이 몸에 밴 사람이었다. 우리는 카바용에 있는 '팽 드 시에클〔세기말〕'이란 카페에 앉아, 그의 표현대로라면 개구리들의 광대짓을 구경하고 있었다. 장날이었다. 인도는 사람들로 발 디딜 틈 없어 제대로 걷기 힘들 지경이었다. 서로 떼밀고 혼잡스럽기 그지없었다.

친구가 말했다.

"저길 좀 보게."

한 운전자가 길 한가운데에 자동차를 세우고, 차에서 내려 아는 사람과 포옹하고 있었다.

"이 사람들은 저런 게 완전히 버릇이구먼. 저걸 보게? 남자들끼리 입맞춤을 하잖아! 정말 불결하구먼!"

그는 맥주에 대고 코를 킁킁댔다. 하기야 그처럼 비정상적인 행동, 점잖은 앵글로색슨에게는 너무도 낯선 행동에 그의 예절의식이 범해지는 기분이었을 것이다.

나도 신체 접촉으로 반가움을 표현하는 프로방스식 예법에 익숙해지는 데 여러 달이 걸렸다. 영국에서 교육받은 여느 사람과 마찬가지로 나도 인간관계에서 일종의 타성에 빠져 있었다. 상대와 항상 일정한 간격을 유지하고, 악수 대신 목례를 하며, 여자 친지들에게만 입맞춤하고, 사람들이 지켜보는 앞에서는 개에게만 애정표현을 하라고 배웠다. 따라서 공항 검색원이 수색을 하듯이 몸을 더듬는 프로방스식 인사법은 처음에 무척이나 당혹스럽게 느껴졌다. 하지만 이제 나는 그런 인사법을 즐긴다. 이런 식으로 인간관계를 표현하는 미묘한 멋에, 프로방스식 만남에서 빼놓을 수 없는 그런 몸짓언어에 매료되고 말았다.

두 손에 아무것도 들고 있지 않다면 관례적인 악수라도 해야 한다. 두 손에 뭔가를 들었다면 새끼손가락이라도 걸어야 한다. 손이 젖었거나 더럽다면 팔뚝이나 팔꿈치라도 내밀어야 한다. 자전거를 타고 가든 자동차를 타고 가든 '투셰 레 생크 사르딘'*의 의무에서 벗어날 수는 없다. 그래서 번잡한 도로에서 몸을 위험하게 비틀면서까지 차창 밖으로, 혹은 자전거 핸들 너머로 손을 내밀어 만져대는 모습이 눈에 띄는 것이다. 그런데 이 정도는 처음 만나거나 아직 서먹서먹한 수준일 때의 인사법이다. 관계가 좀 더 가까워지면 더 적극적인 접촉이 오간다.

* Toucher les cinq sardines, '정어리 다섯 마리를 만진다'라는 뜻.

우리 변호사 친구가 지적했듯 남자끼리도 입맞춤한다. 어깨를 꽉 잡거나 등을 두드리고, 옆구리를 톡톡 치거나 볼을 꼬집는다. 따라서 프로방스 남자가 당신을 정말로 반가워한다면 숨이 막힐 정도로 세게 껴안아서 가벼운 타박상을 입을 수도 있다.

상대가 여자라면 몸에 상처를 입을 위험은 덜하지만, 적정한 입맞춤의 횟수를 잘못 판단해서 상대를 기분 나쁘게 만들기 십상이다. 프로방스식 예법을 처음 배우기 시작할 때 내가 입맞춤을 한 번 하고 뒤로 물러서자 상대 여자가 다른 뺨을 내미는 것이 아닌가! 신사인 척하는 속물이나, 선천적으로 쌀쌀맞은 사람이나 한 번만 입맞춤한다. 그때 나는 올바른 인사법을 배웠다. 왼쪽 – 오른쪽 – 다시 왼쪽, 이렇게 세 번 입맞춤하는 것이라고. 그래서 그런 인사법을 파리 친구에게 해보았다. 그런데 이번에도 틀렸다는 것이다. 그녀는 세 번의 입맞춤은 천박한 프로방스식이고, 개화된 사람들 사이에는 두 번의 입맞춤으로 충분하다고 가르쳐주었다. 다시 내 이웃에 사는 부인에게 두 번 입맞춤을 했더니 그녀는 "아니에요, 세 번 해야 해요!"라고 단호히 말했다.

이제 나는 여자들의 움직임을 주의 깊게 살핀다. 두 번의 입맞춤 후에 고개를 돌리지 않으면 내 몫을 다 했다고 생각한다. 하지만 두 번의 입맞춤 후에도 상대방의 머리가 움직이면 한 번 더 입술을 내미는 자세를 취한다.

입맞춤을 받는 입장인 아내의 경우는 다르지만, 어쨌든 이 까다로운 문제를 혼자 해결해야 한다. 상대에 따라 몇 번이나 뺨을 돌려야 하는지, 아니면 가만히 서서 몇 번이나 입맞춤 세례를 받아야 하는지 정확히 판단해야 하기 때문이다. 어느 날 아침에 길을 걷다가 큰 소리가 들려 아내가 뒤를 돌아보았다. 미장이 라몽이 아내를 향해 다가왔다. 라몽은 걸음을 멈추고, 두 손을 바지에 북북 문질러 닦았다. 아내는 악수를 하려는 것으로 생각하고 손을 내밀었다. 라몽은 아내의 손을 슬며시 밀어내고, 아내의 뺨에 신나게 세 차례 입맞춤했다.

입맞춤이 끝나면 대화가 시작된다. 시장바구니와 꾸러미를 내려놓는다. 개는 카페의 탁자 다리에 묶는다. 자전거와 연장은 가까운 벽에 기대어둔다. 진지하고 흡족한 대화를 하려면 두 손이 자유로워야 하기에 이런 과정이 반드시 필요하다. 두 손으로 마침표도 찍고, 마무리짓기 힘든 이야기를 끝내는 것이다. 말이란 입만 움직이는 것이기 때문에 프로방스 사람들은 두 손으로 말하고자 하는 바를 강조하고 윤색하기도 한다. 따라서 웅변적인 손과 어깨는 조용히 생각을 주고받는 데 필수 요소다. 실제로 멀리 떨어져 아무런 소리를 듣지 못하더라도, 몸짓과 손짓만 보고 프로방스 사람들이 무슨 말을 하는지 대강 짐작할 수 있다.

우리 집에서 일하던 일꾼들에게서 알게 된 몸짓언어를 비롯해, 분명한 뜻을 가진 침묵 언어도 존재한다. 일꾼들은 시간이나 비용에 대해 말할 때 거부의 뜻으로만 손짓을 사용했지만 이는 거의 의미 표현이 무한히 가능한 몸짓언어다. 손짓으로 건강 상태, 장모와의 관계, 사업 형편, 식당에 대한 평가, 올해 멜론 수확에 대한 예상 등 많은 것을 나타낼 수 있다. 사소한 문제일 때는 손을 대충 흔들며 눈썹을 거만하게 치켜올린다. 그러나 정치 사안, 위중한 간의 상태, 투르 드 프랑스에 참가한 지역 선수의 전망 등 다소 중요한 문제에 관해서는 손짓도 진지해진다. 손을 천천히 흔들고, 손에 맞춰 상반신을 약간씩 움직여주며, 얼굴을 찌푸린다.

경고를 하거나 입씨름을 벌일 때는 집게손가락을 사용한다. 집게손가락은 움직임에 따라 대개 세 가지 의미를 갖는다. 집게 손가락을 꼿꼿하게 세워 상대방의 코밑에 치켜올리고 꼼짝하지 않으면, 항상 그런 것은 아니지만 '조심하라'는 경고의 뜻이다. 한편 집게손가락을 얼굴 바로 아래쯤에 두고 좌우로 급하게 흔들대면, 상대가 정보에 어두워서 완전히 틀린 말을 했다는 뜻이다. 틀린 것은 고쳐줘야 한다. 그때는 집게손가락의 좌우 운동이 찌르기로 바뀐다. 무지몽매한 사람이 남자면 가슴을 찔러대고, 여자인 경우에는 닿을 듯 말 듯 찌르는 시늉을 한다.

갑작스레 떠나야 할 때는 두 손이 반드시 필요하다. 왼손을·쫙 펴고 허리선에서 올리면서 아래로 내리는 오른손 손바닥을 세게 때린다. (한여름 교통체증이 심할 때 이와 비슷한 몸짓을 흔히 볼 수 있다. 시비가 붙은 운전자들은 동작을 자유롭게 하려고 일단 차에서 내린다. 어퍼컷을 먹이는 왼팔을 오른손으로 급히 멈추는 것이 좁은 차 안에서 가능하겠는가!)

대화를 끝낼 때는 계속 연락하자는 약속을 하기 마련이다. 가운데 세 손가락을 손바닥 쪽으로 접고 엄지와 약지를 쭉 펴서 전화기 모양으로 만들어 귀에 갖다 댄다. 끝으로 이별의 아쉬움을 달래는 악수를 한다. 그리고 짐과 개와 자전거를 챙긴다. 하지만 50미터나 갔을까? 모든 과정이 처음부터 다시 시작된다. 프로방스에서는 에어로빅이 인기를 끌지 못했다는 것이 충분히 이해가 된다. 수다 떠는 십 분 동안에도 충분히 운동이 되는데 따로 에어로빅을 할 필요가 있겠는가.

인근의 큰 마을과 작은 마을에서 겪는 일상의 재미에 푹 빠진 우리는 탐험 정신과 모험 정신을 살릴 틈이 없었다. 문 밖으로 몇 걸음만 나가도 흥미진진해서 프로방스의 명소들을 거의 잊고 지냈다. 아니, 런던에서 온 친구들에게 그런 핀잔을 받았다. 책을 통해 모든 것을 알고 있는 여행가답게 그들은 안타깝다는 듯이 우리가 있는 곳에서 님과 아를, 아비뇽에 얼마나 편리하게 갈 수 있는지 지적했고, 카마르그로 플라밍고를 구경가고 마르세유로 부야베스를 먹으러 가기도 편하다고 핀잔을 주었다. 우리가 언제나 집 가까이에서 머문다고 하면 그들은 짐짓 놀란 듯이 약간 비난하는 표정을 지었고, 딴 곳에 갈 틈이 없고 성당이나 유적지를 찾아가고 싶은 욕심도 느껴본 적이 없다는 변명은 믿으려 하지도 않았다. 그런데 이런 삶에도 예외가 있었다. 언제나 우리를 행복하게 해주는 긴 외출인데, 우리 부부는 엑스를 너무나 사랑했다.

나사처럼 빙빙 돌아가는 산길은 너무 좁아 트럭도 없고, 구불구불해 급하게 운전하는 사람도 없다. 야생 염소를 키우는 농가 한 채를 제외하면 보이는 것은 유난히 맑은 빛에 윤곽을 선명히 드러내는 푸른 떡갈나무 숲과 잿빛 바위로 어우러진 텅 빈 낭떠러지뿐이다. 길은 뤼베롱 산 남쪽 기슭까지 구릉지대를 따라 급격히 내려가서, 매일 아마추어 그랑프리 대회가 펼쳐지는 7번 국도와 만난다. 낭만 가득하고 여유로울 것 같지만 실제로는 예상보다 훨씬 많은 운전자가 지난 몇 년 동안 7번 국도에서 목숨을 잃었다.

7번 국도는 프랑스에서 가장 멋진 간선도로의 끝에서 엑스로 연결된 길과 만난다. 쿠르 미라보는 연중 어느 때나 아름답지만 봄과 가을 사이, 그러니까 플라타너스 나무들이 5백 미터 길이의 연두색 터널을 만들 때가 가장 아름답다. 플라타너스 잎에 반사된 빛, 쿠르 미라보의 중앙선을 따라 설치된 네 개의 연못, '길의 폭은 집 높이와 같게 하라'라는 다빈치의 법칙을 따른 완벽한 비율! 요컨대 공간과 나무와 건축이 완벽하게 조화를 이루어 지나가는 차를 거의 보기 힘들다.

따라서 쿠르 미라보에서는 오래전부터 노동과 그보다 하찮은 행위를 공간적으로 구분해 왔다. 그늘진 쪽에는 은행과 보험회사, 부동산 중개소와 변호사 사무실이 있고 양지바른 쪽에는 카페들이 모여 있다.

나는 프랑스에서 다녀본 거의 모든 카페가 마음에 들었다. 심지어 손님보다 파리가 많은 조그만 마을의 초라한 카페까지도 좋았다. 하지만 쿠르 미라보를 따라 불규칙하게 늘어선 카페들을 특히 좋아한다. 그중에서도 '되 가르송(두 소년)'을 가장 좋아한다. 대를 이어 이 카페를 운영해온 주인들은 번 돈을 매트리스 밑에 감추고 리모델링은 생각하지도 않았다. 하기야 프랑스에서는 리모델링이라 해도 회칠을 하고 어색한 조명을 더하는 것으로 끝나지만 말이다. 어쨌든 이 카페의 내부는 오십 년 전에도 지금과 똑같았을 것이다.

천장은 높다. 그런데도 1백만 개비의 담배에서 흘러나온 연기 때문인지 캐러멜색으로 변색되었다. 계산대에는 번쩍거리는 구리가 덧씌워졌고, 탁자와 의자는 수많은 엉덩이와 팔꿈치가 남긴 역사로 번들댄다. 예절바른 웨이터는 당연히 그래야겠지만, 앞치마를 두르고 납작한 구두를 신었다. 내부는 어둑하고 시원하다. 생각에 잠겨 조용히 마시기 안성맞춤인 곳이다. 그리고 쇼가 벌어지는 테라스가 있다.

엑스는 대학도시다. 생기발랄한 대학생들을 끌어당기는 뭔가가 '되 가르송'에 있는 것이 분명하다. 이 카페의 테라스는 언제나 대학생들로 가득하다. 하지만 머리를 식히러 온 것이 아니라 뭔가를 배우려고 그곳에 모여든다는 것이 내 주장이다. 그 학생들은 카페에서의 행실에 관한 학위 과정을 이수하고 있는 모양이다. 하여간 시간표는 네 과정으로 나뉜다.

하나 : 도착

최대한 눈에 띄게 도착해야 한다. 머리부터 발끝까지 검은 가죽으로 도배하고 사흘은 수염을 깎지 않은 청년이 모는 진홍색 가와사키 오토바이의 뒷좌석에 타고 오면 더할 나위 없이 좋다. 청년이 이발사를 찾아 붕붕대면서 쿠르 미라보를 벗어날 때 인도에 서서 손을 흔들어주면 안 된다. 오베르뉴에서 온 시골 색시나 할 짓이다. 세련된 여학생은 그런 감상에 빠지기엔 너무 바쁘다. 바로 다음 단계에 집중해야 하니까.

둘 : 입장

식탁에 앉아 있는 한 친구가 알아볼 때까지 선글라스를 끼고 있어야 한다. 친구를 찾고 있는 것처럼 보여서는 안 되기 때문이다. 대신, 곧바로 카페로 들어가 작위를 가진 이탈리아인 애인에게 전화를 걸 것 같은 인상을 주어야 한다. 그러다 '깜짝이야!'라고 하면서 친구를 만난다. 그때 선글라스를 벗고, 친구가 앉으라고 권하면 머리카락을 쓸어올린다.

셋 : 의례적인 입맞춤

식탁에 앉은 친구들에게 적어도 두 번, 때로는 세 번, 특별한 경우에는 네 번 입맞춤을 해야 한다. 이미 입맞춤을 한 사람들은 새로 온 친구가 허리를 굽혀 머리카락을 쓸어올리면서, 또 웨이터의 시중을 방해하면서까지 식탁을 돌아가며 입맞춤 세례를 퍼부을 수 있도록 자리에 가만히 앉아 있어야 한다. 그래야 자신의 존재를 그들에게 인식시켜줄 수 있기 때문이다.

넷 : 식탁 예절

일단 자리에 앉으면 선글라스를 다시 쓴다. 그래야 카페 창에 비친 자신의 모습을 찬찬히 뜯어볼 수 있기 때문이다. 나르시시즘 때문에 그런 것은 아니다. 중요한 매력 포인트를 점검하기 위한 것이다. 담뱃불을 붙이는 모습, 박하향을 가미한 페리에를 한 모금 마시는 모습, 설탕조각을 우아하게 조금씩 갉아 먹는 모습 등을 점검해야 한다. 이런 모습이 만족스러우면 선글라스를 코끝에 살짝 걸친다. 그럼 탁자에 앉은 모든 이의 시선을 한 몸에 받을 수 있다.

이런 동작은 오전 중반부터 저녁까지 계속된다. 언제 보아도 흥미롭다. 이처럼 열심히, 사회를 공부하는 짬짬이 학업에도 열중할 것이라 생각해보지만, 나는 카페 탁자에 책이 놓인 경우를 본 적이 없고 고등 수학이나 정치 문제로 논쟁하는 것을 들은 적도 없다. 학생들은 그저 멋지게 보이는데만 관심을 둘 뿐이다. 그래도 그들 덕분에 쿠르 미라보는 한층 화사해진다.

카페들을 들락대면서 하루를 보내기란 어려운 일이 아니다. 하지만 엑스를 자주 방문하는 것이 아니기 때문에 우리는 아침나절에 최대한 많은 곳을 돌아다니려 애쓴다. 즐거운 의무처럼! 시내의 이탈리아 거리에 있는 한 사내에게 오드비*를 사고, 마르세이예 거리의 폴 씨에게서는 치즈를 약간 산다. 쿠르 미라보 뒷길로 적잖은 크기의 낡은 건물들 옆에 바싹바싹 붙어 있는 상점들의 진열장에 새롭게 전시된이상한 물건들을 구경하고, 꽃시장에 들러 사람들과 뒤섞여보며, 자갈이 깔리고 연못까지 있는 아담하고 아름다운

* eau-de-vie, 증류주로 '생명수'란 뜻.

알베르타 광장을 지나서 프레데릭 미스트랄 가에 도착해도 '셰 귀〔귀의 집〕'에는 여전히 앉을 자리가 남아 있다.

엑스에는 크고 화려하며 맛으로 유명한 식당이 여럿 있다. 하지만 비가 추적추적 내리던 어느 날 우연히 '셰 귀'에 들른 후로 우리는 고집스레 그 식당을 찾았다. 귀 씨가 운영하는 식당이다. 내가 지금껏 만나본 사람 중에 가장 열정적이고 멋지며, 가장 무성하고 거창한 콧수염을 뿜내고 친절하면서도 수다스런 사람이다. 그래서 콧수염을 눈썹과 만나게 하려고 중력과 면도날과 끊임없이 싸우고 있는 것처럼 보인다. 그의 아들이 주문을 받고, 무시무시한 목소리의 한 여자—십중팔구 귀 씨의 부인일 테지만—가 주방을 맡고 있다. 손님은 주로 엑스의 사업가들이다. 모퉁이를 돌아가면 있는 아네스 베* 아가씨들, 쇼핑백을 들고 닥스훈트를 끌고 다니는 말쑥한 차림의 부인들, 때로는 누가 보아도 은밀하고 부정한 관계로 보이는 한 쌍이 열심히 소곤대는 모습도 눈에 띈다. 포도주는 주전자에 담겨 나온다. 훌륭한 세 코스의 식대가 80프랑밖에 되지 않아 열두 시 반이면 모든 식탁이 꽉 채워진다.

---

*Agnès B., 프랑스의 유명 패션디자이너로 프랑스의 대도시를 비롯해 전세계에 매장을 두고 있다.

점심을 간단히 때우겠다는 우리의 굳은 의지는 여느 때와 마찬가지로 포도주의 거품처럼 사라진다. 하지만 여느 때처럼, 오늘은 휴일이라고 서로 위로하며 이런 방종을 합리화시킨다. 돌아가서 할 일도 없고, 특별한 약속이 있는 것도 아니다. 주변 사람들은 곧 일자리로 돌아가겠지만 우리는 여전히 커피를 두 잔째 마시면서 다음엔 무엇을 할까 궁리한다. 이런 생각에 약간 부끄럽기도 하지만 즐거움은 더욱 커진다. 아직 엑스에서 구경할 것이 많이 남아 있지만, 맛있는 점심에 관광 의욕까지 시들해진다. 게다가 치즈가 오후의 열기에 시달리면 집에 돌아갈 즈음엔 고약한 냄새로 복수하지 않겠는가! 엑스를 벗어나면 내가 언젠가부터 꼭 방문하고 싶었던 포도밭이 있다. 혹은 엑스로 들어오던 길에 눈여겨보았던 신기한 곳, 그러니까 커다란 유물들과 훼손된 정원용 조각들이 어지럽게 널려 있는 중세의 쓰레기장 같은 곳도 있다. 거기 가면 우리가 지금껏 찾던 정원용 돌벤치가 있지 않을까? 우리가 그 벤치를 가져가면 훨씬 낫지 않을까?

'앙탕 자재회사'는 7번 국도 옆에 커다란 공동묘지 넓이의 땅을 차지하고 있다. 도둑들에게서 재산을 지키기 위해 맹꽁이자물쇠를 설치한 문은 프랑스 곳곳에서 볼 수 있지만, 이상하게도 그 고물상은 도로 옆에 완전히 방치되어 있다. 울타리도 없고, 무시무시한 경고문도 없다. 털이 매끄러운 독일산 셰퍼드도 눈에 띄지 않고 주인의 인기척도 없다. 이런 물건들을 지켜줄 어떤 수단도 갖추지 않고 사업을 운영하다니 참 대단한 주인이라 생각하면서 우리는 차를 주차했다. 그제야 우리는 주인이 안전장치에 그렇게 느긋할 수 있는 이유를 깨달았다. 널려 있는 물건들 중 5톤을 넘지 않는 것이 없었다. 어느 것 하나라도 들어올리려면 열 명의 장정과 유압 윈치*가 필요할 것 같았다. 게다가 그것을 운반하려면 대형 트럭이 있어야 했다.

우리가 작은 베르사유를 지을 계획이었더라도 그곳에서 오후 한나절만 보내면 필요한 모든 물건을 구할 수 있을 것 같았다. 대리석을 통째로 깎아낸 보통 크기의 욕조가 한 구석에 방치되어 있었고 물구멍 틈새에 검은 딸기가 자라고 있었다. 현관 입구에 설치되지 않고 널브러진, 제각각 다른 길이의 계단이 세 개나 있었다. 우아하게 조각된 발판의 크

* Winch. 밧줄이나 쇠사슬로 무거운 물건을 들어 올리거나 내리는 기계.

기가 식탁만 했다. 커다란 뱀들이 조각된 철난간이 거대한 파인애플을 삼킬 듯 말 듯 하면서 바로 옆에 누워 있었다. 건장한 성인 크기의 대리석으로 유행성 귀밑샘염을 앓는 듯 조각된 아기 천사 이무깃돌, 양옆으로 아무렇게나 나뒹 구는 2.5미터 높이의 테라코타 항아리들 그리고 물레바퀴, 원기둥, 처마도리, 징두리 등이 있었다. 인간이 돌에서 상상할 수 있는 모든 것이 있었다. 하지만 우리가 원하는 평범한 벤치는 없었다.

"봉주르."

한 젊은이가 날개 달린 사모트라케 여신**을 확대시킨 조각 뒤에서 나타나 우리에게 무엇을 찾느냐고 물었다.

"벤치요?"

청년은 집게손가락을 굽혀 콧등에 대고 생각에 잠겼다. 그리고 미안하다는 듯이 고개를 저었다. 벤치는 그의 전공이 아니라는 것이었다. 하지만 연철로 만든 18세기풍 정자가 있고, 우리 정원이 충분히 넓다면 마차 두 대가 나란히 지나갈 수 있을 정도의 너비에 높이는 10미터나 되는 멋진 로마 개선문을 보여주겠다고 했다. 그리고 그런 물건은 구

** Winged Victory of Samothrace, 승리의 여신상이라고도 불리는, 헬레니즘 시대의 가장 뛰어난 조각이다.

하기 힘들다고 덧붙였다. 우리는 포스탱이 밀짚모자에 올리브 잎새를 두른 채 개선문 아래로 트랙터를 몰고 포도밭으로 가는 모습을 잠시 상상해보았다. 하지만 아내는 250톤짜리 충동구매가 얼마나 비현실적인지 지적했다. 결국 우리는 언젠가 성을 장만하면 다시 오겠다는 약속을 남기고 청년 곁을 떠났다.

집에 돌아오자 자동응답기가 빨간 눈을 깜빡이며 우리를 반겼다. 누군가 메시지를 남겼다는 뜻이었다. 세 건의 메시지가 남겨져 있었다.

낯선 목소리의 한 프랑스인이 기계에게 이야기하고 있다는 사실을 인정하지 못하겠다는 듯 의아해하면서 혼자 말하고 있었다. 전화번호를 남기라는 우리 목소리에 그가 대답했다.

"내가 지금 당신이랑 말하고 있는데 왜 전화번호를 달라고 그러세요?"

그리고 그는 무겁게 숨을 내쉬며 대답을 기다렸다.

"거기, 아무도 없어요? 왜 대답을 않는 겁니까?"

다시 무겁게 숨을 내뱉는 소리가 들렸다.

"여보세요? 여보세요? 제기랄! 여보세요!"

그가 이렇게 투덜대는 동안 그에게 할당된 시간이 끝나버렸다. 그는 다시 전화를 걸지 않았다.

활기차지만 사무적인 디디에는 그의 팀이 일을 다시 시작할 준비가 끝났다며, 아래층에 있는 두 개의 방부터 시작할 예정이라고 알려왔다. 아무 일도 없으면 내일, 아니면 그다음 날 틀림없이 오겠다고 다짐했다. 또한 자신이 기르던 개가 구*에서 낯선 털복숭이 개를 만나 임신을 했다며 우리에게 강아지를 키우겠냐고 물었다.

그리고 한 영국인의 메시지가 남겨져 있었다. 우리 기억에 런던에서 만난 사람이었다. 그는 즐거운 듯했지만 우리는 좀처럼 그의 얼굴을 떠올릴 수 없었다. 그와 그의 아내가 우리 집에 들른다고 하니 조만간 알게 될 것 같았다. 언제인지 말하지 않았고 전화번호도 남기지 않았다. 떠돌이 영국인처럼 십중팔구 어느 날 점심시간 직전에 홀연히 나타나겠지. 하지만 그때까지 손님도 별로 없고 일꾼도 들락대지 아 우리는 거의 한 달을 조용히 지내고 있었다. 우리는 언제라도 그들을 반갑게 맞아주기로 했다.

*Goult, 아비뇽에서 약 40킬로미터, 엑상프로방스에서 약 50킬로미터 떨어져 있는 아담하고 작은 시골 마을.

그들은 해 질 무렵에, 그러니까 우리가 뒷마당에서 저녁 식사를 시작할 때 도착했다. 테드와 수잔은 연신 미안하다고 하면서, 프로방스에 한 번도 와본 적이 없었다며 큰소리로 찬사를 퍼부어댔다. 집, 개, 우리 부부 등 눈에 보이는 모든 것이, 그가 처음 몇 분 동안 몇 번이고 해댄 표현을 빌리면 '최고'였다. 그들은 즐거운 마음을 숨가쁘게 드러냈다. 우리에게 도움을 청하지 않고 우리가 끼어들 틈도 허락지 않으면서 그들은 맞장구를 쳐가며 쉴 새 없이 떠들어댔다.

"우리가 불편한 시간에 왔나요? 저희가 워낙에 별난 데가 있습니다."

"당연하죠. 이런 시간에 쳐들어온 사람을 누가 좋아하겠어요. 어머나, 포도주잔이 정말 예쁘군요."

"여보, 수영장 좀 봐요. 정말 멋지지 않아?"

"메네르브 우체국에 이 집까지 오는 길이 표시된 작은 지도가 있다는 걸 아세요? 그곳 사람들은 선생님 부부를 '영국인'이라 부르더군요. 그리곤 계산대 밑에서 이 지도를 꺼내 주었습니다."

"좀 더 이른 시간에 올 수도 있었는데 오는 길에 마을에서 어떤 노인하고 충돌하는 바람에….”

“사람을 친 게 아니잖아요. 그 노인네 차랑 부딪쳤지….”

“그래, 그 노인네 차랑 부딪쳤지. 하지만 그 어른은 정말 친절하더군요. 여보, 그렇지? 충돌 사고는 아니었어. 정말 살짝 긁힌 정도였지.”

“그래서 우리가 그 노인을 카페로 모시고 가서 마실 것도 사드렸잖아요….”

“꽤 마셨지?”

“노인의 재밌는 친구분들께도 사드렸고요.”

“어쨌든 무사히 도착했습니다. 정말 멋진 곳입니다.”

“게다가 불쑥 찾아온 우리를 이렇게 친절하게 맞아주시니 정말 고맙습니다.”

그들은 잠시 말을 멈추고 포도주를 마셨다. 그리고 숨을 고르고 주위를 바라보면서 만족한 듯 나지막이 콧노래를 흥얼거렸다. 조금이라도 배고파하는 모습에 유난히 민감한 아내는 테드가 아직 건드리지도 않은 우리 저녁거리에 자꾸 흘깃하는 것을 눈치 채고, 그들에게 함께 식사하겠냐고 물었다.

"방해만 되지 않는다면…. 저희는 빵 하나에 치즈 한 조각이면 족합니다. 포도주 한 잔까지 주신다면 더할 나위 없겠지만요."

테드와 수잔은 자리에 앉은 후에도 여전히 재잘댔다. 우리는 소시지와 치즈와 샐러드, '크레스파우'라는 차가운 야채 오믈렛 몇 조각 그리고 신선한 토마토 소스를 내왔다. 그들이 너무 황홀한 표정을 지어, 나는 그들이 마지막으로 식사한 때가 얼마나 오래되었고 다음 식사로 무엇을 생각하고 있었는지 궁금할 지경이었다.

"여기서 지내는 동안 어디서 묵을 생각인가요?"

테드가 잔을 채우며, 사실 아직 예약하지 않았다고 대답했다.

"정말 별나죠? 정말 그렇죠?"

하지만 오베르주*에 묵을 생각이라며 깨끗하고 소박하면서 우리 집에서 멀지 않은 곳이면 더 좋겠다고 말했다. 우리가 허락한다면 낮에 집을 구경하고 싶다는 것이었다. 그리고 대여섯 군데의 자그만 호텔을 추천해달라고 했다.

그런 곳이야 있었다. 하지만 이미 열 시가 넘어, 모두가

---

* Auberge, 식당 겸 여인숙.

잠자리에 들 시간이 다가오고 있었다. 덧문까지 닫힌 창과 자물쇠를 채운 대문을 쾅쾅 두드리고, 호텔 경비견의 눈길을 살금살금 피해다녀서야 되겠는가. 결국 우리는 테드와 수잔에게 말했다.

"오늘밤 우리 집에서 지내고, 내일 아침에 적당한 곳을 찾아보시구려."

그들은 눈빛을 주고받은 후, 한목소리로 고맙다고 말했다. 그들의 가방을 위층으로 옮길 때까지 감사의 표현은 지겹도록 계속되었다. 손님방의 창을 통해 멋진 밤이라고 킥킥대며 좋아하는 소리가 들렸다. 우리가 침대에 든 후에도 그들이 정겹게 소곤대는 소리가 들렸다. 그들은 좋아서 미치겠다는 어린아이 같았다. 그들을 며칠 동안 우리 집에 묵게 해주는 것도 재밌겠다는 생각이 들었다.

새벽 세 시를 조금 넘겼을까? 개들이 짖는 소리에 잠을 깼다. 손님방에서 들려오는 소리가 거슬렸던 모양이다. 누가 아픈지 간헐적으로 끙끙 앓는 소리와 물 내리는 소리에 개들이 고개를 갸웃거렸다.

아픈 사람에게는 어떻게 해줘야 하는 것일까? 나는 이런 문제가 생길 때마다 난감하다. 나는 아플 때 홀로 내버려두는 것이 가장 좋다. 아주 오래전에 삼촌이 "몰래 토해라. 네가 뭘 먹었는지 아무도 보고 싶지 않을 테니까."라고 내게 해준 말을 기억하고 있기 때문이다. 하지만 다른 사람에게서 동정의 말을 들어야 위로가 되는 사람도 있는 법이다.

시끄러운 소리가 멈추지 않았다. 결국 나는 위층을 향해 도와줄 일이 없냐고 물었다. 테드의 근심 어린 얼굴이 문틈으로 나타났다.

"수잔이 뭘 잘못 먹은 모양입니다. 위가 약하거든요. 그래서 이 난리입니다."

자연의 섭리에 맡기는 수밖에 다른 방도가 없었다. 토하는 소리가 다시 요란하게 들렸다. 우리는 침대로 돌아갔다.

일곱 시가 넘자마자 벽돌을 쏟아붓는 소리가 요란하게 시작되었다. 디디에가 약속대로 도착해서 쇠망치와 곡괭이를 들고 준비 운동을 하는 동안, 조수들은 시멘트 부대를 차에서 내려놓고 콘크리트 믹서를 가동시켰다. 우리 환자는 소음과 밝은 햇살 때문인지 이마를 붙잡고 위층에서 천천히 내려와서는 아침을 먹어도 괜찮을 만큼 회복되었다고 고집 피웠다. 하지만 아침을 먹은 것이 탈이었다. 허겁지겁 식탁에서 일어나 화장실로 뛰어가야 했다. 바람도 구름도 한 점 없는 새파란 하늘로 완벽한 아침이었다. 하지만 우리는 집으로 왕진해줄 의사를 찾느라 시간을 보냈고, 나중에는 좌약을 사러 약국까지 다녀와야 했다.

덕분에 너댓새 동안 우리는 약사를 잘 알게 되었다. 수잔과 그녀의 위는 불행히도 전쟁을 치르고 있었다. 마늘만 먹으면 속이 쓰리다고 투덜댔고, 시골 우유에는 이상한 물질이 들었는지 그녀의 창자를 뒤집어놓았다. 올리브유, 버터, 물, 포도주 등 어떤 것도 그녀에게는 맞지 않았다. 햇볕 아래에 이십 분만 있어도 그녀는 물집투성이가 되었다. 한마디로 그녀는 남부 지방 알레르기 환자였다.

드문 현상은 아니다. 프로방스는 북유럽의 스산함에 익숙한 사람들에게 상당히 충격적인 곳이다. 프로방스에서는 모든 것이 순수 그 자체다. 기온은 영상 39도에서 영하 7도까지 극과 극을 달린다. 비가 내리기 시작하면 길이 유실되고 고속도로가 폐쇄될 정도로 엄청나게 쏟아붓는다. 미스트랄은 심신을 피곤하게 만드는 무지막지한 바람으로 겨울에는 모진 추위를, 여름에는 잔인할 정도로 건조한 공기를 몰고 온다. 음식은 흙냄새가 물씬 풍기는 강한 맛으로, 부드러운 음식에 익숙한 소화기관을 뒤집어놓기 일쑤다. 숙성되지 않은 포도주는 목넘김이 좋지만, 알코올 함량이 높은 경우가 많다. 영국과 사뭇 다른 기후와 음식이 복합된 결과에, 익숙해지는 데 시간이 걸린다. 프로방스에는 무엇이든 적당한 것이 없어, 수잔을 한 방에 보내버린 것처럼 많은 사람을 고생시킨다. 수잔과 테드는 좀 더 온화한 곳에서 건강을 회복하겠다며 우리 곁을 떠났다.

그들 덕분에 우리가 염소처럼 강인한 체질과 햇볕에도 잘 견디는 피부를 가진 것을 천만다행으로 생각하게 되었다. 어쨌든 하루 일과가 달라졌다. 우리는 거의 집 밖에서 지내고 있었다.

아침에 일어나 옷을 갈아입는 데 삼십 초면 충분했다. 아침식사는 신선한 무화과와 멜론으로 때우고, 햇살이 뜨거워지기 전에 볼일을 일찌감치 끝냈다. 해가 중천에 뜨면 수영장 주변에 깐 돌판은 밟기 어려울 정도로 뜨겁게 달궈졌지만 수영장 물은 처음 뛰어들면 숨을 죽이며 올라와야 할 만큼 여전히 차가웠다. 그리고 나면 우리는 지중해 사람들이 탐닉하는 지혜로운 습관, 즉 낮잠에 빠져들었다.

양말을 마지막으로 신은 게 언제였더라? 까마득한 기억이었다. 내 시계는 서랍에서 잠자고 있었지만 나는 마당에 드리워진 그림자의 위치로 시간을 대강 짐작할 수 있었다. 하지만 날짜는 잊은 지 오래였다. 그런 건 중요하지 않았다. 나는 욕심 없는 식물로 변해가고 있었다. 간혹, 멀리 떨어진 사무실에서 아웅다웅하며 지내는 사람들과 전화로 이야기를 나누며 현실 세계와의 끈을 유지할 뿐이었다. 그들은 언제나 부러운 듯 이곳 날씨가 어떠냐고 물었고 내 대답에 달갑지 않은 반응을 보였다. 그들은 내게 피부암과 햇볕이 두뇌에 미치는 영향에 대해 경고하면서 위안을 얻었다. 나는 그런 경고에 반박하지 않았다. 그들이 옳을 수도 있었다. 하지만 햇살 탓에 멍청해지고 주름이 늘더라도, 설령 암에 걸리더라도 지금보다 즐거운 때는 없었다.

일꾼들은 웃통을 벗어던지고 일하면서 우리 못지않게 프로방스의 날씨를 즐겼다. 그들이 더위에 양보한 것이 있다면 점심시간을 조금 연장한 것이었다. 우리 개들은 그들의 점심시간을 처음부터 끝까지 지켜보았다. 광주리가 열리고 접시와 칼붙이를 꺼내는 소리가 들리면 녀석들은 있는 힘을 다해 마당을 가로질러 달려와, 식탁 옆에 자리잡고 앉았다. 우리 앞에서는 결코 하지 않던 짓이었다. 녀석들은 혜택받지 못한 동물의 표정을 지은 채 한 입 한 입을 눈 깜빡하지 않고 끈기 있게 지켜보았다. 그런 표정은 언제나 효과가 있었다. 점심식사가 끝날 쯤에 녀석들은 카망베르 치즈나 쿠스쿠스*를 입에 잔뜩 쑤셔넣고 죄라도 지은 것처럼 로즈메리 울타리 아래에 있는 집으로 슬금슬금 돌아갔다. 디디에는 그 음식이 식탁에서 떨어진 것이라며 녀석들을 감쌌다.

작업은 일정에 따라 진행되었다. 일꾼들이 투입된 날부터 우리가 들어갈 수 있는 날까지 석 달이 걸릴 예정이었다. 따라서 메니쿠치는 8월이나 되어야 라디에이터를 설치할 수 있을 것 같았다. 다른 곳이었다면, 조금이라도 완벽한 날씨가 아니었다면 암담한 심정이었겠지만 프로방스에서는 그렇지 않았다. 태양은 대단한 신경안정제였다. 아련한 행복감에 젖어 시간은 흘렀다. 살아 있다는 것 자체만으로도

* cous-cous, 밀을 쪄서 고기와 야채를 곁들인 요리.

정말 즐거워 다른 것은 중요하지 않았다. 시간이 길게 천천히, 움직이지 않는 듯 흘러가는 나날이었다. 이런 날씨가 10월 말까지 계속된다는 이야기를 들었다. 현명한 사람은 7월과 8월에는 프로방스를 떠나, 좀 더 조용하고 사람도 덜 붐비는 곳으로, 가령 파리 같은 곳으로 떠난다는 이야기도 들었다. 하지만 우리는 아니다.

07 July

뤼베롱 산자락에서 즐기는 불르

내 친구는 생트로페*에서 몇 킬로미터 떨어진 라마튀엘**에 집을 한 채 빌렸다. 한여름의 극심한 교통 정체와 싸워야 한다는 생각에 망설여지기는 했지만 우리는 서로 만나고 싶었다. 내가 동전던지기에서 졌기 때문에 점심시간까지 그곳으로 가야 했다.

삼십 분쯤 운전하자 다른 나라에 온 기분이었다. 대부분이 캠핑 카라반이었다. 오렌지색과 갈색의 커튼 그리고 그동안 지나온 곳을 기념하는 스티커로 장식된 이동 주택들

---

* Saint-Tropez, 프랑스 남동부의 휴양지.
** Ramatuelle, 생트로페 아래에 있는 마을.

은 거대한 고기 떼처럼 바다로 몰려가고 있었다. 일부는 열기에 희미한 윤곽을 드러내며 고속도로 옆에 마련된 주차 구역에서 쉬고 있었다.

그들은 뒤로 훤히 펼쳐진 전원을 보지 못한 듯, 바로 옆을 지나가는 트럭에서 고스란히 보이고 매캐한 기름 냄새도 피할 수 없는 곳에 피크닉 탁자와 의자를 펴놓았다. 생트막심*으로 가려고 고속도로를 빠져나오자 짐을 잔뜩 싣고 흔들대는 군용차량처럼 더 많은 카라반이 내 앞을 가로막고 있었다. 나는 이른 점심을 먹겠다는 생각을 포기하고 말았다. 5킬로미터를 남겨놓고 한 시간 반이나 자동차 안에서 보내야 했다. 코트다쥐르에 오신 것을 환영합니다!

코트다쥐르는 옛날엔 아름다운 곳이었다. 지금은 거의 찾아보기 힘들지만, 한적한 곳은 여전히 아름답다. 하지만 평화롭고 상대적으로 인구도 적은 뤼베롱에 비하면 수많은 건물, 엄청난 인파, 눈을 현란하게 만드는 물건들로 꼴사납게 변해버린 정신병원이나 다름없었다. 별장 개발지, 감자튀김을 곁들인 스테이크, 공기를 주입할 수 있는 고무보트, 올리브로 만든 진짜 프로방스 기념물, 피자, 수상스키 강습,

*Sainte-Maxime, 프랑스 남부의 관광지.

나이트클럽, 소형자동차 경주! 그리고 어떤 것이라도 제공하겠다며 사방에 나붙은 광고들!

코트다쥐르에서 밥벌이를 하는 사람들은 모두 한철 장사꾼이다. 가을이 오기 전에, 고무보트를 찾는 손님의 발길이 멈추기 전에 돈을 뜯어내려는 장삿속이 훤히 들여다보여 불쾌감까지 자아낸다. 웨이터들은 팁을 탐내고, 가게 주인들은 발꿈치를 밟을 정도로 뒤에 바싹 붙어 재촉해대며 손님들에게 마음놓고 구경할 시간을 허락지 않고, 위조지폐가 많다는 이유로 2백 프랑짜리 지폐는 받지도 않는다. 이런 악의적인 탐욕이 햇빛 차단 크림이나 마늘 냄새만큼이나 뚜렷하게 느껴진다.

낯선 사람은 자연스레 관광객으로 분류되어, 불순한 눈초리를 받으며 성가신 사람으로 취급된다. 돈 있는 사람만 용인될 뿐이다. 지도에 따르면 이곳도 프로방스였지만 내가 아는 프로방스와는 달랐다.

내 친구 집은 라마튀엘 외곽의 긴 사도[私道] 끝, 해변의 광란에서 3킬로미터나 떨어진 아주 호젓한 소나무 숲속에 있었다. 그는 평소 두 시간 거리가 네 시간도 넘게 걸렸다는 말에 놀란 표정조차 짓지 않았다. 생트로페에서 저녁식사를 하기 위해 주차할 곳을 확실히 찜하려면 아침 일곱 시 반까지는 도착해야 하고, 해변으로 내려가는 길은 좌절을 이겨내는 고행이며, 니스 공항에 제시간에 도착해 비행기를 타려면 헬리콥터를 이용하는 것이 유일하게 확실한 방법이라고 투덜댔다.

저녁에 카라반 물결을 마주보며 집으로 돌아오던 길에 나는 대체 코트다쥐르 부근에 무엇이 있기에 매년 여름 피서객들이 떼지어 몰려오는지 의아했다. 마르세유에서 몬테카를로까지 이어지는 도로들은 그야말로 악몽이었고, 오일을 바른 옆구리를 맞대고 햇볕에 살을 태우는 몸뚱이들이 살아 있는 카펫처럼 해변을 몇 킬로미터나 뒤덮고 있었다. 내 입장에서야, 그들이 뤼베롱의 훤히 터진 공간에서 더 사근사근한 시골 사람들과 어울리지 않고 코트다쥐르에서 휴가를 보내려 하는 것이 반갑기 그지없었지만 말이다.

물론 시골 사람들 중에도 사근사근하지 않은 사람이 있었다. 바로 다음 날 나는 그런 사람을 만났다. 마소는 잔뜩 화가 나 있었다. 집 근처 조그만 공터에서 덤불에 발길질을 해대고 분을 참지 못하겠다는 듯이 콧수염을 씹어대고 있었다.

"이거 보이시죠? 저 더러운 놈들! 그놈들이 밤마다 도둑처럼 기어들어와서는 아침 일찍 도망친다고요. 사방에 더러운 것을 남겨놓고요."

그리고 그는 내게 빈 정어리 통조림 두 개와 포도주병 하나를 보여주었다. 그의 숙적인 독일 캠핑족이 국립공원 안에 있는 그의 사유지에 침범했다는 명백한 증거라는 듯이 말이다. 그것만으로도 기분 나쁜 일이었는데, 캠핑족은 그가 정성스레 만든 방어 시스템까지 업신여기며, 돌을 굴려 울타리에 구멍을 내고, 살무사가 있다고 경고한 팻말까지 훔쳐간 것이었다. 치사한 도둑놈들!

마소는 정글용 모자를 벗고 벗겨진 뒷머리를 비벼대며 그 악독한 범죄행위를 막을 방도를 생각하는 듯했다. 그는 집 쪽을 물끄러미 바라보더니, 곧 발끝을 세우고 산길을 이리저리 둘러보았다. 그리고 투덜대며 말했다.

"효과가 있었을지 모르지만, 나무들을 베어내야 했어요."

그가 집과 공터 사이에 있는 조그만 숲을 없애버렸다면

산길을 따라 들어오는 자동차 불빛을 보았을 테고, 침실 창에서 경고탄 두 발을 쏘아 쫓아냈을 거란 이야기였다. 하지만 그 나무들은 너무나 소중하고, 그가 팔려는 집의 가치를 더해주는 것이었다. 아직 구매자가 나타나지 않았지만 그 집이 유독 저평가돼 있다고 인정할 사람이 나타나는 것은 시간문제일 뿐이라고 했다.

"나무는 그대로 두는 게 낫겠죠?"

이렇게 혼잣말하듯 내뱉고 마소는 다시 생각에 잠겼다. 갑자기 그의 얼굴이 환히 밝아졌다.

"그래요, 불덫을 놓는 거예요. 그게 좋겠어요."

나는 불덫에 대해 들어본 적이 있었다. 이름만으로도 무시무시하게 들렸다. 불덫은 어딘가에 감춰놓는 덫으로, 소형 지뢰처럼 건드리면 폭발했다. 독일 캠핑족의 몸뚱이가 산산이 찢어져 공중에 날릴지도 모른다는 생각에 나는 움찔했지만, 그는 마냥 즐거운 모습이었다. 3, 4미터 간격으로 '쾅' 하는 소리를 내며 공터를 왔다 갔다 하면서 지뢰밭을 계획하고 있었다.

나는 마소에게 정말로 그럴 생각이냐고 물었다. 불덫은

어떤 경우에도 불법인 것 같던데! 마소는 폭발음 흉내를 멈추고, 콧잔등을 두드리며 엉큼하고 은밀한 목소리로 말했다.

"불법일지도 모르죠. 하지만 법도 경고용까지는 막지 못할 겁니다."

마소는 히죽이 웃었다. 그리고 두 팔을 머리 위로 치켜올리며 덧붙였다.

"꽝!"

나는 속으로 생각했다. '코트다쥐르에서 자네를 필요로 하던 이십 년 전에는 대체 어디 있었나?'

마소의 반사회적 본능이 더위 때문에 심해지고 있었던 것일까? 아침나절에도 기온이 32도까지 치솟았고, 파란 하늘이 정오쯤에는 작열하는 흰색으로 변했다.

의식적으로 생각한 것도 아니지만 우리는 아침에 더 일찍 일어나고, 힘을 쓸 일은 시원한 시간에 하는 식으로 기온 변화에 적응하고 있었다. 한낮부터 저녁까지 부지런히 일한다는 것은 불가능했다. 아무리 급한 일이 생겨도 뒤로 미루었다. 개들처럼 우리도 햇볕 대신 그늘을 찾아다녔다. 땅이 거북이 등처럼 갈라지기 시작했고, 풀도 자라기를 포기한 듯했다. 긴 낮 동안 들리는 소리라고는 집 주변에서 울어대는 매미 소리, 라벤더를 맴도는 벌들의 날갯짓 소리 그리고 수영장에 뛰어드는 '풍덩!' 소리뿐이었다.

나는 매일 아침 여섯 시에서 일곱 시 사이에 개들을 산책시켰다. 마침내 개들은 새로운 스포츠, 어떤 면에서 토끼나 다람쥐를 사냥하는 것보다 훨씬 큰 보상이 따르는 스포츠를 찾아냈다. 녀석들이 푸른색 나일론으로 만들어진 커다란 동물과 우연히 마주치면서 그 스포츠는 시작되었다.

녀석들이 그것에서 안전거리를 유지하고 마구 짖어대자, 결국 그 동물이 꿈틀대며 잠에서 깨어났다. 한 끝에서 머리가 산발인 얼굴이 불쑥 나타났고, 잠시 후에는 손 하나가 비스킷을 내밀었다. 그때부터 나무 틈새로 보이는 침낭은 곧 먹을 것을 뜻했다. 캠핑족에게는 잠에서 깨었을 때 털투성이인 두 얼굴이 코앞에 있는 것을 보면 질겁할 일이었겠지만, 그들은 금세 다정한 모습으로 바뀌었다.

이상하게 들리겠지만 마소의 주장은 절반만 사실이었다. 캠핑족은 대부분 독일인이었다. 하지만 마소의 불평처럼 무분별하게 쓰레기를 버리고 다니는 사람들은 아니었다. 그 독일인들은 흔적을 남기지 않았다. 모든 것을 꾸러미로 싸서 커다란 배낭에 집어넣고, 두 다리가 달린 달팽이처럼 발을 질질 끌며 한낮의 열기 속으로 사라졌다. 내 짧은 경험에 따르면 뤼베롱 산에 쓰레기를 버리는 대부분의 범법자는 프랑스인이었다. 하지만 어떤 프랑스인이 그런 사실을 쉽게 인정하겠는가! 연중 어느 때나, 특히 여름에, 한두 외국인 범법자에게 삶의 문젯거리 대부분이 뒤집어씌워진다는 것은 널리 알려진 사실이다.

대부분의 교통사고가 벨기에인 때문에 일어난다는 소문도 있었다. 벨기에인은 도로 중앙으로 운전하는 습관이 있어, 신중하기로 이름난 프랑스 운전자들이 충돌을 피하려다 도랑에 처박힌다는 것이었다. 스위스 사람과 캠핑족이 아닌 독일 사람은 호텔과 식당을 독차지하면서 부동산 가격을 올린다는 비난까지 받는다. 그리고 영국인! 아, 영국인도 있었다. 영국인은 소화기관이 약해 배수구와 수도를 먼저 차지하는 것으로 알려졌다. 한 프랑스 친구는 "영국인은 설사하는 데 탁월한 재주가 있는 것 같아. 설사하지 않는 영국인이 있다면 설사할 곳을 찾고 있는 거야."라고 빈정대기도 했다.

이런 국가별 악담이 그런대로 유지되는 것을 보면 전혀 근거 없는 이야기는 아닌 모양이다. 실제로 나도 카바용에서 가장 분주한 카페 가운데 한 곳에서, 영국인의 민감한 체질에 대한 프랑스인의 편견을 뒷받침해주는 사건을 목격한 적이 있다.

어느 부부가 어린 아들을 데리고 커피를 마시고 있었다. 아이가 갑자기 화장실에 가고 싶다는 몸짓을 보였다. 아버지가 이틀이나 지난 《데일리 텔레그래프》*에서 눈을 떼며 부인에게 말했다.

"화장실이 괜찮은지 당신이 먼저 확인하는 게 낫겠는데. 칼레에서 있었던 일을 기억하지?"

부인이 긴 한숨을 내쉬고, 카페 뒤쪽의 어두침침한 곳으로 천천히 걸어갔다. 돌아올 때는 레몬을 씹은 듯한 표정으로 총총걸음이었다.

"끔찍해요, 로저를 보내지 않는 게 좋겠어요."

하지만 로저는 금지된 화장실을 오히려 탐험하고 싶어

---

* The Daily Telegraph, 영국의 일간지.

했다.

"꼭 가야 해요."

로저는 이렇게 말하며 최후의 카드를 꺼냈다.

"큰 거란 말이에요. 꼭 가야 해요."

"좌변기가 아니야. 그냥 구멍만 있어."

"상관 없어요. 꼭 가야 해요."

어머니가 말했다.

"그럼 당신이 데려가세요. 난 다시 가고 싶지 않아요."

아버지가 신문을 접고 일어섰다. 그리고 로저의 손을 끌어당겼다.

어머니가 말했다.

"신문을 가져가는 게 나을 거예요."

"돌아와서 다시 읽을 건데."

어머니가 소곤대듯 말했다.

"휴지도 없다고요."

"그래? 낱말맞추기라도 남겨둬야겠구먼."

몇 분이 흘렀다. 나는 그 부인에게 칼레에서 정확히 어떤 일이 있었는지 묻고 싶었다. 그때 카페 뒤쪽에서 요란한 탄성이 들렸다.

"푸우!"

로저의 입에서 튀어나온 소리였다. 아버지는 납빛으로 변한 얼굴로 남은 신문을 껴안고 뒤따라 나왔다. 로저가 목소리를 높여가며 탐사 결과를 쏟아내자 웅성대던 카페가 한순간에 조용하게 변했다. 아버지가 부인을 쳐다보며 어깨를 으쓱했다. 이렇게 겨우 뒷간을 다녀오고선 구경거리가 되어버리는 영국인이다.

로저와 그 부모를 아연실색하게 만든 것은 터키식 화장실이었다. 가운데에 구멍이 뚫렸고 양쪽에 발판이 있는 얕은 도자기 변기였다. 터키의 기술자가 설계한 것으로 추정되는 이 변기는 너무나 불편했다. 그래서 프랑스인들은 나름대로 개량해서 고압의 수세 장치를 덧붙였다. 그런데 물이 너무 빠르게 쏟아져, 조심성 없는 사람은 정강이 아래까지 젖기 일쑤였다. 발이 젖는 것을 피하는 방법은 두 가지였다. 하나는 문간의 마른 곳으로 안전하게 피신한 후 변기 꼭지를 작동시키는 방법이다. 하지만 이 방법을 사용하려면 팔이 길어야 하고 곡예사처럼 균형을 잘 잡아야 하기 때문에, 안타깝게도 아예 물을 내리지 않는 두 번째 방법이 훨씬 자주 사용되는 실정이다. 게다가 프랑스인답게 에너지 절약 장치까지 설치한 건물이 적지 않다. 언제나 화장실 밖에 설치하는 전기 스위치에 자동 타이머를 달아두기 때문에, 정확히 삼십팔 초 후에 화장실 사용자는 어둠 속에 내던져진다. 그렇게라도 소중한 전기를 절약하고 화장실에서 빈둥대는 사람을 쫓아내려는 것이다.

더 놀라운 사실은 이런 터키식 변기가 아직까지 만들어지고 있다는 것이다. 또한 현대식 카페 중에도 뒤쪽에 이런 공포의 밀실이 있는 곳이 적지 않다. 하지만 내가 메니쿠치에게 이런 이야기를 하자 그는 프랑스 위생 용품의 열렬한 옹호자로 돌변해서, 미국인까지 감탄할 정도로 세련되고 인체공학적으로 완벽한 변기가 있다며 열변을 토했다. 그리고 우리 집에도 변기 두 개가 필요하니 한번 의논할 시간을 갖자며, 그 경이로운 변기들을 보여주면 우리가 어느 것을 선택할지 즐거운 고민을 하게 될 것이라고 했다.

그는 카탈로그로 가득한 손가방을 들고 나타났다. 뒷마당의 돌식탁에 카탈로그를 펼쳐놓고, 그는 가로 배출이니

세로 배출이니 아리송한 말을 해댔다. 그의 말에 따르면 선택의 폭이 넓었다. 하지만 디자인이나 색상에서 한결같이 파격적인 현대풍이었다. 짙은 포도주색이나 태운 살구색이었고, 앙증맞게 작은 조각품들이었다. 우리는 평범하게 생긴 흰 변기를 찾고 있었다.

"쉽지 않겠는데요."

요즘 사람들은 새로운 모양과 색상을 찾는다는 것이었다.

"프랑스 위생 설비의 혁명이 사방에서 불어닥치고 있습니다. 디자이너들은 전통적인 흰색을 좋아하지 않습니다."

하지만 그가 최근에 본 모델 하나가 우리 마음에 꼭 들지도 모르겠다며, 카탈로그를 샅샅이 훑기 시작했다.

"찾았습니다! 마음에 쏙 드실 겁니다."

그는 확신하며 카탈로그를 우리에게 내밀었다.

"자! 최고급 변깁니다!"

거기에는 에트루리아 자기처럼 반짝거리는 피에르 카르댕 변기 사진이 실려 있었다. 메니쿠치가 말했다.

"보이십니까? 카르댕의 서명까지 있습니다."

정말이었다. 변기 윗부분과 안전한 곳에 카르댕의 서명이 있었다. 서명은 차치하더라도 완벽한 변기였다. 진짜 변기처럼 보이는 멋진 디자인이었다. 적어도 커다란 금붕어처럼 보이지는 않았다. 우리는 두 개를 주문했다.

그런데 일주일 후 메니쿠치가 전화를 걸어, 풀이 죽은 목소리로 카르댕 회사에서 우리가 주문한 변기를 더 이상 제작하지 않는다고 했다. '큰일입니다!' 하지만 그는 계속 찾아보겠다고 약속했다.

다시 열흘 후, 그가 의기양양한 표정으로 나타났다. 머리 위로 카탈로그 하나를 흔들어대며 계단을 성큼성큼 뛰어 올라왔다.

"역시 고급 변기입니다!"

카르댕이 화장실 용품 디자인에서 손을 뗀 것일까? 어쨌든 멋쟁이 디자이너 쿠레주가 그 자리를 대신했다. 쿠레주의 디자인도 카르댕과 무척 비슷했지만, 그는 대단한 자제력을 발휘하여 서명의 흔적조차 남기지 않았다. 우리는 메니쿠치의 승리를 축하했다. 그러자 메니쿠치가 코카콜라로라도 축배를 들자고 제안했다. 그는 콜라 잔을 높이 쳐들고 소리쳤다.

"오늘은 화장실을 위하여! 내일은 중앙 난방을 위하여!"

우리는 32도의 햇살을 받으며 한동안 앉아, 우리가 앞으로 얼마나 따뜻하게 지낼 수 있고 작업은 어떻게 진행될 것인지에 대한 설명을 들어야 했다.

"벽을 허물 겁니다. 먼지가 사방에서 날아다닐 거구요. 착암기 소리에 벌이나 귀뚜라미도 사라질 겁니다. 정말 좋은 점은 따로 있지요. 몇 주 동안은 손님이 얼씬도 않을 겁니다."

"아하, 그렇군요!"

그러나 귀청이 찢어질 것 같은 곳에서 강요된 은둔을 시작하기 전에 우리는 마지막 손님을 기다리고 있었다. 재주라곤 없어 재앙을 불러일으키기 일쑤고, 항상 한눈을 팔고 다녀 도무지 길들여지지 않는 사내였다. 그런데도 집안일에는 끊임없이 끼어들어, 그가 남길 잔해들이 8월의 파편에 묻힐 수 있도록 작업이 시작되기 전에 방문해달라고 신신당부했다. 스스로 세계 최악의 손님인 것을 기꺼이 인정하는 친구로, 우리와 오 년 동안 절친하게 지내온 베넷이었다.

우리는 그를 사랑했다. 하지만 불안감 섞인 사랑이었다.

그는 도착 예정 시간이 한참이나 지난 후에 공항에서 전화를 걸었다. 내게 데리러 와달라는 것이었다. 렌트카 회사와 사소한 문제가 있어서, 오도 가도 못하게 되었다고 했다.

나는 마리냔의 이층 바에서 그를 찾아냈다. 그는 샴페인 한 병과 프랑스어판《플레이보이》를 펼쳐놓고 편안히 앉아 있었다. 그는 40대 후반으로 날씬하고 정말 잘생긴 얼굴이었다. 회색을 띤 백색 아마포 정장을 말끔히 차려입고 있었지만 바지는 심하게 구겨져 있었다.

"나오라고 해서 미안하네. 하지만 차가 없다는 걸 어떻게 하겠나. 샴페인으로 목이나 축이게."

그리고 그는 그새 벌어진 일을 털어놓기 시작했다. 하지만 베넷의 이야기가 언제나 그렇듯이 상식적으로는 도무지 믿기지 않는 일이었다. 비행기는 정시에 도착했고, 예약해둔 컨버터블도 그를 기다리고 있었다. 덮개는 내려져 있었다. 황홀하게 화창한 오후였다. 베넷은 들뜬 기분으로 시가에 불을 붙이고 고속도로에 접어들었다. 바람이 강해지면서 시가가 빨리 타들어가기 시작했다. 이십 분쯤 지난 후 베넷은 시가를 밖으로 던졌다. 지나가던 운전자들이 그에게 손을 흔드는 것을 보고 그도 답례로 손을 흔들어주면서, 프랑스인들이 상당히 친절해졌다고 생각했다. 그렇게 고속도로를 몇 킬로미터나 달리고 나서야 그는 뒷좌석에 불이 붙은 것을 깨달았다.

밖으로 던진 꽁초가 뒷좌석에 떨어지면서 불이 붙은 것이었다. 그가 생각해도 무척이나 침착하게 그는 갓길에 차를 세우고 앞좌석에 엉거주춤 서서 뒷좌석의 불길에 오줌을 누었다. 그때 경찰이 그 장면을 목격했다.

"경찰들 정말 멋지더군. 하지만 나더러 자동차를 공항까지 도로 끌고 가는 편이 낫겠다고 하더군. 공항에 도착하니 렌트카 녀석들이 기절초풍하더니 내게 다른 차를 빌려주지 못하겠다는 거야."

베넷은 샴페인을 바닥까지 마시고 내게 계산서를 내밀었다. 그런 소동을 피우는 바람에 여행자 수표를 바꿀 틈이 없었다는 것이다. 그래도 그를 만날 수 있어 기뻤다. 여느 때와 마찬가지로 그는 매력적이었지만 소동을 피웠고, 멋지게 차려입었지만 여전히 돈이 없었다.

언젠가 우리 모두가 빈털터리였을 때, 집사람과 나는 어느 만찬회장에서 그의 하인과 하녀인 체하면서 받은 팁을 나중에 그와 나눠갖기도 했다. 베넷과 있으면 언제나 즐거웠다. 그날 밤 저녁식사는 다음 날 새벽까지 이어졌다.

베넷이 시계를 보다가 술잔을 옷에 쏟고, 저녁식사의 첫 코스가 끝나기도 전에 백설처럼 하얀 바지를 더럽히는 사내인 것을 감안한다면 그 주는 예상과 달리 큰 사고 없이 지나갔다. 물건 한두 개가 부서지고, 수건이 이상하게 수영장에 혼자 떠 있고, 여권까지 세탁업자에게 보냈다는 것을 알고는 호들갑을 떨고, 말벌을 삼켰다고 생각하여 잠시 걱정에 빠졌던 것을 제외한다면 재난다운 재난은 없었다.

그가 떠나자 우리는 섭섭했다. 베넷이 침대 밑에 두고 간 반쯤 비운 넉 잔의 칼바도스를 마저 마시고, 모자걸이에 장식품처럼 매달아놓고 간 자신의 팬티를 찾아가기 위해서라도 조만간 다시 와주길 바랐다.

베르나르는 보니외 역 근처의 오래된 카페에 대해 말해주었다. 그는 아주 진지하고 차분하게 설명했다. 음식이 패션이 되고 비스트로에서 도브와 내장요리 대신 새끼 오리 고기를 팔기 시작하기 전까지 프랑스 어디서나 볼 수 있던 가족식당이란 것이었다. 베르나르는 우리에게 얼른 가보라고 권했다. 여주인이 조만간 식당일을 그만두겠다고 선언했다는 것이었다.

"배고플 때 가세요. 깨끗이 비운 접시를 보면 여주인이 좋아하거든요."

보니외 역은 사십 년 이상 폐쇄된 곳이었다. 따라서 역으로 이어진 골목길도 방치되어 곳곳이 움푹 파여 있었다. 길에는 아무것도 보이지 않았다. 간판도 없고 차림표도 없었다. 우리는 빼곡히 들어찬 주차장이 나무들 뒤에 가려진 것도 모른 채 그 식당이 텅 비어 있을 것이라 생각하고 그 앞을 수십 번이나 지나쳤다.

그러다 동네 구급차와 벽돌공의 찌그러진 트럭 사이에서 주차할 공간을 찾아냈다. 열린 창으로 새어나오는, 접시가 달가닥대는 소리와 웅성대는 대화를 들으며 잠시 서 있었다. 식당은 역에서 50미터 정도 떨어진 곳에 있었다. 꾸민 데라고는 없는 정방형 건물로, 손으로 쓴 대문자 간판도 색이 바래 겨우 읽을 수 있었다.

'역전 카페'.

그때 르노 소형 트럭이 주차장으로 들어왔다. 작업복을 입은 두 남자가 내렸다. 그들은 외벽에 설치된 낡은 세면대 선반에서 바나나색 비누로 손을 씻었다. 그리고는 손에 물이 묻은 탓인지 팔꿈치로 식당 문을 밀어 열었다. 그들은 단골인 듯 바의 끝, 고리에 걸린 수건 쪽으로 익숙하게 곧장 걸어갔다. 그들이 손을 닦고 나자 두 잔의 파스티스와 물병 하나가 곧바로 그들 앞에 놓여졌다.

널찍하고 통풍이 잘되는 식당이었다. 앞쪽은 어두컴컴했지만 뒤쪽은 햇빛이 들어 환했다. 창밖으로는 뤼베롱 산까지 이어진 아지랑이에 감싸인 들판과 포도밭이 보였다. 마흔 명의 손님이 벌써 식사를 하고 있었다. 모두 남자였다. 정오를 갓 넘긴 시간이었지만 프로방스 사람들은 배꼽시계가 있어, 점심식사만큼은 시간에 구애받지 않는다. '정오엔 식사를 해야 하는 법!' 일 초도 늦어서는 안 된다.

식탁마다 하얀 종이보가 덮여 있고, 상표 없는 포도주가 두 병씩 놓여 있었다. 붉은 포도주와 분홍빛 포도주로, 길

건너편에서 2백 미터쯤 떨어진 보니외 협동조합에서 빚은 것이었다. 차림표는 없었다. 여주인이 일주일에 다섯 가지 요리를 준비해서, 월요일부터 금요일까지 다른 점심을 내놓았다. 결국 손님들은 여주인이 정한 것을 먹어야 했다. 여주인의 딸이 씹히는 맛이 있는 빵 한 바구니를 내려놓으며 우리에게 물을 원하느냐고 물었다.

"아니라고요? 그럼 포도주가 더 필요하시면 언제라도 말씀해주세요."

다른 손님들은 대부분 서로 잘 아는 듯했다. 식탁을 넘어서 활달하고 거친 말이 오가기도 했다. 한 뚱뚱한 사내가 살을 빼라는 핀잔을 듣고는 접시에서 얼굴을 들더니 먹던 것까지 멈추고 씩씩거렸다.

우리 집 전기를 고쳐준 전기기사와, 바닥에 돌을 깔아주던 브뤼노가 구석에서 마주보고 앉아 식사하고 있었다. 우리 집 공사가 중단된 후로 보지 못했던 두세 명의 얼굴도 알아볼 수 있었다. 그들은 햇볕에 그을려 건강하게 보였고, 휴가를 맞은 사람처럼 느긋해 보였다. 한 사람이 우리를 알아보고 큰 소리로 물었다.

"잘 지내십니까? 우리가 없어 조용하시죠?"

우리는 그들에게 8월에 다시 일을 시작하면 만날 수 있기를 바란다고 했다.

"당연하죠."

이렇게 말하며 그들은 손을 흔들었다. 우리는 그 뜻이 무엇인지 알았다.

여주인의 딸이 첫 코스를 가져왔다. 오늘은 날이 더워 가벼운 음식으로 준비했다며 타원형 접시를 내려놓았다. 소시지 썬 것과 말린 햄, 작은 오이 피클, 검은 올리브, 강판에 간 홍당무를 신 맛의 마리네이드와 섞은 무언가가 수북이 쌓여 있었다. 또한 두껍게 썬 흰 버터가 큰 소시지 위에 올려져 있었고 빵도 있었다.

재킷을 입은 두 남자가 개를 데리고 들어와 마지막으로 남아 있던 식탁을 차지했다. 수근대는 소리가 들렸다. 여주인의 딸이 말해주었다. 두 사람 가운데 더 나이 먹어보이는 사람이 중동 어느 나라의 프랑스 대사라고 설명했다. 그리고 점잖은 분이라고 덧붙였다. 그는 벽돌공과 배관공, 트럭 운전사와 어울려 앉아 소시지를 조금 뜯어 개에게 먹였다.

유리그릇에 샐러드가 담겨 나왔다. 상추에 드레싱이 뿌려져 한층 매끄러워 보였다. 타원형 접시도 함께 나왔다. 토마토 소스를 얹은 국수와 양파즙이 섞인 검은 육즙을 살짝 뿌린 돼지 허릿살 편육이 담겨 있었다.

우리는 여주인이 겨울에는 어떤 요리를 만들어줄까 상상해보며, 그녀가 은퇴를 재고해주길 바랐다. 그녀는 굳게 서서 계산대를 지키고 있었다. 아담하고 균형 잡힌 몸매였다. 머리카락은 여전히 검고 숱도 많았다. 영원히 그 자리를 지킬 수 있을 것처럼 보였다.

그녀의 딸이 식탁을 깨끗이 치우고 남은 적포도주를 마지막 한 방울까지 잔에 채워주었다. 그리고 주문하지도 않았는데 또 한 병의 적포도주를 치즈와 함께 가져왔다. 일찍 온 손님들은 일터로 돌아가고 있었다. 콧수염을 닦아내며 여주인에게 내일은 어떤 요리를 해줄 거냐고 물었다. 그녀는 맛있는 거라고 간단히 대답했다.

치즈를 먹고 나자 나는 더 이상 먹을 수 없었다. 아내는 음식을 앞에 두고 물러선 적이 없는 사람답게 레몬 파이 한 조각까지 먹어치웠다. 식당에 커피향과 담배 냄새가 풍기기 시작했다. 창을 통해 스며든 햇살에, 골무만 한 마르 잔을 앞에 두고 앉아 있던 세 남자의 머리 위로 피어오르던 담배연기가 푸른빛으로 변했다. 우리는 커피를 주문하며 계산서를 청했다. 그러나 계산서는 없었다. 나가는 길에 계산대에서 값을 치르면 그만이었다.

여주인이 우리에게 음식값을 말했다. 음식값이 인당 50프랑, 커피값이 4프랑이었다. 포도주는 음식값에 포함되었다. 그 식당이 매일 만원인 것이 당연하게 여겨졌다.

"그런데 곧 은퇴하신다는 이야기가 사실인가요?"

계산대를 닦던 손길이 멈추었다.

"어렸을 때 나는 밭에 나가 일하거나 아니면 부엌에서 일하거나 둘 중 하나를 선택해야 했어요. 그때만 해도 땅이 싫었죠. 힘들고 더러운 일이었으니까요."

이렇게 말하면서 그녀는 자신의 손을 내려다보았다. 정성스레 간수해왔는지 놀라울 정도로 젊어보였다.

"그래서 부엌일을 택했죠. 결혼하면서 이곳으로 이사왔어요. 벌써 삼십팔 년째 요리를 해왔어요. 그 정도면 충분하지 않나요."

우리는 유감이라고 말했다. 그러자 그녀는 어깨를 으쓱
하며 대답했다.

"누구나 지치기 마련이잖아요."

그녀는 오랑주*의 발코니가 있는 아파트에서 햇볕을 벗
삼아 살 것이라고 했다.

두 시였다. 가죽 같은 뺨에 흰 수염이 돋은 노인이 칼바도
스에 설탕 한 덩이를 떨어뜨리고 있을 뿐, 식당 안은 텅 비
어 있었다. 우리는 여주인에게 덕분에 멋진 점심을 먹었다
고 감사의 말을 전했다.

"내 일인 걸요."

밖으로 나가자 뜨거운 햇살이 두개골을 때리는 것 같았
다. 집에 돌아가는 길은 그야말로 긴 신기루였다. 눈부시게
하얀빛에 도로가 출렁대고 흐느적거렸다. 포도나무 잎들도
축 늘어져 있었고, 농장의 개마저도 조용했다. 시골길은 깊
은 혼수 상태에 빠져 있었다. 수영을 하고 해먹에 누워 까다
롭지 않은 책을 읽으며 오후를 보냈다. 일꾼도 없고 손님도
없는, 드물게 여유로운 오후였다. 시간이 슬로모션으로 흘
러가는 듯했다.

* Orange, 프랑스 남동부에 있는 도시. 로마의 건축물이 많고 음악 축제가 발달해서
관광객들이 자주 찾는 곳이다.

저녁이 되자 햇볕에 탄 피부가 욱신대기 시작했다. 그래도 든든한 점심식사 덕분에 그 주의 운동경기를 채비할 정도로 충분히 회복되어 있었다. 우리는 몇몇 친구의 도전을 받아주었다. 우리처럼, 지금껏 고안된 경기 가운데 가장 재밌는 경기에 중독된 친구들이었다. 우리는 불르 경기장에서 메네르브의 명예를 한껏 드높여볼 생각이었다.

나와 내 아내는 오래 전, 휴가 동안 루시용 우체국 아래의 마을 경기장에서 노인들이 즐겁게 입씨름을 벌이면서 오후 시간을 보내는 것을 보고 처음으로 불르 게임 세트를 샀다. 그걸 영국으로 가져갔지만 습한 나라에는 적합하지 않은 게임이었다. 그래서 불르 세트는 헛간에 처박혀 있었다. 하지만 우리가 프로방스에서 살려고 돌아왔을 때, 가장 먼저 꺼낸 것이 바로 불르 세트였다. 매끈거리는 촉감이 좋은 불르는 손바닥에 쏙 들어왔다. 속이 꽉 차 묵직하고 반짝거리는 쇠공은 서로 부딪칠 때 '딱' 하며 경쾌한 소리를 냈다.

우리는 보니외 교회 옆에서 매일 경기를 하는 프로들의 기술을 면밀히 연구했다. 그들은 6미터 밖에서도 상대편의 발끝에 쇠공을 정확히 떨어뜨릴 수 있는 사람들이었다. 우리는 집에 돌아와 본 대로 연습해보았다. 우리가 관찰한 바에 따르면 진짜 실력자들은 무릎을 굽히고 몸을 구부린 자세에서 손가락 끝을 감아올려 쇠공을 잡고 손바닥을 아래로 향하게 했다. 그래서 쇠공을 던질 때 손가락과의 마찰로 역회전을 걸었다.

품위와는 약간 거리가 있는 기술도 있었다. 공을 던질 때마다 목표점에 떨어지도록, 툴툴대거나 기합을 불어넣어야 했다. 또한 쇠공이 목표점에 못 미치거나 지나칠 때 어깨를 으쓱하면서 욕설을 중얼거려야 했다. 곧 우리는 정확성을 제외한 모든 면에서 전문가가 되었다.

공을 던지는 방법에는 두 가지가 있었다. 하나는 낮게 굴려서 땅바닥을 경쾌하게 달려가게 하는 방법이고, 다른 하나는 높이 띄워 곧바로 떨어지게 하면서 상대의 쇠공을 경기장 밖으로 밀어내는 방법이다. 우리가 구경한 선수들 가운데 몇몇의 정확성은 놀라울 정도였다. 우리도 그들처럼 몸을 구부리고 툴툴거려도 보았지만 보니외 교회 옆에서 본 것처럼 진지한 경기에서 환영 받으려면 몇 년을 더 노력해야 했다.

불르 경기는 본래 아주 단순하다. 초보자도 첫 공을 던질 때부터 즐길 수 있는 경기다. '코쇼네'라는 나무로 만든 작은 공을 경기장에 던져둔다. 선수마다 세 개의 쇠공을 갖는다. 물론 각자의 쇠공에는 다른 무늬가 새겨져 구분된다. 한 라운드가 끝나면 코쇼네에 가장 가까이 있는 쇠공의 주인이 승자가 된다. 점수를 매기는 방법은 다양하며 지역마다 세부 규칙이 다르다. 따라서 이런 차이를 잘 이용하면 홈팀이 대단히 유리해진다.

그날 저녁 경기 장소는 우리 집이었다. 따라서 경기는 뤼베롱 식이었다.

1. 술을 마시지 않은 사람은 경기에 참여할 수 없다.

2. 자극적인 속임수가 허용된다.

3. 코쇼네에서 쇠공까지 거리를 잴 때 다툼은 필연적이다. 누구의 판정도 결정적일 수 없다.

4. 어두워지고 승자가 분명히 결정되면 경기는 끝난다. 승자를 판단하기 힘들 경우에는 횃불을 밝혀서라도 결판을 내거나 코쇼네가 행방불명될 때까지 경기를 계속한다.

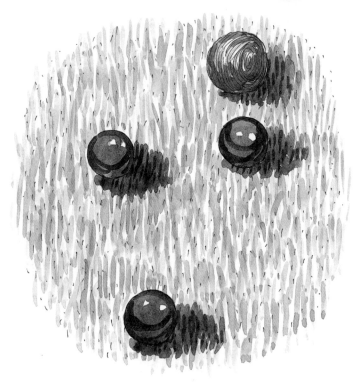

우리는 상대를 힘들게 만들려고 얕은 구덩이를 파고 속임수 경사로도 만드는 수고를 아끼지 않았다. 또한 상대의 월등한 실력에 행운으로 맞서볼 속셈으로 경기장 지면도 울퉁불퉁하게 만들었다. 우리는 은근히 자신이 있었다. 내게 파스티스를 책임지는 이점까지 있었기 때문이다. 상대가 꾸준히 정확도를 유지하는 조짐이 보이면 더 큰 잔으로 반격할 수 있었다. 개인적인 경험으로 나는 술을 많이 마시면 목표점이 어떻게 보이는지 잘 알고 있었다.

　상대팀에는 불르를 한 번도 해본 적이 없다는 열여섯 살짜리 소녀가 끼어 있었지만 다른 셋은 그들끼리 적어도 육 주를 연습해서, 만만히 볼 수 없을 것 같았다. 그들은 지면이 고르지 않다고 투덜댔고, 저무는 해의 각도에도 불평을 늘어놓았다. 그리고 개들을 경기장에 들어오지 못하게 해달라고 정식으로 요청했다. 결국 우리는 낡고 오래된 롤러를 이리저리 굴려 지면을 다듬어 그들의 비위를 맞춰주었다. 그리고 젖은 손을 허공에 들어올려 바람의 세기를 느껴본 후, 경기를 시작했다.

　불르 경기는 느릿하게 진행되지만 분명한 리듬이 있다.

쇠공 하나를 던지고 나면, 다음 사람이 목표점을 더 자세히 보려고 왔다 갔다 하면서 곡사포 공격을 할 것인지 아니면 다른 쇠공들을 피해 낮고 느릿하게 굴려서 코쇼네 옆에 붙일 것인지 정하는 동안 잠시 경기가 중단된다. 이때 파스티스를 홀짝이기 마련이다. 그리고 무릎을 약간 구부린 자세로 쇠공을 허공에 던진다. 쇠공은 경기장에 '쿵' 하고 떨어지고 부드러운 지면을 통통대면서 굴러가다 멈춘다. 서두를 이유가 없고, 다칠 염려도 없다. 하지만 베넷만은 예외였다. 그는 처음이자 마지막인 경기에서 기와를 깨뜨려 발가락을 다치는 사고를 저질렀다.

극적인 면은 없지만 대신 음모와 술수가 숨어 있다. 그날 저녁 우리 모두는 야비하기 그지없었다. 우연을 가장해 쇠공을 발로 슬쩍 찼고, 쇠공을 던지려고 자세를 취한 사람에게는 발의 위치가 이상하다고 훈수 두면서 혼란스럽게 만들었다. 또 파스티스를 억지로 권하고, 쇠공을 던지려는 방향에 서서 얼씬대고, 경기장을 들락대는 개들에게 소리치고, 뱀을 보았다며 호들갑을 떨었다. 게다가 사방에서 엉뚱한 충고들이 난무했다. 전반전이 끝나고, 황혼을 구경하려고 게임을 잠시 중단할 때까지 누가 이길지 장담할 수 없었다.

우리 집 서쪽으로, 두 산봉우리가 자연의 현란한 대칭을 과시하듯 만들어낸 V자의 중간에 태양이 걸려 있었다. 오분이 지나지 않아 태양은 산 아래로 사라졌다. 우리는 '크레퓌스퀼'—프랑스어로 황혼이란 뜻이지만 피부병 이름처럼 들린다—속에서 경기를 계속했다.

코쇼네와 쇠공 간의 거리를 측정하기가 점점 어려워지면서 다툼이 잦아졌다. 우리가 비열하게 무승부에 합의하려던 순간, 불르 경기를 처음 한다는 소녀가 쇠공 셋을 23센티미터 구역 안에 넣는 이변이 벌어졌다. 반칙과 알코올이 젊음과 과일주스에 완전히 망신을 당한 셈이었다.

우리는 뒤뜰에서 햇볕에 달궈져 따뜻한 판석에 맨발 채로 올라가 식사를 했다. 촛불이 붉은 포도주와 검게 그을린 얼굴에서 어른거렸다. 그 친구들은 한 달 동안 영국인 가족에게 집을 빌려주고, 그 수입으로 8월을 파리에서 보낼 예정이었다. 그들은 파리 사람들이 앞다퉈 프로방스에 내려올 것이라고 했다. 게다가 헤아리기 힘들 정도로 많은 영국인, 독일인, 스위스인, 벨기에인까지 프로방스로 내려와 온 도로가 막힐 것이고 시장이며 식당도 발 디딜 틈 없을 거라고 했다. 조용하기만 하던 시골이 시끄러워지고 모두가 예외 없이 타락한 기분에 사로잡힐 거라며 우리를 은근히 겁주었다.

사실 우리는 겁먹고 있었다. 그런 이야기를 전에도 들은 적이 있었으니까. 하지만 7월은 예상보다 훨씬 수월한 편이었다. 그래서 우리는 8월도 아주 쉽게 넘길 수 있으리라 확신했다. 전화선을 뽑아버리고 수영장 옆에 드러누워, 메니 쿠치가 지휘하는 착암기와 토치램프의 협주곡을 싫든 좋든 듣고 있으면 되지 않겠는가!

필요에 의해 매일을 살지 말고,
일상의 즐거움을 만들어 보는 건 어떤가요?*

*피터 메일, 「Toujours Provence」 중에

08/August

뒤죽박죽 염소 경주 대회

메니쿠치가 말했다.

"엄청난 소문이 있습니다. 브리지트 바르도가 루시용에 집을 샀답니다."

그리고 그는 '풋내기'가 바르도의 은밀한 계획을 엿듣지 못하게 하려는 듯 스패너로 벽을 때리면서 내게 바싹 붙어 말했다.

"생트로페를 떠날 생각인 모양입니다."

메니쿠치는 손가락으로 내 가슴을 찌를 듯한 자세를 취

하며 덧붙였다.

"바르도를 욕할 생각은 없어요. 선생님도 아시죠?"

그리고 그는 내 가슴을 쿡쿡 찔러댔다.

"8월에는 시도 때도 없이 5천 명이 바다에 오줌을 갈겨 댄다는 걸 아시죠?"

메니쿠치는 그런 비위생적인 행위가 끔찍하다는 듯 고개 를 절레절레 저었다.

"그런데 누가 그런 바다에서 수영하고 싶겠습니까?"

바닷가인 생트로페에 사는 것만으로도 불행한 사람들이 바르도마저 빼앗긴 것을 우리가 동정하는 동안, '풋내기'는 주철 라디에이터를 짊어지고 힘겹게 한 걸음씩 옮기고 있 었다. 게다가 구리관까지 화환처럼 어깨에 둘러매고 있었 다. 그의 예일대학 티셔츠가 땀에 젖어 검게 변해 있었다. 메니쿠치도 더위 때문인지 옷맵시를 상당히 양보한 모습이 었다. 평소 즐겨 입던 짙은 색 코듀로이* 바지를 벗어버리 고, 갈색 반바지에 얇은 운동화를 신고 있었다.

그날은 대공사가 시작된 날이었다. 집 앞은 그야말로 쓰 레기장을 방불케 했다. 대단한 골동품처럼 기름때가 낀 작

---

*Corduroy, 흔히 '코르덴'이라 불리는, 골이 팬 천.

업대 주변에는 우리 집 중앙 난방 장치로 쓰일 자재가 쌓여 있었다. 놋쇠로 만든 이음 장치, 밸브, 납땜총, 가스통, 쇠톱, 라디에이터, 착암기 날, 와셔와 스패너 그리고 검고 진득한 액체가 담긴 깡통 등이었다. 그런데 이것도 기본 자재에 지나지 않았다. 물탱크, 연료탱크, 보일러와 버너가 남아 있었다.

메니쿠치는 나를 끌고 다니며 그 부품을 하나씩 보여주었다. "괜찮은 겁니다."라며 품질이 좋다고 강조했다. 그리고 구멍을 뚫을 벽의 위치를 가리켰다. 먼지, 소음과 몇 주를 씨름하며 지내야 한다는 생각에 가슴이 답답해졌다. 차라리 이미 생트로페에서 휴가를 즐기기 시작한 50만의 행락객과 함께 한 달을 보내고 싶은 심정이었다.

8월 들어 첫 주말에, 그들 외에 수백만 명이 북쪽에서 내려오면서 도로를 변비 환자로 만들어버렸다. 본의 고속도로가 30킬로미터나 정체되었다는 보도가 있었다. 리옹의 터널을 한 시간 만에 통과한 것도 운이 좋은 것이었다. 자동차가 뜨거워지는 만큼 인내심이 한계로 치달았다. 덕분에 견인차들이 그해 최고의 주말을 즐겼다. 교통사고와 죽음에 피로감과 초조감이 뒤따랐다. 8월의 끔찍한 전통은 그렇게 시작되었다. 그리고 한 달 후 탈출의 주말에는 반대 방향에서 똑같은 시련이 재현되었다.

대부분의 침입자들은 우리 마을을 지나 해변으로 향했다. 하지만 적잖은 사람이 뤼베롱 산으로 향했다. 시장과 마을의 모습까지 변하자 마을 사람들은 파스티스를 마시면서 깊은 고민에 빠졌다. 카페의 단골손님은 평소 즐겨 앉던 자리를 외지인에게 빼앗긴 것을 보고, 계산대 앞에 서서 휴가철에는 불편한 것이 한둘이 아니라고 투덜거렸다. 빵집마다 빵이 동나고, 집 앞에 자동차를 무단으로 주차하고, 관광객들이 밤 늦게까지 떠들어댄다면서! 그래도 관광객들이 마을에 돈을 뿌린다는 사실에는 모두가 안도의 한숨을 내쉬고 고개를 끄덕였다. 하지만 8월이면 그 지역을 원주민인 양 차지하는 관광객들이 이상한 사람들이란 생각에도 모두가 동의했다.

관광객은 티가 났다. 깨끗한 신발과 하얀 피부, 밝은 색의 새 쇼핑백, 흠집 없는 자동차. 그들은 라코스트와 메네르브, 보니외의 거리를 어슬렁거렸다. 심지어 마을 사람들까지 예스러운 흥취를 간직한 기념품처럼 쳐다보았다. 메네르브 성벽에서는 매일 저녁 자연의 아름다움에 감탄하는 소리가 끊이지 않았다. 특히 나이 지긋한 영국인 부부가 계곡을 굽어보며 하던 소리가 여전히 기억에 생생하다.

여자가 말했다.

"정말 멋진 석양이에요."

남편이 대답했다.

"내 생각도 그래요. 이렇게 작은 마을에서 이런 장관을 볼 줄이야."

포스탱까지 휴가 기분에 들뜬 듯했다. 밭일도 한동안 중단되었다. 사실 포도가 익어가길 기다리는 것밖에 달리 할 일이 없었다. 그는 가끔 우리에게 영국인을 빈정대는 농담을 해댔다. 어느 날 아침 그가 물었다.

"죽은 쥐 색에서 죽은 바다가재 색으로 세 시간 만에 변하는 게 뭔지 아세요?"

그는 재밌는 답을 떠올리며 웃음을 참느라고 어깨까지 들썩거렸다.

"바로 휴가를 떠난 영국인이래요. 무슨 뜻인지 아시겠어요?"

내가 그 농담에 담긴 의미를 완전히 이해하지 못했다고 생각했는지 그는 자세한 설명까지 덧붙였다. 영국인의 피부는 너무 예민해서 햇볕에 잠깐만 노출되어도 벌겋게 달아오른다는 것이었다.

"달빛에도 그렇게 변한대요!"

포스탱은 이렇게 말하며 킥킥댔다.

아침 일찍부터 그렇게 희희낙락대던 포스탱이 저녁에는 우울한 안색이었다. 그는 코트다쥐르에서 들려온 소식이라며 우리에게 전해주었다. 그라스* 부근에서 산불이 나서 카나데르**까지 동원되었다는 것이다. 비행기들은 펠리컨처럼 바닷물을 떠서 화염이 치솟는 곳에 쏟아부었다. 그런데 비행기 하나가 수영하던 사람까지 퍼담아 화염 속에 던져버려 그 사람을 '새까맣게 태워버렸다'는 것이었다.

그런데 이상하게도 《르프로방살》은 그 비극적인 소식을 전혀 언급하지 않았다. 그래서 우리는 한 친구에게 그 이야기를 들었냐고 물었다. 그는 우리 부부를 물끄러미 쳐다보며 고개를 저었다. 그리고 이렇게 말했다.

*Grasse, 프랑스 남동부 지방의 도시. 휴양지로 유명하다.
**Canadair, 산불 진화에 쓰이는 살수 비행기.

"8월에는 그런 엉뚱한 이야기가 떠돌아요. 산불이 날 때마다 비슷한 소문이 만들어지거든요. 작년에는 수상스키를 타던 사람이 그런 일을 당했다는 소문이 있었죠. 아마 내년에는 니스 네그레스코 호텔 벨보이가 그런 일을 당할지도 몰라요. 포스탱이 두 분을 놀린 겁니다."

누구 말을 믿어야 할지 몰랐다. 하여간 8월에는 이상한 일들이 일어날 것만 같았다. 그래서 근처 호텔에서 머물던 친구들이 한밤중 침실에서 독수리를 보았다고 했을 때도 우리는 그다지 놀라지 않았다. 어쩌면 진짜 독수리가 아니라, 독수리의 큰 그림자가 어른대는 것을 봤을 수도 있었으니. 어쨌든 우리 친구들은 호텔 로비의 당직을 불렀고, 그는 허겁지겁 방까지 뛰어올라와 살펴보았다.

"독수리가 저 구석에 있는 장에서 나왔다고요?"

친구들은 그렇다고 했다. 호텔 당직은 "그래요?" 하며 그 미스터리를 쉽게 풀었다.

"박쥡니다. 전에 장에서 박쥐가 나온 것을 보았습니다. 하지만 해롭지 않습니다."

"해롭지 않더라도 박쥐랑 같이 자고 싶지는 않네. 방을 바꿔주게."

"안 됩니다. 빈 방이 없거든요."

결국 그들 셋은 박쥐 잡는 방법을 상의하는 수밖에 없었다. 호텔 당직이 멋진 아이디어를 꺼냈다.

"잠깐만 기다리세요. 곧 해결책을 갖고 오겠습니다."

잠시 후 그가 돌아왔다. 그리고 내 친구 부부에게 커다란 파리 살충제를 내밀며, 잘 주무시라는 말을 남기고 객실을 떠났다.

고르드 외곽의 어느 집에서 파티가 열렸다. 안주인은 다른 손님들이 오기 전, 몇몇 친구들과 어울려 저녁이나 먹자며 우리 부부를 초대했다. 기대감과 근심이 교차되는 저녁이었다. 저녁식사에 초대받은 것은 즐거웠지만 파티 내내 쏟아질 프랑스어의 홍수를 굳건히 버텨낼 자신이 없었다. 우리가 알기로 거기서 영어를 쓰는 사람은 우리 부부뿐이었다. 따라서 위험천만한 프로방스식 대화에 떠밀려 따로 앉는 불상사가 벌어지지 않길 바랐다. 우리는 아홉 시까지 도착해달라는 부탁을 받았다. 무척 애매한 시각이었다. 하여간 우리는 늦은 시간까지 기다리다 지쳐 꼬르륵대는 위를 달래가며 고르드로 향하는 언덕길을 올라갔다. 집 뒤의 주차 구역은 이미 꽉 차 있었다. 집 밖의 도로변에 50미터가량 자동차가 세워져 있었다. 한 대 걸러 75번 번호판을 단, 파리에서 온 차였다. 초대 손님들 가운데 마을 사람은 별로 없는 듯했다. 우리는 차림에 신경 쓰지 않은 것이 마음에 걸리기 시작했다.

안으로 들어가자《하우스 앤 가든》이 꾸미고《보그》가 의상 협찬한 잡지 나라에 온 듯한 기분이었다. 잔디밭과 테라스에는 촛불이 밝혀진 식탁들이 반듯하게 놓여 있었다. 하얀 옷을 입은 냉담하고 피곤해보이는 오륙십 명 정도가 보석 반지를 낀 손에 샴페인 잔을 들고 있었다. 비발디의 선율이 별채의 열린 문을 통해 흘러나왔다. 아내는 이제라도 집에 돌아가서 옷을 바꿔 입자고 했다. 나도 더러운 구두가 마음에 걸렸다. 우리는 엉겁결에 '수아레[야간 파티]'에 끼어든 불청객이 된 듯했다.

그때 안주인이 우리를 보았다. 이제 우리는 도망갈 수도 없었다. 다행히 그녀도 평상복 차림이어서 우리는 안심할 수 있었다.

"주차할 곳은 찾았나요?"

그녀는 우리 대답을 기다리지도 않았다.

"도랑이 있어서 도로변에 주차하기가 좀 어려웠을 거예요."

우리가 여기는 전혀 프로방스처럼 보이지 않는다고 하자 그녀는 어깨를 으쓱해보이며 대답했다.

"8월이잖아요."

그리고 그녀는 마실 것을 갖다 주며 우리에게 멋지게 차려입은 사람들과 어울릴 시간을 주었다.

우리는 파리에 있는 기분이었다. 검게 그을린 얼굴은 없었다. 여자들은 최신 유행대로 새하얀 얼굴이었고, 남자들은 깔끔하게 손질한 머리카락이 한결같이 번들거렸다. 누구도 파스티스를 마시지 않았다. 프로방스 기준으로 대화는 속삭임이나 다름없었다. 우리가 사물을 판단하는 방식은 완전히 프로방스식으로 변해 있었다. 옛날이었다면 우리에게도 이런 모습이 정상으로 비쳤겠지만 지금은 갑갑하고 위선적이어서 막연히 불편하게 느껴졌다. 요컨대 우리가 시골뜨기로 완전히 변해 있었던 것이다.

우리는 중력에 끌린 듯이 그들 가운데 가장 멋을 덜 부린 부부에게 다가갔다. 그들은 다른 사람들과 약간 떨어진 곳에 개를 데리고 서 있었다. 그 셋 모두가 우리를 상냥하게 맞아주었다. 우리는 테라스에 마련된 식탁에 앉았다. 노르망디 출신답게 날카로운 이목구비와 작은 체구의 남편은 이십 년 전에 3천 프랑을 주고 이 마을에 집 한 채를 장만했고, 그 후 오륙 년마다 집을 바꿔가며 매년 여름이면 이곳에 내려온다고 말했다. 그는 처음 살던 집이 완전히 개조되고 요란하게 장식을 덧붙여 1백만 프랑으로 부동산 시장에 나왔다는 이야기를 얼마 전에 들었다며 이렇게 말했다.

"미친 짓입니다. 사람들이 파리라면 뭐든 좋아하니까요."

그는 다른 손님들을 고갯짓으로 가리키며 덧붙였다.

"저 사람들은 8월에도 친구와 보내고 싶어 하지요. 그래서 한 사람이 여기에 집을 사면 모두 덩달아 산다고요. 게다가 파리 시세로 말입니다."

그들은 진열대에서 포도주병과 음식 접시를 꺼내 들고 식탁에 자리를 잡기 시작했다. 여자들의 하이힐 굽이 테라스의 자갈 틈에 푹푹 빠졌다. 감미로운 분위기에서 세련되게 내뱉는 탄성도 들렸다. '정말 자연 그대로의 만찬이에요!' 비벌리 힐즈*나 켄싱턴**의 정원보다 조금 원초적이었을 뿐인데 말이다.

갑자기 미스트랄이 불기 시작했다. 식탁에 새우 샐러드가 아직 많이 남아 있었던 까닭에 상추 이파리와 빵 부스러기가 접시에서 날아올라 눈처럼 하얀 가슴과 실크 바지 사이를 헤집고 다니다가 이따금씩 셔츠 앞가슴을 정면으로 때렸다. 미스트랄은 식탁보까지 낚아채 돛처럼 활짝 펴며 초와 포도주잔을 뒤집어 버렸다. 정성들여 손질한 머리와 차림이 헝클어져 버렸다. 그야말로 원초적이었다. 모두가 황급히 집 안으로 숨어들었다. 결국 만찬은 지붕 아래에서 다시 시작되었다.

더 많은 사람이 도착했다. 별채에서 흘러나오던 비발디의 선율이 멎고 잠시 날카로운 전자음이 들렸다. 그리고 마취도 하지 않고 심장 수술을 받는 듯한 남자의 억센 목소리가 이어졌다. 리틀 리처드***의 노래가 우리를 무대로 내려와 춤추라며 초대하고 있었다.

* Beverly Hills, 미국 서부 캘리포니아주에 있는 도시.
** Kensington, 영국 런던의 한 지역.
*** Little Richard, 미국의 로큰롤 가수. 1986년에 로큰롤 명예의 전당에 올랐다.

이 우아한 모임에 그런 음악이 어떤 영향을 미칠지 궁금했다. 그들이 문명화된 선율에 맞춰 고개를 끄덕이거나, 프랑스 사람들이 샤를 아즈나부르****를 들을 때마다 그렇듯이 몸을 살짝 웅크리고 흔드는 모습이라면 이해할 수 있을 것 같았다. 그런데 이 음악은 정글에서나 들을 수 있을 듯한 요란한 절규였다.

"아옵보팔루보파옵밤붐!"

우리는 계단을 올라가 별채로 향했다. 대체 별채 안에서 무슨 일이 벌어지고 있는지 확인하고 싶었다.

형형색색의 조명등이 깜빡거리고 번쩍대며 드럼 두들기는 소리와 호흡을 맞추었고, 벽에 기대 세워둔 거울들에 조명빛이 반사되면서 현란한 광경을 만들어냈다. 한 젊은이가 담배 연기에 매운 듯 눈을 반쯤 감고 어깨를 구부린 채 두 대의 턴테이블 뒤에 서서 콘솔 조절기를 돌려가며 베이스와 볼륨을 한껏 높였다.

"굿 골리 미스 몰리!"

리틀 리처드가 외쳤다. 턴테이블 뒤의 젊은이는 환희의 발작을 일으키며 목이 찢어져라 소리쳤다.

****Charles Aznavour, 프랑스의 샹송 가수이자 작곡 · 작사가. 서정적인 전통 샹송을 일종의 도시 집시음악으로 탈바꿈시켰다.

"그대, 춤을 정말 사랑해요!"

별채가 뒤흔들렸다. 파리 사람들도 뒤흔들렸다. 팔과 다리, 엉덩이와 가슴을 때로는 가볍게, 때로는 세게 흔들어댔다. 허리를 뱅뱅 돌려대거나 도리깨질하듯 위아래로 격렬하게 움직였다. 입을 벌리고 눈동자를 돌리며 허공에 주먹질을 해대기도 했다. 장신구가 미친 듯이 들썩대고, 가슴팍의 단추들은 풀어 헤쳐져 있었다. 모두가 허리를 비틀어대고 꺼덕대는 몸부림으로 피로감에 젖어가자 우아한 겉모습은 온데간데없이 사라졌다.

파트너는 신경조차 쓰지 않았다. 그들은 거울에 비친 자신의 모습과 춤을 췄다. 무아경의 한복판에 빠진 때에도 거울에서 눈을 떼지 않았다. 땀냄새와 향수 냄새가 진동했다. 별채는 흥분에 사로잡힌 거대한 디스코장으로 변했다. 팔꿈치에 찔리고 핑핑 돌아가는 목걸이에 얻어맞지 않고는 한 걸음도 움직이기 힘들 지경이었다.

정녕 이들이 조금 전까지 의젓하게 행동하던 그 사람들이란 말인가? 샴페인을 두 잔 마시는 것도 야만스럽게 생각할 것처럼 보이던 바로 그 사람들이란 말인가? 이들은 암페

타민*에 취한 십 대처럼 온몸을 흔들어댔다. 그날 밤을 학수고대하던 사람들처럼 보였다. 우리는 몸부림치는 그들을 피해 게걸음으로 빠져나와 집으로 향했다. 다음 날 아침 우리는 일찍 일어나 염소 경주를 구경하러 가야 했다.

일주일 전 우리는 담배가게의 유리창에 그 포스터가 붙어 있는 것을 처음 보았다. 세자르 카페에서 출발해 보니외 거리를 통과하는 '그랑 쿠르 드 셰브르〔염소 경주 대회〕'가 열릴 예정이란 포스터였다. 열 마리의 염소와 몰이꾼의 이름까지 적혀 있었다. 포스터에 따르면 상품도 푸짐했고 내기도 허용되었다. 게다가 대규모 오케스트라가 흥을 돋워줄 거라고도 했다. 첼트넘 골드컵**이나 켄터키 더비***에 비견되는 보니외의 자랑거리로, 대단한 스포츠 행사인 것 같았다. 우리는 좋은 자리를 차지하려고 경주가 시작되기 훨씬 전에 도착했다.

아홉 시쯤에는 시계를 차고 있기조차 힘들 정도로 햇살이 뜨거워졌다. 세자르 카페 앞 테라스는 타르틴****과 시원한 맥주로 아침식사를 대신하는 손님들로 가득했다. 볼테르 거리로 향하는 계단의 담 아래로 듬직한 체격의 여자가

---

*중추 신경과 교감 신경을 흥분시키는 작용을 하는 각성제.
**영국을 대표하는 경마 대회로 삼 년마다 첼트넘에서 열린다.
***Kentucky Derby, 1875년부터 시작된 미국의 유서 깊은 경마 대회.
****tartine, 버터나 잼을 바른 빵.

'진짜 과일주스'라고 쓴 파라솔로 햇볕을 가린 탁자 뒤에 앉아 있었다. 그녀가 우리를 향해 환히 웃었다. 그녀는 경주권 판매자였다. 하지만 카페 한구석에서는 한 남자가 불법 내기를 주선하고 있었다. 그녀는 우리에게 행운을 시험해보라며 "돈을 걸기 전에 잘 살펴보세요. 염소들이 저기 있으니까요."라고 말했다.

우리는 염소들이 멀리 있지 않다는 것을 알고 있었다. 녀석들의 냄새도 맡을 수 있었다. 게다가 햇볕에 달궈져 야릇한 똥냄새까지! 우리는 녀석들이 있는 벽 쪽으로 눈길을 던졌다. 출전을 앞둔 염소들도 뭔가에 잔뜩 취한 듯 게슴츠레한 눈으로 우리를 쳐다보았다. 성긴 수염이 장식품처럼 붙은 턱을 놀리면서, 출전하기 전에 제공된 성찬을 천천히 씹고 있었다. 모두에게 입혀진 푸른색과 흰색의 기수 모자와, 출전 명단 순서대로 번호를 붙인 하얀 조끼만 없었다면 녀석들은 근엄한 중국 관리처럼 보였을 것이다. 우리는 비슈와 티잔 등 경주 대회에 출전할 염소들을 이름으로 대충 구분할 수 있었지만 돈을 걸기에 충분한 정보는 아니었다. 알려지지 않은 정보가 필요했다. 출전 염소들의 속도와 지구력을 평가할 만한 정보라도 있어야 했다. 우리 옆에서 담에 기대어 있던 노인에게 도움을 청했다. 프랑스 사람 누구나 그렇듯이 노인도 전문가인 양 자신 있게 말했다.

"똥을 잘 봐야 해. 경기하기 전에 똥을 가장 많이 싼 녀석이 잘 달릴 가능성이 커. 속을 비운 놈이 꽉 채운 놈보다 빨리 달리는 게 당연하지 않겠나."

우리는 잠시 녀석들의 상태를 살펴보았다. 6번, 토토쉬! 똥을 푸짐하게 싸놓고 있었다. 우리의 조언가가 말했다.

"잘 봤네! 이번에는 몰이꾼을 살펴보게. 힘센 사람으로 찾게."

대부분의 몰이꾼은 카페에서 쉬고 있었다. 염소들과 마찬가지로 그들도 번호판을 달고 기수 모자를 썼다. 우리는 6번 몰이꾼을 어렵지 않게 찍어낼 수 있었다. 근골이 억세고 가능성이 있어 보였다. 게다가 맥주로 컨디션 조절까지 완전히 끝낸 듯했다. 방금 속을 비워낸 토토쉬와 짝을 맺고 있으니 승리는 따놓은 당상이었다. 우리는 내기를 하러 갔다.

"안 돼요."

경주권을 파는 부인은 1위, 2위, 3위를 한꺼번에 걸어야 한다고 설명했다. 우리 계산이 와르르 무너지고 말았다. 우리가 몰이꾼을 지켜보느라 한눈파는 사이 녀석들이 똥을 얼마나 쌌는지 어떻게 알 수 있겠는가? 잠깐 사이에 승률이 확 떨어졌다. 하지만 우리는 6번을 우승 후보로, 경주에 참가한 유일한 암컷을 2위로, 발굽 뒤의 털이 말쑥해 발재간이 남다를 것처럼 보이는 네네트란 염소를 3위로 골랐다. 이렇게 돈을 걸고, 우리는 카페 밖의 조그만 '광장'에 모인 도박꾼들과 합류했다.

포스터에서 약속한 대규모 오케스트라는 압트에서 온 소형 트럭이었다. 뒤쪽에 장착된 음향 시설에서는 소니 앤 셰어의 〈난 당신을 얻었어, 내 사랑〉이 흘러나오고 있었다. 전날 밤 우리가 본 기억이 있는 날씬하고 세련된 파리 여자가 화사한 흰 구둣발을 톡톡대기 시작했다. 그러자 수염도 깎지 않은 한 남자가 파스티스 잔을 내려놓고 거대한 올챙이 배와 펑퍼짐한 엉덩이를 흔들어대며 그녀에게 춤을 추자고 제안했다. 파리 여자는 버터라도 썩혀 버릴 듯한 표정으로 그 남자를 쳐다보았고, 갑자기 루이뷔통 가방을 뒤적대기 시작했다. 소니 앤 셰어의 노래가 끝나고 아레타 플랭클린의 음악이 흘러나왔다. 아이들은 염소 똥을 피해가며 돌차기 놀이를 하고 있었다. 이제 광장은 발 디딜 틈 없을 지경이었다. 우리는 비디오 카메라를 든 독일인과 올챙이배 사내의 틈을 비집고 나와, 결승선이 준비되는 것을 지켜보았다.

굵은 밧줄이 2.5미터 높이로 광장을 가로질러 쳐졌다. 1부터 10까지 번호가 적힌, 물을 가득 채운 큰 풍선들이 일정한 간격으로 밧줄에 매달렸다. 우리 옆에 있던 올챙이배가 규칙을 설명해주었다. 몰이꾼에게는 뾰족한 지팡이가 하나씩 주어지는데 지팡이는 두 가지 용도가 있다. 하나는 달리지 않으려는 염소를 재촉하는 것이고, 다른 하나는 완주했다는 증거로 결승선을 통과하면서 자기 번호의 풍선을 터뜨리는 것이었다. 물론 그때 몰이꾼은 물을 뒤집어쓸 테니, 그 광경 또한 재미라는 설명이었다.

마침내 몰이꾼들이 카페에서 나와 사람들 사이를 으스대며 걸었다. 우리가 선택한 몰이꾼 6번은 주머니칼을 꺼내지팡이 양끝을 날카롭게 다듬었다. 내게는 좋은 징조였다.

그때 한 몰이꾼이 주최 측에 불평을 제기했지만, 좁은 길을 어렵사리 지나온 자동차 한 대가 멈춰 서면서 그 다툼도 중단되고 말았다. 젊은 여자가 자동차에서 나왔다. 지도를 손에 쥐고 있었다. 무척이나 당황한 표정이었다. 그녀는 고속도로로 가는 길을 물었다.

불행히도 고속도로로 가는 길은 열 마리의 염소가 가로막고 있었다. 게다가 음악을 쾅쾅 틀어대는 소형 트럭과 2백여 명의 구경꾼까지 있었다. 하지만 젊은 여자는 그 길로 가야만 한다고 우겼다. 그리고 자동차에 올라 반 바퀴씩 전진하기 시작했다.

소동이 벌어졌다. 주최자들과 몇몇 몰이꾼이 자동차를 에워쌌다. 지붕을 쾅쾅 치고 지팡이를 휘둘러댔다. 움직이지도 않는 바퀴에 깔려 죽기라도 할 것처럼 염소들과 아이들을 피신시켰다. 구경꾼들도 재밌는 구경을 놓치지 않으려고 앞으로 몰려나왔다. 인파에 갇힌 자동차는 멈출 수밖에 없었다. 젊은 여자는 화가 나서 입을 꼭 다물고 앞만 쳐다보고 있었다.

"뒤로 빼세요!"

자동차가 온 방향을 가리키며 진행 요원들이 소리쳤다. 그리고 사람들에게 길을 터주라고 손짓했다. 기어를 난폭하게 바꾸는 소리가 우드득 하고 들렸다. 마침내 자동차가 후진하기 시작했다. 환호의 박수 속에 자동차는 끽끽대며 거꾸로 올라갔다.

출전자들에게 출발선에 모이라는 신호가 떨어졌다. 몰이꾼들은 염소 목에 둘러진 끈을 점검했다. 염소들은 무덤덤한 표정이었다. 6번은 7번의 조끼를 먹으려 했고, 우리가 3위 후보로 지목한 9번 염소 네네트는 한사코 뒤를 쳐다보려 했다. 결국 몰이꾼이 네네트의 뿔을 움켜잡고 반 바퀴를 돌려 무릎 사이에 끼워넣고 앞을 보고 서 있게 했다. 기수 모자가 눌리면서 네네트의 한 눈을 가렸다. 그 때문에 정신 나간 불량배처럼 보였다. 우리가 돈을 잘못 건 것은 아닐까? 우리는 녀석이 3등을 해내리라 믿고 있었지만 한 눈이 가려진 데다 방향감각마저 없으니 그럴 가능성은 거의 없는 듯했다.

염소들이 출발 순서대로 섰다. 바로 이 순간을 위해 몇 주, 아니 몇 달을 훈련받았을 것이다. 뿔과 뿔을 맞대고, 조끼와 조끼를 비벼대며 녀석들은 출발 신호를 기다렸다. 그때 몰이꾼 하나가 크게 트림을 했다. 녀석들이 한꺼번에 뛰쳐나갔다.

50미터도 채 못 되어 염소들은 천성적으로 달리기꾼이 아니라는 사실이 분명해졌다. 아니면 녀석들이 이 행사의 목적을 이해하지 못하고 있는 것이 분명했다. 몇 미터 달리지 않고 갑자기 두 녀석이 멈춰 서서 고집을 피우는 바람에 질질 끌고가야 했다. 또 한 녀석은 삼십 분 전쯤 해야 했던 일이 갑자기 생각났는지 첫 번째 굴곡 지점에 멈춰서 자연의 부름에 응답했다. 네네트는 모자에 한 눈이 가려졌기 때문인지 굴곡 지점에서 회전하지 못하고 곧장 달리면서 몰이꾼까지 구경꾼 속으로 끌고 들어갔다. 다른 녀석들은 온갖 회유책에 기운을 내며 언덕길을 겨우 올라갔다.

올챙이배가 소리쳤다.

"엉덩이를 걷어차라고!"

우리 옆에 끼어 있던 파리 여자가 움찔했다. 그런 모습에 올챙이배는 신이 났던지 그가 알고 있는 지역 풍습까지 주절거렸다.

"꼴찌 한 놈은 잡아먹히게 되어 있는 걸 알아요? 꼬챙이에 꽂아 굽지요. 정말이에요!"

파리 여자는 머리에 올려놓았던 선글라스를 내려서 썼다. 안색이 좋지 않아 보였다.

경주 구간은 마을 언덕을 한 바퀴 돌고 옛 샘터가 있는 쪽으로 이어졌다. 그런데 건초더미 사이로 플라스틱 판이 세워진 옛 샘터는 반드시 지나가야 할 웅덩이 장애물로 바뀌어 있었다. 걷든 수영을 하든, 이 장애물을 건너면 마지막으로 젖 먹던 힘을 다해 카페 밖에 물풍선으로 설치한 결승선까지 달려야 했다. 협동정신과 끈기를 시험하는 잔인한 경기였다.

중간 지점에 있던 구경꾼들이 떠들어대는 소리에 경기 상황을 짐작할 수 있었다. 1번과 6번이 선두 다툼을 벌인다는 소식이었다. 아홉 마리만 중간 지점을 통과했고, 열 번째 염소는 행방불명이란 소식도 있었다. 올챙이배가 파리 여자를 바라보며 중얼거렸다.

"그놈 목이 달아나겠군."

파리 여자는 결국 포기한 듯 사람들 사이를 비집고 덜 짓

궂은 사람을 찾아 결승선을 향해 갔다.

샘터에서 철벅대는 소리가 들렸다. 그때 비명에 가까운 여자 목소리가 들렸다. 웅덩이 장애물의 첫 희생자가 생긴 것이었다. 깊이를 잘못 헤아린 여자 아이였다. 허리까지 물에 잠겨 힘겹게 물을 헤치고 나오면서 놀란 목소리로 비명을 질러댔다.

"염소들, 염소들이 와요!"

딸이 염소들에게 짓밟혀 납작해질지도 모른다는 생각에 다급해진 어머니가 치맛자락을 끌어올리고 웅덩이에 뛰어들었다. 올챙이배가 손가락 끝에 입을 맞추며 중얼거렸다.

"멋진 허벅지야!"

발굽소리가 들리면서 선두 그룹이 샘터를 향해 다가왔다. 건초더미 사이로 들어갔지만 물에 젖고 싶지 않은 듯 멈칫거렸다. 몰이꾼들이 툴툴대고 욕까지 해대며 염소들을 끌어당겼다. 결국 몰이꾼의 힘에 끌려 염소들은 웅덩이에 빠졌고 허겁지겁 빠져나왔다. 몰이꾼들은 젖은 운동화를 철픽대며 달렸고, 지팡이를 창처럼 세웠다. 중간 지점의 순서가 그대로 유지되고 있었다. 1번과 6번, 그러니까 티틴과

토토쉬가 물풍선이 매달린 결승선을 향해 신나게 달려왔다.

1번 몰이꾼이 팔을 크게 휘두르며 물풍선을 가장 먼저 터뜨렸다. 파리 여자는 물세례를 피하려고 잽싸게 뒷걸음질쳤지만 똥더미를 밟고 말았다. 6번은 경주 전에 지팡이를 날카롭게 다듬었지만 물풍선을 쉽게 터뜨리지 못했다. 다음 몰이꾼이 결승선에 닿기 전에 가까스로 물풍선을 터뜨릴 수 있었다. 한 마리씩, 때로는 무더기로 물을 뚝뚝 흘리는 염소들이 비틀대며 결승선에 들어왔다. 결승선에 매달린 물풍선 하나는 끝내 터지지 않았다. 9번, 고집불통 네네트는 완주하지 못했다. 올챙이배가 중얼거렸다.

"저놈이 도살장행이군."

우리는 차로 집에 돌아가는 길에 네네트를 볼 수 있었다. 목에 걸린 끈을 끊고 몰이꾼에게서 도망친 것이다. 길 위로 나지막한 담이 둘러진 정원에 걸터앉아 제라늄을 뜯고 있었다. 한쪽 뿔에 모자를 건 채.

"봉주르, 마송〔안녕하쇼, 벽돌공〕."

"봉주르, 플롱비에〔안녕하십니까, 배관공〕."

일꾼들이 도착하면서 다시 시끄럽고 뜨거운 하루가 시작되었다. 그들은 전에 한 번도 만난 적 없는 사람들처럼 깍듯하게 인사말과 악수를 나누었다. 게다가 이름 대신 직업으로 서로를 불렀다. 건축기사인 크리스티앙은 그들과 오랫동안 함께 일해왔지만 결코 이름을 부르는 법이 없었다. 언제나 성에 직업명을 결합시켜 다소 거창하고 복잡하게 불렀다. 따라서 프랑시스는 메니쿠치 플롱비에, 디디에는 앙드레 마송, 브뤼노는 트뤼펠리 카를뢰르〔타일공〕가 되었다. 때로는 세상에 알려지지 않은 귀족 직함처럼 길고 엄숙한 이름까지 만들어냈다. 예컨대 카펫을 까는 장 피에르는 공식적으로 가야르 포죄르 드 모케트라 불렸다.

그들은 메니쿠치가 중앙 난방에 필요한 파이프를 설치하려고 파놓은 구멍 하나에 빙 둘러서서, 빡빡한 일정에 얽매여 사는 사람들처럼 작업 계획을 상의하고 있었다. 작업은 엄격한 순서에 따라 진행되어야 했다. 먼저 메니쿠치가 파이프 설치를 완전히 끝내야 했다. 그 후 벽돌공들이 들어와 훼손된 벽을 메우면 전기공, 미장이, 타일공, 목수, 페인트공의 작업으로 이어질 수 있었다. 그들 모두가 프로방스 토박이였기 때문에 마감 날짜가 지켜질 가능성은 거의 없었다. 하지만 이런 모임은 그런대로 흥미로운 대화의 기회를 주었다.

메니쿠치는 작업 일정의 열쇠를 쥔 '우월적 지위'를 즐기고 있었다. 하기야 그의 작업 진척에 따라 다른 사람의 일과 표까지 정해지기는 했다.

"자네들도 알겠지만 내가 벽을 고르곤졸라*처럼 만들어 버릴 거야. 하지만 벽돌공, 자넨 어떤가? 반나절이면 복구를 끝낼 수 있겠나?"

디디에가 대답했다.

"하루는 꼬박 걸릴 것 같은데요. 하지만 언제쯤이나 할 수 있을까요?"

메니쿠치가 대답했다.

"너무 재촉하지 말게. 배관공으로 사십 년 동안 일하면서 터득한 게 있다면 중앙 난방 시설은 절대 서둘러선 안 된다는 거야. 아주, 아주 세심한 주의가 필요한 작업이라고."

디디에가 넌지시 물었다.

---

* gorgonzola, 이탈리아산 고급 치즈.

"크리스마스쯤이면?"

메니쿠치는 그를 물끄러미 바라보며 고개를 저었다.

"설마 농담하는 건 아니겠지? 겨울을 생각해보게."

이렇게 말하며 메니쿠치는 어깨에 외투를 걸치는 시늉을
해 보였다.

"영하 10도라면 어떻게 되겠나?"

이번에는 모자를 귀 아래로 눌러 쓰면서 덜덜 떠는 흉내
를 냈다.

"갑자기 수도관이 새기 시작한다! 왜 그럴까? 성급하게,
주의를 기울이지 않고 설치했기 때문일 걸세."

그는 일꾼들을 쳐다보며, 수도관이 줄줄 새는 추운 겨울
의 모습을 나름대로 상상할 시간을 주었다.

"그런 상황에 어떤 사람이 웃을 수 있겠나? 엉? 그때 가
서도 배관공에게 농담을 건넬 수 있겠나?"

나는 그렇게 하지 못할 것 같았다. 그때까지 보일러와 치
른 씨름은 악몽이었다. 낮에는 밖에서 지내면 그나마 견딜
수 있었다. 저번에는 한 부분만 수리한 것이지만 이번에는
대대적인 보수공사였다. 그의 촉수 같은 동 파이프는 어쩔

수 없다 쳐도, 메니쿠치는 먼지와 돌조각들과 비틀린 파이프 조각까지 그날 자신이 지나간 흔적을 남겼다. 마치 무쇠 턱을 가진 흰개미가 지나간 자국처럼. 가장 견디기 힘든 것은 사생활이 없다는 것이었다. 거실에서는 벽에 난 구멍으로 빼꼼 나온 메니쿠치의 엉덩이를 보아야 했고, 욕실에서는 토치램프를 든 '풋내기'를 만나야 했다. 유일한 피신처는 수영장이었다. 아니, 거기서도 끝없이 울려대는 천공기 소리와 망치 소리를 피하려면 물속 깊숙이 잠수하는 수밖에 없었다. 따라서 친구들이 옳았다는 생각이 가끔 들었다. 우리도 8월에는 어딘가로 떠나거나, 혹한 지역에 숨어 지내는 편이 나았겠다는 생각을 지울 수 없었다.

그래도 저녁이면 집에 들어가, 하루 종일 귀를 멍멍하게 하던 소음에서 벗어날 수 있다는 안도감이 있었다. 따라서 우리는 뤼베롱 산을 찾은 여름 관광객들을 위해 마련된 문화 행사에 거의 참여하지 않았다. 세낭크 수도원에서 불편할 정도로 딱딱하고 긴 의자에 앉아 그레고리오 성가를 들으며 엉덩이를 학대했던 저녁이나, 오페드 위의 유적지에서 조명을 환히 밝히고 열린 연주회에 참석한 것을 제외하면 뒷마당을 벗어나지 않았다. 우리끼리 오붓하고 조용히 지내는 것만으로도 행복했다.

어느 날 저녁으로 준비했던 음식에 드릴 작업으로 먼지가 뽀얗게 쌓여서 우리는 어쩔 수 없이 외출해야 했다. 우리는 구에 있는 소박하고 수수해 보이는 식당에 가기로 했다.

구는 주민도 별로 눈에 띄지 않고 관광객의 관심을 끌 만한 것도 없는 자그만 마을이었다. 집에서 먹는 기분일 테고, 더구나 우리 집보다 깨끗할 것이란 생각도 들었다. 우리는 옷에 쌓인 먼지를 털어내고, 벽에 난 구멍들을 개들에게 맡기고 집을 나섰다.

낮 동안 숨이 막힐 정도로 더웠기 때문일까? 마을에는 햇볕에 구워진 아스팔트, 말라붙은 로즈메리와 따뜻한 자갈이 풍기는 체취가 그대로 남아 있었다. 그리고 사람들까지 북적댔다. 하필이면 그날이 연례 축제일이었던 것이다.

미리 알아보고 왔어야 했다. 모든 마을이 8월이면 이런저런 이유로 행사를 벌였다. 불르 경기, 당나귀 경주 등 온갖 대회가 열렸다. 플라타너스에 오색등을 주렁주렁 매달아 장식하고, 비계에 나무판을 깔아 무도장을 설치하고, 멀리 아비뇽에서 몰려온 집시들과 아코디언 연주자, 기념품 장사꾼들과 록그룹이 북적대는 야시장과 바비큐 파티도 있었다. 낮 시간 건설 현장 일 때문에 골치 썩지 않은 사람들에게 이런 행사는 시끌벅적하고 흥겹기 마련이다. 우리는 이미 그 마을에 들어섰고, 머릿속으로는 벌써 주문을 끝낸 저녁식사를 하고 싶을 뿐이었다. 뜨뜻한 홍합과 베이컨을 곁들인 샐러드, 생강과 요리사의 정성으로 버무린 닭요리 그리고 달콤한 초콜릿 케이크가 안겨줄 기쁨에 비한다면 사람들이 많다는 게 무슨 대수겠는가?

연중 어느 때나, 그 마을의 길에 열 명 이상이 모인 것은 심상찮은 일이 생겼다는 뜻이었다. 장례식이나, 카페에서 몇 미터 떨어진 곳에 나란히 가게를 운영하는 두 정육점 간에 가격인하 경쟁이 벌어진 것이었다. 하지만 그날 밤은 그런 수준이 아니었다. 구가 전 세계인을 초대한 듯했다. 세상 사람 모두가 우리만큼 굶주린 것 같았다. 식당은 손님으로 가득했다. 테라스에도 빈 자리가 없었다. 나무 밑 그늘에서 서성대며 빈 자리가 나기를 기다리는 부부들이 눈에 띄었다. 웨이터들은 몹시 지친 표정이었다. 식당 주인 파트릭도 피곤해 보였지만, 금광이라도 발견한 사람처럼 흡족한 얼굴이었다. 그가 우리에게 말했다.

"미리 전화를 주시지 그랬어요. 열 시쯤 다시 오세요. 그럼 어떻게 해볼게요."

구의 주민 모두를 수용할 만큼 널찍한 카페에도 서 있을 공간밖에 없었다. 우리는 마실 것을 사들고 길을 건넜다. 프랑스의 영광을 위해 전쟁에서 싸우다 죽어간 사람들을 기리는 기념물이 세워진 썰렁한 광장에 좌판들이 펼쳐져 있었다. 우리가 보았던 대부분의 전쟁 기념물과 마찬가지로 그 기념물도 잘 관리되고 있었다. 세 개의 삼색기가 잿빛 돌덩이에 대비되어 더욱 선명하고 깨끗하게 보였다.

광장 주변의 집들은 창문이 열려 있었다. 사람들은 텔레비전을 켜놓은 것도 잊은 채 창밖으로 몸을 내밀고, 아래에서 천천히 움직이는 소란스런 사람들을 지켜보았다. 평소의 시장과는 달랐다. 지역 공예가들은 목각과 도기를 펼쳐놓았고, 포도주 양조 업자와 양봉 업자, 골동품 상인과 화가도 나와 있었다. 대낮의 열기가 돌담에 고스란히 남아 있고, 뒤꿈치에 무게를 싣고 배를 쑥 내민 채 걷는 사람들의 나른

한 발걸음에서도 읽혀지는 듯했다.

대부분의 좌판이 조립식이었다. 날염한 식탁보를 씌운 좌판 위에 공예품이 진열되어 있었다. 좌판 옆에는 물건을 사고 싶으면 카페로 주인을 찾아오라는 안내판이 세워진 경우가 많았다. 다른 좌판에 비해 유난히 공들여 만든 듯한 큰 것은 탁자와 의자 말고도 긴 의자까지 갖췄고 화분에 심은 종려나무들로 장식되어 야외 거실처럼 보였다. 반바지를 입고 샌들을 신은 거무튀튀하고 땅딸막한 사내가 탁자에 앉아 있었다. 탁자에는 포도주병 하나와 주문장이 놓여 있었다. 생팡탈레옹의 철공예가였다. 우리 집에도 그가 만든 작품이 몇 점 있었다. 그가 우리에게 다가와 앉으라고 손짓했다.

철공예가는 쇠와 강철을 다루는 사람이다. 특히, 프랑스 시골에서는 덤불 뒤에 몸을 감추고 호시탐탐 기회를 엿보는 도둑을 막아줄 빗장과 대문, 덧문과 쇠창살을 만드느라 항상 바쁜 직업이다. 오드 씨는 이처럼 단순한 안전장치를 만드는 수준에 머물지 않았다. 18세기와 19세기의 강철로 된 가구의 복제품을 원하는 앤티크 시장이 있다는 것을 알게 되었다. 그는 참고용 사진과 밑그림을 수록한 책을 갖고 있었다. 고객이 정원용 벤치나 빵 굽는 석쇠, 나폴레옹이 사용했다고 알려진 접이식 야전침대를 원하면 그는 그대로 만들어주기도 했지만 때로는 녹에 관한 뛰어난 식견을 발휘해 고객이 원하는 고풍스런 멋을 더하기도 했다. 그는 자그만 비글 암캐를 데리고 처남과 함께 일했다. 무엇이든 두주 후에 배달해준다고 하고서는 석 달이 지나서야 갖고 오는 사람으로 알려져 있었다. 우리는 그에게 장사가 잘되는지 물었다.

그는 주문장을 툭툭 치며 대답했다.

"공장이라도 세워야 할 정도요. 독일 사람, 파리 사람, 벨기에 사람, 모두가 커다란 원형 식탁과 이런 정원용 의자를 만들어달라고 하니까."

그는 의자 하나를 옆으로 끌어당겼다. 아치형으로 우아하게 굽은 상다리를 우리에게 보여주며 덧붙였다.

"그런데 그들은 내가 이틀이면 어떤 거라도 만들어낸다고 생각하는 모양입니다. 하지만 당신들도 알겠지만…."

그는 말을 끝맺지 못했다. 포도주를 한 모금 마시고 뭔가 생각하듯 입을 오물거렸다. 좌판 주변을 서성대던 한 부부가 다가와 야전침대에 대해 물었다. 오드 씨는 책을 펴고, 연필 끝에 침을 묻히며 그들을 쳐다보았다. 그리고 아주 진지한 얼굴로 말했다.

"미리 말씀해두지만 물건 만드는 데 보름은 걸립니다."

거의 열한 시가 되어서야 우리는 저녁을 먹었고, 자정을 훨씬 넘겨서야 집에 돌아올 수 있었다. 밤공기는 따뜻했고 후덥지근했다. 이상하게도 바람 한 점 없었다. 수영하기에 적당한 밤이었다. 우리는 물에 뛰어들었다. 등을 대고 누워 하늘을 쳐다보았다. 더위에 지친 하루를 끝내는 완벽한 마무리였다. 저 멀리 코트다쥐르 쪽에서 묵직한 천둥소리가 들렸다. 그리고 순간적으로 번개가 번쩍거리며 까만 하늘을 아름답게 수놓았다. 어디선가 폭우가 내린다는 뜻이었다.

아직 깜깜한 이른 새벽녘, 메네르브에도 천둥소리가 울려대기 시작했다. 창문을 흔들어대고 개들을 자극해서 합창하듯 짖게 만든 천둥소리에 우리는 잠을 깼다. 거의 한 시간 넘게 천둥과 번개가 포도밭을 뒤흔들고 가끔은 훤히 밝히면서 우리 집 위를 맴도는 듯했다. 그리고 댐이 터진 듯 폭우가 쏟아지기 시작했다. 지붕과 뒷마당을 사정없이 내리쳤다. 굴뚝을 통해 빗물이 뚝뚝 떨어졌고, 현관 틈으로 스며들었다. 동틀녘에야 비가 그쳤다. 그리고 아무 일도 없었다는 듯이 태양은 어제처럼 떠올랐다.

전기가 끊겼다. 잠시 후 프랑스 전력공사에 전화를 걸려다 전화선도 끊어진 것을 알게 되었다. 우리는 폭우가 남긴 상흔을 살펴보려고 집 주변을 둘러보았다. 진입로가 절반쯤 쓸려나가 있었다. 게다가 곳곳에 트랙터 바퀴 폭만큼 깊은 웅덩이가 파여 웬만한 자동차는 지나갈 수 없을 것 같았다. 하지만 두 가지 좋은 점이 있었다. 눈부시게 아름다운 아침이었고, 일꾼도 오지 않았다. 일꾼들도 자기 집을 보수하기에 바빠 우리 집 중앙 난방은 생각할 틈도 없었을 것이다. 우리는 숲으로 산책을 나갔다. 폭우의 흔적을 볼 수 있었다.

인상적인 모습이었다. 뿌리째 뽑힌 나무들 때문이 아니라, 몇 주째 달구어진 대지에 호우가 남긴 축복 때문이었다. 증기가 유령처럼 나무들 사이로 피어올랐고, 새 아침의 열기가 풀숲을 말리기 시작하면서 '쉿쉿' 하는 소리가 끊이지 않았다. 우리는 햇살과 푸른 하늘이 안겨주는 상큼한 기분에 젖었다. 잠시 후 늦은 아침을 먹으러 집에 돌아왔다. 끊어졌던 전화가 다시 울렸다. 프뢱튀스였다. 그가 담보한 보험증권에 어떤 피해가 있었는지 확인차 전화한 것이었다.

우리는 집으로 들어오는 길이 무너졌을 뿐이라고 답했다.

"다행입니다. 부엌에 물이 50센티미터나 차오른 고객이 있었거든요. 가끔 이런 사고가 생깁니다. 8월은 이상한 달이거든요."

그의 말이 맞았다. 8월은 이상한 달이었다. 8월이 끝나가서 기뻤다. 예전의 삶을 되찾을 수 있을 테니까. 도로는 한산할 테고, 식당도 북적대지 않을 테니까. 메니쿠치도 다시 긴 바지를 입겠지.

09 September

포도 수확의 계절

하룻밤 사이에 뤼베롱의 인구가 눈에 띄게 줄었다. 별장들에 자물쇠가 채워지고 덧문이 내려졌다. 간혹 굉장히 멋진 별장도 눈에 띈다. 문기둥에도 녹슨 긴 쇠줄이 채워졌다. 이제 별장들은 크리스마스까지 비어 있을 것이다. 누가 봐도 빈집으로 보여, 보클뤼즈에서 도둑질이 작은 산업으로까지 발전한 이유를 이해할 수 있을 것만 같다. 대단한 장비도 없고 행동도 굼뜬 도둑마저도 앞으로 몇 개월 동안은 마음놓고 일할 수 있을 테니까. 지난 몇 년 동안 정말 기상천외한 도난 사건들이 꽤 있었다. 부엌이 통째로 털린 사건이 있었고, 옛 로마식 기와를 벗기고 고풍스런 현관문을 떼어간 사건도 있었다. 심지어 올리브를 뿌리째 뽑아간 도둑도 있었다. 어느 영리한 도둑이 수준 높은 안목으로 여러 물건을 살피고 최고만을 택해 집이라도 한 채 지으려는 것 같았다. 혹시 우리 집 우편함을 훔쳐간 그 녀석일까?

동네 친구들도 여름의 낮잠을 털고 밭에 나오기 시작했다. 그들 대부분이 '손님 소동'에서 회복되고 있었다. 손님들에 관한 이야기는 놀랍도록 비슷했다. 수도와 돈이 주된 화제였다. 얼떨떨해 하던 사람이나, 미안해 하던 사람이나, 구두쇠짓 하던 사람이나 모두가 똑같은 말을 되풀이했다는 것이 놀라웠다. 손님들은 자신도 모르는 사이에 '8월의 어록'을 만들어놓고 떠난 셈이었다.

"그러니까 신용카드를 받지 않는다고요? 누구나 신용카드를 갖고 다닌다고요!"

"보드카가 바닥났군."

"욕실에서 이상한 냄새가 나는데요."

"이번 것은 자네가 계산하겠나? 내겐 5백 프랑짜리 지폐

뿐이거든."

"걱정 말게. 런던에 돌아가자마자 새 것으로 보내줄게."

"정화조를 그렇게 조심스레 다뤄야 하는 줄은 몰랐어."

"로스앤젤레스에 전화한 비용이 얼마인지 꼭 알려주게."

"자네가 이렇게 노예처럼 일하는 걸 보니 내 마음이 정말 안 좋아."

"위스키가 떨어졌군."

하수구가 막혔고, 브랜디를 바닥나도록 마셔댔고, 수영장에서 깨진 포도주잔이 나왔다는 이야기, 그리고 꽉 졸라매고 열지 않는 지갑과 엄청난 식욕 등에 얽힌 사연들을 들으면서 우리는 8월을 정말 무사히 넘긴 기분이었다. 우리가 집 공사로 꽤나 고생한 것은 당연했지만, 그 소음 때문에 이웃집들까지 곤욕을 치른 모양이었다. 하여간 우리는 집을 때려부수던 메니쿠치에게 숙식까지 제공해줄 필요는 없었다.

많은 점에서 9월 초는 다시 찾아온 봄 같은 느낌이었다. 낮에는 건조하고 더웠지만 밤에는 서늘했다. 8월의 무더운 아지랑이가 물러나면서 공기가 한층 맑아졌다. 골짜기의 주민들은 무기력증을 훌훌 털어내고 본업으로 돌아가기 시작했다. 매일 아침이면 포도밭을 둘러보며 반듯하게 매달려 상큼하게 익어가는 포도알을 살펴보았다.

포스탱도 포도밭에 나와 있었다. 포도송이를 손에 받쳐 들고 하늘을 쳐다보았다. 혀를 잇몸에 대고 쯧쯧대며 날씨를 예상해보려 애썼다. 나는 그에게 언제쯤 포도를 수확할 생각이냐고 물었다.

"좀 더 익어야지요. 하지만 9월 날씨는 변덕스러워 믿을 수가 없어요."

포스탱은 달이 바뀔 때마다 날씨에 대해 우울한 말을 되풀이해왔다. 땅을 파먹고 산다는 것이 너무나 힘들다고 푸념하는 온 세상의 농부와 마찬가지로 체념과 불만이 가득 담긴 말투였다. 여건도 좋지 않았다. 아니, 좋은 적이 없었다. 비, 바람, 햇볕, 잡초, 해충, 정부…. 언제나 적어도 하나가 훼방꾼 노릇을 한다. 그들의 비관적인 푸념에서 변태적인 쾌감까지 읽혀질 지경이다.

포스탱이 말했다.

"열한 달 동안 모든 게 순조로울 수 있어요. 하지만 마지막 순간에 '뻥!' 하고 폭풍우가 몰려오면 포도주스를 만들기도 어려울 정도로 엉망이 된다고요."

'쥐 드 래쟁(포도주스).' 그는 지나치게 경멸적인 어투로 말했다. 그래서 포도주로 만들 가능성이 전혀 없는 포도를 수확하느라 시간을 낭비하기보다 엉망이 된 포도를 밭에서 그대로 썩게 내버려둘 것만 같았다.

그의 삶에 여전히 슬픔이 부족했는지 세상은 그에게 더 큰 어려움을 강요했다. 우리 밭의 포도는 시기를 달리해 두 번에 걸쳐 수확해야 했다. 우리 밭에 심은 5백 그루의 포도나무에서 가정용 포도를 먼저 수확한 후 '래쟁 드 퀴브(양조용 포도)'를 작업해야 했다. 그야말로 '귀찮은 일'이었다. 가정용 포도값이 괜찮을 때에는 그나마 견딜 만한 일이었다. 설사 그렇더라도 실망과 재앙이 덮칠 수 있는 두 번의 가능성을 이겨내야 한다는 뜻이었다. 포스탱은 이런 사실을 잘 알고 있었지만 실망과 재앙은 언제나 필연처럼 찾아왔다. 고개를 저으며 하느님을 원망하는 포스탱의 곁을 나는 살며시 떠났다.

포스탱의 암울한 예언을 보상이라도 해줄 듯이 메니쿠치

가 반가운 소식을 전해주었다. 중앙 난방 설비에서 그가 맡은 일이 끝나서 보일러를 점화시킬 날도 멀지 않았다는 소식이었다. 그는 내게 기름을 주문하라고 세 번씩이나 재촉했다. 그리고 탱크를 채울 때 이물질이 들어가지 않는지 감시해야 한다고 목소리를 높였다.

메니쿠치가 기름을 가져온 사내에게 말했다.

"조심하게, 정말 조심해야 해! 자네 기름에 작은 잡티라도 끼어 있으면 내 버너가 작동 중지된다고. 전극이 끊어지니까. 탱크에 기름을 넣기 전에 여과시켜 잡물을 걸러내는 게 낫지 않을까?"

기름 배달부는 화가 난 듯 허리를 꼿꼿이 폈다. 그리고 기름때가 낀 시꺼먼 손가락으로 메니쿠치의 손가락 끝을 슬쩍 밀어내며 말했다.

"세 번이나 여과시킨 기름이에요. 완전무결한 기름이니까 걱정마세요."

그리고 그는 손가락 끝에 입맞춤하려다 그만두었다.

메니쿠치가 말했다.

"두고 보면 알겠지."

그는 여전히 의심쩍은 표정으로 호스 주둥이를 쳐다보았다. 그러자 기름 배달부는 호스 주둥이를 탱크에 넣기 전에 시위하듯이 더러운 걸레로 닦아냈다. 탱크를 채우는 거룩한 의식이 진행되는 동안, 버너와 보일러의 내부 기능에 대한 심도 깊은 강의가 있었다. 기름 배달부는 투덜대며 듣는 둥 마는 둥 하면서도, 간혹 '그래요?'라고 맞장구치고 새로운 것을 알았다는 반응을 보였다. 마지막 한 방울까지 탱크에 채워지자 메니쿠치가 나를 돌아보며 말했다.

"오늘 오후에 시험 가동을 해봐야겠습니다."

그러더니 그는 끔찍한 사태라도 떠올랐던지 잠시 걱정스런 표정을 지었다.

"외출하지 않을 거죠? 두 분 모두 집에 계실 거죠?"

그에게 구경꾼을 빼앗는 것은 너무 몰인정한 짓이리라. 우리는 두 시까지 준비를 끝내고 기다리겠다고 약속했다.

한때 당나귀의 숙소였지만 메니쿠치가 난방 장치의 중추 설비로 탈바꿈시켜 놓은 곳에 우리는 모였다. 보일러, 버너, 물탱크가 나란히 설치되고 동관으로 서로 연결되어 있었다. 한편 온수는 붉은색, 냉수는 푸른색으로 칠해진 배관들이 보일러에서 부챗살처럼 뻗어나와 천장으로 사라지는 것도 인상적이었다. 밸브와 계기판과 스위치는 거친 돌벽에 어울리지 않게 밝은색을 띠고 거장의 손길을 기다리고 있었다. 아주 복잡해 보였기에 나는 무심결에 느낀 대로 말하는 실수를 범하고 말았다.

메니쿠치는 내 말을 인격 모독이라 생각했는지, 스위치를 딸깍거리고 밸브를 여닫고 계기판과 게이지를 만지작대면서 무려 십 분 동안 난방 장치의 구조적 단순함을 역설하여 나를 당혹스럽게 만들었다. 그리고 스위치에 대해 마지막으로 화려한 수식어를 덧붙이고는 이렇게 말했다.

"자, 이제 이 기계 장치를 이해하셨을 테니 시험가동을 해볼까요? 풋내기! 정신 차리고!"

딸깍대는 소리와 쿵쿵대는 소리가 이어지면서 마침내 괴물이 잠에서 깨어났다.

"보일러."

이렇게 말하며 메니쿠치는 보일러 주변을 서성대며 다섯 번 정도 계기판을 조절했다. 쿵, 하는 소리가 들렸고 곧이어 묵직한 굉음이 울렸다.

"불이 붙었어!"

메니쿠치는 우주왕복선을 이륙시킨 것처럼 극적인 목소리로 말했다.

"오 분이면 모든 라디에이터가 뜨거워질 겁니다. 이쪽으로!"

그리고 메니쿠치는 종종걸음으로 집 안을 둘러보면서 우리에게도 라디에이터를 만져보라고 했다.

"뜨뜻하죠? 한겨울에도 셔츠 바람으로 지낼 수 있을 겁니다."

그때쯤 우리 모두가 땀을 비 오듯 흘리고 있었다. 바깥 기온이 26도였다. 여기에 보일러의 열까지 더해져 실내 기온은 견디기 힘들 지경이었다. 나는 탈진하기 전에 보일러를 끄면 어떻겠냐고 물었다.

"안 됩니다. 스물네 시간은 그대로 둬야 합니다. 그래야 모든 이음매를 확인하고 새는 곳이 없는지 확인할 수 있거든요. 내일 제가 돌아올 때까지 아무것도 만지지 마세요. 모든 것을 최대한으로 유지하는 게 가장 중요합니다."

그의 말에 우리는 맥이 빠졌다. 먼지가 구워지고 철이 달

귀지는 냄새를 즐길 수밖에 없었다.

9월의 주말이면 제3차 세계대전을 준비하는 듯한 굉음이 시골을 뒤덮는다. 사냥철의 시작을 공식적으로 알리는 소리였다. 프랑스에서 남자다운 남자는 모두 총을 메고 사냥개를 끌고, 살생 충동에 따라 사냥감을 찾아 산으로 향한다. 사냥철이 임박했다는 조짐은 우편물에서 느낄 수 있었다. 베종라로멘*에 있는 한 총포상이 보낸, 엄청난 내용이 담긴 카탈로그였다. 모든 총기류를 완벽하게 갖추고 있으며 사냥철 전의 가격으로 제공하겠다는 광고였다. 70여 개의 모델이 있었다. 베르니 카롱 그랑 베카시에, 아니면 전자 조준기가 달린 뤼제 매그넘 44구경을 가지고 싶다는 생각에, 이 땅에 태어난 후 줄곧 잠자고 있던 사냥 본능이 꿈틀대며 긴 잠에서 깨어났다. 하지만 위험한 기구를 다루는 내 능력을 조금도 믿지 않는 아내가 '발등이나 쏠 거면서 전자 조준기까지 필요하겠냐'고 빈정댔다.

총에 대한 프랑스 사람들의 애착에 우리 부부는 몇 번이나 놀랐었다. 어느날, 겉으로는 온화하고 얌전해 보이는 두

---

* Vaison-la-Romaine, 프랑스 동남부의 관광 도시. 로마 시대의 유적이 많고 중세 시대의 도심과 성당이 잘 보존되어 있다.

남자의 집을 방문한 적이 있었다. 두 번 모두, 우리는 가족 무기고를 구경해야 했다. 한 남자는 다양한 구경의 라이플 다섯 자루를 갖고 있었고, 다른 남자는 여덟 자루나 갖고 있었다. 기름을 치고 광택을 낸 여덟 자루 모두가 치명적인 예술 작품인 것처럼 식당 벽의 선반에 전시되어 있었다. 대체 총이 여덟 자루나 필요한 이유가 무엇일까? 어느 때 어떤 총을 들고 나가는 것일까? 아니면 골프 가방처럼 여덟 자루를 모두 챙겨 나가, 표범이나 큰 사슴에는 매그넘 44구경을 사용하고 토끼에게는 베이비 브레튼을 쓰는 것일까?

얼마 후, 우리는 프랑스인들의 총에 대한 애착이 장비와 장구를 중요하게 여기는 민족적 기질의 한 단면에 불과하다는 사실을 알게 되었다. 한마디로 전문가처럼 보이고 싶어 하는 열정이었다. 사이클링이나 테니스, 스키를 시작하면서도 그랬다. 프랑스 사람들은 다른 사람들의 눈에 초보자처럼 보이는 걸 죽기보다 싫어했다. 실제로 초보자인데도 말이다. 따라서 그들은 전문가 기준에 맞춰 장비를 마련한다. 그것도 즉각! 수천 프랑을 투자하면, 투르 드 프랑스나 윔블던 테니스 대회**, 동계 올림픽에서 금메달을 놓고

** The Championships, Wimbledon. 1877년에 시작되어 세계 최고의 역사를 가진 영국의 테니스 대회.

다투는 노련한 선수들과 전혀 구분되지 않는다. 사냥의 경우에는 갖춰야 할 장비가 거의 무한대에 가깝다. 하지만 그런 장비들은 그들을 더욱 마초스럽게 만들어 준다.

우리는 카바용의 시장에서 사냥용품 트렌드를 미리 살펴볼 기회가 있었다. 좌판마다 사냥철에 대비한 물건들이 가득 쌓여 있어, 작은 군수품 창고처럼 보였다. 탄띠와 가죽을 엮어 만든 라이플용 멜빵, 지퍼 달린 주머니가 무수히 많은 조끼와 물세탁이 가능해 핏자국을 쉽게 제거할 수 있는 '아주 실용적인' 사냥감 가방, 콩고에 낙하산으로 투입된 용병들이 사용한 것과 같은 야전용 장화, 손잡이에 나침반이 부착되고 칼날이 23센티미터나 되는 무시무시한 단검, 십중팔구 물 대신 파스티스를 담을 경량 알루미늄 수통, D자형 고리가 달린 가죽 벨트, 탄약이 떨어져서 사냥감을 날붙이로 공격해야 할 경우 칼을 라이플에 단단히 고정시킬 수 있는 특수 멜빵, 사냥 모자와 특공대원용 바지, 비상 식량과 작은 접이식 야외 스토브…. 하여간 사냥꾼이 숲에서 야생 동물을 만났을 때 필요한 모든 것이 있었다. 다만 네 다리를 갖고 레이더와 같은 코를 가진 필수 동반자,

사냥개는 없었다.

사냥개는 계산대 너머로 사고 팔기에는 너무 특수했다. 고려할 게 한두 가지가 아니다. 신중한 사냥꾼은 강아지를 살 때 반드시 그 종자부터 확인한다는 이야기도 있다. 우리가 지금까지 보아온 사냥개들로 판단할 때 그 애비를 찾아내는 것이 거의 불가능하지만 온갖 희한한 잡종들 중에서도 특별히 눈에 띄는 종이 서넛 있었다. 다갈색에 가까운 큰 스패니얼, 비글의 허리를 길게 늘여놓은 듯한 닥스훈트, 그리고 쭈글쭈글해서 애처로운 얼굴에 가슴은 좁은 대신 키가 큰 마스티프였다.

사냥꾼은 누구나 자기 개에게 대단한 재능이 있다고 생각한다. 따라서 자신의 개와 관련해 믿기지 않는 이야기를 적어도 하나쯤은 갖고 있다. 그의 이야기를 그대로 믿으면, 사냥개가 죽는 순간까지 충성하도록 훈련되었고 엄청나게 뛰어난 지능을 가졌다고 생각하기 십상이다. 어쨌든 우리는 그들이 보여줄 활약을 기대하며 사냥철이 시작되는 주말을 기다렸다. 사냥개들의 멋진 활약상을 보고 우리 집 개들도 도마뱀이나 몰래 쫓고 헌 테니스 공에 달려드는 짓에서 벗어나 좀 더 유익한 일을 해야겠다고 생각할 수 있지 않은가.

우리 집 근처 계곡에서는 일요일 아침 일곱 시가 조금 넘어 드디어 사냥이 시작되었다. 집 양쪽과 뒷산에서 거의 동시에 총소리가 들렸다. 움직이는 것은 무엇이나 위험에 빠질 것 같았다. 나는 개들을 데리고 산책을 나가면서 만일의 경우를 대비해 커다란 흰 손수건을 챙겼다. 총기면허가 있는 사냥꾼이라면 사람들이 밟아 다져진 길에서 벗어나 산속 깊이 들어가 덤불을 헤치고 있으리라 생각했지만, 우리는 극도로 조심하면서 집 뒤에서 마을로 이어지는 오솔길을 따라 걸었다.

새소리가 거의 들리지 않았다. 첫 총성이 울리기 무섭게, 예민하고 경험 많은 새는 북아프리카나 아비뇽 중심가 같은 안전한 곳을 찾아 떠난 것이 분명했다. 사냥꾼들이 새를 가둔 새장을 나무에 걸어놓고 다른 새들을 유인해 표적사격을 하던 고약한 시대가 있었지만 이제 그런 행위는 불법이다. 요즘 사냥꾼들은 산에 대한 해박한 지식과 동물적 감각만으로 사냥할 수밖에 없다.

나는 사냥의 결과물은 많이 보지 못했지만, 남부 프랑스의 개똥지빠귀와 토끼를 멸종시킬 만큼 많은 수의 사냥꾼과 사냥개 그리고 무기를 눈이 닳도록 보았다. 그들은 숲속 깊이 들어가지 않았다. 산길을 벗어나지도 않았다. 공터에 옹기종기 모여 앉아 웃고 담배를 피우고, 카키색으로 페인트칠한 수통을 홀짝거리며 소시지 조각을 씹어대고 있었다. 인간과 개똥지빠귀가 지혜의 대결을 벌이는 적극적인 사냥의 흔적은 눈곱만큼도 없었다. 이른 아침 일제 사격하는 동안 하루분량의 탄환을 모두 소진해버린 것이 분명했다.

　　하지만 그들의 개들은 몹시 일하러 가고 싶어 하는 모습이었다. 몇 달을 개집에 갇혀 지낸 까닭에 해방감과 숲 냄새에 도취되어 코를 바닥에 대고 부산스레 움직이며 흥분감에 몸을 비틀기도 했다. 녀석들의 목에는 한결같이 굵직한 띠가 둘러지고, 작은 '황동종'이 매달려 있었다. 우리는 이 종에 두 가지의 목적이 있다고 들었다. 하나는 개의 행방을 알려주는 역할로, 사냥꾼은 그 소리를 듣고 사냥개가 그를 향해 몰아가는 사냥감의 방향을 가늠할 수 있었다. 다른 하나는 덤불에서 부시럭대는 소리에 토끼나 멧돼지라 생각하고 총을 쏘았지만 실제로는 그의 사냥개가 맞아 죽는 불상사를 막기 위한 예방책이었다. 물론 분별력 있는 사냥꾼은 눈으로 확인하지 않은 사물에는 총을 쏘지 않았다. 적어도 나는 그렇게 들었다. 하지만 의심을 완전히 떨쳐낼 수는 없었다. 아침부터 파스티스나 마르를 마신 사냥꾼이 덤불에서 부시럭대는 소리의 유혹을 어떻게 이겨낼 수 있겠는가! 그런데 부시럭대는 것이 사람이라면…. 어쩌면 내가 될 수도 있었다. 나도 목에 종을 달고 다닐까 생각해보았다. 그러면 안전은 확실히 보장될 테니까.

그날 아침이 끝나갈 무렵 '황동종'의 다른 이점이 밝혀졌다. 사냥이 끝난 후 개를 잃어버리는 치욕을 모면하게 해준다는 것이었다. 잘 훈련되고 충성스런 동물이라는 내 짐작과 달리, 사냥개는 시간의 흐름을 잊고 코가 이끄는 대로 돌아다니는 방랑자였다. 점심식사를 위해 사냥을 중단한다는 생각은 애초부터 없었다. 목에 종이 달렸다고 주인의 부름에 개가 무조건 달려온다는 뜻은 아니었다. 사냥꾼에게 개의 대략적인 행방을 알게 해주는 역할에 불과했다.

정오 직전, 위장복을 입은 사람들이 길가에 주차해둔 소형 트럭을 향해 움직이기 시작했다. 몇몇은 사냥개를 데리고 있었다. 다른 몇 사람은 휘파람을 불고 큰 소리로 개를 불렀다. 점점 짜증 섞인 목소리가 늘어났다. 마침내 종소리가 교향곡처럼 들려오는 숲을 향해 기분이 상한 듯이 씩씩거리며 소리쳤다.

"이리 와, 이리 와!"

응답이 시원찮았다. 목소리가 점점 신경질적으로 변해갔다. 고함을 지르고 욕까지 튀어나왔다. 잠시 후, 사냥꾼들은 포기하고 집으로 돌아갔다. 대부분이 개를 찾지 못한 채.

얼마 후 우리는 점심을 먹던 중, 버림받은 개 세 마리가 우리 집 수영장으로 물을 마시러 내려오는 것을 보았다. 녀석들은 저돌적인 태도와 이국적인 체취 때문인지 우리 집 암캐 두 마리에게 열렬한 환영을 받았다. 우리는 녀석들을 뒷마당에 몰아넣고, 어떻게 주인에게 돌려줄 수 있을까 고민했다. 결국 포스탱에게 도움을 청하기로 했다.

"신경 쓰지 마세요. 그냥 풀어주세요. 사냥꾼들이 저녁에 다시 돌아올 겁니다. 그때도 개를 찾지 못하면 '쿠션'을 두고 갈 거예요."

그것이 가장 효과적인 방법이라고 포스탱이 말했다. 개가 숲에 있다면 사냥꾼이 개를 마지막으로 본 곳 근처에 개집 냄새가 밴 것, 가령 방석이나 자루 조각을 남겨두면 된다는 것이었다. 그러면 어느새 개가 그 냄새를 맡고 찾아와 주인이 데려가주길 기다린다는 것이었다.

우리는 사냥개 세 마리를 풀어주었다. 녀석들은 해방의 기쁨에 겨워 껑충껑충 뛰면서 짖어댔다. 하지만 이상하게도 사납게 짖어대고 으르렁대는 소리가 아니었다. 고뇌에 찬 구슬픈 노랫말처럼 들렸다. 포스탱이 고개를 저으며 "며칠 동안 안 보이겠군." 하고 말했다. 포스탱은 사냥을 하지 않았다. 사냥꾼과 사냥개를, 그의 소중한 포도밭을 헤집고 돌아다닐 권리가 없는 침입자라 생각했다.

포스탱이 가정용 포도를 수확할 때가 되었다고 말했다. 앙리에트가 트럭 수리를 끝내는 즉시 작업을 시작할 생각이라는 것이었다. 앙리에트는 가족 가운데서 가장 기계를 잘 다루는 사람이었다. 따라서 매년 9월이면 그녀가 포도 트럭을 달래가며 가까운 거리라도 움직이게 만드는 일을 도맡았다. 적어도 삼 년은 묵은 트럭이었다. 포스탱이 정확히 기억하지 못하는 것으로 보아 그보다 더 오래되었을지도 모른다. 엔진 소리는 귀가 따가울 정도로 시끄러웠고, 차체는 매번 흔들거렸다. 양쪽에 문도 없었고 타이어는 닳을 대로 닳아 반들거렸다. 벌써 오래전에 폐차했어야 마땅하지만 그는 새 트럭을 살 생각은 꿈에도 없었다. 하기야 마누라가 기계를 잘 아는데 트럭을 정비소에 맡겨 소중한 돈을 낭비할 이유가 있겠는가? 게다가 일 년 중 몇 주밖에 사용하지 않는데. 포스탱은 뒷길로만 트럭을 조심해서 몰고 다녔다. 레보메트 경찰서에서 나온 경찰이 브레이크 성능과 보험 유효기간에 대한 규정을 들먹이며 주제넘게 나서는 사태를 피해보자는 것이었다.

앙리에트의 정비는 성공이었다. 낡은 트럭이 이른 아침부터 우리 집 앞의 찻길을 헐떡이며 올라왔다. 포도송이를 하나씩밖에 깔 수 없을 정도로 얇은 포도수확용 나무상자를 잔뜩 싣고 있었다. 포도밭 이랑을 따라 나무상자들이 차곡차곡 쌓였다. 포스탱과 앙리에트 그리고 그들의 딸은 가위를 들고 나와 포도를 따기 시작했다.

육체적으로 불편한 자세를 강요하는 작업이었다. 일의 진척이 느릴 수밖에 없었다. 가정용 포도는 맛만큼이나 겉모습도 중요하기 때문에 송이마다 꼼꼼히 살펴보고, 상처가 나거나 쭈글쭈글한 알은 잘라내야 했다. 게다가 포도송이는 낮은 곳에서 자랐다. 땅에 거의 닿을 듯이 매달리거나, 무성한 잎새 속에 감춰진 과실도 가끔 있었다. 따라서 수확꾼은 한 시간에 몇 미터를 나아가지 못했다. 쭈그려 앉아 포도송이를 따고, 다시 일어나 이리저리 살펴보면서 불량한 알을 솎아내고 포장하는 단조로운 작업의 반복이었다. 게다가 따가운 햇볕이 목과 어깨에 내리쬐고, 땅에서 올라오는 열기도 대단했다. 그늘도 바람도 없었다. 점심 먹는 잠깐의 시간을 제외하고는 하루 열 시간 쉬지 않고 일했다. 그런 작업을 지켜보면서 나는 앞으로 그릇에 담긴 포도송이를 볼 때마다 요통과 일사병이 떠오를 것 같았다. 일곱 시가 지나서야 그들은 지친 몸에서 뜨거운 열기를 뿜어내며 목을 축이러 우리 집에 들어왔다. 하지만 흡족한 얼굴들이었다. 포도가 좋았고, 사나흘이면 수확을 끝낼 거라고 했다. 나는 포스탱에게 날씨에 감사해야겠다고 말했다. 그러자 그가 모자를 뒤로 젖혔다. 이마에 깊게 팬 주름이 보였다. 햇볕에 그을린 피부 때문에 주름이 유난히 하얗게 보였다.

"너무 좋아요. 하지만 오래 가진 않을 겁니다."

그는 파스티스를 쭉 들이켰다. 앞으로 줄지어 계속될 재난을 생각하는 듯했다. 폭풍우가 없어도 때이른 서리가 내리거나 메뚜기 떼가 덮칠 수도 있었다. 산불이 일어날 수도 있었다. 핵공격까지! 포스탱은 두 번째 수확을 하기 전에 뭔가 불길한 사태가 필연적으로 닥칠 거란 비관적 생각을 줄줄이 늘어놓았다. 두 번째 수확을 하지 못한다면 다이어트를 해서 콜레스테롤 수치를 낮추라는 의사의 충고에서 위안을 찾겠다고 중얼거렸다.

"그래요, 건강도 중요하니까요."

최근 들어 운명이 그에게 나쁜 소식만 전했지만 별 탈 없이 지낸 것을 기억하며, 포스탱은 안심한 듯 또 한 잔을 들이켰다.

포도주만을 위해 특별히 마련한 공간에 익숙해지는 데 꽤 시간이 걸렸다. 멋진 진열장이나 계단 아래의 비좁은 공

간이 아니라 진짜 '카브(지하 술창고)'였다. 카브는 지하에
있었다. 시원한 돌로 벽을 두르고, 바닥에는 자갈을 깔았다.
3, 4백 병은 너끈히 저장할 수 있는 공간이었다. 나는 그곳
이 좋았다. 카브를 가득 채우기로 결심했다. 반대로 우리 친
구들은 내 카브를 완전히 비우기로 작심한 듯했다. 이런 사
교적 인정(人情)을 다하기 위해서라도 나는 포도밭을 정기
적으로 찾아야 했다. 나를 찾아온 손님들을 갈증나게 만들
수야 없지!

포도주도 살펴보고 환대하는 방법도 알아보려고 나는 지
공다와 봄드브니즈, 샤토뇌프뒤파프를 둘러보았다. 세 곳
모두 그리 큰 마을은 아니었지만 포도에만 일편단심 전념
하는 마을이었다. 어디를 둘러봐도 카브를 알리는 간판이
거의 50미터 간격으로 있었다. '우리 포도주를 맛보세요!'
이보다 반가운 초대가 어디에 있겠는가! 지공다에서는 차
고에서, 봄드브니즈에서는 성에서 포도주를 음미했다. 샤토
뇌프뒤파프에서는 혀 끝에 닿는 맛이 강하면서도 부드러운
포도주를 맛보았다. 멋진 의례를 생략한 채 주유소 주유기
같은 것으로 플라스틱 용기에 채운 포도주가 1리터에 30프

랑이었다. 나는 좀 호화롭게 꾸민 건물에 들어가 마르를 맛보고 싶다고 했다. 그러자 주인은 작은 커트글라스 병을 꺼내, 내 손등에 한 방울 살짝 떨어뜨렸다. 냄새를 맡으라는 건지, 아니면 핥아먹으라는 건지 알 수 없었다.

잠시 후 나는 몇몇 마을을 지나 간판을 따라가기 시작했다. 풀밭에 반쯤 가려진 간판들은 포도주가 햇볕에 익어가는 외딴 시골을 가리키고 있었다. 그곳에서는 경작자에게서 직접 포도주를 구매할 수 있었다. 그들은 한결같이 친절했고, 자신들이 빚어낸 포도주에 긍지가 있었다. 또한 그들의 설득은 도저히 뿌리칠 수 없었다.

이른 오후에 나는 박케라스로 이어지는 간선도로를 벗어나 포도밭 사이로 난 좁은 돌길을 달렸다. 그 길을 따라가면 내가 점심식사 때 마셨던 맛좋은 백포도주, 코트뒤론을 양조하는 사람을 만날 수 있다고 들었기 때문이었다. 한두 상자면, 지난번 기습 파티로 카브에 생긴 공백을 메울 수 있으리라! 잠깐 들러서, 십 분을 넘기지 않고, 집으로 돌아갈 생각이었다.

그 길의 끝에 이르자, 단단히 다져진 흙마당을 끼고 건물

들이 U자형으로 무질서하게 세워져 있었고 커다란 플라타너스 한 그루가 그늘을 드리우고 있었다. 꾸벅꾸벅 졸던 셰퍼드가 굵은 소리로 짖으며 나를 맞아주었다. 초인종 역할을 제대로 한 셈이었다. 작업복을 입은 한 사내가 기름 낀 스파크 플러그를 쥔 채 트랙터에서 내렸다. 그는 내게 팔뚝을 내밀며 악수를 청했다.

"백포도주를 좀 사고 싶다고요? 물론 가능합니다."

그는 트랙터를 고치느라 바쁘다며, 그의 삼촌을 불러주겠다고 했다.

"에두아르 삼촌! 손님이 오셨는데요."

현관에 드리워진 나무 구슬로 엮은 커튼이 갈라졌다. 그리고 에두아르가 햇볕에 눈을 깜빡이며 나왔다. 그는 민소매 조끼와 푸른 작업복 면바지를 입고 실내용 샌들을 신고 있었다. 대단한 몸집이었다. 플라타너스 나무줄기와 비교해도 부끄럽지 않을 지경이었다. 하지만 그런 몸집도 그의 코 앞에서는 꽁지를 내려야 할 것 같았다. 나는 그런 코는 생전 처음 보았다. 널찍하면서 살점이 많고 분홍 포도주와 클라레*의 중간색을 띠었고, 가는 자주색 선들이 두 볼에 얽혀

---

*claret, 보르도산 적포도주.

있었다. 그가 빚어낸 포도주를 잠시도 입에서 떼지 않는 사람이란 증거였다.

그가 환히 웃자, 두 볼의 가는 선들이 자줏빛 구레나룻처럼 보였다.

"시음부터 해보시죠."

이렇게 말하며 그는 나를 데리고 마당을 가로질러, 창이 없는 길쭉한 건물의 이중문 뒤로 들어갔다. 그는 내게 문 뒤에서 잠깐 기다리라고 하고는 전구 스위치를 올리러 갔다. 밝은 밖에서 어둑한 실내로 들어온 탓에 나는 잠시 아무것도 볼 수 없었다. 하지만 눅눅한 냄새를 분명히 맡을 수 있었다. 공기 자체에 발효된 포도 냄새가 배어 있었다.

에두아르가 불을 켰다. 그리고 바깥 열기를 차단하려고 문을 닫았다. 차가운 그림자를 던지는 전구 아래로 길쭉한 선반식 탁자 하나와 여섯 개 남짓한 의자가 놓여 있었다. 어둑한 구석에는 지하 포도주 창고로 이어진 계단과 콘크리트 입구가 보였다. 벽 쪽으로는 포도주병을 담는 상자들이 목재 팔레트에 잔뜩 쌓여 있었다. 금이 간 개수대 옆에서는 낡은 냉장고가 나지막이 윙윙거렸다.

에두아르는 잔을 닦았다. 그리고 하나씩 전구에 비춰본 후에야 탁자에 내려놓았다. 그는 잔 일곱 개를 가지런히 일렬로 놓고, 그 뒤에 각기 다른 모양의 술병을 놓기 시작했다. 에두아르는 술병을 놓을 때마다 찬사를 늘어놓았다.

"이 백포도주, 선생님도 잘 아시겠죠? 덜 숙성시킨 거지만 맛은 괜찮습니다. 이 분홍빛 포도주는 코트다쥐르에서 흔히 볼 수 있는 천박한 술과는 질적으로 다른 겁니다. 알코올 도수가 13도로, 진짜 포도줍니다. 이 선홍색을 띤 포도주는 한 병을 다 비우고도 테니스 경기를 할 수 있습니다. 반대로 이 포도주는 겨울용입니다. 십 년 이상 보관해도 향이 변하지 않습니다. 그리고 이건…."

나는 그의 이야기를 중단시키고 싶었다. 나는 백포도주 두 상자를 원할 뿐이라고 했지만 그는 들은 척도 하지 않았다. 그렇게 먼 길을 친히 와주셨는데 시음도 하지 않고 간다는 것은 생각할 수도 없는 일이라고 했다. 그리고 최고의 포도주를 시음하는 것을 도와주겠다며, 두툼한 손으로 내 어깨를 툭 치면서 나를 눌러 앉혔다.

황홀했다. 그는 내가 맛본 포도주가 정확히 포도밭의 어느 곳에서 생산된 것인지는 물론, 포도밭의 경사도에 따라 맛과 향이 다른 포도가 나오는 이유까지 설명해 주었다. 내가 맛본 포도주에 걸맞은 음식까지 나열하면서, 입맛을 다시고 눈을 치켜뜨며 음식의 천국을 실감나게 그려보였다. 우리는 에크레비스(가재), 괭이밥을 섞어 요리한 연어, 로즈메리향을 더한 브레스산 닭요리, 크림과 마늘로 만든 소스를 뿌려 구운 새끼 양고기, 쇠고기 찜과 올리브, 도브, 송로 조각을 박아넣은 돼지 허릿살을 머릿속에 그리며 먹었다. 포도주 맛은 점점 좋아졌고, 그 값도 덩달아 비싸졌다. 나는 전문가의 수법에 걸려들고 있었다. 등을 대고 느긋하게 앉아 포도주를 즐기는 수밖에 다른 도리가 없었다.

에두아르가 말했다.

"이제 하나 남았습니다. 이 포도주는 아무에게나 맛보여주는 게 아닙니다."

이렇게 말하며 에두아르는 술병 하나를 집어들고 술잔에 조심스레 절반가량 따랐다. 짙은 적색으로 거의 검은색에 가까웠다.

"대단한 포도줍니다. 잠깐만요. 이 포도주에는 안주가 필요합니다."

그는 나를 내버려두고 나갔다. 술잔과 술병에 둘러싸인
나는 오후의 숙취에 핑 도는 느낌이었다.

"부알라!"

이렇게 소리치며 그가 내 앞에 접시 하나를 내려놓았다.
향료를 뿌린, 올리브유 때문에 번들거리는 작고 동그란 염
소젖 치즈 두 덩이가 올려져 있었다. 그는 낡은 나무 손잡이
가 달린 나이프를 내게 건네주었다. 그리고 내가 치즈 조각
을 잘라 먹는 것을 지켜보며 포도주를 들이켰다. 엄청나게
독했다. 입천장에 불이 붙은 것 같았다. 입천장이 남아날까
걱정스러울 지경이었다. 하지만 그 맛은 달콤한 이슬과도
같았다.

에두아르가 포도주 상자를 차에 싣는 것을 도와주었다.
내가 정말 이 많은 포도주를 샀단 말인가? 그랬다. 우리는
거의 두 시간 동안 어둑한 곳에 앉아 포도주 잔치를 벌였다.
그렇게 두 시간을 보냈다면 누구라도 나와 같은 결정을 내
렸을 것이다. 머리가 욱신욱신 쑤셨다. '방당주〔포도 수확〕'
가 있을 다음 달에 다시 오라는 초대를 뒤로하고 나는 집으

로 향했다.

우리 밭의 방당주, 그러니까 한 해 농사의 절정인 포도 수확은 9월 마지막 주에 있었다. 포스탱은 며칠 미루고 싶어 했지만, 10월에는 비가 잦을 것이라는 비밀 정보에 수확을 앞당겼던 것이다.

집 앞 텃밭 포도를 수확했던 원래의 구성원 셋에, 조카인 라울과 포스탱의 아버지까지 힘을 보탰다. 아버지가 하는 일은, 다른 사람들의 뒤를 천천히 따르며 포도나무 사이를 막대기로 쿡쿡 찔러보다가, 따지 않은 포도송이를 발견하면 앞 사람들 중 누군가에게 돌아와 일을 깔끔히 하라고 소리치는 것이 전부였다. 여든넷 노인치고 목청이 대단했다. 반바지를 입고 조끼를 걸친 다른 사람들과는 대비되게, 노인은 화창한 11월에나 어울릴 듯한 스웨터를 입고 모자를 쓰고 있었다. 내 아내가 카메라를 들고 나오자 모자를 벗고 머리카락을 다듬었다. 그리고 모자를 다시 쓰고 자세를 취했다. 포도나무 사이로 상반신만 나오도록! 다른 모든 이웃과 마찬가지로 이 할아버지도 사진 찍히는 것을 좋아했다.

시끌벅적하게 그리고 천천히, 포도나무들은 한 줄씩 깨

끗하게 수확되었다. 수확된 포도들은 플라스틱 상자에 담겨 트럭에 차곡차곡 쌓였다. 매일 저녁, 포도를 자줏빛 산더미처럼 싣고 모베크의 포도주 협동조합까지 달리는 소형 트럭과 트랙터로 도로는 분주했다. 협동조합에 도착한 포도는 그 자리에서 무게를 재고 알코올 함량을 검사받았다.

포스탱에게는 놀라운 일이었겠지만, 수확은 아무런 사고 없이 끝났다. 그는 축하의 뜻으로, 마지막 물건을 협동조합까지 싣고 갈 때 우리에게 함께 가자고 했다.

"오늘 저녁이면 최종 수치를 알 수 있을 겁니다. 그럼 내년에 선생님이 마실 수 있는 포도주 양도 대략 알 수 있지요."

우리는 포스탱의 트럭을 따라갔다. 트럭은 떨어지고 짓눌린 포도로 얼룩진 좁은 길을 따라 뒤뚱대며 시속 30킬로미터로 석양을 향해 달렸다. 짐 내리길 기다리는 트럭과 트랙터들이 길게 늘어서 있었다. 검게 그을린 얼굴의 건장한 사내들이 트랙터에 올라앉아 차례를 기다렸다. 차례가 되면 트랙터를 플랫폼까지 후진해 들어가 포도를 컨베이어에 우르르 쏟아부었다. 포도가 포도주로 변하는 여정의 첫 단계였다.

포스탱도 포도를 컨베이어에 쏟아부었다. 그를 따라 건물 안으로 들어갔다. 우리 포도가 거대한 스테인리스 통에 들어가는 것을 지켜보았다. 포스탱이 우리에게 말했다.

"저 계기판을 보세요. 알코올 도수를 나타내는 겁니다."

바늘이 쭉 올라갔고 잠시 흔들대더니 12.32퍼센트에서 멈췄다. 포스탱은 12.50퍼센트를 기대했다며, 햇볕을 며칠만 더 받았다면 목표치에 도달했을 것이라며 툴툴거렸다. 하지만 12퍼센트를 넘겨서 다행이라며 아쉬움을 달랬다. 그는 우리를 한 사내에게 데려갔다. 싣고 온 포도들의 짐표를 확인하는 사람이었다. 그는 쓰인 수치들을 한 줄씩 확인하며, 주머니에서 꺼낸 한 줌의 전표들과 일일이 맞춰보았다. 그가 고개를 끄덕였다. 모든 것이 딱 맞아떨어진다는 뜻이었다.

"목마를 일은 없겠구먼."

이렇게 말하며 그는 주먹을 쥐고 엄지로 입을 가리켰다. 술을 마신다는 뜻을 지닌 프로방스식 몸짓이었다.

"1천 2백 리터는 넘을 테니까."

우리에게는 풍작이란 소리로 들렸다. 그래서 포스탱에게 기쁘다고 말했다. 포스탱이 대답했다.

"글쎄요. 어쨌거나 비가 오지는 않았으니까요."

10 October

진정한 빵의 궁전

한 사내가 늙은 떡갈나무 뿌리 근처의 이끼와 옅은 덤불을 뚫어져라 쳐다보며 서 있었다. 오른쪽 다리에는 허벅지까지 올라오는 초록색 방수 고무장화를 신고 있었고, 왼쪽은 운동화였다. 그리고 긴 지팡이를 짚고, 푸른색 비닐 쇼핑백을 들고 있었다.

그는 떡갈나무 옆으로 돌아갔다. 고무장화를 신은 오른 발을 앞으로 내밀고, 상대의 신속하고 격렬한 반격을 경계하는 펜싱 선수처럼 지팡이로 덤불을 조심스레 찔렀다. 그리고 다시, 오른발을 앞으로 내딛었다. 방어 – 찌르기 – 후퇴 – 찌르기! 그는 이런 식으로 혼자만의 결투에 여념이 없어 내가 지켜보고 있다는 것도 눈치채지 못했다. 물론 나도 그를 지켜보는 것에 몰입해 있었다. 그때 우리 집 개 한 마리가 그의 뒤로 쫓아가 뒷다리에 코를 박고 킁킁대기 시작했다. 그가 펄쩍 뛰었다.

"제기랄!"

그리고 개와 나를 번갈아 쳐다보았다. 당황한 표정이었다. 나는 놀라게 해서 미안하다고 했다.

"습격당한 줄 알았소."

코를 다리에 대고 킁킁대는 것을 뭐라고 생각했는지 궁금했지만, 나는 그에게 무엇을 찾고 있느냐고 물었다. 그는 쇼핑백을 들어보이며 대답했다.

"버섯이요."

뤼베롱 산의 새로운 면을 발견했다. 산에 특이한 것들과 이상한 사람이 득실댄다는 것은 이미 알고 있었다. 하지만 버섯, 설령 야생버섯이라도 다 큰 성인 남자를 공격한다는 소리는 금시초문이었다. 나는 버섯이 위험하냐고 물었다.

그가 대답했다.

"어떤 건 당신을 죽일 수도 있어요."

그 말은 믿을 만했다. 하지만 그런 대답으로 고무장화를 신은 것이나, 지팡이로 이상한 짓을 하는 것까지 설명할 수는 없었다. 나는 도시에서 자란 바보 중의 바보처럼 보일 작정을 하고 그의 오른발을 가리키며 물었다.

"그럼 장화는 보호용인가요?"

"그럼요."

"하지만 뭐로부터요?"

그는 나무칼로 장화를 툭 치고 거들먹대며 내게 다가왔다. 쇼핑백을 든 다르타냥*이나 진배없었다. 그는 손등으로 백리향 덤불을 밀어내고 내게 더 가까이 다가왔다.

"뱀이요."

거의 쉬쉬 하는 소리처럼 들렸다.

"뱀들이 겨울을 준비하고 있거든요. 그런 뱀을 방해하면 스르륵 곧바로 공격한다고요. 물리면 아주 위험할 수 있어요."

그는 쇼핑백에 든 것, 목숨을 걸고 팔다리가 없어질 각오

---

* D`Artagnan, 알렉상드르 뒤마의 소설 『삼총사』의 주인공이다. 실존 인물이었던 프랑스 군인 샤를 드 바츠 카스텔모르를 모델로 했다.

로 숲에서 건져낸 것을 내게 보여주었다. 내 눈에는 대단한 독버섯처럼 보였다. 암청색에서 녹색, 심지어 짙은 오렌지 색까지 다채로웠고 시장에서 파는 문명화된 하얀 버섯과는 완전히 달랐다. 그는 쇼핑백을 내 코밑까지 내밀었다. 그가 뤼베롱 산의 진수라 부르는 것의 냄새를 깊이 들이마셨다. 놀랍게도 향이 좋았다. 짙은 흙냄새에 열매 냄새가 약간 밴 듯했다. 나는 그 버섯들을 좀 더 자세히 뜯어보았다. 숲에서 본 적이 있었다. 나무 밑에 악마처럼 떼를 지어 피어 있었지만 먹는 즉시 목숨을 앗아가는 독버섯이라 생각했었다. 하지만 장화를 신은 사내는 그 버섯들이 안전할 뿐 아니라 맛도 좋다고 했다.

"하지만 독버섯을 구분할 줄 알아야 해요. 두세 종류가 있죠. 잘 모르겠으면 약국에 가져가서 물어보면 돼요."

버섯을 오믈렛의 재료로 쓰기 전에 임상실험을 거칠 수도 있다는 것은 꿈에도 생각해본 적이 없었다. 하지만 프랑스에서는 위가 무엇보다 중요한 내장기관이기 때문에 그 친구의 말이 터무니없는 소리는 아니었다.

얼마 후 카바용에 갔을 때 약국을 둘러보았다. 사실이었다. 약국이 버섯안내소로 바뀌어 있었다. 평소에는 외과용 기구나 날씬한 구릿빛 허벅지에 생긴 셀룰라이트를 짜내는 젊은 여자의 사진으로 가득하던 진열대에 커다란 버섯 식별표가 걸려 있었다. 몇몇 약국은 여기에서 그치지 않고 현재까지 알려진 식용버섯의 사진을 모두 싣고 해설까지 곁들인 참고서적을 잔뜩 쌓아두고 있었다.

지저분한 자루를 들고 약국으로 들어가는 사람들이 눈에 띄었다. 그들은 희귀병 검사를 받으러 온 사람들처럼 약간 초조한 얼굴로 그 자루를 계산대에 올려 놓았다. 약국에 상주하는 하얀 가운을 입은 전문가가 자루에서 작은 흙투성이를 꺼내 엄숙한 표정으로 검사하고 판정을 내렸다. 매일 좌약이나 건강 보조 식품이나 팔던 약사에게 흥미로운 기분 전환일 듯싶었다. 약국을 둘러보는 데 정신이 팔려 나는 카바용까지 온 이유를 잊어버릴 정도였다. 약국을 둘러보러 온 것이 아니라, 이 지역의 빵 굽는 신전에서 빵을 사러 왔는데 말이다.

프랑스에 살면서 우리는 빵 중독자가 되었다. 매일 빵을 고르고 샀지만 언제나 즐거움을 안겨주는 일과였다. 메네르브에도 빵집이 있었지만 문을 여는 시간이 제멋대로였다. 어느 날 "여주인이 화장실에서 볼일을 끝낸 후에야 다시 문을 열 겁니다."라는 말을 듣고, 우리는 다른 마을의 다른 빵집을 찾겠다고 결심을 굳혔다. 그런데 그것은 계시였다! 오랫동안 빵을 당연한 것, 그저 그런 필수품 정도로만 생각했는데, 그때부터는 새로운 음식을 발견한 듯한 기분이었기 때문이다.

'뤼미에르[빛]'에서는 보통 바게트보다 납작하고 도톰하며 촘촘해서 씹히는 맛이 있는 빵을 맛보았고, '카브리에르'에서는 짓눌린 축구공 크기로 껍질이 검은 불르[둥근 빵]를 맛보았다. 게다가 어떤 빵을 하룻동안 보관할 수 있고, 어떤 빵이 세 시간을 넘기면 딱딱해지는지 알게 되었다. 또한 크루통*을 만들기에 적절한 빵, 생선 수프에 띄울 적절한 빵이 어떤 것인지도 알게 되었다. 매일 아침 신선한 파이와 조그만 케이크를 만들지만 정오쯤에는 모두 팔려나간다. 빵집에서 샴페인까지 진열해두고 파는 것을 보고 처음에는 놀랐지만 이제는 그런 즐거움에 익숙해졌다.

대부분의 빵집이 고유한 마무리 솜씨를 과시하고 있어,

---

*croûton, 주사위 모양으로 자른 빵을 버터나 기름으로 튀긴 것.

대량 생산된 슈퍼마켓의 빵과는 엄연히 구분된다. 전통적인 모양에 약간의 변형을 가한 빵이 있는가 하면 겉을 소용돌이처럼 장식한 빵도 있었다. 게다가 빵 굽는 예술가들의 서명인 것처럼 정교한 무늬를 넣기도 했다. 얇게 썰어 포장한, 기계로 만든 빵은 절대 만들지 않는 듯했다.

'파주 존느〔직업별 전화번호부〕'에 따르면 카바용에는 빵집이 열일곱 군데 있었다. 하지만 빵 종류나 맛에서 단연 발군인 빵집이 하나 있다는 이야기를 들었다. 진정한 '빵의 궁전'이란 것이었다. '셰 오제〔오제의 집〕'였다. 그곳에서는 빵과 케이크를 굽고 먹는 일이 일종의 종교적 차원으로 승화되어 있다고 했다.

이 빵집은 날씨가 따뜻하면 식탁과 의자를 가게 밖 인도까지 내놓고, 카바용의 부인들이 뜨거운 코코아를 마시고 아몬드 비스킷이나 딸기 파이를 즐기면서 점심이나 저녁거리 빵을 느긋하게 고를 여유를 주었다. 그들의 결정을 돕기 위해서 오제는 빵에 관한 세세한 레시피가 담긴《카르트 데 팽》을 발간해왔다. 나는 계산대에서 한 권을 집고, 커피를 주문했다. 그리고 햇볕을 즐기며 식탁에 앉아 읽기 시작했다.

그 책자는 프랑스의 새로운 면을 알려주었다. 전에는 들어본 적도 없는 빵의 세계로 나를 안내해주었을 뿐 아니라, 어떤 메뉴에 어떤 빵이 어울리는지 확실하고 정확하게 말해주었다. 아페리티프*에는 토스트라 불리는 작고 네모난 빵, 잘게 다진 베이컨으로 맛이 더해지는 팽 쉬르프리즈(의외의 빵), 향긋한 푀이예 살레**가 어울렸다. 이 정도는 간단한 편이었다. 본격적인 식사로 들어가면 빵 종류는 더 세분화됐다. 예컨대 내가 식사를 크뤼디테(생야채 샐러드)로 시작한다고 해보자. 양파빵, 마늘빵, 올리브빵, 양젖 치즈빵 등 네 종류의 빵을 선택할 수 있다. 너무 어려운가? 그렇다면 해산물 요리라고 해보자. 다행히 오제의 복음서는 해산물 요리에 적합한 빵으로 한 가지만 추천하고 있다. 바로 얇게 썬 호밀빵이다.

오제의 추천 식단은 여기서 끝나지 않았다. 돼지고기, 거위 간, 수프, 붉은 살코기와 흰 살코기, 깃털 있는 사냥감과 털 달린 사냥감, 훈제 살코기, 혼합 샐러드(야채 샐러드는 따로 기록되어 있으므로 혼동해서는 안 된다), 밀도가 다른 세 종

---

* apéritif, 식욕을 돋우려 식전에 마시는 술.
** feuillets salés, 소금을 친 얇은 빵.

류의 치즈에 적합한 빵까지 단호할 정도로 간결하게 소개하고 있었다. 백리향빵에서 후추빵까지 그리고 견과를 첨가한 빵에서 밀기울을 섞은 빵까지, 내가 헤아린 빵의 종류만도 열여덟 가지였다. 나는 선뜻 결정을 내리지 못하고 상점 안으로 들어가 여주인에게 도움을 청했다.

"송아지 간에는 어떤 빵이 좋을까요?"

그녀는 선반을 잠시 훑어보았다. 그리고 뭉뚝하게 생긴 갈색의 '바네트'를 집었다. 그녀는 거스름돈을 계산하면서, 주방장이 다섯 가지 코스마다 다른 빵을 내놓는다는 식당에 대해 말해주었다.

"빵이 뭔지 제대로 아는 주방장인 셈이죠. 소문만 자자한 주방장들과는 달라요."

나는 버섯을 이해하기 시작한 것처럼 빵에 대해서도 눈을 뜬 기분이었다. 정말 뭔가를 배운 듯한 아침이었다.

마소는 서정적인 분위기에 젖어 있었다. 길게 뻗은 포도밭이 내려다보이는 언덕에서 그를 만났을 때, 그는 집에서 막 나와 무엇인가를 죽이려고 숲으로 들어갈 참이었다. 총을 팔에 걸고, 노란 담배를 입가에 삐딱하게 문 채, 그는 골짜기를 바라보며 서 있었다.

"저 포도나무들을 보세요. 자연이 정말 예쁜 옷을 입고 있잖습니까?"

정말 예기치 못한 시적인 관찰이었다. 그러나 마소가 요란하게 가래를 끓어올려 내뱉자 그 흥취가 약간 깨지고 말았다. 하지만 그의 표현은 나무랄 데가 없었다. 포도나무들이 장관을 연출하고 있었다. 적갈색, 노란색, 진홍색으로 물든 잎새들은 햇살 아래에서 꼼짝도 하지 않았다. 포도 수확이 이미 끝난 까닭에 트랙터는 물론이고 사람의 흔적조차 없었다. 우리 시야를 방해하는 것은 아무것도 없었다. 잎새가 모두 떨어지고 가지치기가 시작될 때까지 포도밭은 저처럼 썰렁하리라. 계절이 바뀌어가고 있었다. 여전히 더웠지만 여름은 분명히 아니었다. 하지만 가을도 아니었다.

나는 마소에게 집을 팔려던 계획은 진척이 있느냐고 물었다.

"근처에서 캠핑을 하다가 그 집에 반해버린 독일인 부부가 있을지도 모르잖소?"

마소는 캠핑족 이야기가 나오자 버럭 화를 냈다.

"그런 놈들이 내 집을 어떻게 넘봐요! 어쨌든 1992년까지는 매물에서 거둬들여야겠어요. 아시잖아요. 국경이 없어지면 녀석들이 집을 구하려고 여기까지 내려올 거라고요. 영국인, 벨기에 사람까지…."

마소는 손을 경쾌하게 흔들어대며 유럽 공동 시장의 회원국을 하나씩 꼽았다.

"그럼 집값이 훨씬 뛰지 않겠어요? 뤼베롱에 있는 집들이 특히 인기가 있을 거라고요. 그럼 선생님의 작은 집도 1백만, 아니 2백만 프랑은 너끈히 받을 수 있을 겁니다."

1992년이면 프로방스 전체에 외국 돈벼락이 쏟아질 것이란 이야기는 그때가 처음이 아니었다. 그때부터 유럽 공동 시장이 제 역할을 하게 될 것이란 기대 때문이었다. 그때면 국적은 잊혀지고 모두가 유럽인이라는 행복한 대가족이 될 예정이었다. 금융규제가 사라질테니 스페인 사람들과 이탈리아 사람들, 또 다른 회원국 사람들이 어떻게 하겠는가? 프로방스로 허겁지겁 달려와 수표책을 흔들어대면서 집을 찾으러 다니지 않겠는가?

대부분이 그렇게 생각하고 있었다. 하지만 나는 그 이유를 알 수 없었다. 프로방스에는 지금도 외국인이 상당히 많지 않은가! 게다가 외국인이 집을 사는 데 아무런 걸림돌이 없었다. 유럽 통합에 대해 말이 많지만 서류 조각에 날짜 하나를 써넣는다고 다툼과 관료주의가 없어질까? 특히 프랑스를 비롯해 모든 회원국이 나름대로 유리한 입장을 차지하려는 음모가 하루아침에 사라질까? 오십 년 후라면 달라질 수도 있겠지만 1992년은 지금과 조금도 다르지 않을 듯싶었다.

하지만 마소는 확신하고 있었다. 1992년이면 그는 집을 팔고 은퇴할 작정이었다. 가능하다면 카바용에 작은 술집을 겸한 담배 가게를 구입할 생각이었다. 나는 그에게 세 마리의 사나운 개는 어떻게 할 거냐고 물었다. 그가 눈물을 터뜨릴지도 모른다는 생각이 잠시 스쳤다.

"시내에서는 즐겁지 못하겠죠? 차라리 내 손으로 총을 쏴 죽여야겠지요."

우리는 한동안 함께 걸었다. 그는 수중에 떨어질 것이 확실한 돈과 시간에 대해 따져보면서 신명나게 중얼거렸다.

"열심히 일했으니 그 정도의 보상은 받아야죠. 늙어서는

편하게 지내야지, 그때까지 땅을 파며 지낼 수야 없잖아
요."

그런데 공교롭게도, 말쑥한 이 골짜기 마을에서 그의 땅
만 예외였다. 하지만 그는 언제나 그의 땅이 빌랑드리의 공
원과 샤토 라피트의 잘 가꿔진 포도밭을 합쳐놓은 것인 양
말했다. 마침내 그가 오솔길을 벗어나 숲으로 들어가려 했
다. 야만스럽고 탐욕스러운 못된 불량배처럼, 애꿎은 새들
을 공포의 도가니로 몰아넣겠지만, 그래도 나는 그가 점점
좋아졌다.

집으로 돌아가는 길에는 빈 탄피가 여기저기 흩어져 있
었다. 마소가 '오솔길의 사냥꾼'이라며 무시하던 사람들이
사격하고 버린 것들이었다. 장화가 더럽혀질까 두려워 숲
에도 들어가지 못하고, 그들이 쏜 사슴용 산탄총에 새들이
날아와 맞아주길 기대하는 나약한 겁쟁이들이었다. 흩어진
탄약 상자들 사이로 구겨 버린 담뱃갑과 빈 정어리 통조림,
빈 술병이 나뒹군다. 관광객들이 아름다운 뤼베롱 산을 망
친다고 불평해대던 자연 애호가들이 남긴 기념물이었다.
자연보호를 외치는 사람들이 자기가 버린 쓰레기조차 치우

지 않는다는 증거였다. 자연을 더럽히는 장본인은 바로 프로방스의 사냥꾼들이었다.

집에 도착하자 뒷마당 나무들 사이로 보이지 않게 설치된 전기 미터기 앞에 여러 사람이 모여 있었다. 프랑스 전력공사 직원이 검침하려고 미터기를 열자, 개미 떼가 그 안에 보금자리를 틀고 있더란 것이었다. 계기판을 완전히 가리고 있어, 우리가 소비한 전력량을 읽어낼 수 없었다. 개미들을 쫓아내야만 했다. 아내와 전력공사 직원이 고민하고 있을 때, 요즘 우리 집 보일러실에서 거의 살다시피 하면서 앞으로 예상되는 문제들을 들먹이며 충고를 아끼지 않던 메니쿠치가 끼어들었다.

"올랄라!"

메니쿠치는 허리를 숙여 미터기를 자세히 들여다보았다.

"이놈들, 꽤 많네요."

이번에는 메니쿠치가 아주 덤덤하게 말했다. 개미들은 하나의 단단한 검은 돌덩이처럼 보일 정도로 엄청났다. 미터기가 든 금속 상자를 꽉 채우고 있었다.

전력공사 직원이 말했다.

"난 손도 대고 싶지 않습니다. 여러분도 조심하세요. 옷 속까지 파고들어 문다고요. 지난 번에도 개미 소굴을 없애려다가 오후 내내 저놈들과 씨름한 적이 있었습니다."

그는 드라이버로 이를 툭툭 치며, 꿈틀대는 검은 덩어리를 한동안 지켜보았다. 그리고 메니쿠치를 돌아보며 물었다.

"혹시 토치램프가 있나요?"

"배관공인데 당연히 있지."

"잘됐네요. 저놈들을 태워버리자고요."

메니쿠치가 깜짝 놀라 뒷걸음질치더니 성호를 그었다. 그리고 이마를 세게 치고 나서 집게손가락을 들어올렸다. 절대 동의할 수 없다는 뜻일까, 아니면 일장 연설을 시작하겠다는 뜻일까, 아니면 둘 다일까?

"내가 방금 제대로 들었는지 모르겠구먼. 토치램프로 어떻게 하겠다고? 자네, 여기에 얼마나 센 전류가 흐르는지 알고 있나?"

전력공사 직원은 자존심이 상한 표정으로 대답했다.

"당연히 알죠. 전기공인데요."

메니쿠치는 짐짓 놀란 척하며 말했다.

"아, 그래? 그럼 이 전선에 불이 붙으면 어떤 사태가 벌어질지도 알겠군."

"그러니까 불이 붙지 않게 조심해야죠."

"조심한다? 조심한다고! 우리 모두 개미랑 같이 죽고 말걸세."

전력공사 직원은 드라이버를 연장통에 던져넣고 팔짱을 끼며 말했다.

"좋아요. 난 신경 쓰지 않을 테니 당신이 개미를 없애세요."

메니쿠치는 잠시 생각에 잠겼다. 그리고 어떤 놀라운 비결이라도 생각해낸 마술사처럼 아내를 돌아보았다.

"아주머니, 신선한 레몬이 있으면 몇 개 갖다 주시겠어요? 둘, 아니 셋이면 충분하겠습니다. 그리고 나이프도요."

마술사의 조수가 된 아내가 나이프와 레몬을 갖고 돌아왔다. 메니쿠치는 레몬은 사등분했다.

"어떤 나이 많은 노인에게 배운 '비법'입니다."

그리고 그는 토치램프를 이용하자는 어리석은 생각에

'머리가 빈 놈'이라며 욕설을 내뱉었다. 다행히 전력공사 직원은 그때 샐쭉해져 나무 아래에 서 있었다.

레몬을 모두 사등분한 후 메니쿠치는 개미집으로 다가가서 개미 떼 위에 레몬즙을 쥐어짜기 시작했다. 그리고 간간이 멈추고는 구연산 세례가 일으키는 효과를 지켜보았다.

메니쿠치의 승리였다. 개미들이 집단 공포에 사로잡혀 서로 짓밟으면서 미터기에서 달아나기 시작했다. 메니쿠치는 승리의 순간을 즐기고 싶은 듯 전력공사 직원에게 말했다.

"이보게, 젊은이. 개미는 레몬즙을 이길 수 없다네. 자네는 오늘 좋은 걸 배운 거야. 앞으로 미터기에 레몬 조각을 넣어두면 이런 소동을 겪지 않아도 되겠지."

전력공사 직원은 별로 고맙지 않다는 듯이, 자기는 레몬 장수가 아닐뿐더러 미터기를 끈적거리게 만들고 싶지도 않다고 퉁명스레 대꾸했다.

"태워서 잿더미로 만드는 것보다야 끈적거리는 게 낫지."

메니쿠치는 보일러실로 돌아가면서 이렇게 쏘아붙였다.

"그래, 잿더미가 되는 것보다야 끈적거리는 게 훨씬 낫다고."

낮에는 수영을 할 수 있을 정도로 더웠지만 밤에는 모닥불을 지펴야 할 만큼 쌀쌀했다. 이른바 '인디언 서머'였다. 한마디로, 잠자리에 들 때의 계절과 아침에 일어날 때의 계절이 달랐다. 마침내 이런 날씨도 프로방스의 기후답게 극단적인 방식으로 끝을 맺었다.

비가 밤새 내리더니 다음 날에도 하루 종일 그치지 않았다. 굵고 따뜻한 여름비가 아니었다. 수직으로 퍼붓는 잿빛 호우였다. 포도밭을 휩쓸고 지나가 작은 관목을 납작하게 짓눌러버리고, 꽃밭을 진흙탕으로 만들더니 결국에는 흙탕물로 만들어버렸다. 오후 늦게야 비가 그쳤다. 우리는 집으로 들어오는 도로, 아니 어제까지는 찻길이었던 곳을 살펴보러 나갔다.

지난 8월의 폭우에도 큰 피해를 입었던 도로였다. 하지만 그때 팬 웅덩이들은 지금에 비하면 할퀸 자국에 불과했다. 커다란 분화구들이 큰길까지 줄줄이 이어져 있었다. 도로가 시작되는 곳까지 대부분의 토사가 밀려나가 물에 잠겨 있었고, 우리 집 맞은편의 멜론밭까지 밀려나간 토사도 적지 않았다. 찻길에 깔려 있던 자갈과 돌조각들은 거의 1백 미터 밖까지 밀려나가 있었다. 지뢰밭이 터져도 이보다는 나을 듯싶었다. 차를 미워해서 학대하고 싶은 사람이 아니라면 누구도 우리 집까지 차를 몰고 오지 않을 것 같았다. 이 난장판을 깨끗이 치우려면 불도저라도 불러야 했다. 더불어 비에 씻겨 내려간 찻길을 보수하려면 몇 톤의 자갈이 필요할 것 같았다.

메니쿠치에게 전화를 걸었다. 지난 몇 달 동안 메니쿠치는 우리에게 인간 '파주 존느'나 다름없었다. 또한 주인인 우리가 무색할 정도로 이 집에 관심을 갖고 있어, 돈이라도 투자한 것처럼 충고를 아끼지 않았다. 내가 사라져버린 찻길에 대해 설명하는 동안, 그는 열심히 들으면서 문제의 심각성을 충분히 이해하고 있다는 것을 보여주고 싶었던지 감탄사를 연발했다.

"저런 변이 있나!"

내 설명이 끝나자, 메니쿠치는 우리에게 필요한 것을 불러대기 시작했다.

"불도저는 당연히 필요하고, 트럭, 산더미만큼의 자갈, 롤러…."

잠시 생각을 정리하는 듯 콧노래가 들렸다. 모차르트였다. 곧 그는 마음을 정했는지 말을 이었다.

"그래요, 젊은 녀석이 하나 있는데 이웃집 아들이죠. 불도저 다루는 데는 예술가예요. 게다가 값도 적당하고요. 상세란 녀석인데 내일 가보라고 부탁해두겠습니다."

나는 메니쿠치에게 보통 차로는 찻길로 들어오기가 불가능하다고 거듭 말해두었다.

"그 녀석은 그런 길에 익숙해요. 아마 특수 타이어가 달린 오토바이를 타고 갈 겁니다. 어떤 길이라도 갈 수 있으니 걱정 마세요."

다음 날 아침 나는 그 청년이 찻길을 교묘히 뚫고 들어오는 것을 지켜보았다. 멋지게 회전하며 분화구를 피하고, 흙더미를 지날 때는 발판에 두 발을 딛고 똑바로 서서 날아올랐다. 마침내 청년은 엔진을 끄고 찻길을 돌아보았다. 적어도 외모에 있어서는 오토바이 묘기를 부리는 사람처럼 보였다. 머리카락도 검고, 가죽 재킷과 오토바이도 검은색이었다. 반사광을 차단하는 렌즈를 사용한 조종사용 선글라스를 쓰고 있었다. 저 친구, 히피나 다름없는 보험회사 직원 프뢱튀스와 아는 사이일까? 나는 문득 이런 생각이 들었다. 어쨌거나 두 사람은 멋진 친구가 될 것 같았다.

삼십 분쯤 지났을까? 그는 지뢰밭이 터진 현장을 걸어다니며 확인을 끝내고 견적을 냈다. 그리고 전화로 자갈을 주문하고 이틀 후 불도저를 끌고 오겠다고 날짜를 못박았다. 하지만 그가 정말로 이틀 후에 올지 의심스러웠다. 하여간 그날 저녁 메니쿠치가 사고 처리 감독으로 전화를 걸어왔을 때 나는 상셰의 능률적인 일처리에 놀랐다고 말했다.

"그 집안이 원래 그래요. 아버지는 멜론으로 부자가 됐는데, 아마 그 아들은 불도저로 부자가 될 겁니다. 스페인계인데도 아주 성실해요."

메니쿠치는 '상셰 페르〔상셰 1세〕'가 젊은 시절에 일자리를 구하려고 프랑스에 건너왔고, 프로방스에서 누구보다 일찍, 달콤한 멜론을 생산하는 방법을 개발해냈다고 말했다.

그리고 이제는 대단한 부자가 되어 일 년에 두 달만 일하고 겨울에는 알리칸테*에서 지낸다고 덧붙였다.

'상셰 피스〔상셰 2세〕'는 약속한 날에 불도저를 끌고 나타났다. 하루 종일 불도저를 끌고 다니면서 찻길 풍경을 재정비했다. 대단한 솜씨였다. 흙손 다루듯이 불도저로 몇 톤의 흙을 정확히 펴는 것을 지켜보는 일도 재밌었다. 찻길이 평평해지자 그는 거대한 빗자루 같은 것으로 표면을 매끄럽게 다듬었다. 그리고 그가 해낸 작업을 보라고 우리를 불렀다. 너무나 완벽해 보여서 발을 딛기가 미안할 지경이었다. 게다가 길턱을 약간 높여, 폭우가 쏟아져도 포도밭으로 빗물이 내려갈 염려가 없었다.

"마음에 드십니까?"

우리는 파리로 가는 고속도로만큼 좋다고 대답했다.

"다행입니다. 내일 다시 오겠습니다."

그리고 그는 불도저의 운전석에 올라, 시속 30킬로미터로 점잖게 빠져나갔다. 내일이면 저 길에 자갈이 덮이겠지.

다음 날 아침, 털털대는 자동차가 빗질 해둔 완벽한 찻길을 더럽히며 올라오더니 주차장에서 몸서리를 치며 멈추었다. 포스탱의 포도 트럭보다 더 오래된 듯한 트럭이었다. 완

---

*Alicante, 스페인 남동부 발렌시아 지방 알리칸테 주의 주도.

충 장치가 아래로 주저앉아 녹슨 배기관이 거의 땅바닥에 닿을 듯했다. 남녀 한 쌍이 트럭 옆에 서서 우리 집을 흥미 어린 눈빛으로 쳐다보고 있었다. 둘 모두 둥글둥글하고 햇볕에 그을린 얼굴이었다. 겨울을 지내러 남쪽으로 내려가기 전에 마지막 일자리를 찾으려는 떠돌이 밭일꾼처럼 보였다. 그래도 마음은 넉넉한 노부부처럼 보였다. 괜히 그들에게 미안한 기분이 들었다.

"포도 수확은 벌써 끝났는데요."

남자가 싱긋이 웃으며 고개를 끄덕였다.

"잘하셨네요. 비가 오기 전에 끝내서 다행이군요."

그리고 노인은 집 뒤의 숲을 가리키며 말했다.

"저기엔 버섯이 많을 것 같군요."

"예, 많습니다."

그들은 좀처럼 떠날 기미를 보이지 않았다. 그래서 나는 트럭을 집 밖에 두고 버섯을 따도 괜찮다고 했다. 그러자 노인이 대답했다.

"아니에요, 아니야. 우린 오늘 일을 해야 해요. 아들 녀석이 자갈을 싣고 오는 중이거든요."

멜론 부자였다! 그는 트럭 뒷문을 열고, 손잡이가 긴 석공용 삽과 나무 써레*를 꺼냈다.

"아들 녀석이 자갈을 쏟아내면 제가 뒷마무리를 맡을 겁니다. 발을 다치고 싶지 않거든요."

나는 트럭 안을 들여다보았다. 소형 스팀 롤러인 '콩팍퇴르'가 좌석 뒤로 적재함을 꽉 채우고 있었다.

아들이 도착하기를 기다리는 동안 상셰 씨는 삶과 행복에 대해 말했다. 그는 나이를 먹고서도 가끔 육체노동을 즐긴다고 했다. 멜론밭일이 7월에 끝나서, 할 일이 없어 따분하더란 것이었다. 물론 부자인 것은 더할 나위 없이 좋지만 다른 뭔가도 필요하다는 것이었다. 게다가 두 손을 놀려 일하는 것을 좋아하는데 아들을 도와주지 못할 이유가 뭐냐고 반문했다.

나는 백만장자를 일꾼으로 써본 적이 없었다. 아니, 백만장자와 오랫동안 이야기해본 적도 없었다. 하지만 그날 나는 하루 종일 백만장자와 지냈다. 아들이 찻길을 따라 자갈을 한 짐씩 쏟아냈고, 아버지는 삽으로 골고루 폈다. 상셰 부인도 나무 써레를 들고 뒤따라다니며 자갈을 밀어 평평

* 흙덩이를 부수거나 땅을 평평하게 만들 때 쓰는 도구.

하게 다듬었다. 마침내 '콩꽉퇴르'가 내려졌다. 손잡이가 달린 커다란 유모차 같은 롤러를, 아들 상세가 조종하며 찻길을 오르락내리락하며 다졌다. 아들은 부모에게 거의 명령조로 소리치곤 했다.

"여기에 한 삽 더 갖다 부으세요! 저기에 써레질 좀 더 하시고요! 발조심하고요! 포도나무를 밟지 마세요⋯."

진정한 가족노동이었다. 오후가 저물어갈 때쯤,《불도저 매거진》이 후원하는 '엘레강스 콩쿠르'에 출품해도 손색이 없을 정도로 잘 다져진 자갈길, 희끗한 색의 소박한 자갈길이 완성되었다. '콩꽉퇴르'가 트럭 적재함에 실렸고, 노부부는 앞좌석에 탔다. 상세 2세는 비용이 견적보다 적게 나오리라 생각하지만 정확하게 계산해서 아버지 편으로 청구서를 보내겠다고 말했다.

다음 날 아침 일어나자, 집 밖에 낯선 트럭이 주차되어 있었다. 운전자를 찾아보았지만 포도밭에도 없고, 별채에도 없었다. 게으른 사냥꾼이 큰길에서 걸어오기 싫어서 차를 끌고 들어온 것이라 생각했다.

아침식사를 끝낼 무렵 누군가 창을 톡톡 두드리는 소리

가 들렸다. 둥그렇고 햇볕에 탄 상세 씨의 얼굴이 보였다. 그는 장화가 너무 더럽다며 집에 들어오려 하지 않았다. 여섯 시부터 숲을 뒤졌다며 우리에게 선물을 주겠다고 했다. 그리고 등 뒤에서 낡은 체크무늬 모자를 내밀었다. 야생버섯이 가득 담겨 있었다. 그가 좋아하는 요리법이라며 올리브 기름, 버터, 마늘과 다진 파슬리를 더해 요리하라고 가르쳐주었고, 잘못 고른 버섯을 저녁에 먹고 죽었다는 세 남자 이야기까지 해주었다. 이웃이 발견했을 때 그들은 눈을 크게 뜬 채 식탁에 엎어져 있더란 것이었다. 이때 상세 씨는 고개를 뒤로 젖히고 눈알을 뒤로 굴리는 시늉을 했다. 하여간 독버섯에 완전히 마비된 것이었다. 하지만 우리에게는 걱정할 필요가 없다고 했다. 모자에 든 버섯들은 그의 목숨을 걸어도 상관없을 정도로 안전하다는 것이었다.

"맛있게 드세요!"

그날 저녁 아내와 나는 그 버섯을 요리해 먹었다. 한 입을 삼킬 때마다 눈알이 돌아가거나 마비증세가 있는지 서로를 유심히 살펴보면서 조심스레 씹었다. 보통 버섯보다 맛이 훨씬 좋았다. 그래서 우리는 버섯 안내서와 뱀 퇴치용 장화를 사기로 했다.

　낡은 집을 고치다 보면, 일을 서둘러 끝내고 싶은 욕구가 작업을 깔끔하게 마무리 지으려는 고상한 의지를 압도하는 때가 오기 마련이다. 목수가 손끝을 다쳤고, 벽돌공은 트럭을 도난당했으며, 페인트공은 독감에 걸렸고, 5월에 주문해서 6월에는 납품받기로 약속한 자재가 9월을 넘겨서도 도착하지 않았다는 등 핑곗거리가 늘어나면서 공사가 지연될 때 지름길을 택하고 싶은 유혹을 이겨내기란 쉬운 일이 아니다. 게다가 콘크리트 믹서와 잡석, 삽과 곡괭이가 점점 영원한 동반자처럼 느껴진다면 더욱 그렇다. 그래도 햇볕을 즐길 수 있던 뜨거운 여름 동안에는, 집 안 곳곳에 흩어진 미완의 작업 현장을 인내의 눈으로 지켜볼 수 있었다. 하지만 그런 현장과 보내는 시간이 길어지면서 인내는 짜증으로 바뀌어갔다.

　건축기사 크리스티앙과 우리는 방을 둘러보며, 누가 무엇을 해야 하고 시간이 얼마나 걸릴지 가늠해 보았다.

　매력덩어리인 데다 낙관주의자인 크리스티앙이 말했다.

"정상적이라면 엿새, 아니 일주일이면 됩니다. 벽돌 공사가 하루나 이틀, 미장 공사도 하루나 이틀 그리고 페인트칠을 이틀 정도 하면 그걸로 끝납니다."

우리 부부는 안심할 수 있었다. 크리스티앙에게도 말했지만, 우리는 크리스마스 아침에도 파편들에 둘러싸여 잠에서 깨는 악몽 같은 순간을 상상해보곤 했다.

그는 깜짝 놀라며 두 손, 눈썹, 어깨 등 모든 것을 치켜올렸다.

"그런 생각일랑 마세요! 마무리만 하면 되는데 그렇게까지 지체되지 않을 겁니다."

이렇게 말하며 크리스티앙은 곧바로 '팀원'들에게 일일이 전화를 걸었다. 일주일 안에 작업을 끝내는 일정이 잡혔다. 뭔가 진전이 있을 듯싶었다. 아니, 진전 정도가 아니라 끝을 내야만 했다.

그들은 한 명씩 이상한 시간에 우리 집을 찾아왔다. 디디에는 개를 끌고 아침 일곱 시에, 전기공은 점심시간에, 미장이 라몽은 저녁식사를 끝내고 차 마시는 시간에. 하지만 일을 하러 온 것이 아니라, 어떤 일을 해야 하는지 둘러보러 온 것이었다. 작업이 이렇게 길어진 것에 그들 모두가 놀란 표정이었다. 하지만 그들 자신보다는 다른 사람의 책임인 양 둘러댔다. 뻔뻔스럽게도, 모두가 다른 사람이 일을 끝내 줘야 자기가 일을 시작할 수 있기 때문에 기다렸던 것이라고 했다. 하지만 우리가 크리스마스를 거론하자 그들은 껄 껄대고 웃었다. 크리스마스가 되려면 아직 몇 달이나 남았 어요! 그때까지는 집이라도 한 채 지을 수 있다고요! 하지 만 누구도 언제까지 끝내겠다고 날짜를 꼭 집어 말해주지 는 않았다.

"언제 올 거요?"

"금방 올게요, 금방요."

그 정도 대답에 만족할 수밖에 없었다. 우리는 집 앞으로 나가보았다. 콘크리트 믹서가 현관 계단 앞에 보초처럼 우 뚝 서 있었다. 사이프러스가 그 자리에 서 있는 모습을 상상 해보았다. 금방 그렇게 되겠지. 그래, 조금만 기다리면.

11 November

햇살 맛이 나는 올리브 기름

프랑스 농부들은 손재주가 뛰어나다. 그들은 낭비를 증오하고, 버리는 것을 싫어한다. 닳고 닳은 타이어, 이 빠진 낫, 부러진 호미, 1949년형 르노 소형 트럭에서 떼어낸 변속 장치가 언젠가는 써먹을 데가 생겨, 호주머니 깊숙한 곳에 감춰둔 돈을 뒤적대야 하는 상황에서 구해준다는 것을 잘 알고 있기 때문이다.

내가 포도밭 가장자리에서 찾아낸 기묘한 장치도 프랑스 농부의 재주를 보여주는 녹슨 기념물이었다. 1백 리터짜리 기름통을 세로로 반 잘라, 협궤철로용 쇠파이프로 만든 틀 위에 얹어 놓은 것이었다. 둥글다기보다 타원에 가까운 낡은 바퀴가 앞쪽에 볼트로 연결되어 있었고, 뒤쪽에는 길이가 다른 두 개의 손잡이가 달려 있었다. 포스탱의 말에 따르면 '포도 재배자의 손수레'로, 가지치기를 할 때 쓰려고 최소한의 비용으로 만든 수레였다.

가을 바람에 포도나무들은 잎새마저 잃고 발가벗은 모습이었다. 봄에 나온 가지들은 얽히고설켜 말아놓은 갈색 가시철망처럼 보였다. 내년 봄 수액이 다시 오르기 전에 잘라내야만 했다. 이런 '햇가지'는 섬유질이 너무 많기 때문에 겨우내 땅속에서 썩지 않아 거름으로도 쓸 수 없었다. 또한 그 양도 엄청나게 많아 트랙터가 다니는 포도나무 사이의 고랑에 쌓아둘 수도 없으므로 한곳에 모아 태워버려야 했다. 이때 '포도 재배자의 손수레'가 필요했다.

이 기묘한 장치는 아주 단순한 이동식 소각로였다. 기름통 바닥에 불을 붙이고, 잘라낸 '햇가지'를 불 속에 던진다. 그리고 수레를 나무로 이동시킨다. 통이 햇가지로 가득 차고 불이 꺼지면 희끄무레한 재를 땅에 쏟아내고, 그 과정을 다시 시작한다. 원시적이긴 했지만 아주 효율적인 방법이었다.

어스름이 내리기 직전에 집으로 돌아가던 나는 우리 포도밭 구석에서 푸른 연기가 가느다란 깃털처럼 피어오르는 것을 보았다. 포스탱이 가지치기한 햇가지를 태우고 있었다. 그가 허리를 쭉 펴고, 손에 묻은 먼지를 등에 비비며 닦아냈다. 악수를 나누는 그의 손이 차갑고 뻣뻣하게 느껴졌다. 그가 가지치기를 끝낸 포도나무들을 가리켰다. 한 줄로 늘어선 포도나무들이 엷은 갈색의 땅에 대비되어 비틀린 검은 발톱처럼 보였다.

"정말 깨끗하죠? 나는 포도나무들이 저렇게 깨끗하게 보이는 게 좋아요."

나는 내년 여름 바비큐할 때 쓸 햇가지를 조금 남겨달라고 포스탱에게 부탁했다. 그리고 언젠가 뉴욕에 갔을 때 '음식 부티크'라고 자처하는 한 상점에서 햇가지들을 본 기억이 있다고 했다. '진짜 포도나무 햇가지'라는 상표까지 붙이고, 바비큐 맛을 확실히 보장해준다고 선전했다. 게다가 일정한 길이로 다듬고 새끼로 깔끔하게 묶어, 작은 다발을 2달러에 팔았다. 포스탱은 내 말이 믿기지 않는다는 표정이었다.

"아니, 그런 걸 사는 사람이 있단 말이에요?"

포스탱은 포도나무에 다시 눈길을 주었다. 그날만 얼마나 많은 돈을 불에 태웠는지 가늠해본 듯이 고개를 설레설레 저었다. 심하게 한 대 얻어맞은 기분이었을까? 그는 어깨를 으쓱하며 말했다.

"정말 별일이군요."

베종라로멘 북쪽, 코트뒤론에 사는 한 친구가 이 마을 포도 재배자들의 추천으로, 지역 슈발리에 뒤 타스트뱅*이라 할 수 있는 콩프레리 생 뱅상의 회원이 되었다. 회원 인증식은 마을회관에서 열리고, 그후 만찬과 무도회가 벌어질 예정이었다. 도수가 높은 포도주가 넘치도록 나올 것이고, 포도주용 포도를 재배하는 사람들과 그 아내들도 대거 참석하기로 되어 있었다. 넥타이는 필수였다. 한마디로 특별한 행사였다.

몇 해 전, 우리 부부는 부르고뉴에서 이런 회원 인증식 만

---

* 부르고뉴 포도주 애호가들의 친목모임이라 생각하면 된다.

찬에 참석한 적이 있었다. 야회복을 차려입은 2백 명의 손님은 처음엔 품위를 지키느라 뻣뻣했지만 주 요리가 나올 쯤에는 부르고뉴 권주가를 불러대는 다정한 친구들로 변했다.

만찬이 끝난 후에 만취한 회원들이 경찰의 도움을 받아가며 어렵사리 자기 자동차를 찾아내 문을 여는 모습이 생생하다. 그 상황을 지켜보던 즐거운 기억이 어렴풋이 남아 있다. 모두가 취하는 것이 공식적으로 인정된 저녁을 처음 경험한 날이었다. 우리도 그날 저녁 마음껏 즐겼다. 포도를 좋아하는 사람은 누구나 서로 친구였다.

마을회관은 공식적으로 '살 드 페트(축제의 방)'라 불렸다. 비교적 최근에 지은 건물로, 모든 마을에 볼썽사나운 건물 세우기를 평생의 소명으로 삼아 밤잠 없이 일했을 익명의 프랑스 건축가가 주변의 중세적 분위기를 완전히 무시하고 설계한 작품이었다. 아스팔트가 포장된 공간에 갓 구운 벽돌을 쌓고 알루미늄 새시로 유리창을 냈는데, 네온 조명을 제외하면 매력이라곤 찾아볼 수 없었다. 한마디로 현대식 토치카나 다름없는 학교 건물을 그대로 옮겨놓은 것이었다.

하얀 셔츠에 검은 바지를 입고, 어깨에 주홍빛 장식을 맨 불그스레한 얼굴의 건장한 남자 둘이 문 앞에서 우리를 맞아주었다. 우리는 그들에게 새 회원의 친구라고 말했다.

"예, 예. 어서 들어가십시오."

두툼한 손이 우리 등을 툭툭 치며 큰 홀 안으로 밀어넣었다.

한쪽 끝에 높은 연단이 있었다. 긴 탁자가 놓여 있고 마이크가 설치되어 있었다. 그보다 작은 탁자들은 홀 양편과 연단 맞은편에 배치되어 있었고, 가운데 널찍한 공간에는 포도 재배자들과 그들의 친구들로 발 디딜 틈이 없었다.

말소리로 귀가 멍멍할 정도였다. 남녀 모두 포도밭을 가로질러 이야기를 나누는 데 익숙한 사람들이라 목청을 조절하기가 어려운 듯했다. 홀 전체를 울려대던 목소리가 점점 커지면서 미스트랄이 무색할 지경으로 높아졌다. 그래도 차림은 옷장에 소중히 간직해온 나들이옷이 분명했다. 남자들은 검은 양복에 흰 셔츠를 입었다. 그런데 셔츠의 깃은 햇볕에 그을린 굵은 목을 불편할 정도로 꽉 죄는 듯이 보였다. 여자들은 고심해서 만든 흔적이 역력한 화사한 드레스를 입고 있었다. 유난히 의상에 신경 쓴 듯한 한 부부는 그야말로 눈이 부실 지경이었다. 회색 유리구슬로 만든 드레스에 온몸이 반짝거렸고, 드레스 색에 맞춰 스타킹 뒤쪽에 회색 깃털까지 박음질해 넣어 걸을 때마다 다리는 퍼덕거리는 것처럼 보였다. 남자는 검은 가두리 장식을 넣은 흰 재킷, 주름잡힌 셔츠 그리고 검은 양복바지를 입고 있었다. 그의 용기, 아니 그의 자원이 그쯤에서 바닥난 것일까? 구두는 밑창이 두꺼운 갈색이었고 편해 보였다. 하지만 춤이 시작되면 그들 부부가 가장 지켜볼 만할 인물이란 느낌이 들었다.

우리는 친구와 그 가족을 찾아갔다. 그는 홀 안을 두리번대고 있었다. 당혹스런 모습, 아니 어딘가 불편하게 보일 정도였다. 우리는 행사장의 엄숙한 분위기에 친구가 초조해하는 거라 생각했다. 하지만 문제는 그보다 훨씬 심각했다. 그가 말했다.

"대체 바가 어디 있는 거야. 찾을 수가 없어."

한 벽에 포도주통이 쭉 세워져 있었다. 식탁에는 포도주병들이 놓여 있었다. 모든 카브를 비워내면 코트뒤론은 술 바다가 되겠지만, 바는 없었다. 그래서 우리는 술꾼 친구들의 동태를 살폈다. 하지만 불안이 더해졌을 뿐이다. 누구도 술잔을 들고 있지 않았다!

옆에 있는 식탁에서 포도주병을 슬쩍 낚아채려 했지만 그것도 뜻대로 되지 않았다. 하필이면 그때 확성기에서 팡파르가 울렸던 것이다. 그리고 회원들이 줄지어 들어와 연단에 마련된 자리에 앉았다. 열두 명 남짓한 사람 모두가 망토를 걸쳤고 챙이 큰 모자를 쓰고 있었다. 그중 몇몇은 양피지 두루마리를 쥐고 있었고, 한 사람은 상당히 두툼한 책을 한 권 들고 있었다. 우리는 곧 의식의 시작을 알리는 간단한 축하연이 있으리라 생각했다.

시장이 마이크를 잡고 개막 연설을 했다. 다음 차례로 최고참 회원이 연설을 했다. 그의 보좌인으로 두툼한 책을 들고 있던 회원이 이어갔다. 그리고 신임 회원 세 사람이 차례로 호명되어 연단에 올라가, 포도주에 대한 사랑과 동료애를 지녔다는 칭송을 받았다. 그리고 한 사람씩, 그들에게 주어진 명예로운 회원 자격을 수락하는 연설로 화답했다. 내 친구의 목소리가 약간 쉰 듯했다. 다른 사람들은 감정에 복받쳐 그런 것이라 생각했겠지만 내가 알기엔 목이 말라 그런 것이었다.

끝으로 프레데릭 미스트랄*이 프로방스 사투리로 쓴 노래를 부르자는 제안이 있었다.

"쿠포 사토 에 베르상토."

우리는 술이 넘쳐흐르는 신성한 잔을 찬양하며 노래를 불렀다.

"아드랭 브귀앙 앙 트루포 루 뱅 퓌르 드 노트르 플랑트."

(우리 모두 다함께 우리가 빚은 순수한 포도주를, 시간까지도 마셔버리자.)

인증식은 한 시간 넘게 걸렸다. 그동안 누구도 술을 입에 대지 않았다. 모두가 자리에 앉고 싶어하는 기색이 역력했다. 마침내 신성한 술잔들이 채워지고 비워지고 다시 채워졌다. 안도의 기색이 홀 곳곳으로 퍼져나갔다. 그제야 우리도 편히 앉아 머릿속으로 요리를 그려볼 수 있었다.

처음에 메추라기 젤리가 나왔다. 머리는 떼어내어 다음

* Frédéric Mistral, 1830~1914. 아를 부근에서 태어난 프랑스 시인.

연회에 또 사용할 수 있다는 이야기를 들었다. 다음 요리는 바다 농어였다. 농어 요리도 요리사가 손가락을 푸는 준비 운동에 불과했다. 샬로레산 쇠고기 허릿살을 버터로 튀긴 요리가 그날의 주 요리였다. 하지만 그 요리가 나오기 전에 '트루 프로방살(프로방스의 구멍)'이란 극약 같은 음료가 조금 주어졌다. 물을 최소한으로, 마르를 최대한 넣어 만든 일종의 소다수였다. 우리 옆에 앉은 사람의 말에 따르면 입을 깨끗이 씻기 위해 마시는 것이었다. 실제로 입천장만이 아니라 코와 귀, 심지어 이마까지 마비될 정도로 독했다. 하지만 요리사는 이 음료의 효과를 잘 알고 있었다. 차가운 알코올의 독한 맛이 가시자, 나는 배 속이 텅 빈 듯한 느낌이었다. 그야말로 '트루(구멍)'였다. 아무리 많은 요리가 나와도 너끈히 해치울 수 있을 것만 같았다.

쇠고기 요리는 두 번째 팡파르를 받으며 들어왔다. 웨이터와 웨이트리스가 식탁을 따라 행진을 벌인 뒤에야 놓였다. 백포도주가 치워지고, 그 지역 포도주 양조업자들이 자랑으로 삼는 검은빛에 가까운 붉은 포도주가 나왔다. 다른 요리들도 쉴 새 없이 이어졌다. 마침내 수플레와 샴페인이

나왔고, 모두가 일어나 춤출 시간이 되었다.

악단은 구식의 냄새를 풍겼다. 펄쩍펄쩍 뛰기만 좋아하는 사람들을 위해 공연할 생각은 조금도 없는 듯했다. 그들은 '춤'을 보고 싶어했다. 그래서 왈츠와 퀵 스텝*이 연주되었고, 가보트**인 듯한 곡이 더해졌다. 하지만 내 생각에 그날 저녁의 절정은 탱고 간주곡이었다. 대여섯 커플이 만취한 상태에서 탱고의 달인처럼 낚아채고 돌며 발꿈치를 굴려대는 모습을 본 사람이 많으리라고는 생각지 않지만, 내게는 영원히 잊지 못할 장면이었다. 팔꿈치를 곧추세우고, 머리를 좌우로 절도 있게 돌리며, 균형을 잃지 않으려 안간힘을 쓰면서 두 발을 경쾌하게 움직이며 홀의 끝에서 끝까지 헤집고 다녔지만, 다른 쌍과 충돌하는 불상사가 사방에서 일어났다. 한 작은 남자는 아예 눈이 먼 것처럼, 훨씬 큰 파트너의 데콜르타주***에 얼굴을 묻고 춤을 췄다. 한편 유리구슬과 주름 셔츠 부부는 서로 아랫도리를 붙이고 등을 바깥쪽으로 활처럼 내민 채 탱고의 본산인 부에노스아이레스 밖에서는 결코 볼 수 없을 현란한 몸짓으로 군중 사이를 헤집고 다녔다.

* 사교춤의 하나. 4분의 4박자에 맞춘 경쾌하고 빠른 스텝의 춤.
** 17, 18세기 프랑스 남부에서 유행한 2박자의 경쾌한 춤곡.
*** 어깨와 가슴을 훤히 드러낸 옷.

아무도 다치지 않은 것이 기적이랄 수밖에 없었다. 우리는 새벽 한 시쯤 떠났지만 그때까지도 연주는 계속되었고, 음식으로 배를 채우고 포도주로 취한 사람들도 춤을 멈추지 않았다. 그때가 처음은 아니었지만 우리는 프로방스 사람들의 기질에 다시 한 번 놀랐다.

우리는 다음 날 집에 돌아왔다. 집의 겉모습이 바뀌어 있었다. 현관까지 이어지는 계단 앞이 깔끔하게 치워져 낯설게 느껴졌다. 지난 몇 달 동안 우리 집의 일부인 양 계단 앞에 버티고 있던 콘크리트 믹서가 보이지 않았다.

불길한 징조였다. 그 커다란 쇳덩이가 집 밖에 버티고 있는 것이 싫기는 했지만, 언젠가는 디디에와 그의 벽돌공이 돌아온다는 것을 의미했기 때문이다. 그런데 그들이 몰래 기어 들어와 우리 콘크리트 믹서를 가져가버린 것이다. 카르팡트라의 어딘가에서 6개월 정도의 일거리를 얻은 것이 틀림없었다. 크리스마스까지는 공사를 끝내려 했던 우리 희망이 기습을 당한 기분이었다. 그들을 믿었던 것이 잘못이었다.

하지만 크리스티앙은 평소와 다름없이 우리 심정을 이해

하면서 우리를 안심시키려 애썼다.

"마장(Mazan)에 급한 일이 생겨서 간 겁니다. 혼자 사는 노파의 집 지붕을 고쳐줘야 했거든요."

나는 괜히 죄책감을 느꼈다. 불쌍한 노파의 곤경에 우리 문제를 비교할 수 있겠는가?

"걱정 마세요. 이틀, 늦어도 사흘 뒤면 돌아와 끝낼 겁니다. 아직 크리스마스까지는 시간이 많이 남았잖아요. 몇 주 나요."

우리는 몇 주밖에 남지 않았다고 생각했다. 아내는 디디에가 콘크리트 믹서보다 애지중지 여기는 코커스패니얼이라도 납치해서 볼모로 잡아두자고 했다. 멋지고 대담한 계획이었다. 하지만 그 개는 잠시도 디디에 곁을 떠나지 않는 것이 문제였다. 개가 안 되면 그의 아내라도…. 우리는 이렇게 온갖 방법을 생각해보았다.

그해 처음으로 미스트랄이 찾아왔을 때 마무리되지 않은 공사, 특히 임시로 단 창과 벽의 틈새가 더욱 아쉬웠다. 미스트랄은 사흘 동안이나 불어대며 뒷마당의 사이프러스를 C자로 꺾어버렸고, 멜론밭의 엉성한 비닐을 갈가리 찢어버렸다. 또한 밤새 웅웅대면서 허술한 기와와 덧문을 걱정하게 만들었다. 결코 피할 길 없는 고약한 바람이 끊임없이 집 안으로 파고들 기회를 호시탐탐 노리면서 기운을 꺾어놓았다.

어느 날 아침 마소가 내게 말했다.

"저세상 가기 좋은 날씨예요."

바람으로 그의 콧수염이 양볼에 찰싹 달라붙어 있었다.

"이런 날씨가 계속되면 한두 명 정도 장례를 치를 거라고요."

마소의 말에 따르면 이 바람은 그가 어린 시절 겪은 미스트랄에 비하면 아무것도 아니었다. 그 시절에는 바람이 몇 주 동안 쉴 새 없이 불어대면서 인간의 뇌에 이상하고 끔찍한 영향을 미쳤다는 것이다. 그는 아버지 친구였다는 아르노의 이야기를 해주었다.

아르노의 말은 늙고 지쳐 더 이상 밭일을 감당할 수 없었다. 그래서 아르노는 늙은 말을 팔고 건강한 젊은 말을 사기로 결정하고, 바람 부는 날 아침에 늙은 말을 끌고 15킬로미터 떨어진 압트 장으로 갔다. 마침내 늙은 말을 사겠다는 사람이 나타났고, 흥정에도 성공했다. 하지만 그날 장에 나온 젊은 말들은 형편없이 여윈 것들이었다. 결국 아르노는 다음 주에는 한결 좋은 말들이 매물로 나오기를 바라며 빈손으로 집에 돌아갔다.

미스트랄은 그 주 내내 불어댔다. 아르노가 다시 압트 장에 나간 날에도 미스트랄은 멈추지 않았다. 이번에는 운이 좋았던지 몸집이 좋은 검은 말을 살 수 있었다. 늙은 말을 판 것보다 거의 두 배나 값을 치렀지만, 장사치 말대로 젊음을 산 대가였다. 새 말이 그를 위해 몇 년을 일해줄 테니까.

집을 2, 3킬로미터 남겨두었을까? 말이 갑자기 고삐를 끊고 달아났다. 아르노는 말을 쫓아갔다. 더 이상 발을 뗄 힘조차 남지 않을 때까지 그는 숲과 포도밭을 뒤지고 다녔다. 바람을 뚫고 말을 불러대며 미스트랄을 저주했다. 그에게 닥친 불운과 날아가버린 돈에 욕을 퍼부었다. 어두워져서 더 이상 수색이 불가능해진 때에야 그는 절망과 분노에 싸여 집으로 걸음을 옮겼다. 말이 없으면 그는 밭을 갈 수 없었다. 남은 것은 파산밖에 없었다.

아내가 문밖에서 그를 맞으면서 이상한 일이 있었다고

전해주었다. 검고 커다란 말 한 마리가 울타리를 뛰어넘어 헛간으로 들어갔다는 것이었다. 아내는 그 말에게 물을 주었고, 도망치지 못하게 헛간 문 앞에 수레를 끌어다 놓았다고 했다.

아르노는 손전등을 들고 말을 보러 갔다. 목에는 끊어진 고삐가 달려 있었다. 아르노는 목을 쓰다듬었다. 손가락에 뭔가가 묻어나왔다. 손전등을 비춰보았다. 말 옆구리에서 땀이 흘러내렸고, 염료가 벗겨지면서 희끗한 얼룩이 나타났다. 그가 팔았던 늙은 말을 되산 것이었다. 화가 치밀고 수치심을 견디다 못해 그는 집 뒤의 숲으로 뛰어들어가 목을 매달고 말았다.

마소는 어깨를 웅크리고 두 손을 동그랗게 모아 바람을 막으며 담배에 불을 붙였다.

"검시할 때 누군가가 유머 감각을 발휘했죠. 사인을 '말 때문에 정신의 균형을 잃은 자살'이라 기록했으니까요."

마소는 싱긋이 웃으면서 고개를 끄덕였다. 그의 이야기는 언제나 그렇게 잔혹하게 끝나는 듯했다.

"하지만 그는 바보였어요. 말을 판 놈에게 달려가 총을 팡! 쏴 버려야 했어요. 그리고 미스트랄 때문에 그랬다고 우기는 거죠. 나라면 그렇게 했을 겁니다."

정의의 본질에 대한 그의 강의는, 저속 기어에 헉헉대는 엔진 소리에 중단되었다. 좁은 길을 꽉 채우며 달려오던 사륜 구동 도요타 트럭이 잠시 속도를 늦추었다. 그 틈에 우리는 길 밖으로 몸을 피할 수 있었다. 마을에서 식료품상을 하는, 뤼베롱 산의 멧돼지들에게는 스크루지 영감이나 다름없는 뒤푸르 씨였다.

우리는 정육점의 벽에 박제된 멧돼지 머리가 걸려 있는 것을 본 적이 있지만, 우리 눈에 가끔 띈 시골의 이상한 장식물들과 마찬가지로 그 박제에도 별다른 관심을 기울이지 않았다. 더구나 여름에 한두 번인가 멧돼지들이 바싹 마른 산 정상에서 수영장까지 내려와 물을 마시고 멜론을 훔쳐 먹은 적이 있었다. 그렇게 살아 있는 모습을 본 후부터 우리는 박제된 멧돼지의 눈을 다시 쳐다볼 수 없었다. 우리가 본 멧돼지는 당당한 체구에 검은빛을 띠었고, 일반 돼지보다 다리가 길었다. 게다가 주둥이에 난 털 때문인지 수심에 찬 듯한 얼굴이었다. 우리는 녀석들을 간혹이라도 보고 싶어,

사냥꾼들이 멧돼지를 가만히 내버려두길 바랐다. 하지만 멧돼지고기는 사슴고기와 비슷한 맛이어서, 뤼베롱 산 끝에서 끝까지 쫓겨다니는 신세였다.

뒤푸르 씨는 자타가 공인하는 최고 사냥꾼이었다. 현대식 장비로 무장한 니므롯*이랄까. 장비를 변변히 갖추지 못한 사냥꾼들이 산길을 오르며 헐떡거리는 동안, 전투복으로 무장한 그는 트럭에 고성능 무기를 가득 채우고 바위투성이 길을 올랐다. 어느새 멧돼지들이 득실대는 산마루에 올라가 있었다. 트럭의 평평한 적재함에 마련된 나무 상자에는 여섯 마리의 사냥개가 있었다. 며칠이라도 끈덕지게 추적하도록 훈련을 받아, 늙은 멧돼지들은 그 사냥개들에게 걸리면 살아남을 가능성이 거의 없었다.

나는 마소에게 그렇게 많은 사냥꾼이 멧돼지를 인정사정 없이 사냥하는 것은 부끄러운 짓이라 생각한다고 말했다.

"하지만 멧돼지고기는 맛있는걸요. 특히 어린 것들은요. 마르카생**의 맛은 죽여준다고요. 자연의 섭리 아니겠어요? 영국 사람들은 동물에게 인정이 너무 많은 것 같아요. 물론 여우 사냥을 해대는 사람은 빼놓고요. 그 사람들은 미친 사

* 성서 창세기 10장 8~9절에 소개된 사냥꾼.
** Marcassin, 일 년생 미만의 멧돼지.

람들이에요."

바람이 점점 세져 차갑게 느껴졌다. 나는 마소에게 바람이 며칠이나 더 계속되겠느냐고 물었다. 그는 곁눈질하며 대답했다.

"하루, 일주일? 누가 알겠어요. 혹시 자살하려는 건 아니죠?"

나는 그럴 일은 없다고 했다. 건강도 좋고 기분도 좋아, 겨울과 크리스마스가 기다려진다고 덧붙였다. 그러자 마소는 재미있는 텔레비전 프로그램, 그러니까 '미스트랄로 인한 자살'의 후속 시리즈로 피비린내 나는 프로그램이 기다려진다는 듯 대답했다.

"크리스마스가 지난 후에는 살인 사건이 많이 벌어지죠."

집으로 돌아오는 길에 총소리를 들었다. 나는 뒤푸르의 총알이 빗나갔길 바랐다. 여기서 오래도록 살아도 나는 진짜 시골 사람이 될 수는 없을 것 같았다. 접시에 올려진 맛있는 요리보다 살아 있는 야생 멧돼지를 더 좋아하는 한, 진짜 프랑스 사람이 될 수 없을 것 같았다. 그래, 프랑스인들은 그들의 배를 위해 살라고 내버려두자. 나는 잔인한 피의 잔치에서 멀리 떨어져 문명인으로 살 테니까.

이런 고상한 자존심은 저녁식사 시간이 되면서 여지없이 무너지고 말았다. 앙리에트가 산토끼 한 마리를 가져와, 내 아내와 함께 향료와 겨자를 넣어 맛있게 요리한 것이었다. 나는 두 그릇이나 먹어치웠다. 피가 걸쭉하게 섞인 육즙은 황홀할 지경이었다.

요리계에서 '이본 아줌마'로 알려진 여든 살의 주방장 솔비아 부인이 올리브유에 대해 우리에게 말해주었다. 그녀의 말에 따르면 올리브유는 프로방스 최고의 자랑거리였다. 그녀는 우리가 알고 있는 누구보다 믿을 만한 사람이었다. 뛰어난 요리사인 것은 차치하더라도 올리브유에 관해서라면 '포도주의 거장'에 비견되는 여인이었다. 그녀는 니스의 '알지아리'에서 니옹의 '유나이티드 프로듀서스'에 이르기까지 모든 올리브유를 써보았지만, 전문가 관점에서 레보 계곡에서 생산되는 올리브유가 최고라고 했다. 게다가 모산레잘피유에 있는 조그만 기름 공장에 가면 누구나 살 수 있다고 우리에게 가르쳐주었다.

영국에 살 때 올리브유는 사치품이나 마찬가지였다. 그래서 아껴두었다가 신선한 마요네즈나 샐러드 드레싱을 만들 때나 썼다. 하지만 프로방스에서 올리브유는 필수품이나 다름없었다. 우리는 5리터짜리 통으로 올리브유를 사두고, 요리할 때나 염소젖 치즈와 붉은 고추를 절일 때, 또한 송로를 저장할 때도 썼다. 빵도 올리브유에 적셔 먹었고, 상추에도 흠뻑 적셔 먹었다. 심지어 숙취 예방제로도 사용했다. 술 마시기 전에 크게 한 숟갈 먹어두면 위벽을 감싸, 숙성되지 않은 분홍빛 포도주의 나쁜 기운을 예방할 수 있다고 한다. 우리는 스펀지처럼 올리브유를 빨아들이며, 올리브유에도 다양한 등급이 있고 향도 여럿이라는 것을 알게 되었다. 입맛이 까다로워지고 평소에 먹던 올리브유가 비위에 거슬리게 느껴지자 우리는 올리브유를 일반 상점이나 슈퍼마켓이 아닌, 방앗간이나 생산자에게 직접 구입했다. 그리고 포도밭을 찾아다니는 여행길만큼이나 올리브유를 사기 위해 이곳저곳 돌아다니는 즐거움을 손꼽아 기다리곤 했다.

하루의 즐거움은 누가 뭐라 해도 점심식사다. 어딘가 새로운 곳을 찾아나서기 전에 우리는 언제나 고미요 가이드와 지도를 펴놓고 연구했다. '모산'은 레보의 '보마니에르' 식당과 거의 붙어 있다시피 했다. 맛은 물론 음식값도 우리에게 깊은 인상을 남겨준 식당이었다. 하지만 솔비아 부인 덕분에 우리는 그 식당의 유혹에서 벗어날 수 있었다. 부인은 "르파라두로 가셔서 점심을 드셔보세요. 정오까지는 도착하셔야 할 거예요."라고 말해주었다.

쌀쌀했지만 화창한, 멋진 식사를 즐기기 좋은 날씨였다. 우리는 정오 조금 못 미쳐 '비스트로 뒤 파라두'로 들어갔다. 우리를 반겨준 마늘 냄새와 장작 땐 연기 냄새에 군침이 돌았다. 커다란 난로가 온기를 내보내는 길쭉한 홀에는, 대리석으로 위판을 댄 식탁들이 줄지어 서 있었다. 평범한 타일로 장식한 계산대가 눈에 띄었고, 주방에서는 달가닥대는 소리가 부산스레 들려왔다. 모든 것이 갖추어진 식당이었다. 하지만 주인의 설명대로 우리가 앉을 자리는 남아 있지 않았다.

식당은 아직 비어 있었다. 하지만 주인은 십오 분 내에 모든 좌석이 꽉 찰 거라고 했다. 그는 미안하다는 듯 어깨를 으쓱해 보였다. 아내는 가까이 있으면서도 아득히 멀리 사라진 멋진 점심식사를 안타까워하는 애처로운 표정을 지었다. 그처럼 슬픔 가득한 얼굴을 보니 주인은 우리를 가엾게 여겼던 것 같다. 난로 바로 옆 테이블에 우리를 앉히고 붉은 포도주를 채운 유리병 하나를 갖다 놓았다.

단골손님들이 시끌벅적하게 문을 열고 들어오기 시작했고 매일 앉는 자리로 곧장 찾아가 앉았다. 열두 시 반쯤 되자 빈 자리가 없었다. 유일한 웨이터이기도 한 주인이 눈앞을 가릴 정도로 접시를 잔뜩 안고 홀로 들어왔다.

이 식당은 손님들에게 음식을 선택하는 고민을 덜어준다는 간단한 원칙에 따라 운영되고 있었다. 보니외 역 근처 식당처럼 이곳에서도 주인이 주는 대로 먹고 마셔야 했다. 우리는 올리브유를 친 신선한 야채 샐러드, 분홍빛의 얇게 썬 시골 소시지 몇 조각, 아이올리를 뿌린 달팽이와 대구, 마늘 마요네즈를 덧씌운 삶은 달걀, 퐁트비에유산 크림치즈, 이 식당에서 손수 만든 파이를 차례로 먹었다. 프랑스 사람들은 당연한 식사라 생각하겠지만 관광객에게는 오랫동안 기억에서 사라지지 않을 식사였다. 프랑스 사람도 아니고 관광객도 아닌 우리에게는 추운 겨울날 빈속을 따뜻하게 채워주리라 기대하며 다시 찾아올 만한 곳으로 목록에 더하기에 충분한, 즐거운 발견이었다.

우리는 모산의 올리브유 공장에 도착하고서야 석 달이나 일찍 온 것을 알았다. 햇올리브는 다음 해 1월에 수확하기 때문에 그때가 되어야 가장 신선한 올리브유를 살 수 있다는 것이었다. 다행히도, 기름 공장 관리인은 작년에 올리브를 넉넉히 수확해서 아직 올리브유가 조금 남아 있다고 했다. 그리고 우리가 주변을 둘러보는 동안 12리터의 올리브유를 가져갈 수 있게끔 포장해두겠다고 했다.

그 단체의 공식 이름인 '보 계곡 식용기름 협동조합'은 지나치게 길어서, 좁은 길 한편에 박혀 있는 조그만 건물의 정면에 걸려 있기엔 어울리지 않았다. 건물 안으로 들어가자 모든 것의 표면이 기름칠을 해둔 듯이 번질거렸다. 바닥과 벽도 매끈했고, 분류실로 이어진 계단도 미끌거렸다. 적잖은 사람이 작업대 하나에 둘러앉아, 푸른 윤기를 띤 노란 기름을 가득 채운 병과 플라스크에 협동조합의 화려한 황금빛 라벨을 붙이고 있었다. 벽에 걸린 광고문의 선전대로, 열처리를 하지 않고 단번에 짜낸 순수한 자연식품이었다.

우리는 사무살로 들어가, 관리인이 자그마한 2리터 용기에 나눠 담아 박스로 포장해둔 올리브유를 받아들었다. 그는 우리에게 올리브유로 만든 비누까지 하나씩 선물로 주었다.

"피부에 이보다 좋은 건 없을 겁니다."

이렇게 말하며 그는 하얀 손가락 끝으로 뺨을 가볍게 토닥거리며 덧붙였다.

"식용 기름도 걸작입니다. 써보면 아실 겁니다."

그날 저녁 우리는 식사 전에 그 올리브유를 시험해 보았다. 토마토 과육을 살짝 바른 빵에 올리브유를 몇 방울 떨어뜨렸다. 마치 햇살을 먹는 기분이었다.

손님들이 끊이지 않고 찾아왔다. 프로방스가 지중해성 기후라고 생각한 까닭에 한여름 복장으로 수영을 즐길 수 있길 기대하며 찾아온 그들은, 우리가 저녁이면 스웨터를 껴입고 난로에 불을 지피며 겨울용 포도주를 마시고 겨울 음식을 먹는 것을 보고 실망한 기색이 역력했다.

11월이면 언제나 이렇게 추운가요? 일 년 내내 더운 곳이 아니었나요? 우리가 열대지방에 사는 것처럼 속이면서 그들을 북극으로 유혹이라도 한 듯, 눈보라와 영하로 떨어지는 밤과 혹독한 바람에 대해 말하면 그들은 한결같이 낙담했다.

정확히 말하면 프로방스는 풍부한 일조량을 지닌 추운 곳이었다. 특히 11월 하순의 하늘은 5월만큼 맑고 파랗고, 깨끗하고 상쾌했다. 하지만 포스탱에게는 그런 날씨가 지극히 불길한 징조였다. 그는 올겨울이 잔인할 정도로 추울 것이라 예언했다. 1976년에 겪었던 것처럼 올리브가 얼어 죽을 정도로 기온이 떨어질 것이라 했다. 또한 정색을 하며, 닭들이 뻣뻣하게 얼어 죽고 노인들이 침대에서 시신으로 발견될 것이라고 덧붙였다. 게다가 전기가 끊어지는 시간이 늘어날 테니, 굴뚝을 미리 청소해두라는 충고도 아끼지 않았다.

"밤낮으로 장작을 때야 할 겁니다. 그러면 굴뚝에 불이 붙을 수도 있고, 그 불을 보고 소방관들이 달려오겠죠. 그때 선생님이 굴뚝 청소 증명서를 보여주지 못하면 많은 벌금을 물어야 할 겁니다."

포스탱의 말에 따르면 그것보다 더 심각한 사태가 닥칠 수도 있었다. 굴뚝에 불이 붙어 집에 화재가 발생해도 굴뚝 청소를 했다는 증명서를 보여주지 못하면 보험사가 보험금 지급을 거부할 수 있다는 것이었다. 나는 굴뚝을 청소하지 않았다는 이유 하나로 추운 날씨에 집도 없이 빈털터리가 된 신세를 잠시 생각해보았다. 포스탱은 그런 나를 물끄러미 쳐다보며 고개를 천천히 끄덕였다.

하지만 나는 증명서까지 타 버리면 어떻게 되냐고 포스탱에게 물었다. 그는 거기까지는 생각해보지 못했다고 했다. 내가 새로운 재난거리를 가르쳐준 것에 포스탱이 고마워했을까? 그래, 재난을 예견하는 사람에게는 가끔 새로운 걱정거리를 안겨줘야 하는 법이다. 그렇지 않으면 포스탱이 자기 만족에 빠져버릴 테니까.

나는 카바용 최고의 굴뚝 청소부 벨트라모 씨를 수배했다. 그가 솔과 진공청소기를 들고 찾아왔다. 훤칠하게 큰 키에 깍듯한 매너, 검댕이 묻은 독수리를 연상시키는 벨트라

모 씨는 이십 년 경력의 굴뚝 청소부였다. 그의 말에 따르면, 그가 청소한 굴뚝은 단 한 번도 불이 붙은 적이 없었다. 굴뚝 청소를 끝내자 그는 청소 증명서를 작성하고, 검댕으로 지문까지 찍어주었다. 그리고 내게 즐거운 겨울을 보내라고 인사까지 건넸다.

"벌써 삼 년째 계속 추웠거든요. 네 번째인 올해는 따뜻할 겁니다. 항상 그랬어요."

나는 그에게 포스탱의 굴뚝도 청소하러 가거든 그와 날씨에 대해 이야기를 나눠보라고 말했다.

"아뇨. 그 집엔 갈 필요가 없어요. 포스탱 부인이 굴뚝을 청소하니까요."

"제 삶에 허락된 가장 큰 사치는,
시간과 공간이 아니었을까요."*

*피터 메일, 2008년, 《파이낸셜 타임즈》와 인터뷰 중에

12 December

아피 크리스마스! 보나네!

우체부가 집 뒤의 주차구역까지 차를 몰고 들어와, 차고 담
쪽으로 속도를 내며 후진했다. 쾅! 미등 양쪽이 모두 깨지
고 말았다. 우체부는 그런 피해를 알지 못한 듯 활짝 웃는
얼굴로 커다란 봉투 하나를 휘둘러대며 마당 안으로 뛰어
들어왔다. 곧장 바가 있는 곳으로 오더니, 발꿈치를 바에 기
댔다. 내게 뭔가를 바라는 표정이었다.

"안녕하세요, 젊은 양반!"

나는 젊은이라는 소리를 들어본 지 오래였다. 게다가 이

우체부가 집 안까지 우편물을 갖다 주는 경우는 거의 없었다. 나는 약간 얼떨떨한 기분이었다. 하여간 그에게 뭘 마시겠냐고 물었다. 그가 기다리고 있었던 것일 테니까. 그가 눈을 살짝 깜빡이며 대답했다.

"파스티스나 조금 주세요. 그 정도야 괜찮지 않겠어요?"

오늘이 이 친구 생일인가? 아니면 우체부 노릇을 그만두려는 건가? 복권이라도 당첨된 건가? 나는 그가 그렇게 신이 난 까닭을 말해주길 기다렸다. 하지만 그는 지난주에 친구가 사냥했다는 멧돼지 이야기만 신나게 늘어놓았다.

"이놈을 요리하려면 어떤 준비를 해야 하는지 아세요?"

이렇게 묻고 나서는 창자를 꺼내는 순서부터 어딘가에 매달아서 사지를 잘라내고 요리하는 피비린내 나는 과정까지 낱낱이 말해주었다. 그러더니 파스티스 잔을 비웠다. 분명 그날 아침 첫 잔이 아니었다. 한 잔 더 하겠느냐는 내 제안을 기꺼이 받아들인 후 그는 본론에 들어갔다.

"우체국에서 발행한 공식 달력을 가져왔습니다. 성자의 날이 빠짐없이 표시되어 있고요, 젊은 여자들 사진도 꽤 있어요."

그는 달력을 봉투에서 꺼내 한 장씩 들췄다. 코코넛 껍질로 가슴을 가린 여자의 사진이 나올 때까지!

"부알라!"

나는 우리를 생각해줘 대단히 고맙다고 인사말을 건넸다.

"무료인데 선생님이 원하시면 사실 수도 있습니다."

그는 다시 한 번 눈을 깜빡였다. 그제야 그가 이렇게 집 안까지 들어온 이유를 알 것 같았다. 그는 크리스마스 팁을 걷으러 다니는 중이었다. 하지만 현관에서 손만 불쑥 내밀면 결례일 것 같아 그런 식으로 달력 의식을 치러야 했던 것이다.

그는 돈을 받아 챙기고 파스티스를 꿀꺽 삼켰다. 그리고 미등의 잔해를 찻길에 남기며 다음 집을 향해 달려갔다.

내가 집에 들어가자 아내가 달력을 보고 있었다. 아내가 말했다.

"크리스마스가 삼 주밖에 남지 않았어요. 그런데 일꾼들은 코빼기도 보이질 않네요."

그리고 아내는 여자만이 생각해낼 수 있는 기발한 아이

디어를 내놓았다. 이대로 수수방관하면 예수님의 생일에도 공사가 끝날 것 같지 않다는 것이었다. 그래도 크리스마스는 하루하루 다가와 지나가버릴 것이고, 우리 모두가 새해의 숙취와 휴가에서 회복할 때쯤이면 벌써 2월이 되어 있을 거라 했다. 따라서 작업을 끝낸 걸 축하하는 파티를 열어 일꾼들을 초대하자는 것이었다. 그리고 그 파티에 일꾼들뿐만 아니라 그 부인들도 반드시 함께 초대하자고 했다.

이 아이디어에 숨어 있는 계교는 두 가지 가정에 근거하고 있었다. 첫째, 남편들이 남의 집에서 어떻게 일하는지 한번도 보지 못한 부인들이 호기심 때문에라도 이 초대를 거절하지 못할 것이란 점이었다. 둘째, 어떤 부인도 자기 남편이 일을 마무리짓지 못하는 사람이길 원하지 않을 것이란 점이었다. 만약 그렇다면 그 부인은 다른 부인들 앞에서 체면을 잃는 낭패를 당하고 집으로 돌아가는 차 안에서 남편에게 심한 바가지를 긁어대지 않겠는가!

신통방통한 생각이었다. 우리는 크리스마스 직전 일요일로 날을 잡고 초대장을 보냈다. 열한 시부터 샴페인이 나온다는 말도 빼놓지 않았다.

이틀이 지나지 않아 콘크리트 믹서가 우리 집 앞에 되돌아왔다. 디디에와 그의 일꾼들은 석 달간의 공백이 전혀 없었던 것처럼 신나게 떠들어대면서, 지난번에 마무리짓지 못한 일을 다시 시작했다. 변명 따위는 없었다. 갑자기 다시 일을 시작하게 된 이유도 설명하지 않았다. 디디에가 스키를 타러 가기 전에 모든 일을 마무리짓고 싶다고 무심코 던진 말이 설명이라면 설명이었다. 또 그와 그의 아내가 우리 초대에 기꺼이 응하겠다는 말도 잊지 않았다.

우리도 계획을 세웠다. 모두가 참석한다면 스물두 명이었다. 다들 대단한 식성을 지닌 프로방스 사람들이다. 게다가 크리스마스가 코앞이기 때문에, 올리브 한 그릇과 소시지 몇 조각보다는 더 거창하게 축제 기분을 낼 수 있는 식사를 원하지 않겠는가. 아내는 준비할 음식 목록을 작성하기 시작했다. 집 안 곳곳에 준비물을 적은 쪽지들이 나붙었다. 토끼고기 테린! 새우와 마요네즈! 조각 피자! 버섯 파이! 올리브빵! 키시*는 몇 개? 이렇게 쓴 종잇조각들이 사방에 붙었다. 그 때문에 내 목록에 쓰인 단 하나의 품목, 샴페인은 빈약하고 부적절한 것으로 보일 지경이었다.

* quiche, 치즈나 베이컨을 이용한 케이크.

어느 추운 날 아침, 페리고르에 친척을 둔 한 친구가 파티를 빛내줄 재료를 보내주었다. 날것의 거위 간이었다. 식당에서 파는 푸아그라에 비하면 아주 쌌다. 이제 그것을 요리해서 검은 송로 몇 조각을 얹어주면 그만이었다.

우리는 포장을 뜯었다. 기름기 흐르는 담갈색 덩어리가 내 두 손을 가득 채웠다. 간의 옛 주인이 소형 비행기만 한 크기의 거위였던 모양이다. 나는 간을 도마에 올려놓았다. 친구가 가르쳐준 대로 간을 썰어내고 저장용 유리병에 눌러 넣었다. 그리고 떨리는 손으로 송로 조각을 그 위에 뿌렸다. 마치 돈을 요리하는 기분이었다.

유리병을 밀봉한 후, 커다란 냄비에 물을 끓여 정확히 한 시간 반 동안 담궈놓았다. 그 후 완전히 냉각시켜 카브에 넣어두었다. 아내는 목록에서 푸아그라를 지웠다.

연말이 다가오는데도 하늘이 여전히 푸른 게 이상하게 느껴졌다. 게다가 크리스마스 몇 주 전부터 시끌벅적대는 영국과는 사뭇 달랐다. 우리가 사는 골짜기에도 축제일이 다가오고 있다는 것을 보여주는 유일한 증거는, 우리 집에서 1.5킬로미터 남짓 떨어진 퐁세 씨의 집에서 들려오는 이상한 소리였다. 아침에 그 집 앞을 지날 때 이틀이나 연이어 등골이 오싹해질 정도로 꽥꽥대는 소리가 들렸다. 두려움 이나 고통에 내지르는 소리가 아니라, 뭔가에 폭행당하는 소리였다. 인간의 소리는 아닌 듯했지만 단언할 수 없었다. 결국 나는 포스탱에게 그런 소리를 들었냐고 물었다.

"그럼요. 퐁세가 나귀를 몸단장하고 있거든요."

크리스마스 이브 메네르브 교회에서 아기 예수 탄생극이 있을 예정이고 거기서 퐁세 씨의 나귀가 중요한 역할을 맡 았다는 것이었다. 따라서 나귀는 가장 멋지게 보여야 했지 만 솔질하고 빗질하는 것을 끔찍이 싫어해서 몸단장을 조 용히 견디지 못했다. 포스탱은 그 나귀가 그날 밤에 틀림없 이 출연하겠지만, 녀석의 뒷다리에서 멀찌감치 떨어져 있 는 것이 좋을 거라고 했다. 녀석이 뒷발질로 유명하다면서.

마을에서는 아기 예수 역을 선정하고 있었다. 적절한 연 령에 소질까지 겸비한 아기들로 참가 자격이 제한되었다. 하지만 가장 중요한 것은 체질, 그러니까 결정적인 순간에 잠을 깰 수 있는 능력이었다. 연극이 자정에야 시작될 것이 기 때문에.

연극 준비와, 우체부가 우편함에 쑤셔넣고 간 카드를 제외하면 크리스마스는 아직 몇 달이나 남은 듯했다. 우리 집에는 텔레비전이 없었다. 따라서 가슴을 두근대게 만드는 상업광고를 보지 않고 지낼 수 있었다. 캐럴도 없었고, 사무실 연말 파티도 없었으며, 쇼핑할 날이 며칠 남지 않았다고 시끄럽게 떠들어대는 카운트다운도 없었다. 나는 이렇게 조용한 분위기가 좋았다. 하지만 아내는 그렇지 않은 모양이었다. 뭔가 빠진 것 같다고 했다. 크리스마스에 뭘 마시죠? 겨우살이 장식은 대체 어디 있죠? 크리스마스 트리는요? 결국 우리는 트리 장식품을 찾아 카바용에 가기로 했다.

도착하자마자 산타클로스를 보았다. 곧바로 보상을 받은 셈이었다. 헐렁한 빨간 바지를 혁대로 동여매고, 롤링 스톤스 티셔츠를 입은 산타였다. 물론 빨간 털을 가장자리에 단 요정 모자를 쓰고 가짜 수염도 붙이고 있었다. 우리가 강베타 거리로 들어서자 그가 우리를 향해 어기적대며 다가왔다. 멀리서 보니, 그의 수염에 불이 붙은 것 같았다. 가까이 다가왔을 때 슬쩍 훔쳐보니, 가짜 수염 사이로 골루아즈 꽁초를 물고 있는 것이 보였다. 그가 비틀대며 우리 옆을 지나갈 때 칼바도스 냄새가 짙게 풍겼다. 그 때문인지 아이들이 산타클로스에게서 눈길을 떼지 못했다. 아이 엄마들이 뭔가 변명이라도 해야 할 것 같았다.

길에는 작은 전구들이 줄줄이 이어져 있었다. 술집과 상점의 열린 문마다 흥겨운 음악이 흘러나왔다. 크리스마스트리가 인도에 무더기로 쌓여 있었다. 목에 대는 마이크를 한 사내가 골목에 좌판을 펼쳐놓고 홑이불과 베갯잇을 팔고 있었다.

"잠깐 구경만 하세요, 부인. 진짜 드랄론*이라고요! 작은 결함이라도 찾아내면 5천 프랑을 드립니다!"

한 시골 노파가 꼼꼼하게 물건을 살피기 시작했다. 그러자 사내는 노파에게서 물건을 잽싸게 낚아채 버렸다.

우리는 모퉁이를 돌다가, 정육점 문 밖에 걸려 있던 사슴고기와 부딪칠 뻔했다. 가죽을 벗겨내고 내장을 드러냈을 뿐 사슴 그대로였다. 바로 옆에는 똑같은 방식으로 도축된 멧돼지가 걸려 있었다. 진열장에도 발가벗겨진 작은 새들이 일렬로 정돈되어 있었다. 모두 목이 부러져 머리가 가슴뼈에 담겨 있었다. 크리스마스 전의 판촉물로, 여섯 마리 값

---

*Dralon, 면이나 양모보다 땀을 배출하는 속도가 2.5배 빠르다는 독일 바이엘사의 제품.

에 일곱 마리를 준다고 씌어 있었다. 게다가 꼭 다문 부리에는 상록수 이파리와 붉은 리본이 장식처럼 꽂혀 있었다. 우리는 몸서리를 치면서 그 자리를 서둘러 떠났다.

프로방스의 크리스마스에서 절대 빠질 수 없는 것이 있었다. 여기에는 반론의 여지가 없다. 쇼윈도에 전시된 상품들, 길게 늘어선 줄, 돈을 주고받는 분주한 손 등으로 판단하건대 옷과 장난감, 스테레오 라디오처럼 겉만 번지르르한 물건들도 중요하지만, 사실 이런 것들은 지엽적이다. 누가 뭐라 해도 크리스마스의 주인공은 다채로운 음식이었다. 굴과 가재, 꿩과 산토끼, 파테와 치즈, 햄과 수탉, 과자와 샴페인 등을 둘러보며 아침 시간을 보내고 나니 눈이 소화불량에 걸린 듯한 기분이었다. 우리는 크리스마스 트리와 분위기를 살려줄 몇몇 장식 그리고 술을 안고 집으로 돌아왔다.

제복을 입은 두 남자가 우리를 기다리고 있었다. 집 밖에 주차된 그들의 차에는 특별한 표식이 없었다. 그들을 보자 나는 괜히 죄를 지은 듯한 기분이었다. 하여간 뭔지 모르지만 제복을 입은 사람들은 내게 그런 기분을 안겨주었다. 내가 요즘 들어 제5 공화국의 뜻을 거역하는 죄를 저지른 것이 있던가? 그때 두 사내가 차에서 내려 내게 경례를 했다. 그제야 나는 긴장이 풀렸다. 관료주의가 거의 예술의 경지에 이른 프랑스지만, 체포할 사람에게까지 경례를 붙이겠는가!

사실 그들은 경찰이 아니라 카바용에서 온 소방관들이었다. 그들은 집에 들어가도 괜찮겠냐고 물었다. 순간 나는 굴뚝 청소 증명서를 어디에 두었는지 생각해보았다. 굴뚝을 청소하지 않은 집주인을 잡아가려는 불시 검문일지도 모르지 않은가!

우리는 식탁에 마주보고 앉았다. 한 소방관이 조그만 서류가방을 열었다.

"보클뤼즈 소방서에서 발행한 공식 달력을 갖고 왔습니다."

이렇게 말하며 그는 달력을 식탁에 꺼내놓았다.

"보면 아시겠지만 성자의 축일이 모두 적혀 있습니다."

우체부가 우체국 공식 달력을 가져왔을 때와 조금도 다르지 않았다. 하지만 코코넛 껍질로 가슴을 가린 여자들의 사진 대신 고층 건물을 오르고, 교통사고 환자들에게 응급 처치를 하며, 조난 당한 산악인들을 구출하고, 무거운 소방 호스를 다루는 소방관들의 사진으로 채워져 있었다. 프랑스 시골의 소방관들은 불을 끄는 데만 그치지 않고 전방위 적으로 응급 구호 활동을 펼친다. 산에서 함정에 빠진 개를 구출하기도 하고, 응급환자를 병원으로 신속히 데려다 주기도 한다. 모든 면에서 소방관들은 칭찬하고 도와줘도 아깝지 않은 사람들이었다.

나는 기부금을 내고 싶은데 받아주겠냐고 물었다.

"물론입니다."

우리에게 영수증이 주어졌다. '카바용 소방서의 친구들' 이란 자격까지 부여하는 영수증이었다. 두 소방관은 몇 번 이나 경례를 하고, 우리 골짜기에서 그들의 행운을 시험하 러 떠났다. 우리는 그들이 사나운 개의 공격에 맞서는 훈련 을 받았길 바랐다. 마소에게 기부금을 받아낸다는 것은 화 마와 싸우는 것만큼이나 위험을 무릅써야 할 것이기 때문 이었다. 나는 마소의 반응을 충분히 상상할 수 있었다. 총을 장전하고 커튼 뒤에 숨어 밖을 훔쳐보면서, 셰퍼드들이 침입자들에게 온몸을 던지는 모습을 지켜보고 있겠지! 언젠가 나는 마소의 개들이 굶주림에 본능이 되살아나 자동차 앞바퀴를 공격하고 타이어가 날고기 덩어리인 양 찢고 침을 질질 흘리면서 고무 조각을 뱉어내는 모습을 본 적이 있었다. 그때 겁에 질린 운전자는 개들의 공격에서 벗어나려고 안간힘을 쓰고 있었지만 마소는 미소를 짓고 담배를 피워대면서 그 장면을 지켜보고만 있었다.

이제 우리는 달력이 두 개나 있는 집이 되었다. 크리스마스를 며칠 앞두고 우리는 세 번째 달력을 가져올 사람을 기다리고 있었다. 그야말로 거액의 기부금을 주어도 아깝지 않은 사람이었다. 위생국의 영웅들은 지난 열두 달 동안 매주 화요일, 목요일, 토요일이면 찻길 끝에 쓰레기차를 멈추고 산더미처럼 쌓인 빈 병, 악취를 풍기는 부야베스 찌꺼기, 애완견용 통조림통, 깨진 유리잔, 돌조각을 담은 부대, 닭뼈 그리고 각 가정에서 나오는 온갖 크기와 종류의 쓰레기를 묵묵히 치웠다. 그들은 어떤 것도 포기하지 않았다. 아무리 크고 썩은 냄새가 진동하는 것이라도, 트럭 뒤에 매달린 그들의 손을 당해내진 못했다. 트럭이 설 때마다 그들은 지체

없이 뛰어내려, 쓰레기를 뚜껑이 열린 더러운 용기 안에 집어 던졌다. 여름에 그들은 악취와 싸우며 가사 상태에 이르렀을 것이고 겨울에는 추위와 싸우느라 피부가 갈라지기 일쑤였을 것이다.

드디어 그와 그의 단짝이 낡은 푸조를 타고 나타났다. 폐차장에 가기 전에 마지막 외출을 즐기는 자동차처럼 보였다. 초라한 모습이지만 언제나 명랑한 두 사내였다. 힘껏 악수를 건네는 그들의 숨결에서 파스티스 냄새가 풍겼다. 뒷좌석에 토끼 한 쌍과 샴페인 몇 병이 눈에 띄었다. 나는 술로 가득한 병을 가끔 줍는 것도 기분전환으로 괜찮겠다고 말했다.

한 친구가 대답했다.

"빈 병은 문제도 아니죠. 몇몇 사람이 내놓은 것을 보셨더라면…."

이렇게 말하며 그는 얼굴을 찡그리며 코를 잡고 새끼손가락을 살짝 허공으로 뻗었다.

"구역난다고요."

그들은 팁을 받고 몹시 기뻐했다. 우리는 그들이 외출해 멋진 식사를 즐기고 식탁을 어지럽혀 다른 사람이 깨끗이 치우길 바랐다.

디디에가 쓰레받기와 비를 들고 웅크린 채 한구석에 쌓인 시멘트 가루를 치우고 있었다. 인간 파괴 기계가 그처럼 섬세하게 허드렛일을 하는 것을 보니 괜히 기운이 솟았다. 그의 일이 끝났다는 뜻이었다.

그가 허리를 펴고 일어나 쓰레받기를 종이부대에 비웠다. 그리고 담배에 불을 붙이며 말했다.

"이제 끝났습니다. 내일이면 페인트공이 올 겁니다."

우리는 밖으로 나갔다. 에릭이 삽과 양동이와 연장통을 트럭 적재함에 싣고 있었다. 디디에가 빙긋이 웃으며 말했다.

"콘크리트 믹서를 가져가도 되겠습니까?"

나는 콘크리트 믹서가 없어도 괜찮겠다고 했다. 디디에와 에릭이 콘크리트 믹서를 널빤지 위로 밀어올렸고, 운전석 뒤까지 바싹 밀어 밧줄로 단단히 묶었다. 디디에의 스패니얼은 고개를 젖히고 콘크리트 믹서를 적재하는 과정을 지켜보더니, 그 작업이 끝나자 트럭에 뛰어올라 계기판 옆에 엎드렸다.

"갑시다!"

이렇게 말하고 디디에가 손을 내밀었다. 여기저기 갈라진 가죽을 만지는 느낌이었다.

"일요일에 뵙겠습니다."

디디에의 말대로 다음 날 페인트공이 와서 칠을 끝내고 갔다. 카펫을 까는 장 피에르도 어김없이 찾아왔다. 부인들이 그들의 공식 방문을 위해 만반의 준비를 갖추라고 엄포라도 놓은 듯했다.

금요일 밤, 카펫이 약 2미터만 남겨두고 완전히 깔렸다.

장 피에르가 말했다.

"내일 아침에 다시 오겠습니다. 오후에는 가구를 들일 수 있을 겁니다."

다음 날 정오쯤에는 문지방 오리목 아래로 카펫을 끼워 넣는 일만 남았다. 그런데 장 피에르가 오리목에 나사못 박을 구멍을 뚫다가, 바로 아래에 지나가는 온수관을 건드리고 말았다. 물줄기가 분수처럼 치솟아 올랐다. 현관문을 배경으로 작고 아름다운 연못이 그림처럼 펼쳐졌다.

우리는 황급히 수도를 잠갔다. 그리고 젖은 카펫을 걷어 내고 메니쿠치에게 전화를 걸었다. 지난 일 년 동안 적잖은 위급 사태를 겪은 까닭에 나는 그의 전화번호까지 외우고 있었다. 심지어 그가 처음에 내뱉을 말이 무엇일지도 알고 있었다.

"올랄라!"

메니쿠치는 한동안 입을 꼭 다물고 생각에 잠겼다. 마침 내 그가 입을 뗐다.

"파이프를 용접하려면 바닥을 깨는 수밖에 없어요. 아주머니에게 미리 알려두는 게 낫겠죠? 먼지가 좀 날 테니까요."

아내는 먹을 것을 사려고 외출 중이었다. 아내는 물기를 깨끗이 닦아내고 다시 카펫이 깔린 침실과 욕실, 화장실을 기대하고 있을 텐데…. 그런데 바닥이 파헤쳐진 것을 본다면 깜짝 놀라지 않겠나. 나는 장 피에르에게 집에 돌아가라고 충고했다. 아내가 그를 죽이려 들지도 모르니까.

아내가 차를 대고 있었다. 내가 아내를 맞으러 나가자 아내가 물었다.

"웬 소음이에요?"

"메니쿠치가 천공기로 바닥을 깨고 있어요."

"아, 그래요?"

아내는 의외로, 불안할 정도로 침착했다. 장 피에르를 집에 보낸 것이 천만다행이란 생각이었다.

메니쿠치는 누수 부위를 찾아 바닥에 커다란 참호 하나를 팠다. 온수관에 깔끔하게 뚫린 구멍을 찾을 수 있었다.

"찾았어요. 이제 용접하기 전에 배관 막힌 데가 없는지 확인해봐야 해요. 선생님은 여기서 지켜보세요. 내가 욕실에 가서 수도꼭지에 입김을 불어볼 테니까요."

나는 그 자리에서 지켜보았다. 메니쿠치가 입김을 세게 불었다. 먼지 낀 물방울이 내 얼굴까지 튀었다.

메니쿠치가 욕실에서 큰 소리로 물었다.

"뭐가 보입니까?"

"물이요."

"됐습니다. 파이프는 멀쩡합니다."

메니쿠치는 용접을 끝내고 럭비 중계를 보겠다며 집으로

돌아갔다.

우리는 별일 아니었다고 서로 위로하며 물기를 닦아내기 시작했다. 카펫은 말려야 했다. 돌조각도 한 양동이를 채울 만큼 나왔다. 토치램프에 그을린 흔적은 페인트로 감출 수 있었다. 톱니 모양으로 휑하니 뚫린 참호를 생각지 않는다면 방은 그럭저럭 마무리된 것으로 보아도 무방했다. 어쨌든 우리에겐 선택의 여지가 없었다. 이젠 일요일이 몇 시간밖에 남지 않았으니까.

우리는 열한 시 반까지는 누구도 오지 않으리라 생각했다. 하지만 샴페인의 자석 같은 힘을 너무 과소평가하고 있었다. 열 시 반을 조금 넘기자 문을 두드리는 소리가 처음 들렸다. 그로부터 한 시간이 채 지나지 않아 디디에 부부를 제외한 모두가 도착했다. 그들은 나름대로 가장 좋은 옷을 입고 예절을 차리느라 어색한 자세로 거실 벽에 일렬로 늘어서서, 벽에 가로막힌 성소를 향해 가끔 눈길을 던지며 음식을 덮칠 기회를 노리고 있었다.

술잔을 계속 채우는 웨이터 역할을 맡고 있던 나는, 프랑스인과 영국인의 근본적인 차이점 또 하나를 깨달았다. 영국인은 술을 마실 때 대화를 나누고 담배를 피우고, 음식을 먹는 동안에도 잔을 손에서 떼지 않고 빙빙 돌려댄다. 코를 풀거나 화장실에 가야 할 때, 그러니까 양손을 모두 써야 하는 자연의 부름에 응할 때나 마지못해 잔을 내려놓는다. 하지만 결코 멀리 두거나 눈에 보이지 않는 곳에 두지 않는다.

그런데 프랑스인은 달랐다. 잔을 받자마자 내려놓는다. 아마도 한 손만 자유로워서는 대화하기 힘들다고 생각하기 때문이리라. 따라서 잔이 삼삼오오 모이고 오 분쯤 지나면 어느 잔이 누구 것인지 모를 지경이 된다. 다른 사람의 잔을 마시려니 찜찜하고 자기 잔은 찾을 수 없어, 손님들은 안타깝게도 샴페인 병을 쳐다보기만 할 뿐이다. 새 잔이 다시 나와도 똑같은 과정이 반복된다.

결국 잔이 바닥나서 찻잔에 마셔야 할 사태가 벌어지지나 않을까 걱정하고 있을 때 분만의 고통을 토해내는 듯한 귀에 익은 디젤 엔진 소리가 들렸다. 디디에의 트럭이 집 뒤에 멈춰 섰고, 그와 그의 아내가 뒷문으로 들어왔다. 그런데 이상했다. 디디에는 승용차를 몰고 다닐텐데? 하여간 그의 아내는 머리부터 발끝까지 멋진 갈색 스웨이드 가죽 차림이었다. 먼지투성이였을 트럭 좌석에 앉아 오는 게 여간 불편하지 않았을 것 같았다.

크리스티앙이 거실을 가로질러 오더니 나를 한쪽으로 데려갔다.

"문제가 생긴 것 같은데요. 밖에 나가보시는 게 좋겠어요."

나는 그를 따라나갔다. 디디에도 내 아내의 팔을 잡고 뒤따라왔다. 집 뒤로 돌아가면서 나는 뒤를 흘깃 보았다. 모두가 뒤따라오고 있었다.

"저걸 보세요!"

크게 소리치며 크리스티앙이 디디에의 트럭을 가리켰다.

트럭 적재함에, 그러니까 평소에 콘크리트 믹서를 싣고 다니던 곳에 둥근 것이 놓여 있었다. 높이는 1미터, 직경은 1.2미터쯤? 흰색, 붉은색, 푸른색의 활 모양이 점점이 박힌 연두색 주름종이로 포장되어 있었다.

크리스티앙이 말했다.

"우리 모두가 준비한 선물입니다. 자, 포장을 뜯어보세요."

디디에가 중세시대 기사처럼 손으로 발걸이를 만들었다. 그리고 담배를 입에 문 채 힘들이지 않고 아내를 어깨 높이까지 들어올렸다. 덕분에 아내는 트럭 적재함에 쉽게 올라설 수 있었다. 나도 아내의 뒤를 따라 적재함에 올랐다. 우리는 연두색 포장지를 벗겨냈다.

마지막 노끈을 풀자 박수가 터져나왔다. 미장이 라몽은 휘파람까지 불어댔다. 우리는 트럭 적재함에서 햇살을 받으며 서 있었다. 고개를 높이 들고 우리를 둘러싸고 있는 얼굴들과 그들이 마련한 선물을 번갈아 보면서.

골동품에 가까운 장식용 화분이었다. 돌 자르는 기계가 나오기 훨씬 전에, 하나의 돌덩어리를 손으로 깎아 만든 커다란 원형 함지였다. 폭이 두껍고 약간 고르지 않았지만 세월의 풍파를 겪은 듯 연회색빛을 띠고 있었다. 게다가 흙을 담아 앵초까지 심어져 있었다.

우리는 무슨 말을 어떻게 해야 할지 몰랐다. 놀랍고 감격스러울 뿐이었다. 서툰 프랑스어로 더듬대면서 우리는 최선을 다해 감사의 뜻을 전했다. 고맙게도 라몽이 우리를 곤경에서 구해주었다.

"목이 말라요! 연설은 그 정도면 됐다고요. 빨리 목이나 축입시다."

처음 한 시간 동안의 어색한 격식이 사라졌다. 모두가 윗도리를 벗어 젖히고 샴페인을 열심히 공략하기 시작했다. 남자들은 아내들을 데리고 집 안을 돌아다니며 그들의 작품을 구경시켰다. 영국식 목욕탕의 수도꼭지에는 '핫'과 '콜드'로 표시되어 있다며 수군댔고, 목수가 인테리어를 깔끔하게 마무리했는지 점검하러 서랍을 열어보기도 했으며, 호기심 많은 어린아이처럼 이것저것 만져보기도 했다.

크리스티앙이 그들을 불러, 커다란 돌화분을 트럭에서 내리기 시작했다. 그 치명적인 돌덩이를 받치던 두 장의 널빤지가 푹 꺼지면서 땅바닥까지 내려앉는 바람에, 얼큰히 취하고 야회복까지 차려입은 여덟 명의 사내는 하마터면 불구가 될 뻔했다. 라몽 부인이 지휘봉을 잡았다.

"남자들, 힘내요! 손톱에 때가 끼지 않게 조심하고요!"

메니쿠치 부부가 가장 먼저 자리에서 일어났다. 파테와 치즈, 타르트와 샴페인을 앞에 두고도 품위를 잃지 않았던 그들은 늦은 점심 약속이 있다며 먼저 일어섰다. 하지만 작별인사를 거를 수는 없었다. 그들은 다른 손님들과 차례로 악수를 나누고 볼에 입을 맞추는 의식을 치렀다. 그리고 '맛있게 드세요!'란 인사말을 나눴다. 이런 작별인사만도 십오 분이나 걸렸다.

남은 사람들은 하루 종일 눌러앉을 태세였다. 손에 닿는 것을 하나도 빼놓지 않고 차근차근 먹고 마셔댔다. 라몽이 공식 코미디언을 자처하고 나섰다. 쉴 새 없이 흘러나온 농담이 점점 추잡해지면서 큰 웃음을 자아냈다. 라몽은 비둘기를 냉장고에 넣어 성 구분하는 방법을 한참이나 설명한 후 잠시 멈추고 목을 축였다.

디디에가 물었다.

"자네 부인처럼 멋진 여자가 자네같이 지저분한 녀석과 왜 결혼했는지 불가사의야!"

라몽은 샴페인 잔을 아주 천천히 내려놓고, 놓친 물고기를 묘사하려는 어부처럼 두 손을 앞으로 내밀었다. 그러자 그의 아내가 커다란 피자 조각을 라몽의 입에 세게 밀어 넣었다. 덕분에 더 이상 이야기가 진전되지 않았다. 그녀는 전에도 그 이야기를 귀가 닳도록 들었기 때문이리라.

태양이 뒷마당을 넘어 집 곳곳에 그림자가 드리우자 손님들이 작별인사를 시작했다. 어지럽게 악수를 나누고 입맞춤도 나누었다. 그리고 모두가 마지막 잔을 들었다.

라몽이 말했다.

"점심이나 드시러 오시죠. 아니, 저녁인가요? 그런데 지금 몇 시죠?"

세 시였다. 네 시간 동안이나 먹고 마신 까닭에 우리는 라몽이 제안하는 쿠스쿠스까지 먹을 처지가 아니었다.

"그렇군요. 다이어트 중이라면 안타깝지만 할 수 없죠."

라몽은 그의 아내에게 자동차 열쇠를 건네고 조수석에 기대 앉았다. 깍지 낀 두 손을 배에 올려놓고, 걸쭉한 식사를 계획하는지 밝은 표정이었다. 다른 사람들에게 이미 함께 가자고 설득해둔 모양이었다. 우리는 그들을 배웅해주고, 빈 접시와 빈 잔으로 가득한 빈 집으로 들어갔다. 즐거운 파티였다.

우리는 창문 너머 돌화분을 바라보았다. 꽃이 피어 화사했다. 돌화분을 차고에서 정원으로 옮기려면 적어도 네 사람이 필요할 듯했다. 우리가 알기로, 프로방스에서 네 사람을 모은다는 것은 하룻밤에 해결될 일이 아니었다. 일단 물건을 살펴보기 위한 사전 방문과, 술을 마시며 벌이는 열띤 토론이 있을 것이 뻔했다. 그렇게 날짜가 정해진다 해도 그냥 잊혀지고 만다. 어깨를 으쓱하며 미안해 하는 사이에 시간이 흐를 것이다. 내년 봄에는 저 돌화분을 제자리에 놓을 수 있을까? 어느새 우리는 며칠이나 몇 주가 아니라 계절 단위로 생각하는 법을 배워가고 있었다. 프로방스가 우리 때문에 본연의 속도를 바꾸지는 않을 테니까.

거위 간은 따뜻하게 데워서 얇게 썰어 샐러드와 함께 먹을 수 있을 만큼 많이 남아 있었고, 수영장 끝의 얕은 곳에 놔둔 샴페인도 한 병 있었다. 우리는 난로에 장작을 더 넣었다. 그리고 프로방스에서 곧 맞게 될 첫 크리스마스를 생각해 보았다.

얄궂은 일이었다. 일 년 내내 손님을 치르면서, 공사 때문에 생기는 불편을 견디라고 강요했다. 그런데 이제 깨끗하게 마무리된 집에는 우리뿐이었다. 마지막 손님은 지난주에 떠났고, 다음 손님은 새해를 함께 맞으러 올 예정이었다. 크리스마스에는 우리끼리 지내야 했다.

햇살에 잠을 깼다. 텅 빈 골짜기가 적막할 정도로 조용했다. 게다가 부엌에는 전기조차 들어오지 않았다. 오븐에 들어갈 준비를 끝낸 양고기 다릿살의 형 집행이 유예되었다. 우리는 크리스마스의 점심을 빵과 치즈로만 때워야 하는 비극적인 상황에 처해 있었다. 동네의 모든 식당은 이미 몇 주 전에 예약이 끝난 상태일 텐데.

바로 이런 때, 그러니까 위가 중대한 위기를 맞을 때 프랑스 사람들은 동정심을 발휘했다. 프랑스인 친구가 있다면 몸이 다쳤다거나 파산했다고 이야기해보라. 그럼 웃고 말거나 예의상 안타까움을 표하는 것으로 끝난다. 하지만 먹는 문제로 곤경에 빠졌다고 말하면 사정이 달라진다. 그들은 식당의 식탁, 심지어 하늘과 땅이라도 옮겨서 당신을 도와주려 할 것이다.

우리는 뷔우에 있는 '오베르주 드 라 루브'의 주방장 모리스에게 전화를 걸어 혹시 빈 자리가 있냐고 물었다.

"없는데요. 남은 자리가 없어요."

우리는 사정을 설명했다. 잠시 심연과도 같은 침묵이 흘렀다. 마침내 모리스의 목소리가 들렸다.

"부엌에서 먹게 될지도 모르지만, 하여간 와보세요. 어떻게 되겠죠."

그는 부엌문과 벽난로 사이에 조그만 식탁을 마련해주었다. 바로 옆에는 대가족이 축제 기분을 즐기고 있었다.

모리스가 말했다.

"양고기 다릿살을 준비했는데 괜찮으시겠어요?"

우리도 양다릿살을 가져와 요리해달라고 부탁할 생각이었다고 했다. 그러자 그는 빙긋이 웃으며 말했다.

"하기야 오늘은 오븐 없이 지낼 순 없는 날이죠."

우리는 오랫동안 천천히 음식을 즐겼다. 그리고 몇 주처럼 쏜살같이 지나가버린 지난 몇 달을 돌이켜보며 이야기를 나누었다. 보지 못하고 하지 못한 것이 너무 많았다. 우리 프랑스어는 엉터리 문법과 일꾼들의 속어가 뒤죽박죽 섞여 있었다. 웬일인지 아비뇽의 축제, 구의 당나귀 경주, 아코디언 경연 대회도 놓치고 말았다. 지난 8월에는 포스탱 가족이 바스잘프로 피크닉 갈 때도 함께 가지 못했다. 또한 지공다의 포도주 페스티벌, 메네르브의 개 쇼 등 바깥세상에서 벌어진 많은 것을 놓치고 말았다. 주로 집과 주변 골짜기에서 벗어나지 못하고 우리에게만 빠져 살았던 한 해였다. 그래도 하루하루가 즐거웠다. 물론 때로는 좌절을 맛보고 종종 불편하기도 했지만, 결코 지루하거나 실망스럽지 않았다. 무엇보다 마음 편히 지낼 수 있었다.

모리스가 마르를 잔에 따라 가져왔다. 그리고 의자를 끌어다 앉으며 말했다.

"아피(Happy) 크리스마스."

그것으로 그의 영어는 끝이었다.

"보나네(새해 복 많이 받으세요)!"

피터 메일의 프로방스

고르드

카브리에르

함트

쿠스텔레 보메트

리코스트 • 뷔우

카바용 메네르브 보니외

뤼베롱 산

⑨ 생레미드프로방스

⑩ 레보드프로방스

⑪ 타라스콩

⑫ 아를

⑬ 카마르그

① 뤼베롱

② 엑상프로방스(엑스)

⑭ 마르세유

⑮ 생트로페

③ 카르팡트라

④ 방투 산

⑯ 생트막심

⑰ 칸

⑤ 베종라로멘

⑥ 오랑주

⑱ 니스

⑲ 모나코

⑦ 샤토뇌프뒤파프

⑧ 아비뇽

⑳ 그라스

아, 미스트랄
덜컥 집을 사 버린 피터 씨의 일 년 기록

1판 1쇄 인쇄 | 2022년 8월 20일
1판 1쇄 발행 | 2022년 9월 5일

지은이 피터 메일

펴낸이 송영만
디자인 자문 최웅림
일러스트 김동원

펴낸곳 효형출판
출판등록 1994년 9월 16일 제406-2003-031호
주소 10881 경기도 파주시 회동길 125-11(파주출판도시)
전자우편 editor@hyohyung.co.kr
홈페이지 www.hyohyung.co.kr
전화 031 955 7600

© Peter Mayle, 2022
ISBN 978-89-5872-206-9 03860

값 19,000원